LA POUDRIÈRE D'ORIENT

*

L'Enfer des Dardanelles

Paru dans Le Livre de Poche :

LES AMOUREUX DU BRÉVENT

LES ENFANTS DE LA PATRIE
1. Les Pantalons rouges
2. La Tranchée
3. Le Serment de Verdun
4. Le Chemin des Dames

LA POUDRIÈRE D'ORIENT
1. L'Enfer des Dardanelles
2. Le Vent mauvais de Salonique
3. Le Guêpier macédonien
4. Le Beau Danube bleu

PIERRE MIQUEL

La Poudrière d'Orient

*

L'Enfer des Dardanelles

SUITE ROMANESQUE

FAYARD

Les quais de la Joliette

Le 15 février 1915, Paul Raynal débarque dans la salle des pas perdus de la gare Saint-Charles, à Marseille. Le train en provenance de Montpellier, dans lequel le jeune homme a passé une partie de la nuit, a marqué des arrêts en gare pour tous les villages.

Ce gaillard d'un mètre quatre-vingts se remarque de loin. Sa tignasse drue aux reflets roux couverte d'un étrange chapeau de paille en forme de casque colonial fait oublier l'indigence de la moustache clairsemée qui ombrage à peine son visage d'adolescent. Il a dix-neuf ans. Le front haut, les yeux gris clair, blanc de peau et mince de corps, il aurait pu naître en Écosse ou en Irlande : un Celte égaré au pays des Goths et des Gallo-Romains d'Aquitaine.

Il se frotte les yeux, posant là son bagage afin de retrouver l'usage de ses sens et de ses jambes. Autour de lui, les lourds godillots des soldats battent le bitume du quai. Ses compagnons de voyage, cinq ou six bleus du recrutement de Montpellier, le quittent après de vagues saluts ensommeillés. Le tintamarre des convois à vapeur agresse ses oreilles, habituées au silence de la campagne de Septfonds en Quercy où il a vécu son enfance et sa jeunesse. La fumée des locomotives obscurcit la verrière et rend l'air irrespirable.

Le jeune homme en habit militaire reprend son nécessaire de poilu complété de deux sacs de vivres. Il est violemment bousculé par un bataillon indien qui se hâte, fusil sur l'épaule, en direction d'un convoi. Sikhs, Gurkhas, soldats de l'Empire britannique, renforts de la *British Expeditionary Force* s'en vont rejoindre les leurs, engagés durement dans la boue des Flandres. Un major anglais à casquette kaki, stick sous le bras, surveille l'embarquement de ses Indiens enturbannés.

– Encore des Hindous ! s'exclame un porteur qui charrie sur son diable à roulettes de fonte la malle d'un officier de la Coloniale. À croire qu'ils n'ont que ceux-là dans l'armée anglaise ! Depuis août, c'est un défilé incessant.

– Plaignez-vous, lui lance le major. Le monde entier vient à notre secours et vous grognez !

Le porteur fait mine de n'avoir pas entendu et hèle l'officier de marsouins, qu'il doit guider en direction du train de Paris.

– Par ici, mon capitaine !

De retour du Maroc, cet officier ne rejoindra pas le front. Il n'a plus que quelques cheveux épars sous son képi : trop vieux pour faire un mort par balles. Il ira traîner ses bottes et lisser sa moustache grise dans quelque bureau de l'intendance ou du recrutement.

Paul Raynal salue militairement au passage du capitaine de réserve, impressionné par le monocle du vieil homme qui lui fait un œil de cyclope.

– Êtes-vous sûr que votre casque soit réglementaire ? s'entend-il apostropher.

Planté au garde-à-vous, Paul ne sait que répondre. Ses oncles chapeliers, partis en leur temps pour les expéditions d'Afrique, lui ont tressé de leurs mains cet étrange casque colonial en paille du Tarn-et-Garonne, « pour qu'il ne prenne pas le coup de bambou ».

– Faites excuses, mon capitaine, bégaie-t-il en remettant son calot à deux pointes. On m'a dit au dépôt du génie que j'embarquais pour la colonie.

L'officier hausse les épaules et n'insiste pas. Comment convaincre un benêt d'Aquitaine que les coloniaux viennent se battre en France et non l'inverse ? Au Maroc, d'où il revient, Lyautey doit composer avec de vieilles troupes pour contenir les rebelles inlassables du Rif. Il serait bien étonné de recevoir du renfort.

« Ce garçon déraille, songe-t-il, notant l'écusson du 2e génie, en garnison à Montpellier en temps de paix. À moins qu'il ne soit prévu pour une opération spéciale. Toujours possible avec les fous du gouvernement ! »

Cette hypothèse l'occupe un instant. Il en saura davantage en arrivant au ministère, où les langues se délient volontiers. Comment garder un secret dans une antichambre de ministre ? Les députés s'y succèdent, et les amis des députés, et les amis des amis, et tout ce monde parle. Il faudrait les fusiller tous. Seul Joffre ne dit rien. On le lui reproche assez. Pourquoi rassembler, par exemple, tant de troupes à Marseille, sans rien révéler de leur destination ?

Paul Raynal est le seul à partir, parmi ses camarades de la classe 15, pour renforcer l'équipe des pontonniers du génie. Tous les autres sapeurs de son régiment basé à Montpellier servent ailleurs ; qu'ils soient colombophiles, électriciens, saboteurs, mineurs ou fouilleurs de sapes. Sur sa feuille de route aux prescriptions vagues, le jeune homme a seulement compris qu'il embarquera à Marseille avec un équipage de ponts. Pour un bleu d'un dépôt du Sud-Ouest, cette ville est la porte de l'Afrique du Nord. Il ne voit pas plus loin qu'un départ pour le Maghreb.

Il ajuste les sangles de son sac à dos, bousculé par des gendarmes qui fraient un chemin à des brancardiers pressés. Dans sa hâte à livrer son contingent de blessés du front, la locomotive a stoppé en tamponnant durement les heurtoirs du bout de ligne. Brancardiers et infirmiers du sanitaire s'affairent le long de la voie. Tous les blessés, ou presque, sont du 15ᵉ corps, de retour d'Argonne où les hommes sont tombés, dit-on, par milliers.

Paul regarde défiler les plus atteints, rescapés de la butte de Vauquois où combattent, tous les Marseillais le savent, ceux du 141ᵉ régiment de leur ville. Beaucoup ont la tête ceinte de pansements. Des infirmiers les escortent. Craignent-ils qu'ils ne leur faussent compagnie avant la sortie de la gare ? La foule déborde les barrages. Des femmes demandent avec anxiété des nouvelles des leurs, scrutant les visages peu reconnaissables des grands blessés. On les écarte. Qu'elles se renseignent donc dans les hôpitaux militaires ! Les listes des morts y sont affichées.

Paul contemple, pétrifié, le sinistre cortège des brancards. Son regard se fige à la vue d'un médecin penché sur un soldat dont le teint cireux indique qu'il vient de mourir. Une infirmière recouvre le visage du malheureux d'une couverture. Les femmes se signent. Certaines hurlent de douleur, qui ont cru reconnaître leur fils ou leur mari. On ne les laisse pas approcher.

Des renforts de police canalisent la foule. Un commissaire, à grands gestes, rabroue le chef de gare :

– Quelle erreur ! Il ne faut pas débarquer les blessés à Saint-Charles. Veillez à les décharger en amont, du côté des marchandises. Évacuez-les discrètement vers les hôpitaux.

– Impossible, le triage est étroit et plein de convois de matériel à embarquer vers la gare maritime !

– Voulez-vous une manifestation de femmes contre la guerre ? peste le commissaire, exaspéré.

* *
*

Avant de quitter la gare Saint-Charles, Paul veut s'enquérir du point de regroupement des troupes de passage, afin de se joindre à un groupe en partance pour la gare maritime.

– Allez au Parc des Expositions, on vous orientera, lui indique un prévôt d'une voix de rogomme : celui-là n'a pas dû lésiner sur l'alcool.

Marseille est une grande ville et les tramways électriques frôlent Paul en grinçant, bondés et sans destination lisible. Il décide de s'en passer, malgré le poids de son paquetage qui ne facilite pas sa marche.

Il renonce à demander son chemin : vers la porte d'Aix, il ne croise que des travailleurs arabes ou kabyles, des Noirs gigantesques coiffés d'un fez à la mode ottomane et drapés dans leurs clairs boubous, tels des sénateurs romains en toge. Comment ces indigènes, sans doute de passage, débarqués d'Afrique pour travailler au port ou dans les usines d'armement, connaîtraient-ils mieux la ville que lui ?

Il aboutit à une large avenue et découvre alors un autre monde où, malgré le soleil à peine levé et frileux de février, les portes des cafés sont larges ouvertes, et leurs terrasses déjà prises d'assaut.

Pas une chaise disponible ! Des militaires de tous pays s'y prélassent. Officiers anglais, coloniaux aux képis bleu ciel, majors en uniformes stricts, curieux Écossais en kilt et fumant la pipe d'un régiment de Néo-Zélandais, officiers des marines alliées... D'autres groupes plus bruyants, encore enivrés d'une nuit passée au music-hall ou dans les cafés-concerts, entonnent des couplets à la mode. Des filles bronzées aux cheveux noirs et bouclés se faufilent dans les garnis, un soldat à leur bras. Une atmosphère de ville de garnison avant la guerre.

Paul trouve enfin un siège dans un café où des tirailleurs sénégalais à chéchias rouges, venus du camp de Cassis, côtoient des hussards en goguette du régiment familier des Marseillais. Les Hindous sont fort surpris de voir des Noirs installés à la table des Blancs et buvant de la bière comme les tourlourous. Ces militaires paraissent joyeux, insouciants, démobilisés. A-t-on signé la paix ?

Face à lui, une plaque indique le nom d'une rue : la Canebière. Paul commande un café et pose aussitôt l'appoint sur la table. Comment rejoindre, d'ici, le cantonnement, avant la tombée du jour ? Marseille lui paraît une cité aussi grande que Paris. Au moins un demi-million d'habitants, lui précise le serveur. « Sans compter les morts, les blessés et tous ceux qui sont au front, ou prisonniers en Allemagne ! »

Il remue son noir un peu amer, tout en prêtant l'oreille aux commentaires de deux civils installés à sa gauche qui feuillettent *le Petit Marseillais :* la guerre, selon eux, est loin d'être finie. Devant lui, impeccable dans son costume gris anthracite, un vieil homme aux cheveux blancs lit *le Sémaphore,* obsédé par l'heure, qu'il consulte souvent sur un oignon d'or tiré de la poche de son gilet. Un habitué du quartier de la chambre de commerce, visiblement agacé de voir sa terrasse familière envahie de troufions venus de partout, sentant le vin et le saucisson à l'ail.

« On attend l'entrée en guerre de l'Italie », titre le journal. On se demande pourquoi elle tarde. Les Anglais et les Français se battent encore autour d'Ypres et l'on s'entre-tue dans l'Argonne, au bois de la Gruerie, en Champagne, autour de Perthes-les-Hurlus. D'autres articles stipulent que les mobilisés ayant au moins six enfants seront renvoyés dans leurs foyers, mais on va lever ceux de la classe 92, des hommes de plus de quarante ans, pour les envoyer au casse-pipe. Non, la guerre n'est pas finie ! Les veuves se voient attribuer une pension royale de cinq cent soixante-trois francs, alors que le litre de lait est vendu soixante centimes, quand il n'est pas coupé d'eau.

Le bourgeois, devinant la curiosité du soldat, lui offre son journal avant de quitter sa table. Paul y découvre que *nos amis russes* reculent vers la Vistule, sous les coups de boutoir de Hindenburg. Français, Belges, Anglais et Allemands sont alignés sur le front du Nord, de Calais jusqu'à Belfort, dans des tranchées profondes. La guerre devient immobile et peut être interminable. Les dix départements envahis de la métropole s'habituent à l'occupation. Quant aux Belges, réfugiés à Marseille, pourront-ils un jour rentrer chez eux ? Une photographie les montre faisant la queue au bureau de placement. Paul abandonne sa lecture, désemparé par ces nouvelles.

Il se tourne vers son voisin de droite, un artilleur alpin au vaste béret bleu pincé sur le front. Celui-là pourrait peut-être lui indiquer sa route. L'autre semble en effet connaître : le Parc des Expositions se trouve au Prado, à l'autre bout de la ville.

– J'en viens, explique-t-il. Mon nom est Émile Duguet. Je pense embarquer demain. Toi, tu remontes la rue Paradis et tu tomberas sur le Prado.

L'homme lui serre la main et ajoute :

– Nous nous reverrons, peut-être. Ceux qui rentrent ne se revoient jamais, mais ceux qui partent se retrouvent toujours.

Paul regrette de n'avoir osé parler plus longtemps avec l'Alpin. Sans doute en savait-il plus que lui sur sa destination. Toujours sa maudite timidité, qui éloignait déjà de lui les filles à la foire de Caussade, ou le faisait soupçonner de dissimulation par les sous-officiers de quartier, pendant son instruction à Montpellier.

Grimpant l'étroite rue Paradis, il se demande s'il est bien dans la direction d'un camp militaire. Les maisons, d'aspect bourgeois, respirent la prospérité d'une ville commerçante où la guerre semble importune. Il croise de moins en moins de soldats sur les trottoirs. Aux balcons soutenus par des caryatides et ornés de rampes en fer forgé, des femmes élégantes à capelines de paille apparaissent de temps à autre pour prendre l'air.

Longeant la chambre de commerce, puis la Bourse, Paul ralentit son pas, sceptique : « C'est le quartier de la haute, se dit-il. On m'aura mal dirigé. »

Les Marseillais sont gens affables. À le voir perdu dans la rue Paradis, un crieur de journaux, *le Petit Provençal* et *le Petit Marseillais* sous le bras, l'oriente vers le palais de la préfecture.

– Je te préviens, lui dit-il, tu n'y seras pas seul. Aujourd'hui les femmes sont de sortie.

* *
*

Par centaines, les Marseillaises manifestent devant la préfecture des Bouches-du-Rhône.

Ni banderoles ni drapeaux. Des femmes de tous âges, descendues de Saint-Antoine, venues de la Capelette, de la Belle-de-Mai, de la Madrague, du Panier, où nul n'ose pénétrer s'il n'est marseillais, de tous les quartiers populeux. Têtes nues, leurs chevelures brillent au soleil. Pas de slogans préparés ni de « chants séditieux », comme disent les agents des Renseignements généraux. Des femmes en colère, souvent de noir vêtues. Pas de meneurs ni de cortège. Elles vocifèrent dans le désordre, mais finissent par faire une seule voix :

– Rendez-nous nos hommes !

Elles ne défilent pas, elles assiègent. Qui peut entendre leurs griefs, faire écho à leur colère ? Les députés sont à Paris, parfois au front. Le maire a refusé de les recevoir, déjà assailli de réclamations, de pétitions, de plaintes, de demandes de secours. Il ne peut répondre à tous. Il a sur les bras les réfugiés du Nord et de Belgique, les Arméniens et Syriens persécutés par les Turcs, les Italiens qui veulent rentrer chez eux, les Espagnols cherchant de l'emploi.

Les Marseillaises, il les a renvoyées à la préfecture. Elles veulent des nouvelles sur la situation réelle du front. Les journaux, caviardés par la censure, sont envahis d'articles patriotards écrits par des plumitifs non mobilisés. Où peuvent s'exprimer la détresse, la colère des femmes ?

Il leur reste la rue, où la police peine à les contenir. Les ordres du ministre de l'Intérieur Malvy, un radical-socialiste, sont d'éviter les incidents, les brutalités. Si les soldats, au front, apprennent que l'on bouscule leurs femmes, quel effet désastreux pour leur moral ! Les agents en tenue se regroupent aux portes du palais, silencieux derrière les chaînes tendues, comme pour faire oublier leur présence. Les civils des Renseignements généraux sont reconnus, houspillés, rejetés.

L'immeuble est cerné. Les manifestantes se pressent en lourdes vagues qu'il devient difficile de contenir. Vont-elles briser les chaînes ou s'écraser contre les portes, sous la poussée de plus en plus forte ? La place est bientôt bouclée par des gendarmes à cheval. Chargeront-ils à coups de plat de sabre, comme ils le font sans ménagements pendant les grèves ? Dans la foule, on scande :

– Le préfet, le préfet !

Un clairon de la territoriale sonne du haut du balcon, pour réclamer le silence. Près de lui, un huissier vêtu de noir, sa chaîne dorée autour du cou, fait des signes d'apaisement. On lui tend de l'intérieur un porte-voix.

– M. le Préfet va vous recevoir ! déclare-t-il.

Les cris redoublent : « Les planqués au front ! Videz les dépôts ! Rendez-nous nos hommes ! »

L'huissier se retire, accablé, avec un geste d'impuissance. Des pommes sûres commencent à pleuvoir sur le balcon. Les ouvrières de la chimie, les plus résolues, parlent de se saisir des panneaux d'avis au public et des barrières de bois pour allumer un brasier sur la place.

Un nouveau coup de clairon retentit. La porte-fenêtre à deux battants s'ouvre lentement. On retire les chaînes. Sur le balcon, un petit homme au toupet blanc, vêtu d'une redingote noire où éclate la rosette de la Légion d'honneur, se présente, dans le porte-voix : Roger Duval. C'est le chef de cabinet du préfet :

– Mesdames, le préfet ne peut vous recevoir toutes ! Constituez une délégation d'une trentaine d'entre vous. Elle sera immédiatement introduite.

Les gendarmes à cheval s'éloignent, mais des anciens de la territoriale, qui ont reçu l'ordre de dégager la place en douceur, sans armes, prennent position dans les rues adjacentes. Des Marseillaises les reconnaissent pour les avoir déjà vus dans les quartiers, chargés de garder les usines et les voies ferrées, d'arrêter les espions, d'empêcher le pillage des boutiques ou de conduire les convois d'approvisionnement des magasins de secours aux familles pauvres. Bien qu'en uniforme, ils sont débonnaires et souriants. Le calot planté de travers, ils s'insinuent dans les groupes, engagent la conversation, plaisantent avec les moins farouches.

Paul Raynal remarque l'absence d'officiers. Pas un capitaine à cheval. Les soldats discutent volontiers, mais font comprendre qu'en temps de guerre la loi martiale peut être appliquée. Veulent-elles faire la révolution dans le dos des poilus ? Obliger le préfet aux dernières extrémités ? Le préfet n'est pas un ennemi, il n'est que le représentant du pays en guerre.

– Nous voulons la justice ! s'écrie l'une d'elles. Ce sont toujours les mêmes qui se font tuer.

Les clameurs reprennent, et les soldats haussent les épaules. Comment endiguer un mouvement aussi spontané, aussi brûlant de protestation ? Au demeurant, ils ne sont pas loin d'être de l'avis de ces femmes.

Devant les portes de chêne désormais grandes ouvertes, gardées seulement par les employés de la préfecture, elles se concertent, afin de désigner leurs représentantes dans tous les quartiers. Une délégation est rapidement désignée. L'huissier fait sonner le clairon. Les déléguées apparaissent très vite au balcon, entourées du petit homme en noir, pour bien montrer qu'elles sont dans la place. Une immense ovation les salue.

Une demi-heure plus tard, elles sortent du bâtiment. Des groupes se forment autour de chacune d'elles. Elles expliquent que les dépôts sont pleins et que ces soldats sont là, réunis dans les camps de la ville, pour repartir incessamment à la guerre, sur de nouveaux théâtres d'opérations. Ils attendent les ordres et les bateaux.

Le préfet se dit conscient du désarroi de la population. Mais le salut de la patrie passe avant tout, et chacune doit le comprendre. Le gouvernement de René Viviani a promis d'accélérer les permissions. Les hommes reviendront. L'assistance aux foyers sera renforcée, les dépôts seront vidés. On ne trouvera plus en ville que les permissionnaires.

– De belles paroles ! gronde une femme en deuil, tout près de Paul Raynal. Ceux qu'ils nous rendent, ce sont les estropiés.

* *
*

La rue Paradis lui semble interminable et Paul hâte le pas près de la place Castellane. Il aperçoit constamment sur sa droite, tel un repère, la statue dorée de Notre-Dame-de-la-Garde.

Il ne croise que des groupes de femmes, déçues par la manifestation de la préfecture et pressées d'attraper le train de la gare du Prado qui les reconduira à pleins wagons dans leurs résidences ouvrières de Mazargue, vers Aubagne et La Ciotat, les villages de l'est.

Il suit le mouvement jusqu'à l'avenue du Prado bordée de platanes, avise les grilles d'un parc au vaste portail par où sortent des soldats sans armes, en permission peut-être, quelques compagnes délurées à leurs bras. Il croit tenir enfin le Parc des Expositions.

C'est une simple terrasse, plantée de pins parasols. Après avoir traversé le jardin français, puis l'anglais, auquel succède encore un jardin botanique, il tourne à droite et finit par déboucher sur la place du Prado. Sur une plage en contrebas, des groupes de poilus batifolent avec des filles. Certains se sont risqués à prendre un bain dans l'eau encore fraîche. L'armée a-t-elle constitué ici un camp de vacances pour permissionnaires ? Paul comprend la colère des Marseillaises dont les maris sont au front. Pour elles, ce spectacle ne peut être que révoltant. Est-il imaginable que des planqués se retrouvent ainsi aux bains de mer, pendant que d'autres se font massacrer sur la butte de Vauquois ?

– Pour les Expositions, suivez la côte ! le renseigne une naïade qui émerge de l'eau en frissonnant.

– Tu y seras toujours assez tôt ! ajoute son compagnon en caleçon long, allongé sur une couverture de l'armée. Nous passons nos journées à attendre.

– Attendre quoi ?

– La flotte, bien sûr. Pour embarquer. Nous sommes là depuis une semaine, et rien ne vient. Pourvu que ça dure !

L'homme est très jeune. « Peut-être un engagé qui voulait choisir son arme, un bleu comme moi », se dit Paul. Un camarade à l'accent de Cahors qui n'est plus pressé d'aller à la guerre.

Il reprend sa marche d'un pas de muletier ménageant ses efforts, songe qu'il tourne en rond.

– Vous vous êtes trompé de parc, lui dit-il. Vous venez de traverser le Borély. Le Chanot est au bout de l'avenue, juste au rond-point. L'avenue y fait un coude. Vous ne pouvez plus vous égarer.

– Mais je cherche le Parc des Expositions.

– Pardine ! « Chanot » ou « Expositions », c'est du pareil au même ! Ici, tout le monde dit « Chanot ».

* *
*

Le camp militaire couvre une grande partie des trente-huit hectares où se tenait, en 1906, la grande exposition coloniale de Marseille. Dès 1914, l'armée y a construit des baraquements pour accueillir les soldats de passage. Plus de dix mille hommes en attente d'une affectation transitent par ici. Les deux tiers d'une division d'infanterie. Mais les effectifs sont disparates ; les soldats ne sont pas endivisionnés, pas même enrégimentés.

– Comment veux-tu que je trouve ton 2e génie ? dit à Paul un adjudant du service d'accueil. Il n'y a pas même de train des équipages, ils sont ailleurs. Les artilleurs débarquent on ne sait d'où, avec leurs canons de montagne, comme s'ils repartaient pour le Rif. Les services de santé ne sont pas constitués. Ta compagnie est sans doute retenue à la gare des marchandises !

– Où se trouve le 175ᵉ régiment ? s'enquiert un soldat arrivé en même temps que Paul.

– Partout et nulle part. Depuis trois jours, vous surgissez aux quatre coins de la ville. Sachez une fois pour toutes que des bleus de votre espèce arrivent au petit bonheur de Grenoble, mais aussi du dépôt de Saintes, dans les Charentes, et d'autres encore de Riom, en Auvergne. Certains par sections, et d'autres seuls, sortant des hôpitaux. Rien que sur Marseille, on dénombre dix-sept hôpitaux militaires, et vingt du privé. Il en sort tous les jours des blessés à peine guéris qu'on nous expédie dare-dare, sans qu'on sache où les affecter. Et je ne compte pas les bleus du 15ᵉ corps, encore au dépôt, qui doivent monter retrouver les copains survivants dans l'Argonne. Ceux-là vont prendre la place des morts. Ils ne feront pas partie de la bamboula orientale.

– Je ne suis pas un bleu ! proteste le fantassin indigné. Voyez ma brisque : six mois de campagne. Je sors d'un de vos hôpitaux et ma feuille de route prescrit l'embarquement immédiat. Où dois-je me rendre ?

– On te mettra dans les zouaves. Ils manquent d'hommes. Pour l'instant, cherche la baraque nº 103. Tu auras une affectation plus précise plus tard. Rien ne presse. Installe ton paquetage et fais comme tout le monde, attends.

L'adjudant se tourne alors vers Paul Raynal :

– Quant à toi, baraque n° 55. Tu y retrouveras des biffins et les chasseurs de Grenoble.

– Mais le génie ?

– Pour moi, le 2ᵉ génie a quatre compagnies, affectées moitié au 16ᵉ corps de Montpellier, moitié au 18ᵉ de Bordeaux. Avec le génie, c'est le bordel. Les régiments sont découpés en tranches.

– Il y a beaucoup d'autres compagnies, risque Paul. Je suis de la 16/3, formée de pontonniers.

– Va chercher tes ponts ailleurs. En attendant, prends ton cantonnement pour la nuit. Je n'ai pas de temps à perdre. Rompez !

* *
*

Paul passe la nuit sans se dévêtir ni retirer ses bottes, à même les planches du lit. Réveil strident à la diane. Café sommaire, arrosé de goutte. Pain gris de munition. Corvée du matin pour préparer le repas de midi. Il n'y a pas de bourgeron de service.

Les hommes vaquent en chemise, dans la fraîcheur du petit jour. Revue de détail des paquetages, appel nominal par un commandant de réserve, sans doute volontaire pour reprendre du service à soixante ans. On rassemble les soldats en compagnies hétérogènes comprenant des chasseurs, des marsouins, des téléphonistes, des biffins en grand nombre et quelques artilleurs. Chacun doit décliner son unité de recrutement avant d'être affecté à ces regroupements provisoires.

Quand vient le tour de Paul Raynal, le commandant s'étonne.

– Un cavalier du génie de la 16ᵉ compagnie ? Ce

n'est pas sa place, dit-il à l'adjudant penaud. Renvoyez-le immédiatement sur le dépôt de Saint-Charles. Ses camarades y sont sans doute déjà rassemblés, et son capitaine va le porter déserteur.

– Prends le tram, bleusaille, recommande à Paul l'adjudant, soudain indulgent. Tu arriveras plus vite. Et gare au falot si les prévôts te prennent à traîner sur la plage. À partir de ce matin, la discipline est rétablie. Tous bouclés dans les camps, plus de sorties ! Garde ton ordre de route à portée de la main si tu es arrêté par les gendarmes. Ils seraient capables de te coller au ballon.

Le conseil est judicieux, mais comment grimper dans le tram bondé avec trente kilos de bagages ? Les Marseillais l'attrapent au vol, en grimpant sur les marchepieds, sans attendre l'arrêt. Heureusement, un traminot a repéré Paul et demande aux passagers la priorité pour un poilu. Ses sacs volent de main en main, sont jetés en vrac près du poste de conduite. Les bras solides de deux dockers en maillots noirs le hissent à bord. La machine reprend aussitôt son cours cahotant, dans le fracas des roues écrasant les rails. Jean est collé à un marin rentré d'Afrique, un régime de bananes posé à ses pieds, dans lequel des gosses piochent en cachette.

Serrés comme sardines en boîte, les gens tressautent lors des aiguillages, s'écroulent les uns sur les autres quand l'engin amorce une courbe, dans les bacchanées des femmes chahutées et les protestations colorées des matrones.

– Gare Saint-Charles ! hurle le traminot.

Impossible d'accéder à la porte. Ceux qui s'y pressent craignent de ne pouvoir remonter s'ils descendent pour céder la place. Paul doit jouer des coudes. Ses sacs le rejoignent sur le trottoir. Le voilà face à la gare, à la recherche du camp militaire.

Nouvelle épreuve. Qui lui dira où l'on expédie les soldats descendant des trains ? Renseigné par un gendarme, Paul se présente enfin à l'entrée du camp Saint-Charles, où des mercantis ont déjà installé hâtivement leurs échoppes. Le poste de garde le fait attendre, au milieu d'une foule de nouveaux arrivants. Il est encore une fois rejeté : un adjudant lui assure qu'aucun équipage du 2e génie n'occupe ce vaste lotissement de baraques aménagé sur un terrain vague. Pas un cavalier. Il n'y a ici que des fantassins, et pas le moindre matériel. Les artilleurs et le train des équipages sont sans doute restés en gare.

Même réponse évasive à la gare des marchandises, où moisissent quelques équipages de l'artillerie de montagne, surveillés par des sous-officiers sans troupes responsables du matériel. Les servants se sont provisoirement évanouis, faute d'instructions sur la destination des pièces. Un capitaine prend le bleu en pitié.

– J'ai vu décharger plusieurs engins de ponts, lui dit-il. On les a refoulés. Ils prenaient trop de place par ici, avec leurs convois interminables. Ils sont repartis aussitôt vers la gare maritime, à la Joliette.

Paul sent une sueur panique l'envahir. Il n'a pu rejoindre ses camarades de la 16e compagnie et le voilà en infraction. L'avertissement de l'adjudant du Parc des Expositions lui tinte encore à l'oreille : bon pour le falot !

– Pourquoi n'êtes-vous pas partis de Montpellier en unité constituée ? lui demande le capitaine.

– Je suis le seul à rejoindre la 16e compagnie, dont les hommes et le matériel viennent des champs de bataille du Nord ou de l'Argonne, je ne sais exactement, répond Paul, ravalant son trouble. J'ai été affecté par mon chef instructeur au génie à cheval après mes classes.

Le capitaine hoche la tête, perplexe. L'administration a ses faiblesses. Les affectations, leur mystère. Les bleus formés dans les dépôts passent des heures dans le train avant de trouver leurs unités. Il décide d'aider cet enfant perdu, lui signe un papier attestant qu'il s'est présenté par erreur au camp Saint-Charles, et que son retard ne lui est pas imputable.

– Hâtez-vous, voilà le tram conduisant à la Joliette. Vous y serez vite rendu.

La foule est telle à l'entrée du port que Paul est pris de découragement. La Joliette est un cul-de-sac : la rue en pente achoppe sur une muraille percée d'un portail, unique accès aux quais. La nuit tombe, et les derniers arrivés sont refoulés. D'autres attendent, depuis le lever du jour, qu'on daigne leur ouvrir. Autant l'arrivée dans Marseille par la gare Saint-Charles est libre et facile, autant l'accès au port de la Joliette se trouve verrouillé, réservé aux seuls dockers, marins et passagers autorisés. Les soldats n'entrent qu'en contingents en parfait ordre de marche, sous la conduite de leurs officiers, et sur annonce précise d'embarquement. Les quais étant saturés, il n'est pas question de les laisser envahir par une armée non constituée.

Paul se faufile néanmoins jusqu'aux guichets. Il présente son ordre de route au gouverneur militaire :

– Le génie est reparti, s'entend-il répondre. Pas d'embarquement avant longtemps. Trente navires ont jeté l'ancre devant l'Estaque, sans pouvoir approcher jusqu'ici, faute de place. Les équipages et le matériel sont renvoyés vers les centres d'accueil de banlieue.

– Dans quel camp ?

– Comment voulez-vous que je le sache ? Renseignez-vous demain à la place.

* *
*

Il est rare qu'un soldat parte en guerre dans des conditions aussi floues, sans même savoir où il va. Le 16e corps du général Grossetti, dont relève une partie du régiment de Paul – du moins le service des ponts –, se trouve au repos dans la région de Montdidier, dans la Somme après avoir perdu l'essentiel de ses effectifs dans la bataille d'Ypres, du 31 octobre 1914 au 3 février 1915. Les officiers de l'instruction l'ont assez répété aux bleus pour les rassurer : le régiment n'est plus à la bataille. Il attend des renforts. Une seule compagnie a été expédiée sur Marseille, celle des pontonniers, dont Grossetti n'a pas l'utilité dans l'immédiat.

En revanche, les sapeurs du 2e génie – la classe du premier contingent de 1915 comprenant artificiers, mineurs, constructeurs de casemates – ont tous rejoint Montdidier. Pourquoi Paul Raynal, outre cinq ou six camarades seulement de son dépôt, a-t-il été dirigé vers Marseille ? Il a quitté Montpellier avec d'autres soldats dans son cas : des blessés sortis de l'hôpital, des réformés incorporés à la deuxième visite, et surtout des jeunes de la classe. Très peu avaient Marseille pour destination : un aviateur en tenue de cavalier, quelques artilleurs, des fantassins affectés aux régiments de zouaves qui devaient rejoindre l'Afrique du Nord.

Doit-il cette exception à ses qualités particulières de sapeur à cheval ? Sans doute sa virtuosité au manège lui vaut-elle cette faveur. Formé par un ingénieur réserviste qui ne jurait que par les ponts et lui a enseigné les rudiments du métier, Paul n'a cessé d'entendre cet instructeur pointilleux lui scander que le génie était une arme essentielle – celle de Joffre, le généralissime –, et que la guerre serait gagnée par des ingénieurs...

Mais où donc est la merveilleuse organisation de Joffre, le « bourgeois des généraux », le « général civil » – comme l'appelait l'ingénieur –, qui sait tout prévoir ? A-t-il baissé ses yeux bleu myosotis sur le bordel marseillais ? En est-il responsable ? Paul se perd en interrogations, comme tant d'autres. Le voilà rejeté sur les bistrots du port, tenus par des Marseillais de pure souche, hébergeant sur la paille et contre argent comptant les soldats en attente d'affectation qu'ils abreuvent sans mesure. Une façon pour les errants d'échapper, il est vrai, aux rondes nocturnes des gendarmes et à la prison.

Paul, répugnant à ce genre de protection, préfère coucher seul dehors, dans un coin tranquille, ou ne pas dormir du tout. Les cafés fermant tard dans la nuit, il suffit de trouver une chaise. Comment l'armée, qui perd des centaines d'hommes chaque jour sur le front, peut-elle tolérer cette gigantesque pagaïe ? Tenir inoccupés, dans les dépôts saturés de Marseille, des milliers de jeunes de la classe 15 ? Sans compter les Sénégalais et les Marocains, parqués par unités entières du côté de Saint-Raphaël.

C'est Antonin, le patron, qui prend la commande. La fatigue lui a creusé les joues et sa tignasse grisonnante colle à ses tempes.

– Je vois bien que tu n'as pas trouvé ton unité, dit-il à Paul. Rassure-toi, tu n'es pas le seul. Tous les bleus qui échouent ici ne savent où coucher. Pas une place libre à la caserne Aurèle pour les recevoir. On les repousse sur le camp Mirabeau, à peine organisé, le plus perdu des cantonnements de Marseille, loin vers la barre de l'Estaque qui boucle la rade de ses rochers blancs vers l'ouest.

Paul soupire : encore un autre camp ! Le courage de prendre ses sacs pour repartir l'abandonne. La bière, même saturée de limonade, l'étourdit. Derrière lui, des chasseurs chantent *Auprès de ma blonde* : on leur a servi du vin de Cassis.

Une jeune fille, belle à perdre le souffle, passe devant le café. Elle marche d'un pas las, chargée d'une lourde valise et gênée par sa longue cape bleue d'infirmière. Les buveurs l'interpellent. Paul se penche pour mieux distinguer son visage, dissimulé sous de longs cheveux blonds. Il lui semble confusément reconnaître cette silhouette. Où l'aurait-il vue ? Dans la foule massée à l'entrée du port de la Joliette, peut-être... Sans plus réfléchir, il se lève, rattrape la jeune fille dont il saisit le bagage, et l'invite à faire une pause à sa table. Elle le remercie d'un léger sourire.

– Puis-je avoir un verre d'eau fraîche ? dit-elle simplement.

Paul écarte aussitôt les franges du rideau d'entrée du café. Il heurte la spirale peu engageante d'un papier tue-mouches, louvoie entre les tables non desservies d'où monte une forte odeur d'aïoli et de tabac. La faible lumière d'une ampoule nue tombant du plafond permet à peine de distinguer la salle, où des soldats s'enivrent de liqueurs anisées et de vin d'Algérie.

– Auriez-vous une carafe d'eau fraîche ? demande-t-il au patron, occupé à remettre sur ses jambes un légionnaire espagnol éméché.

– Tu sais que dans notre cité l'eau est plus rare que le pinard, souffle le tenancier avec effort. Tu demandes l'impossible. On dit que Marseille est la porte de l'Orient. Pour l'eau courante, c'est déjà l'Orient. Personne ici ne se risque à boire l'eau de la ville. Je vais voir s'il en reste au filtre. Les buveurs de vermouth en consomment beaucoup.

Paul regarde s'écouler du récipient de verre muni d'un robinet, commun à tous les ménages de Marseille, un filet d'eau potable mais chaude, presque visqueuse. Il repousse le verre d'un geste, demande de l'eau de Vichy. Où se croit-il ? On ne dispose ici que d'eau de Seltz pour Picon. Une serviette propre ? Le patron lui tend un torchon douteux. Paul ouvre son sac, y trouve un mouchoir neuf qu'il offre à la jeune fille et lui dit :

– Quittons cet enfer. Venez avec moi, nous chercherons un banc dans un jardin public pour y attendre le jour. Vous y serez en sécurité.

* *
*

Il la conduit vers l'hôtel-Dieu tout proche sur les conseils d'Antonin :

– Une infirmière ? Ils ne vont pas la mettre à la porte, assure-t-il. Elle attendra son bateau tranquille, si toutefois elle peut partir.

Paul n'interroge pas sa protégée. Elle se raconte elle-même, sur un banc qu'ils ont choisi un peu à l'écart, non loin de l'hôpital.

– Je m'appelle Carla Francesca Signorelli. Mon père est de Florence, ma mère d'Arles. Les Italiens sont plus de quarante mille dans la région. Le père de mon père a émigré le premier. Ils ont voulu que je porte la France dans mon prénom, parce que je suis aussi française. Ils m'ont fait faire des études d'infirmière. Mes frères ont été affectés au 2e zouaves du centre de Sathonay, dans le Rhône. Blessés tous les deux. Première discrimination : on ne recrute pas un Italien dans les régiments de Marseille.

– J'ai beaucoup d'amis dans les zouaves, l'interrompt Paul avec entrain.

Il comprend, à la crispation de ce beau visage, que sa tentative de diversion n'est pas de mise.

– Comment vont vos frères ?

– L'un d'eux est déjà reparti au combat, l'autre est amputé à l'hôpital de Lyon. J'ai demandé à aller le soigner. On me l'a refusé. J'ai été affectée à Aix, dans un hôpital auxiliaire de la Croix-Rouge, comme aide soignante.

– Pourquoi êtes-vous à Marseille ?

– Je n'ai pu tenir le coup plus longtemps. Les dames patronnesses de la ville, costumées en infirmières, se sont imposées auprès des majors. Elles soignaient, consolaient, distribuaient les grâces et les cadeaux, pendant que je devais laver la salle en récoltant les bandes maculées. Elles me faisaient trimbaler les poubelles, découper la charpie. Je n'avais le droit d'approcher les blessés que pour placer les haricots. Un infirmier m'a dit que l'on cherchait des volontaires à Marseille, pour l'outre-mer. J'ai fait ma valise et je suis partie.

– Sans avertir ? Sans ordre de mission ?

– L'infirmière en chef ne me l'aurait pas signé. Pour me garder à sa botte. On voit que vous ne connaissez pas les dames d'Aix. À leurs yeux, les Marseillais sont tous des étrangers, des gens qui côtoient les Arabes et les Noirs. Quant aux Italiens, les *babis* –, comme elles disent les *négros* et les *bicots* –, ils sont pour elles sujets de haines et de moqueries. Elles remercient Dieu du fait que, dans l'air purifié d'Aix, la ville royale, ces gens-là n'aient pas encore réussi à mettre les pieds.

– Ils se battent pour nous, donnent leur sang !

– Elles sont d'une douceur angélique pour leurs blessés indigènes, à condition qu'ils retournent vite au casse-pipe. Cela fait partie de leurs bonnes œuvres. Mais elles changent de trottoir quand elles croisent un ouvrier kabyle se rendant à l'usine à gaz, et jamais elles ne donneraient leurs souliers à réparer à des cordonniers arméniens, pourtant les meilleurs du monde. Tous ceux qui ont voulu s'installer ont dû s'en aller, et gagner Lyon. Il n'y a pas de place pour eux ici.

– Et la France entière attend l'entrée en guerre de l'Italie. Ceux qui n'ont pas été naturalisés quitteront la ville, pris par la conscription.

– D'autres aussi, peut-être. Il ne fait pas bon vivre en France, même pour une demi-Ritale. Je crois que notre conversation m'a redonné courage. Le jour va se lever. Il est temps que je me présente à l'ouvroir, comme une enfant trouvée.

Les deux jeunes gens profitent encore de quelques heures de quiétude sur leur banc, côte à côte, main dans la main, pour décourager les importuns. Un geste de protection pour Paul, mais aussi affectueux. Il n'a jamais touché une paume aussi douce. Carla s'est assoupie la tête posée tout près de la sienne, sur son sac de soldat. Il détaille longuement, à la clarté de la lune, les lèvres gonflées par le sommeil, les pommettes haut placées, les magnifiques boucles blondes, puis s'endort à son tour, dans un songe enluminé par cette rencontre.

Des ambulances pétaradant à l'entrée de l'hôpital les réveillent en sursaut. La jeune fille ôte sa cape pour la déplisser avec soin, se recoiffe, ajuste son bonnet. Puis elle embrasse Paul sur les deux joues, en signe de bonne amitié et de reconnaissance. Celui-là, du moins, s'est trouvé sur sa route sans velléité d'aucune sorte, ni tentation de l'humilier. Ils ont simplement, l'espace d'une nuit, conjugué leurs solitudes.

– Quand vous reverrai-je, Carla ?

– Jamais, sans doute. Si l'on me garde ici, je serai bien obligée de rester, au moins pour un temps, car je persiste à demander mon départ. J'ai besoin de prendre le large.

Elle le regarde de toute l'intensité de ses yeux verts, comme pour graver les traits de son visage en sa mémoire. Il lui promet de tout faire pour l'enlever à Marseille. Il la préviendra des départs du service de santé dès qu'il en aura connaissance.

– Les sanitaires sont toujours les derniers à la bataille, comme les carabiniers italiens, dit-elle en souriant. Qui se soucie des blessés, avant une tuerie ?

Elle s'éloigne d'un bon pied, claque le trottoir de ses talons à petits pas vifs, toutes traces de sa fatigue de la veille soudain effacées. Il lui a suffi d'un peu d'attention, d'un peu d'amour peut-être, pour reprendre courage. Les yeux gris et tendres du conscrit de Septfonds l'ont sans doute émue.

* *
*

De nouveau seul, Paul décide d'entrer dans la petite chapelle des Accoules, surmontée d'un clocher très ancien. Il a besoin de réfléchir et de rêver. À quatre heures du matin, la rotonde est encore déserte, éclairée seulement par les cierges des ex-voto. Tant de Marseillaises viennent inscrire le nom de leur enfant chéri au pied du calvaire pour qu'il leur soit rendu indemne. Tant de veuves font dire des messes au vieux prêtre, missionnaire rapatrié du Congo. Paul s'agenouille devant l'imposante croix, puis allume un cierge à la grotte de sainte Madeleine en prononçant un vœu : revoir un jour Carla.

Il quitte l'église et s'engage dans un dédale de rues étroites du vieux quartier, où du linge sèche sur des fils tendus en travers de la rue. Les ménagères ont déjà lancé par la fenêtre leurs paquets d'ordures bien ficelées dans du papier journal, à l'intention des éboueurs. Les hommes commencent à sortir des maisons pour prendre leur travail de dockers. Paul traverse le Vieux-Port en grimpant sur la plate-forme du pont transbordeur, une vaste armature métallique haute de quatre-vingts mètres qui tire du fort Saint-Jean au fort Saint-Nicolas, par des câbles d'acier, la lourde nacelle pleine de ses deux cents personnes.

Il est ainsi à pied d'œuvre pour se rendre dans les bureaux de la Place d'armes, de l'autre côté du Vieux-Port, où il se présente dès six heures. Un commandant veut bien l'entendre, consulter ses papiers militaires, et même téléphoner à la capitainerie pour savoir si un convoi du génie à cheval a été embarqué récemment.

Le capitaine du port, seul à connaître le mouvement des navires et leur destination, répond en personne. Son interlocuteur, le commandant Olivesi, fait partie du cabinet du gouverneur, et on peut l'informer sans crainte. Une compagnie du génie en provenance du front de Picardie est en effet arrivée au port, mais a dû repartir, faute de transports, vers le camp Mirabeau, entre Marseille et l'Estaque.

Les quais de la Joliette sont devenus insuffisants, en raison de l'importance des mouvements de navires britanniques. On a mis en service une partie du futur port de la Madrague, de l'autre côté de la baie, en bas de la montagne de Marseilleveyre. Là embarqueront peut-être les sapeurs du 2e génie de Montpellier, si les Anglais leur font place. À moins qu'on ne les dirige sur le bassin Mirabeau en pleins travaux, si toutefois les navires peuvent y accoster.

– Vous voyez ce qu'il vous reste à faire, dit le commandant avec bienveillance. Je vais signer votre ordre de mission, pour que vous soyez en règle. Vous devrez vous rendre, avant la tombée du jour, au camp Mirabeau, réservé au matériel du génie. Vous y retrouverez vos chevaux et vos mulets, peut-être aussi vos camarades s'ils ne se sont pas, comme vous, perdus dans Marseille.

La course en ville recommence, ainsi que la recherche des lignes de tramways. Paul croit pouvoir grimper dans un convoi qui semble conduire aux nouveaux ports. Il doit déchanter : jusqu'à sept heures, les trams marseillais refusent les voyageurs de nuit. Ils ont été saisis par la réquisition pour le transport des marchandises dans tous les quartiers de la ville et sa banlieue. On manque en effet de chevaux pour tirer les charrettes.

À la recherche d'un café ouvert, le jeune homme s'attarde au Vieux-Port, près d'un établissement aux luxueuses boiseries de marine acajou qui fait face aux voiliers amarrés sur le quai des Belges. Il part en rêverie devant l'arrivée d'un majestueux bâtiment battant pavillon américain, que tire un remorqueur. Les dockers se précipitent pour charger des ballots de coton sur les plateaux d'une file de camions : de quoi alimenter les usines de poudre.

– Les vapeurs n'entrent pas, mais on tolère les voiliers, surtout s'ils viennent de Charleston, entend Paul derrière lui.

Il se retourne et reconnaît le vieil homme vêtu de noir et coiffé d'un melon, tel un Anglais, qu'il a rencontré la veille sur une terrasse de la Canebière. Le bourgeois l'entraîne à l'intérieur d'un café huppé où il semble avoir ses habitudes.

– Vous êtes mon invité, lui dit-il, et je suis heureux de partager ma solitude avec un jeune soldat perdu dans notre ville.

Le garçon accourt, sa serviette repliée sur le bras, comme s'il se préparait à prendre les ordres du prince de Galles. Il dépose aussitôt sur la table, pincée dans une double latte de bois, une livraison tamponnée à l'encre encore fraîche du *Sémaphore,* destinée à son client.

– Comme d'habitude, monsieur Régis ?

Marmelade anglaise, melon d'Espagne, toasts grillés, cafetière bouillante et crème onctueuse. Paul se demande qui est ce notable. Il ne peut savoir que l'homme appartient à l'une des plus anciennes familles du patriciat marchand. Son ancêtre était connu pour avoir provoqué la grande peste de 1720 en maquillant le livre de bord d'un de ses navires de retour des Indes, dissimulant les marins infectés puis jetés à la mer. Les Régis étaient restés, malgré ce fâcheux incident, membres de droit de la chambre de commerce de père en fils, et avaient retrouvé leur fortune et toute leur influence de grands armateurs après l'ouverture du canal de Suez, en 1869. Ils étaient célèbres pour leurs relations commerciales avec la Chine et l'Inde.

– Je viens ici à pied tous les matins, de ma villa du chemin du Roucas-Blanc. Ma canne m'aide à effectuer, dans des délais convenables, cette promenade hygiénique. Si vous aviez le temps, je pourrais vous montrer tous les meubles chinois et objets précieux que mon grand-père a collectionnés ; cela vous intéresserait peut-être. Je finirai par les léguer à la ville. Aujourd'hui, je vis seul, et personne n'en profite. Mais je ne veux pas abuser, déjeunons.

Une fois son café bu en silence, il s'empare du journal pour chercher, sans même lire les titres de la une, la double page des mouvements des navires dans le port.

À peine gêné par le mutisme de Paul, qui n'ose importuner un commensal aussi impressionnant, il lance, par-dessus ses lunettes :

– Savez-vous pourquoi vous êtes à Marseille ?

* *
*

Paul Raynal ne trouve rien à répondre. Ce genre d'homme l'intimide. Il ressemble à l'acheteur de chapeaux de paille de son père, un exportateur de Caussade qui vend des panamas sur Paris, et même, dit-on, à Londres. Éloi Raynal, bon ouvrier mais illettré, a maintes fois répété à son fils qu'il l'enverrait en Angleterre dès la fin de la guerre, pour y apprendre la langue et les méthodes du commerce. Et c'est de ce chapelier cossu, toujours vêtu de noir, que dépendait, à Caussade, la survie de l'industrie. S'il abaissait ses prix, c'était la ruine des petits producteurs. Paul se souvient du respect mêlé de crainte de son père, lorsqu'il l'accompagnait dans le bureau de cet important personnage. Il éprouve un sentiment du même ordre devant le gros bonnet de Marseille.

– Je ne puis le savoir, monsieur. Personne ne m'en a rien dit. Je sais seulement que je dois embarquer.

– L'armée est de plus en plus la grande muette. Il faut tromper les espions, nombreux dans les ports. Même en mer, vous ne saurez rien. Ou bien l'on vous donnera de fausses destinations. Rappelez-vous vos anciens, les poilus de 14. On les débarquait en rase campagne. Ils ignoraient où ils étaient. Prudence élémentaire en temps de guerre.

– Certains parlent des ports d'Afrique du Nord.

– Intéressant. Je penche plutôt pour Bizerte que pour Alger : regardez le mouvement des navires. Si j'étais un sous-marinier allemand, c'est dans ces parages que je viendrais chercher mon butin.

Paul réprime un frisson. Partir à la colonie pour être torpillé en route lui paraît un comble. Il veut bien mourir à la guerre, comme tant d'autres, mais pas dans un naufrage.

– Les Anglais sont fous ! s'exclame M. Régis. À les entendre, ils devraient disposer des trente hectares de la Madrague, qui sont loin d'être aménagés. Lisez la rubrique des mouvements de navires, vous comprendrez.

Paul a du mal à se repérer parmi les colonnes, aussi serrées que celles du résultat des courses. Il comprend néanmoins que les arrivées, sur les deux kilomètres d'appontements provisoires de la Madrague, sont beaucoup moins importantes que les départs : les Britanniques ne débarquent plus, ils embarquent.

– Ils ont reconstitué la malle des Indes, reprend *Moussu Régis* – ainsi s'adresse à lui, en provençal, avec déférence, la jeune fleuriste qui lui décore sa boutonnière d'un œillet blanc.

– Observez la noria de bateaux qui emportent vers Le Caire, à l'entrée du canal de Suez, les troupes venues d'Angleterre par Calais-Marseille, sur les réseaux des Chemins de fer du Nord et du PLM. En ce moment, les rames se succèdent à Saint-Charles. La 29e division de Londres, une troupe d'élite, est en partance pour Alexandrie. Et les vapeurs ne se font pas attendre ; ils mouillent directement à la Madrague, sans prendre leur tour du côté de l'Estaque. Les Anglais ont pris leurs aises à Marseille, comme à Calais. Ils sont chez eux.

– Il faut s'en réjouir, dit Paul. Ne sont-ils pas nos alliés ?

– Si fait. Nous avons toujours aimé les Anglais, et surtout le charbon qu'ils nous livraient. N'avez-vous pas remarqué qu'on grelotte dans les maisons de Marseille ? Plus de combustible anglais, plus de boulets d'anthracite pour les ménages. Tout pour la guerre.

Nous n'aurons bientôt plus d'éclairage, faute d'approvisionnement des centrales électriques. Il nous faudra revenir au gaz.

– Où passent les Anglais ? Je n'ai guère vu, en ville, que leurs officiers, ou des contingents d'Hindous montant vers le nord.

– Ils sont parqués vers la Madrague, dans les camps de banlieue. À la Valentine, à la Barrasse. Le champ de courses du parc Borély était trop juste pour abriter les trente ou quarante mille hommes destinés à rejoindre l'Orient. Ils sont consignés dans leurs baraquements, dont ils ne sortent que pour embarquer.

Paul réfléchit un instant. Chez lui, à Septfonds, son oncle Cyprien lui a dit, avant son départ, que les petits ateliers de canotiers fermeraient les uns après les autres, faute de commandes. Le débouché sur Londres était supprimé d'un trait de plume. Calais était devenue une ville anglaise, entièrement militaire, administrée par les généraux alliés, sans aucune relation commerciale.

– Je vois bien que vous vous intéressez au commerce, reprend le vieil homme. Marseille, comme Calais, est à son tour l'une des têtes du pouvoir britannique. L'autre est en Orient : Le Caire. L'Angleterre a deux capitales. Les Turcs le savent, qui ont lancé une armée sur la capitale égyptienne pour tenter d'occuper le canal de Suez. Heureusement, les troupes hindoues les ont repoussés.

M. Régis poursuit son monologue, sur un sujet qu'il semble parfaitement maîtriser.

– Sans les Indes, l'Angleterre n'est plus qu'une province de l'Europe. Les Britanniques rassemblent au Caire leur formidable armée des Indes, pour reconquérir le Proche et le Moyen-Orient. Ils nous épaulent, certes, dans le Nord, contre les Allemands, mais leur vraie guerre est ici, en Méditerranée et dans le golfe Persique. Leur charbon s'épuise. Ils font déjà la guerre pour le pétrole de Mossoul. Ce matin, de ma maison du Roucas-Blanc, j'ai vu passer plusieurs vaisseaux de ligne. Plus de panaches noirs de charbon, ils marchent au fuel. Je m'égare, mais tout se tient. Le pavillon étranger est devenu dominant à Marseille, anglais surtout. Il l'emporte sur le pavillon français. Rappelez-vous bien, jeune homme. Si vous embarquez ici, c'est que les Anglais ont décidé d'ouvrir un second front en Orient, et que nous autres Français, nous sommes bien obligés de les aider.

– Où irons-nous ?

– Suivez attentivement, dans les colonnes du journal, le mouvement des vapeurs de notre flotte. Leur destination n'est pas Alexandrie, mais Bizerte. Nous y concentrons des troupes, à l'évidence. C'est là que vous débarquerez. Dans notre plus grande base maritime d'Afrique du Nord, près de Tunis. Quant à savoir la suite, ajoute-t-il, un brin de malice dans l'œil, je ne suis pas sûr que le président Poincaré lui-même la connaisse.

* *
*

Un Parisien en uniforme d'officier fait les cent pas dans l'antichambre du général Girodet, au gouvernement militaire de Marseille. Il s'appelle André Tardieu et ce député normalien, doté des plus brillantes relations dans les hautes sphères, détaché pour cette raison en permanence à l'état-major, sert d'intermédiaire quand les grands chefs veulent tâter le pouls de la politique ou de la grande presse parisienne.

Débarqué à l'aube du pullman de Paris, voituré en Peugeot par chauffeur militaire, le député en uniforme de capitaine des chasseurs s'impatiente. Gonflé d'importance, il est le chroniqueur diplomatique du « Bulletin de l'étranger » au grand journal *le Temps,* celui qui fait connaître Paris à Londres, Rome et Saint-Pétersbourg. Il est fort surpris de devoir attendre le bon vouloir d'un général au rebut, nommé à ce poste car incapable de commander, ne serait-ce qu'une brigade au front.

André Tardieu est en « mission officielle de surveillance », comme si son képi s'ornait d'un panache tricolore de représentant du peuple. À Chantilly, où Joffre a transporté ses pénates depuis novembre 1914, on ignore ce qui se passe exactement dans le port de Marseille. On compte sur le capitaine, devenu l'un des *missi dominici* du général en chef, et dont le pouvoir est redoutable.

La clarté éblouissante du bureau du gouverneur le fait cligner des yeux. Il s'approche pourtant de la baie vitrée pour y contempler le Vieux-Port encombré de voiliers, la pointe du fort Saint-Jean masquant les docks surencombrés de la Joliette, les barques remplies de troupes convoyant des Sénégalais à chéchias rouges vers les bâtiments ancrés en rade, dont les cheminées à vapeur lâchent de lourds flocons noirs.

Sur la gauche, vers la Madrague, défile la flotte anglaise en un long convoi protégé par des avisos gris aux canons pointés vers le large. Le principal port de l'armée des Indes est désormais Marseille. Les troupes coloniales ou celles des dominions d'Extrême-Orient y débarquent pour gagner le front franco-britannique. Les renforts venus de Londres y embarquent pour Suez et Alexandrie. C'est un chassé-croisé parfaitement réglé.

Tardieu se campe devant le général, un pied en avant. Girodet remarque ses fins souliers vernis noirs avec guêtres blanches. Singulier accoutrement pour un chasseur à pied, autant que les gants gris perle qu'il dépose sans façon sur le bureau, comme s'il était chez lui. Il ôte ses lunettes, les nettoie avec une pochette brodée tirée de sa vareuse, s'avise enfin de la présence du gouverneur qui se racle la gorge, cherchant des mots de bienvenue. Tardieu veut abréger les formalités inutiles et lui coupe la parole :

– Je viens de Chantilly, dit-il, après avoir inhalé une longue bouffée de sa cigarette. On s'attend à la chute du gouvernement.

Le général Girodet reste coi. Qu'un aussi puissant personnage fasse un si long voyage pour lui tenir un préambule à peine digne du salon de quelque égérie politique l'étonne. L'insolent Parisien a-t-il autre chose à dire ?

– Aristide Briand guigne le pouvoir à Paris, poursuit l'attaché du cabinet de Joffre, en gardant l'air avantageux. La stabilisation des fronts, l'impuissance du milieu politique à sortir de la guerre rendent nécessaire un changement du haut personnel. Delcassé, notre ministre des Affaires étrangères, est déçu et fatigué. Il déploie toute son énergie pour inciter l'Italie à entrer en guerre, sans y parvenir : avant la fin du mois de mai peut-être.

Girodet observe un silence admiratif. Décidément,

ce Tardieu parle comme il écrit, en familier des pouvoirs.

– Briand, encore garde des Sceaux, vise le Quai d'Orsay, et peut-être la présidence du Conseil, où les signes de découragement de son cher ami Viviani se multiplient. La lassitude du pouvoir et le poids des ans ! Poincaré est attentif, de sa prison de l'Élysée, à l'évolution du gouvernement anglais qui veut à toute force ouvrir un second front en Orient.

Tardieu fait de nouveau quelques pas le long de la splendide baie vitrée d'où il voit défiler, au loin, le convoi britannique.

– Il faut croire qu'il a réussi, dit-il en hochant la tête. Les premiers renforts partent pour Alexandrie sans doute.

Un jeune lieutenant de vaisseau du cabinet de Girodet le confirme. Le général se demande un instant si Tardieu est venu à Marseille pour mesurer l'importance des concentrations anglaises.

– Les *British* partent seuls, s'étonne le marin. Sans nous consulter, sans nous attendre, comme si nous n'existions pas. Pourquoi cette hâte ?

– On voit bien que vous ne connaissez pas Winston Churchill, allègue Tardieu. Le premier lord de l'Amirauté ne craint ni Dieu ni Diable. Les Français sont le cadet de ses soucis. Il a convaincu le cabinet d'attaquer les Turcs en Orient avec une puissante formation de la *Navy.* Il ne leur pardonne pas d'avoir essayé d'atteindre le canal de Suez, à la fin de l'année dernière. Il pense que les Turcs sont une bande de *natives* très faciles à disperser. Il veut forcer les Détroits.

– C'est oublier les Dardanelles et le Bosphore. L'amiral Nelson l'a dit, nuance sentencieusement l'ancien de Navale : « La terre a toujours raison contre la mer. » Les Anglais ont jadis échoué ici devant Toulon. Pourquoi voulez-vous qu'ils prennent Constantinople ?

– Personne n'a jamais raison contre Churchill, affirme Tardieu, tranchant. Il pense que les *dreadnoughts* et les *superdreadnoughts* inoccupés, ces cuirassés géants qui ont coûté si cher à la Couronne, se feront une joie de percer les Détroits, mettant les Turcs à genoux. À Constantinople, les Anglais seront maîtres du jeu. Ils pourront aider nos amis russes, mais aussi les dissuader d'occuper les détroits. Ils protégeront Chypre, Malte, l'Égypte, la route des Indes, et maîtriseront les puits de pétrole de l'Anglo-Iranian Company et des forages d'Irak. Je ne suis pas loin de penser que nous devons être présents dans cette affaire.

Le général Girodet ne répond pas. Il connaît Tardieu et lit ses éditoriaux du *Temps,* le journal des diplomates. L'homme est un ami d'Augagneur, le ministre de la Marine, et donc parfaitement informé du fait qu'on ne peut adjoindre à l'escadre anglaise que des navires d'un autre âge, tel le *Bouvet,* qui ne feront pas bonne figure.

– Une flotte ne peut vaincre, si puissante soit-elle, que si nous débarquons. Vous avez vu passer la 29e division britannique. Soyez sûrs qu'ils la destinent aux Dardanelles. Churchill a dû porter en Égypte toute l'armée des Indes. Ils sont prêts et nous hésitons. Je suis incapable de vous dire, mon cher Girodet, quel ordre vous recevrez demain...

Le général ne peut dissimuler son impatience. Il n'a jamais reçu d'instructions claires concernant la brigade rassemblée par bribes à Marseille. À se demander si on souhaite la voir partir.

– Joffre n'a jamais été favorable à cette expédition, déclare Tardieu.

– En ce cas, qu'il reprenne les troupes. Nous ne pouvons plus maintenir une brigade inoccupée à Marseille, coupe Girodet. Les Marseillais font plus que jaser, ils s'indignent. Que font dix mille hommes en vacances dans leurs murs, pendant que leurs camarades tiennent les tranchées ?

Tardieu rajuste ses lunettes. Peut-il expliquer à ce général les luttes sournoises, au sein de l'État-Major, entre partisans et adversaires de la guerre en Orient, l'embarras du gouvernement, la mesquinerie des rapports entre Alliés ?

– Nous tenons une vedette à votre disposition, l'invite un peu brusquement le lieutenant de vaisseau. Vous pourrez tout voir.

* *
*

Ils embarquent au Vieux-Port, sur l'appontement du *yachting club* où ils ont déjeuné. Par dignité, Girodet s'est abstenu de venir. Un gouverneur général n'a pas à paraître au côté d'un capitaine de chasseurs, fût-il sorti de la cuisse de Jupiter.

Le lieutenant de vaisseau chargé de cornaquer Tardieu n'a guère plus de trente ans, mais il est le fils d'un garde des Sceaux de Jules Méline, que le capitaine de chasseurs a connu lorsqu'il était lui-même chef de cabinet de Waldeck-Rousseau. Il s'appelle François Darlan.

Pour un ancien cacique de Normale, un fils de ministre sorti dans un bon rang de Navale, élevé, en outre, dans le sérail politique, n'est pas à dédaigner. Il lui parle donc librement, presque en camarade.

Darlan dirige la vedette le long des docks de la Joliette encombrés de vapeurs, de paquebots à trois cheminées transformés en transports de troupes, de cargos chargeant exclusivement canons et chevaux sanglés de cuir, hissés par grues au-dessus du quai et descendus dans les soutes.

– Un embarquement pour Bizerte. Là se fait le rassemblement de la flotte dont personne ne connaît la destination.

– Le mouvement commence tout juste, observe Tardieu, à la vue des nombreux navires en attente d'accostage.

Le lieutenant de vaisseau tire sur sa pipe et désigne le bâtiment *Biên Hoa*, venu d'Extrême-Orient en train de se faire remorquer vers l'ouest.

– Celui-là vient de décharger ses ballots de caoutchouc d'Indochine et de coton en provenance d'Égypte. Il repart pour prendre la file à Mirabeau. Ses clients l'attendent depuis plusieurs jours. Ils devront encore patienter.

– Rien ne presse, dit Tardieu, parce que rien n'est décidé.

François Darlan regarde son interlocuteur avec surprise. Que faut-il penser de l'état-major de Chantilly, responsable d'un tel désordre ? Tardieu lâche quelques bribes d'explications, l'ignorance du lieutenant lui faisant un peu pitié.

– Quand vous serez amiral de la flotte, vous saurez que la guerre est d'abord une affaire politique. Ce cher

Augagneur, votre ministre, enrage de voir un vice-amiral anglais prendre la tête d'une grande opération en Méditerranée, alors qu'on lui avait promis que les Français la mèneraient seuls.

– Peut-être avait-il mal compris, risque Darlan.

– C'est probable. Toujours est-il que nous suivons, en marquant quelques mouvements d'humeur. Quatre de nos cuirassés appareillent en ce moment de Toulon ou de Bizerte, pour rejoindre la flotte anglaise de haute mer qui cingle vers l'Égypte.

– Sous les ordres de l'amiral Guépratte, le plus anglophile de nos marins, qui se prend pour un lord. Il s'est placé sans aucune réticence sous la coupe du vice-amiral anglais, tant la supériorité de la flotte venue de tout l'Empire est écrasante.

– L'idée de Viviani, en janvier, était de monter une expédition franco-britannique pour aider les Serbes à en finir avec l'Autriche-Hongrie. Aristide Briand le soutenait ; Gallieni avait suggéré Salonique. Franchet d'Esperey, un Français d'Afrique du Nord qui se morfondait dans les tranchées de l'Aisne, avait réussi à convaincre Poincaré de convoquer Joffre. Refus brutal. Notre cher généralissime ne rêve que d'une offensive en Champagne.

– Et pourtant, nous avons ici une brigade entière à embarquer, avec tous ses services du génie et de l'artillerie, sans compter le train et le sanitaire.

– La politique, mon cher ! Au conseil du 23 janvier, Augagneur a annoncé qu'il tenait de source sûre la décision des Britanniques de lancer seuls l'expédition des Dardanelles. Poincaré devait être avisé par lettre de Churchill qu'une « aide mesurée » de la marine française serait la bienvenue.

– Et nous nous sommes hâtés d'obtempérer ! s'indigne Darlan, qui ne semble pas porter les Anglais dans son cœur.

– Fallait-il être absents ? Nous avons accepté d'être placés sous le commandement d'un amiral anglais. On nous a assuré qu'aucune troupe terrestre ne serait nécessaire.

– Joffre n'avait donc pas à être tenu au courant...

– Nullement. En fait, le plan anglais vient d'être modifié. Kitchener, le ministre de la Guerre, veut profiter de l'occasion pour en finir avec les Turcs qui l'ont inquiété à Suez. Il vient de décider officiellement avant-hier l'envoi aux Dardanelles d'« une force militaire importante ». Le *War Council* tient donc en état d'alerte les cinquante mille hommes de l'armée des Indes, avec huit mille *marines* dont les premiers éléments embarquent sous vos yeux. Sans compter la 29e division de Londres qui est déjà dans vos murs.

– Mais les Français ?

– Joffre a fini par se rallier, sous la pression de notre ministre de la Guerre Millerand. Churchill, conforté par Kitchener, devait envisager lui aussi une opération terrestre aux Dardanelles avec le renfort d'une division française. C'est une brigade de cette division que vous devrez embarquer à Marseille.

– Ainsi, Joffre a finalement été conquis.

– Il a prêté aux Anglais le vieux général d'Amade, un ancien des guerres du Maroc, et demandé la formation de nouvelles unités de zouaves et de tirailleurs. Il n'a consenti qu'à l'envoi de deux régiments métropolitains, des bleus pour la plupart.

– Qu'attend-on pour les faire partir ?

– La décision n'est pas encore prise. Je suis là pour

évaluer la situation en cas de départ imminent. Nous attendons le conseil des ministres du 18 février. Beaucoup de nos éminences ne supportent pas de servir d'appoint à une force anglaise en Orient.

– Vous voulez dire que ces hommes pourraient ne pas embarquer ?

– Ne soyons pas pessimistes, mon cher lieutenant. Beaucoup sont déjà rassemblés dans les ports algériens. Nous avons trop d'intérêts en Turquie, en Syrie et au Liban pour rester l'arme au pied. Je puis vous prédire, sans trop m'avancer, que nous serons présents aux Dardanelles.

* *
*

Rasé de frais par un barbier du quai des Belges, les bottes cirées par un jeune Grec, un cigare de *Moussu* Régis au bec, Paul Raynal ne se hâte pas de rejoindre le camp Mirabeau, convaincu que les départs ne sont pas pour demain et qu'il dispose de sa journée pour flâner dans Marseille.

Il a bien essayé de revoir Carla, mais un lieutenant du service de santé lui a certifié qu'elle venait d'intégrer le personnel soignant de l'hôtel-Dieu, et qu'il convenait de ne pas l'importuner. Un ambulancier, lui aussi en route pour charger des blessés à Saint-Charles, a pris Paul à son bord pour parler avec lui du pays, avant de le déposer à l'entrée du camp Mirabeau.

Dans cette enceinte, une trentaine de baraquements. Comment reconnaître le sien ? Des fantassins, des artilleurs qui n'ont jamais vu le feu.

– Dépêche-toi de trouver les tiens, lance à Paul un

caporal de zouaves, et si possible avant l'appel du soir. Nous partons incessamment.

La semaine passe sans qu'un mouvement ne se précise. Pourtant, les sapeurs du génie, retrouvés en bout du camp avec leurs chevaux et leur matériel, sont fin prêts pour l'embarquement. Ils ont reçu des ordres, mais les bateaux et les grues sont en nombre insuffisant. De plus, les docks en bois qui attendent les navires doivent être consolidés. Le bassin est loin d'être équipé.

La compagnie n'est pas encore au complet : cent vingt bonshommes seulement, qui reviennent du front, et sans doute les seuls dans le camp à exhiber leurs barbes de poilus. Ils sont à la moitié de leur effectif et le capitaine attend des renforts des dépôts. Paul est le bienvenu.

Huit jours durant il couche sur une paillasse, en subissant toute une série de piqûres : rappel antityphique, peste, choléra, et même fièvre jaune, comme s'il partait au Tonkin. L'aide-major plante en série des aiguilles dans les fesses et les épaules, transformées, disent les bleus, en écumoires. Les expédierait-on vers des contrées malsaines ?

La discipline se relâche quelque peu, en raison des départs toujours ajournés. Dans la matinée, Paul soigne et brique le cheval qu'on lui a attribué, Bijou, en s'ingéniant à lui trouver de l'eau, dans ce camp où elle est rare. Impossible d'approcher du rivage. Des territoriaux en interdisent l'accès, baïonnette au canon. Les embarquements ont tout de même commencé, avec une sage lenteur. Les artilleurs ont été, comme toujours, les premiers servis. Mais le cargo qui les accueille ne quitte pas l'ancre. Il s'est seulement éloigné du wharf pour se fixer à quelques encablures, à l'abri du vent.

La capitainerie du port aurait-elle oublié ceux de Mirabeau ? À n'en plus finir de compléter le matériel, de monter et démonter les mitrailleuses et les ponts métalliques, d'empiler les caisses de dynamite, la troupe se désespère. Partira-t-on jamais de ces rivages incertains où la barbe pousse aux recrues, faute d'eau pour le rasage ?

Le soir, les sapeurs prennent d'eux-mêmes une permission de détente, profitant d'une surveillance relative. Paul suit les siens pour une promenade à pied jusqu'aux bistrots de l'Estaque. N'étant pas plus amateur de filles de joie que de bière chaude, il rentre le premier. Bien lui en prend : les camarades de virée qui se sont attardés sont arrêtés par un sous-off et condamnés à huit jours de ballon. Rires des anciens. Pour qui se prend ce teigneux ? Ne sait-il pas qu'ils peuvent embarquer demain ?

– Il n'importe, répond le juteux. Vous ferez le voyage à fond de cale, comme les mulets.

Un général est annoncé le lendemain, qui vient passer le camp en revue et s'assurer que tout est prêt pour le départ. Surpris d'apprendre qu'une dizaine de sapeurs du génie sont consignés, dont quatre caporaux – des briscards du front du Nord –, il demande à les voir. Les sous-off présentent, impeccables, leurs plastrons parfois décorés de la médaille militaire. Jules Mouriane, un caporal-chef, hurle d'un air de défi :

– À vos rangs, fixe !

– Voilà donc vos dangereux déserteurs ! dit le général, informé de la sanction prise contre les bambocheurs.

Il rappelle au capitaine que le règlement interdit qu'on emprisonne un médaillé militaire, et ajoute :

– Vous embarquez demain. Je vous saurais gré de prendre une mesure de clémence.

Les nuitards libérés tirent les chevaux et mulets par la longe pour les aligner sur le môle, où des grues à vapeur ont été disposées dans la nuit du 23 au 24 février. Le cargo où ils réussissent, en quelques heures, à charger leur matériel, accueille sur sa passerelle, le 24 au soir, les cent vingt sapeurs de la compagnie des pontonniers du génie à cheval.

Quand ils se pressent enfin sur le pont encombré de militaires emmitouflés dans leurs capotes pour la nuit, le premier passager qu'aperçoit Paul Raynal est l'Alpin de la Canebière.

– Bienvenue à bord du *Biên Hoa,* lui dit-il. Je t'invite dans ma chaloupe de sauvetage. Ce n'est pas le Ritz, mais on y dort mieux que dans les cabines, et le pacha veut bien fermer les yeux.

– Où allons-nous ? demande Paul.

– Nous partons pour Cythère, assurément.

Le sillage du *Biên Hoa*

Le *Biên Hoa* est un cargo à vapeur de l'armement marseillais, réquisitionné par la Marine nationale et familier de la ligne de Saigon et de Canton. Le capitaine et son équipage portent encore l'uniforme de la marine marchande. Ils n'ont pas l'habitude de traverser la Méditerranée vers l'Afrique du Nord, charbonnant plutôt au Pirée et cabotant au Proche-Orient avant de gagner Suez.

Le 24 février 1915, Paul Raynal embarque à la tombée du jour. Quittant le port de Marseille, il ne peut s'empêcher, passé le phare du Planier, de parcourir du regard la ville encore éclairée des derniers rayons du soleil. Pour la première fois de sa vie, il voit la mer devant lui étalée dans toute son immensité, et la progression du bateau vers le large est pour lui comme un arrachement.

Au loin, la statue d'or de la Vierge brille encore. Les marins l'appellent la Mère : à l'instant précis où leurs yeux peuvent enfin accrocher, au retour, le miroitement de leur déesse de la cité, ils se savent sains et saufs. Pour les partants, à l'inverse, sa disparition ouvre la porte à tous les dangers. Paul détourne son regard de la « bonne Mère » pour se laisser bercer par les moutonnements du large. Il n'est plus dans son élément. En poupe, appuyé au bastingage, il fixe longuement le sillage d'écume qui s'élargit loin vers le port, et dont chaque ride lui rappelle un épisode de sa vie. Il la laisse défiler tout entière, jusque dans ses moindres détails, comme s'il ne devait plus jamais revenir.

Chez lui, dans le bas Quercy, pas l'ombre d'un plan d'eau, du calme d'un étang ou de la fraîcheur d'un lac. La seule rivière digne de ce nom s'appelle l'Aveyron, dont il remontait jadis le cours en barque. L'évêque de Montauban et le chanoine de la cathédrale Marcel Raynal, cousin de son père, jugeaient tous deux ce fleuve dangereux : non pas en raison de son cours, encaissé comme celui du Tarn ou agité de remous responsables de bien des noyades, mais à cause des bastides de ses hauteurs, peuplées de huguenots réfugiés là depuis des générations.

– Il ne fait pas bon, disait le chanoine, s'attarder en territoire réformé. Le diable y rôde. Rappelle-toi la maison de la grand-mère Raynal de Cayriech. Sa ferme avait été blanchie et bénie par l'exorciste venu tout exprès de Rodez, mais non pas l'étable. Quand les vaches étaient au pré, notre chère centenaire se réveillait en sursaut. Le diable agitait les chaînes. Sa maison restait hantée.

Pourtant, l'Aveyron fascinait Paul Raynal. Sans doute lui avait-on appris que quatre ou cinq générations de sa famille étaient venues là depuis le haut Quercy. Il quémandait sans cesse des précisions sur cette migration lui rappelant celle des Américains vers l'ouest, maintes fois racontée dans ses journaux d'enfant. Ainsi, les hommes louaient leurs bras aux étapes, fuyant les causses secs des hauteurs. Fatigués, sans doute, de devoir remonter leur terre trop rare dans des hottes, quand les orages l'arrachaient au rocher.

Le chanoine savait tout sur les origines de la famille. Quand Paul, cassant sa tirelire, s'offrait le voyage de Montauban, son cousin affable l'accueillait dans son bureau du séminaire. Il lui avait un jour déplié un acte notarié provenant de son ancêtre, un Raynal prénommé Paul, comme lui, parti à la guerre sous Louis XV et chirurgien au régiment de Montauban.

– Quant à partir, avait décrété le chanoine, ce Paul Raynal a eu bien raison : autant aller loin. Il avait fait un legs à sa servante bien-aimée, au cas où il ne reviendrait pas de la guerre. Bien sûr, il prévoyait de reprendre à son compte les deux cents livres consignées chez le notaire, si le boulet autrichien l'épargnait.

Paul s'était montré surpris qu'un tel praticien, au sommet de sa réussite, ne disposât pour tout pécule que de quelques pièces à l'effigie du Bien-Aimé.

– Bah ! avait expliqué le chanoine, un chirurgien, en ce temps-là, n'était pas grand-chose : au village, il pouvait faire aussi bien fonction de barbier, de rebouteux, que de marchand d'herbes. Il voulait connaître du pays. De retour à Septfonds, il avait l'auréole d'un soldat du roi : la *gloria militare* que l'on chante dans Mozart.

Paul se reprochait de n'avoir pas trouvé le temps de rendre visite au chanoine avant son départ aux armées. Haut de taille et massif d'allure, cet homme au teint fleuri enseignait la musique et le chant au séminaire. Il recevait beaucoup de jeunes élèves, et ne manquait jamais de sonner sa servante pour lui faire goûter sa prune d'Agen ou sa bénédictine, avant de l'entretenir de son sujet favori : les origines de sa tribu.

À force de fouiller les grimoires, ce féru d'études et d'archives avait inventorié les siècles et les villages, de Septfonds à Caylus, avant d'aboutir au gros bourg de Parisot-en-Quercy. Là avait commencé, dès le XVIIe siècle, la migration des Raynal, dans un pays agité par les dragonnades du roi et les guerres de religion. Et si les archives de l'état civil des cures n'avaient disparu en fumée à la même époque, le chanoine aurait poursuivi benoîtement son enquête en explorant le Moyen Âge, depuis les régions de Villefranche-de-Rouergue ou de Cahors.

Paul s'étonnait toujours devant son cousin que les familles aient pu ainsi décider de seller une voiture à cheval, d'abandonner tout derrière elles pour aller vers une destination inconnue, leurs bras comme unique ressource.

– Elles n'allaient pas loin. Souvent, le fils partait seul, à la recherche d'une épouse et d'un travail. Pour un garçon du bourg très austère de Parisot-en-Quercy, Caylus représentait le paradis. Les protestants de la famille ont continué leur marche vers Saint-Antonin-Noble-Val, accueillis là par une de leurs communautés et aussitôt engagés dans des échoppes d'artisans.

« *Horresco referens*, ajoutait le bon chanoine, mais il faut bien convenir qu'il y eut, et qu'il reste encore, des Raynal huguenots. Les autres, les catholiques dont nous descendons, ont loué leurs services de village en hameau avant de s'établir comme métayers dans les petites fermes des bords de la Bonnette, un discret affluent de l'Aveyron.

« Vieux pays, poursuivait le chanoine, mais très vite adapté à la mécanique compliquée des moulins, qui supposait des roues crantées et un ajustement délicat des embrayages en bois. Ils se multipliaient, au bord de la rivière. Les tours bâties sur les hauteurs étaient alors couronnées de calottes et leurs longues ailes diaphanes étaient visibles au loin par quelque don Quichotte. Le paysage, dans son dénuement, rappelait effectivement la Mancha, ce vaste plateau espagnol désertifié par les armées de moutons migrateurs. Meuniers et fariniers dormaient alentour, pour surveiller la marche du moulin et empêcher les vols de grains. Sois sûr qu'un des Raynal de notre lointaine ascendance a été farinier : au XVe siècle, c'était l'industrie du pays.

– Ainsi, nos ancêtres étaient des paysans, mais ils fuyaient la misère et les meutes de loups du causse du bas Quercy.

– Et aussi les bandits, les voleurs de poules et de moutons, sans compter les passages de soldats. La vieille église de Caylus était fortifiée. Rappelle-toi la maison des loups, à côté de chez tes parents : elle existe encore, avec ses gargouilles monstrueuses. Des prédateurs venus des montagnes rôdaient sans doute dans les parages, durant les années de sécheresse ou d'épidémie.

Paul demandait toujours plus de détails sur la manière dont les ancêtres avaient réussi à échapper aux contraintes d'une terre ingrate.

– La technique ! lui répondait le chanoine. Toujours la technique. Nos femmes avaient saisi l'opportunité de se procurer à moindre prix, à la fin du siècle dernier, des machines à coudre. Les premières du canton. Elles venaient d'Amérique et portaient la marque Singer. La moindre villageoise voulait apprendre à s'en servir : une révolution dans les campagnes. Celles de Septfonds eurent très vite l'idée de coudre ensemble les tiges de paille des champs de blé. Les hommes s'en servirent pour confectionner des chapeaux, d'abord pour les travaux des champs. Mais en affinant le travail, en achetant des apprêts au bourg, fabriqués par les usines chimiques de Toulouse, ils finirent par inventer le canotier. Et leur fortune fut faite.

* *
*

Paul soupçonnait son cousin le chanoine d'exagérer. Son grand-père chapelier n'était pas riche, et son père à peine plus. Il leur manquait l'école, le savoir lire, le savoir parler. Enfants, ils avaient souvent négligé la classe pour des parties buissonnières de chasse au lièvre ou de pêche à la truite dans la Leyre. L'institutrice se désespérait. Elle était la première à exercer dans le canton et s'indignait du peu d'intérêt des familles pour l'éducation. Ses visites à domicile pour en convaincre certaines d'envoyer à l'école leurs enfants de quatorze ans restaient vaines. Les parents considéraient qu'à cet âge ils devaient travailler.

Paul avait été un des rares fidèles des bancs de l'école, toujours assoiffé de connaissances. Son père, illettré mais convaincu de l'importance de l'éducation, aurait suivi les cours du soir pour adultes si la fatigue ne l'avait terrassé après ses douze heures de travail. Il avait été l'un des premiers à comprendre que l'école donnait la liberté.

Le meilleur ami de Paul était le fils de la maîtresse, son aîné d'un an, qui voulait être professeur de grec. Éloi Raynal poussait son fils à l'étude de toutes ses forces, rabrouait la mère quand elle l'interrompait dans ses leçons pour quelque tâche domestique. Faisant chabrol le soir dans sa soupe, il exigeait qu'on serve à son fils unique du bon fromage de chèvre et de la mitonnée de lait frais, afin qu'il pût grandir en force et devancer les enfants chétifs de la ville.

Le chanoine s'était rendu à Caylus à bicyclette, quand le petit avait été reçu premier du canton au certificat d'études primaires, insistant pour qu'il étudiât jusqu'au brevet. Le père avait consenti, et l'enfant avait obtenu son diplôme. À seize ans, celui-ci était préposé aux écritures et aux comptes de l'atelier. Il avait également en charge la lecture quotidienne de l'édition locale de *la Dépêche de Toulouse*.

À cet âge, Paul avait compris que l'industrie du chapeau était tout juste un moyen de survivre pour les petits ateliers, à moins d'émigrer dans les grandes villes pour toucher de bons salaires et peut-être ouvrir des usines si l'on voulait, comme certains, se risquer dans la course à la fortune. Il se souvenait de son grand-père maternel, Edmond Bordarios, qui restait métayer mais tirait les pailles, à ses moments perdus, sur les moules en bois façonnés au burin et savamment polis pour la fabrication des chapeaux. Sa sœur Isabelle, épouse de Cyprien Cahuzac, nourrissait les ouvriers de la paille dans sa ferme de Monteils, près de Septfonds, et les mobilisait aussi pour les labours et moissons.

Paul revoyait, en fermant les yeux, les tuiles romaines inondées de soleil de la ferme des Cahuzac, ses oncle et tante. Un chemin blanc de poussière y conduisait, suivant la Leyre. Un pigeonnier à quatre faces, monté sur pilotis, abritait les palombes. De la fenêtre de sa chambre, il pouvait pêcher dans la rivière. Sa canne de bambou sur l'épaule, il remontait parfois le cours de la Leyre pour rendre visite à son arrière-grand-mère Bordarios, centenaire, qui n'avait pas voulu quitter sa maison de pierres sèches dans le hameau de Cayriech.

Un village déjà quasi désert, les jeunes ayant cherché de l'embauche aux ateliers de chapeaux de Septfonds. Un des petits-fils de la bisaïeule toujours vêtue de noir venait chaque jour la nourrir, de soupe et de fromage sec. On lui avait laissé sa chèvre et les voisins lui cultivaient son bien. Paul avait peu de mérite à lui rendre visite : il ne s'attardait guère auprès de la vieille dame, dont l'ouïe n'était plus très bonne, et s'en allait vite repérer les truites frétillantes dans l'eau pure de la Leyre.

Il n'était pas né à Cayriech, ni à Monteils dans la ferme de la tante Isabelle, mais à Septfonds, où ses parents s'étaient installés comme ouvriers chapeliers avant d'ouvrir un petit atelier à leur compte. La mère cousait, le père tirait les pailles. À l'âge de dix ans, Paul était encore fils unique. Les paysans du Sud-Ouest avaient le souci de laisser leur maigre bien à un seul enfant, afin qu'il pût démarrer dans la vie. Quand une sœur ou un frère survenaient, malgré les précautions prises, l'Église se chargeait de les placer : Paul ne comptait pas moins de trois bonnes sœurs et deux curés dans sa proche famille, sans compter le chanoine : une manière de résorber la surpopulation des campagnes.

Son père lui racontait que certains s'engageaient comme soldats. Ils n'étaient pas bien vus au village, où ils passaient pour des bons à rien, mais le métier militaire, dans les années 1890, avait gagné en dignité et en honorabilité. Un volontaire n'était plus un incapable rejeté du village, on disait qu'il « faisait carrière » dans l'armée de la nation. Selon Éloi Raynal, un de leurs lointains cousins Pouget, engagé dans la

Coloniale, avait capturé en Afrique un chef recherché depuis des années, appelé Samory. Le rebelle était entré par erreur sous la tente du caporal Pouget qui faisait sa sieste. Cet exploit lui avait valu le grade de sergent.

Le chanoine confirma à Paul que la selle de Samory, richement ornée de cauris et de fils d'or, était bien exposée au musée de Montauban. Le jeune homme rêvait souvent à ces conquérants d'Afrique, vainqueurs des amazones du roi Béhanzin au Dahomey. À Montpellier, il avait également appris, de la bouche de son instructeur, que Joffre avait suivi le général Archinard dans la conquête du Soudan, s'enfonçant loin vers le Niger.

Qu'il fût lui-même choisi pour l'outre-mer le plaçait, ironie du sort, sur le même pied que le cousin Pouget. Mais il n'ignorait pas qu'en pleine guerre l'envoi d'une division en Orient ne pouvait s'assimiler à une simple expédition coloniale. L'armement le plus moderne de la grande armée nationale remplissait les cales du *Biên Hoa*. À l'évidence, on partait pour ouvrir un second front dans une guerre devenue mondiale. Cet avenir des plus inquiétants ne rendait que plus précieux le souvenir des derniers instants passés à Monteils.

* *
*

Peu avant le départ du jeune conscrit pour le dépôt de Montpellier, la tante Isabelle avait organisé la fête des chapeliers. Éloi et Maria, les parents de Paul, installés deux ans auparavant à Caussade, ville du foie d'oie et du canard truffé devenue capitale du chapeau de paille, furent les premiers à y participer. On avait décidé de rassembler toute la famille et les connaissances au pays, à Monteils.

Ceux qui étaient restés agriculteurs étaient venus à pied, à dos d'âne ou en charrette, ceux de la ville à bicyclette. Ils étaient tous là, y compris les ouvriers de la paille, tous plus ou moins cousins des Raynal et travaillant dans l'atelier ouvert par le plus entreprenant d'entre eux, Éloi.

Le père de Paul était heureux de cette journée, bien qu'il regrettât que l'occasion en fût fournie par le départ de son unique fils à la guerre. À cinquante-cinq ans, il avait conçu, confiant dans son travail et son savoir-faire, mais aussi grâce à Paul, qui prenait en charge les comptes et la correspondance commerciale, la légitime ambition de se faire une place à côté des grands fabricants.

Il se sentait capable de fournir les plus beaux canotiers d'Aquitaine et gasconnait volontiers dans les cafés de foire en prétendant coiffer le roi d'Angleterre. Il était fier de ses atouts maîtres : son tour de main, sa connaissance des apprêts, l'assistance inconditionnelle de son épouse et l'aptitude aux écritures de son fils. Le trio gagnant voulait s'implanter solidement à Caussade avant de s'imposer, pourquoi pas, jusqu'à Paris. Paul tentait en vain de freiner ses ardeurs : le succès ne dépendait malheureusement pas du savoir-faire, mais de l'état du marché et des prix d'achat pratiqués par les revendeurs.

À tous égards, la guerre s'annonçait comme une catastrophe pour Éloi. Elle lui enlevait son fils, et limitait le débouché des villes : seuls les vieillards achèteraient désormais les panamas et les canotiers.

Quelle femme oserait arborer une capeline de rêve, un chapeau de paille d'Italie, alors que bals et réjouissances avaient disparu, et que les familles se cachaient pour faire la fête ? La guerre risquait de provoquer la mort des chapeliers. Déjà, les Caussadaises sortaient dans la rue tête nue, ou se rendaient à la messe un fichu sur les cheveux.

Éloi Raynal avait, de ses doigts agiles, renforcé les apprêts du chapeau colonial dont il avait affublé son fils, lors de la fête chez la tante Isabelle. Il avait vu sur le journal des photographies de Canadiens et d'Australiens coiffés de larges feutres. Pourquoi nos coloniaux ne porteraient-ils pas des chapeaux de paille ? Un décret de ministre, une signature de chef de bureau pouvaient tout arranger. Une commande de l'armée sauverait le pays caussadais, comme elle avait nourri le Lauraguais grâce aux pantalons garance, et le Toulousain grâce au pastel des dolmans de hussards... Éloi rêvait : l'avenir prévisible de la coiffure du soldat, même anglais, était le casque d'acier.

Il n'empêche : Paul avait eu du succès, avec son *capeou,* dans les danses improvisées au doux son des pipeaux à la fête d'Isabelle. Chacun des huit ouvriers de l'atelier Raynal avait eu droit à son confit de canard assaisonné à la graisse d'oie, servi avec des haricots de la ferme conservés secs au grenier. Le tout arrosé du vin âpre des Causses. Des canards que la tante avait gavés elle-même de grains de maïs au moulinet, en les serrant entre ses genoux. Rien n'était trop beau pour le départ de Paul « au régiment ». Elle se gardait de dire « à la guerre », pour chasser le mauvais sort. Cyprien ne lui ayant pas fait d'enfants, elle considérait presque le « petit » d'un mètre quatre-vingts comme son fils.

– Avec sa taille, disait l'oncle, il sera tambour-major.

– Ou cuirassier, ajoutait la cousine Claudette, les yeux brillants d'excitation.

– Je crains fort, coupait Éloi d'un ton faussement désabusé, que tout son savoir ne serve qu'à en faire le secrétaire d'un général.

* *
*

À l'arrière du *Biên Hoa*, où il cherche en vain le sommeil, Paul Raynal se souvient encore avec émotion de cette dernière journée ensoleillée de Monteils. Les ouvriers étaient assis dans l'herbe, la tête chavirée par le pousse-café. Huit hommes de quarante-cinq à soixante ans, échappant encore aux levées de soldats.

Le père avait songé à faire venir de Montauban le photographe Baptiste Galinou pour fixer sur une plaque l'image du grand départ. Paul avait déjà son habit de voyage, debout près de la tante Isabelle qui tenait en main une poignée de pailles tressées. L'oncle Cyprien, au dernier rang, brandissait le rabot géant qui lui servait à polir les tables de travail. À ses côtés, Éloi, le maître chapelier, portait son grand tablier blanc sentant la teinture et la colle. Et le vieux Donatien présentait son crochet de fer, avec lequel il tirait du fourneau brûlant les moules à chapeaux. Au centre, en première ligne tels des soldats, se tenaient les sculpteurs de formes en bois et les apprêteurs. Et, partout disséminés, accrochés, des galurins à profusion ; depuis la galette de conscrit jusqu'aux capelines façon bergère. Partout, sauf sur la tête des hommes, couverte de bérets basques, de feutres ou de casquettes.

Les pailles étaient des produits de luxe destinés aux *moussus* de la ville. On ne gaspillait pas ces chefs-d'œuvre, même aux grandes occasions. Seul Paul Raynal avait été coiffé, tel un pape de la tiare, du casque des conquérants, auquel tous avaient voulu donner la main. Le pauvre *capeou* croupissait désormais, plié en deux ou en quatre, déformé et flétri, dans un des sacs du soldat du génie. Son propriétaire n'osait plus l'en sortir. Il le gardait en fétiche, à l'abri du regard des autres.

Maria, sa mère, pleurait à chaudes larmes en le regardant grimper dans le train de Caussade qui devait le conduire, via la gare Matabiau de Toulouse, à la caserne de Montpellier où tous les bleus de la classe 15 avaient l'ordre de se rassembler.

– Il n'est pas encore parti, la rassurait le bon Éloi en la serrant par les épaules. Il va seulement pour les classes. Trois mois au moins de gagnés, peut-être six dans le génie, où ils sont plus exigeants sur le matériel. La guerre sera finie avant.

Son bon sens lui interdisait d'en croire un mot, celui de Maria tout autant. Ils avaient tous embarqué, les bleus de Caussade, de Monteils et de Nègrepelisse. Les parents ne manifestaient aucun signe de joie ni d'encouragement. Rien de comparable aux grands départs d'août 1914. Trop d'avis de décès portés à domicile par les gendarmes avaient refréné les enthousiasmes, altéré la confiance. Chacun avait compris que la guerre serait longue, comme l'auguraient le notaire, le maire et le directeur d'école, correspondant de *la Dépêche*. Ceux-là savaient de quoi ils parlaient.

Affecté au génie, arme d'élite réservée aux plus instruits, Paul n'avait gardé aucun de ses compagnons de route. Des conscrits de toutes origines étaient rassemblés au 2e régiment, qui disposait d'ateliers, d'un centre de formation et d'une grande variété de matériel. Les mineurs d'Alès et de Carmaux rejoignaient fort naturellement les compagnies chargées des tâches les plus ingrates : creuser des souterrains pour y déposer la charge des mines.

L'adjudant recruteur avait jugé Paul au coup d'œil, sans lui poser la moindre question. Ce garçon de haute taille était fait pour le cheval, assez solide pour atteler et soigner les animaux de bât. Il l'avait expédié illico au manège, en l'équipant de bottes d'artilleur.

Vite familiarisé avec les fiers équidés – même si, chez lui, seuls les bœufs roux d'Aquitaine tiraient la charrue –, Paul apprit à réparer les harnais endommagés, à soigner les animaux blessés, à composer un attelage de huit à dix bêtes pour charger les lourds pontons. L'adjudant de quartier était satisfait. En quinze jours, Paul était devenu un cavalier fort convenable. Si ses longues jambes ne lui permettaient pas d'être un champion de jumping, il en savait assez pour assurer sans trop d'erreurs le chargement et le guidage d'un convoi de matériel tracté par un attelage lourd. Que demander de plus à un sapeur-cavalier ?

* *
*

Toujours enfermé dans ses souvenirs à la poupe du cargo, Paul songeait à la chance qu'il avait eue d'être placé sous les ordres du commandant Mazière. Un officier exceptionnel, qui l'avait remarqué aux cours des élèves caporaux pour son aptitude à l'étude et son goût des mathématiques, et qui souhaitait même le pousser plus loin, sachant combien l'armée en campagne manquerait très vite de cadres.

Ancien ingénieur des Ponts qui n'avait cessé de lancer des arches sur les torrents méditerranéens de France et d'Algérie, l'officier instructeur s'était rengagé à soixante ans, soucieux d'apprendre aux jeunes les rudiments du génie civil, indispensable aux armées.

Avec deux fils au front, dont l'un blessé à la Marne, il évoquait souvent avec Paul, qu'il prit très vite en amitié et en estime, les conditions nouvelles de la guerre.

– Depuis que les troupes se sont enterrées, expliquait-il, le travail des sapeurs devient essentiel. Note bien qu'il ne s'agit pas seulement de sapes et de contre-sapes. Je ne crois guère à ce jeu stérile qui permet tout au plus une rectification de la ligne du front au prix de beaucoup de pertes. Les chefs d'unité se donnent l'illusion de croire à l'efficacité de la guerre des mines, très éprouvante pour les nerfs des malheureux mineurs. Ils prétendent garder leurs troupes en main en multipliant les actions de détail, qui empêchent les soldats de nourrir l'espoir d'un retour.

Depuis la bataille d'Ypres et l'alignement d'armées ennemies dans le Nord, Mazière avait appris, par un collègue du renseignement, que le moral baissait de façon inquiétante, faute de voir une issue à la guerre. Il devenait urgent de s'occuper des jeunes soldats. Différents indices marquaient la désaffection du recrutement. Ceux qui partaient pour la première fois en permission ne rentraient pas toujours au corps, et les parents s'en faisaient complices. Le ministre de l'Intérieur Malvy avait donné de fermes instructions au préfet de Marseille pour qu'il retrouve les déserteurs de la région refusant de rejoindre, cachés dans le dédale du quartier du Panier.

« Les pertes peuvent être limitées, si l'on sait s'y prendre », estimait l'ingénieur Mazière. La guerre aussi est affaire de technique. Les plus lourds dégâts parmi les régiments d'assaut en pantalons rouges tiennent aux réseaux de fils de fer barbelés que nos canons peinent à détruire. Dans la guerre de position, le 75 a beaucoup perdu de son efficacité. On a mis au point les crapouillots, des mortiers plus utiles, qui tirent à cinq cents mètres de puissantes charges d'explosifs.

Mais les barbelés restent meurtriers. Leurs pointes longues et acérées labourent les chairs du poilu. Pris dedans, il ne parvient pas à s'en dégager et meurt achevé par les mitrailleuses. Les sapeurs ont tout tenté : approche avec des cuirasses mobiles, souterrains creusés sous les champs de fils de fer dont la longueur avoisine parfois plus de deux cents mètres. Ramper, munis de longues perches porteuses de charges explosives, reste encore le plus efficace. Le remède idéal consisterait à broyer les épines d'acier sous les chenilles de chars blindés. On y travaille, mais on n'est pas près d'aboutir.

Pour l'heure, un garçon aussi adroit que Paul doit connaître parfaitement la nature et l'emploi des dispositifs de mise à feu, se persuadait l'instructeur. Il ne suffit pas de construire les ponts, il devra les faire sauter, et aussi les rochers pour tracer des routes en montagne.

Paul s'interrogeait. S'il partait outre-mer, ferait-il

la même guerre que les poilus des Flandres et des Vosges ?

– Assurément, répondait Mazière : un Turc est aussi apte à tirer à la mitrailleuse qu'un Berlinois ou un Mayençais. Les engins modernes peuvent être mis à la portée du moindre de nos tirailleurs. Les machines à tuer sont sophistiquées, mais leur emploi est simple. Il est plus facile de tirer au mortier que de le démonter. S'il faut des cerveaux pour les construire, n'importe qui peut les employer. La mort s'est démocratisée dans nos armées de masse. Nous sommes là, au génie, pour imaginer des solutions qui épargnent des vies humaines.

* *
*

Pendant trois longs mois, Paul avait potassé un manuel simplifié de résistance des matériaux, un autre de chimie des poudres. Insatiable, il se croyait de nouveau à l'école, sous la férule du commandant Mazière qui ne manquait pas de lui expliquer patiemment les points obscurs.

– Tu seras rapidement sergent, lui disait-il, et peut-être iras-tu plus loin. Les promotions sont rapides au front. Plus tu apprends, plus tu te valorises. Les officiers du génie ne sont pas des culottes de peau. Ils sauront te remarquer, et t'employer au mieux.

Mazière réunissait les moyens nécessaires pour les travaux d'application. Les attelages quittaient le quartier pour gagner le sud de Montpellier, s'enfonçaient dans les montagnes. L'instructeur, exalté, était à son affaire. En un tour de main, ses recrues déchargeaient les madriers des charrettes et érigeaient un pont sur la Verne ou le Mosson, petits cours à sec l'été qui pouvaient devenir, au moindre orage, de redoutables torrents. Les habitants de Saint-Georges-d'Orques regardaient avec curiosité défiler les attelages, pendant que les enfants faisaient l'école buissonnière, fascinés par les travaux des sapeurs déjà revêtus des tenues kaki de la Coloniale.

– Il faut construire solide, scandait Mazière, mais faire très vite ! Un bataillon peut être exterminé, faute de pouvoir franchir une petite rivière en crue.

Paul buvait ses paroles, exécutait les ordres avec précision. Des manœuvres de la territoriale, engagés pour aider aux travaux avec l'effectif d'une compagnie, pensaient installer un campement près du village :

– Inutile ! assurait Mazière. Le pont sera terminé avant la nuit. Vous pourrez rentrer chez vous ce soir.

Déjà, il étudiait avec soin le point de passage sur le Mosson :

– Les matériaux d'empierrement ne manquent pas, faisait-il observer en désignant les galets du torrent, mais nous n'avons pas assez de bois.

Paul dirigeait aussitôt une solide équipe de bûcherons pour abattre les pins alentour et les aligner près du rivage. Les troncs étaient débités par une autre section, pour constituer la travée clouée sur des chevalets distants de trois à quatre mètres les uns des autres.

Une autre équipe affûtait ces chevalets et les plantait profondément dans le lit du torrent presque à sec.

– Calcule bien la résistance des poutrelles, recommandait Mazière.

Paul déployait sur ses genoux les feuilles quadrillées

d'un bloc de rapport, et misait dans son calcul sur une charge de deux tonnes.

– Il faut en prévoir six, rectifiait le commandant. Les canons pèsent lourd. Tu feras placer cinq poutrelles sur chaque travée. Il faut que les camions de seize tonnes puissent passer.

Il avait fait sonder le lit de la rivière, pour en éprouver la résistance. Paul fut chargé de calibrer les éléments des chevalets. Les pieds devaient avoir au moins vingt centimètres de diamètre, et les chapeaux quarante. À l'herminette, au marteau, les territoriaux travaillaient d'arrache-pied. Une charrette fut chargée à ras bord des pièces de bois de la travée. On l'approcha de la rivière dès que les chevalets eurent été construits, en quelques heures, par quatre équipes dirigées par les sapeurs.

Paul se souvenait des moindres détails des travaux, comme s'il avait contribué à réaliser un exploit. Une fois les chevalets solidement arrimés d'une rive à l'autre, restait à disposer les planches épaisses sur des chevrons.

– Nous pouvons travailler sans barques, parce que le lit est presque à sec, faisait observer l'instructeur. Il en va tout autrement en période de crue. La technique est la même, mais le temps de pose est plus long.

À la tombée du jour, le pont pouvait être mis en circulation. Mazière avait demandé au parc automobile son plus gros camion, pour effectuer des essais. Le tablier était parfaitement plat et le véhicule l'avait franchi lentement, sans effort. L'instructeur était un maître des ponts. Des hourras avaient salué l'aller-retour.

– Il nous reste à tout faire sauter, avait dit Mazière.

Paul avait appris à disposer les charges sous les chevalets, puis à les relier par des fils électriques. Il le regrettait presque. On allait détruire les moindres traces de l'exploit, brûler les planches désormais inutiles, les troncs des superbes pins parasols abattus gratuitement. Immense gaspillage de la guerre ! Il fit lui-même le geste exterminateur, abaissant d'un coup sec la manette de la batterie, fermant les yeux et se bouchant les oreilles pendant l'explosion.

– Tu construiras d'autres ponts, l'avait consolé Mazière, et tu en feras sauter beaucoup. Il faut bien empêcher l'ennemi de passer. C'est le jeu de la guerre.

* *
*

Ainsi, Paul Raynal n'était pas un bleu ordinaire, mais un pontonnier chevronné doublé d'un artificier. L'amitié et le savoir-faire de l'instructeur lui avaient permis de brûler les étapes. À bord du *Biên Hoa* qui longe encore les côtes italiennes dont on distingue les villes illuminées, il se prend pour un sapeur de choc, rompu aux techniques les plus efficaces. Il tient serrée dans sa poche intérieure une lettre de Mazière qu'il doit remettre à son capitaine. Nul doute que l'ingénieur n'ait fait de lui un éloge appuyé.

Pour l'heure, la panique le gagne peu à peu : il ne pense qu'aux sous-marins, redoutant un torpillage de nuit. Un marin de quart le rassure.

– Nous sommes en eaux territoriales italiennes. Ils n'osent pas s'y aventurer pour ne pas provoquer d'incident. L'Italie n'est pas encore en guerre. Les boches espèrent bien qu'elle restera neutre.

Au loin rougeoient les flammes du Stromboli grondant d'impatience de projeter sa lave en fusion.

– Les poissons volants n'en ont pas peur, dit le matelot, un certain Riccoli, natif de Milazzo en Sicile. Regarde-les. Vois comme ils sautent sous la lune !

Ils brillent une seconde au-dessus des vagues noires, par milliers. Paul songe aux truites frétillantes de la Leyre qui ne se risquent pas à de telles exhibitions. Les pêcheurs siciliens font sans doute de bonnes prises.

– Personne ne les prend au filet, on dit ici que ça porte malheur.

Paul finit par grimper dans la vaste chaloupe, où le sergent-chef Duguet, dit l'Alpin, ronfle sous le vent avec une dizaine de camarades. Ils grognent pour lui faire place. Le lieutenant Pierre Labat vient les tirer de ce paradis douillet dès l'aube.

– Nous arrivons devant Messine. Il est temps de démailloter les chaloupes. Vous risquez d'en avoir vraiment besoin.

Ils sont doublés par un navire fendant l'eau de sa proue. À son mât flotte le drapeau national portant des étoiles d'amiral, ou de général. L'Alpin rejoint le lieutenant accoudé au bastingage pour le regarder passer.

– C'est l'*Armand Béhic,* un croiseur auxiliaire de la base de Toulon, dit le lieutenant.

– Vous le connaissez ?

– Le bateau, oui. Il a failli sauter dans la rade de Toulon, parce que ses pièces étaient chargées d'obus à la poudre noire, celle qui ne supporte pas la lumière du jour. Elle nous a valu la perte de deux croiseurs de bataille. Le *Béhic* y a échappé de justesse. Son commandant était méfiant comme un Breton. Il a su éviter le drame en faisant rejeter discrètement, de nuit, la poudre noire dans l'eau de la rade.

Pour savoir qui est le mystérieux général, l'Alpin se rapproche du groupe formé à l'avant par Étienne Le Flohic, le pacha du navire, en compagnie d'un capitaine d'active de la Coloniale, Jean Wiehn.

– C'est bien Masnou, affirme ce dernier. Je l'ai reconnu. Il est entouré de tout son état-major.

– Vous avez servi sous ses ordres ?

– Comme tout le monde ou presque. Depuis le temps qu'il baroude ! Je suis natif de Saintes, comme lui, lance avec orgueil Jean Wiehn, et je connais bien sa famille.

– Voyez ses cheveux et sa moustache blanche. Il a dû faire la guerre de 70. Joffre vous envoie un vieillard.

– Vous vous trompez, il n'a pas soixante ans. La jeunesse, pour un général dans l'armée d'aujourd'hui ! Son père, Joseph, était militaire au 72e de ligne, le régiment d'Amiens. Il sort de Saint-Cyr et de l'École de guerre. On le répète assez au pays, où il est une gloire nationale.

– A-t-il servi dans la Coloniale ? Cela expliquerait sa nomination.

– Pas vraiment. Autant qu'il m'en souvienne, il était sous-lieutenant au régiment d'Auxerre. Mais il a fait la campagne de Tunisie, en 1881.

– Vous voyez bien. Il aura été versé dans les marsouins.

– Nullement. Chasseur alpin plutôt, perdu dans les neiges du Queyras. Il n'avait pas la vocation d'un montagnard. Mais sa sortie de l'Ecole de guerre lui a donné accès aux grades élevés. En juin 1914, il était déjà général de brigade à Limoges, au 12e corps d'un futur ministre de la Guerre, Roques, à la IIe armée de Langle de Cary. Avant de parvenir à ce poste, il a servi sous Cornulier-Lucinière, à la division de fer de Nancy, puis sous Lyautey, au 10e corps, comme chef d'état-major.

– Un galonné d'état-major. Je suis sûr qu'il n'a jamais commandé de régiment.

– Si fait, le 70e de Vitré. Sa carrière est irréprochable.

* *
*

Le capitaine du 2e génie, Marcel Maublanc, s'introduit dans le groupe. Cet ancien polytechnicien se méfie des promotions de cyrards du genre de Masnou. La cinquantaine grise, sanglé dans le ceinturon de son uniforme kaki, il n'est pas loin de croire à une carrière brutalement interrompue sur le front principal des armées. Chacun sait que Joffre éloigne ceux dont il veut se passer. Masnou est peut-être du nombre.

Jean Wiehn soutient le contraire. Que Joffre ait nommé pour s'en débarrasser le vieux général d'Amade, placé au début de la guerre à la tête d'une division de territoriaux assez inactifs pendant la retraite de 1914, est possible. Cependant, pour ne pas perdre la face devant le commandement britannique, il fallait lui adjoindre un chef à toute épreuve. Masnou a été choisi pour ses compétences d'homme de guerre. Brigadier au début d'août, il s'est vu nommer divisionnaire au feu le 26 du même mois par Langle de Cary en personne, pour redresser la 23e division d'Angoulême en pleine débâcle, remplaçant Leblond au pied levé.

– C'était le temps des limogeages, intervient le pacha, goguenard. Ils ont été plus de cent à gicler.

– Il faut croire que la réputation de fermeté de Masnou était bien établie au GQG. Quand Joffre a formé la 9e armée de Foch pour défendre les marais de Saint-Gond lors de la bataille de la Marne, Masnou a été désigné avec son unité. Il a combattu sous le général Humbert, de la division marocaine. Le 27 septembre, ils ont détruit ensemble le 3e régiment des grenadiers de Prusse. Un fait d'armes !

– Il est nommé à la tête de la 1re division depuis le 24 février, précise le capitaine Maublanc. Nous en avons reçu, à Montpellier, la notification officielle. Il a été chargé de rassembler les unités de notre corps expéditionnaire. C'est à lui que nous devons le plaisir de naviguer sur le valeureux *Biên Hoa.*

– Pour le plaisir, nous en reparlerons à Bizerte, si nous y arrivons, grommelle Étienne Le Flohic en s'éloignant vers la dunette. Nous abordons le détroit de Messine. C'est de loin le passage le plus dangereux.

En proue, en poupe, du haut des deux mâts, des marins scrutent la mer à la jumelle. À quelques milles nautiques, les eaux de la mer Tyrrhénienne débouchent sur le large. Dans un creux de l'étroit défilé se cache surtout la base autrichienne de Pola. Là, les Allemands ont expédié par chemin de fer, en leur faisant franchir les Alpes au tunnel du Brenner, des pièces détachées de sous-marins, remontés sur place puis lancés sur la trace des transports de troupes et autres cargos alliés. Les marins de la Marchande affirment, bien que n'ayant pour leur part assisté à aucun torpillage, qu'ils attaquent déjà au large de la Sicile.

Le *Biên Hoa,* comme les vingt navires marchands

et paquebots transformés en transports qui le suivent depuis Marseille, est certes escorté de bâtiments militaires plus rapides, actifs et vigilants. Ils vont et viennent à la recherche des prédateurs du Kaiser, mais ne sont nullement à l'abri d'une surprise.

La sirène siffle à trois reprises.

– Tout le monde sur le pont ! hurle le quartier-maître dans un porte-voix. Exercice d'alerte. Chacun prend un gilet de sauvetage ou une bouée.

– Cette fois nous y sommes ! dit Jean Wiehn en surveillant les chaloupes qui, Dieu merci, ne sont pas prises d'assaut.

– Pas de panique, tempère Maublanc. Je suppose que, dans ces parages, c'est une simple précaution.

– Celui-là est ton chef, glisse l'Alpin dans l'oreille de Paul Raynal. Il porte les insignes du 2e génie, ton régiment. Tu devrais te présenter à lui.

Pris d'angoisse, Paul bondit et se plante à deux mètres du capitaine, au garde-à-vous. Il lui tend la lettre du commandant instructeur Mazière qu'il gardait serrée sur son cœur.

– Rien ne presse, lui répond, surpris, Marcel Maublanc, tout en parcourant le mot de recommandation qu'il avait d'abord pris pour un pli urgent. Nous verrons cela plus tard, une fois à destination.

Sur le pont, les hommes de quart s'agitent, se frayant un passage parmi les soldats qui encombrent les bastingages pour prendre leur position d'alerte. Paul remarque deux matafs, prêts à descendre une chaloupe avec un treuil. Personne n'est rassuré, d'autant que de part et d'autre fusent des commentaires sur la guerre sous-marine.

– Un seul de leurs *U-boat*, affirme Jean Wiehn à

Maublanc, a coulé trois croiseurs anglais dans la mer du Nord, en octobre 1914. Ils s'en prennent aux plus gros bâtiments de guerre qui n'osent plus naviguer.

– Pourquoi ne pas tendre des filets à la sortie de l'Adriatique ? suggère Maublanc. Ou bien des champs de mines ?

– Vous oubliez que ni l'Italie ni la Grèce ne sont en guerre. Quant aux mines, les sous-marins ont appris à plonger assez profondément pour les éviter.

L'Alpin fait signe à Paul : le pacha a fait monter en poupe un canon léger.

– Une arme dérisoire ! Croit-il que le sous-marinier boche va faire surface pour nous saluer ? s'indigne le capitaine Maublanc.

– Vous vous trompez, coupe le quartier-maître. Ces gens-là sont d'une audace folle. Leurs engins sont des coquilles de noix où ils ne peuvent survivre qu'en prenant l'air. Ils ont un nombre limité de torpilles. S'estimant à l'abri de tout danger, ils plongent souvent au dernier moment, le temps de repérer les navires de guerre qu'ils redoutent. Puis ils envoient une seule torpille par cible, toujours sur un inoffensif bateau marchand. Nous avons déjà eu des pertes. Il est pratiquement impossible de les éviter, à moins de zigzaguer sans répit pour troubler leurs périscopes. C'est notre seule chance de salut.

* *
*

Renonçant à observer la surface de la mer, Paul suit l'Alpin près de la chaloupe, pour embarquer le premier si le navire est en difficulté.

– Crois-tu qu'ils te descendront dedans, assis comme un pacha ? ricane l'autre. Tout le monde devra sauter dans la baille, et grimper ensuite sur les embarcations. C'est toujours ainsi qu'on décrit les naufrages. Les gens barbotent avant d'être secourus, soutenus par les bouées.

Le pacha a donné des ordres. Le bateau tremble de toutes ses ferrures au rythme accéléré des machines. Les nuages s'échappant des deux cheminées s'assombrissent. Le parcours en zigzag exige une discipline rigoureuse de navigation, pour ne pas heurter un bâtiment suivant ou un escorteur chien de garde. Le commandant ne quitte pas la dunette, attentif au moindre signal.

Il faut en outre prendre garde à laisser passer les navires de guerre britanniques, qui suivent la route de Gibraltar à Alexandrie, s'annonçant à coups de sirène. La flotte des marchands doit alors être vivement détournée afin de céder le passage.

– Regardez ! signale le quartier-maître : le vaisseau de tête est le *Queen Elizabeth*, le dernier-né des *super-dreadnoughts*, qui se chauffe au pétrole.

Paul voit ainsi défiler, comme à la parade, à deux cents mètres devant le *Biên Hoa*, les cuirassés géants de la *Royal Navy*, dont les équipages, alignés sur le pont, lancent des hourras aux Français, comme à la revue de Portsmouth. Cette tranquille démonstration de force rassure. Étienne Le Flohic hisserait bien le grand pavois, s'il en avait le temps. Que les amiraux anglais risquent leur plus belle flotte dans ces parages semble indiquer qu'ils ne redoutent en rien les sous-marins allemands. Ils n'ont pas eu le temps de constituer des escadres.

Quand siffle la fin de l'alerte, les hommes demeurent sur le pont, désœuvrés. Avec les tours et détours, il faudra compter, selon le quartier-maître, au moins quarante heures pour joindre Bizerte.

Partis depuis vingt heures, ils sont encore à mi-chemin, en pleine mer, sans autre distraction que le vol des mouettes ou l'observation des navires de guerre qui croisent incessamment alentour. La plupart des soldats sont en chemise, car le soleil tape fort. Des popotes spontanées s'organisent, avec les réserves puisées dans les sacs. Chacun sait qu'il ne faut pas trop compter sur la nourriture du bord. Mieux vaut alléger les bagages en ouvrant ensemble les boîtes de sardines ou de foie de canard.

Une des musettes de Paul Raynal est vidée en quelques minutes. On se régale de ses pruneaux d'Agen et des miches de pain blanc de Monteils. Un jeune matelot au pompon rouge de la marine de guerre a été admis dans le groupe où trône, dans toute sa majesté d'ancien, Émile Duguet, dit l'Alpin.

Un natif de Limoux, de dix-neuf ans à peine, recruté dans les zouaves, verse sa blanquette au pot commun des vivres et des boissons. Il est en biffin, pas encore en possession de sa tenue, et s'esclaffe comme un collégien à l'idée de porter la célèbre culotte bouffante des bataillons d'Afrique.

Les Français d'Afrique du Nord ne suffisent plus au recrutement des régiments de zouaves, qui ont été décimés dans les premières batailles et recomplétés plusieurs fois. Considérés comme une troupe d'élite, ils ont toujours été affectés aux secteurs les plus durs.

Mais le jeune Edmond Vigouroux l'ignore. Il a vu

partir et rentrer en permission son compatriote le poète-vigneron de Pieusse, Delteil. Joseph ne lui a pas décrit les régiments de zouaves comme un enfer. Il a seulement regretté que la guerre l'eût empêché d'aller à la pêche et de vendanger. « Vois-tu, petit, lui racontait-il, la guerre, cette femelle, aime les beaux gosses. Elle les prend aussi bien chez les biffins que chez les zouaves. Personne n'est sûr de rien. Ceux qui reviennent, comme moi, sont des miraculés du massacre. Rien ne dit que tu n'en réchapperas pas. »

Un marin venu de Brest, après de longues heures de voyage et de nombreux changements de train, n'est pas loin de partager cet optimisme. Il n'a pas encore inscrit sur son béret le nom de son navire en lettres d'or.

– Pourquoi rejoins-tu seul ? l'interroge l'Alpin.

– Je m'appelle André Broennec, de la presqu'île de Morgat en Finistère. Je suis de la classe 15, comme la plupart d'entre nous. Au recrutement maritime, on m'a demandé si je connaissais la radio. J'ai menti, croyant trouver une planque. Ils m'ont expédié dans une école de perfectionnement, à l'arsenal, où l'on s'est vite aperçu de mon ignorance. Mais ils manquaient réellement de radios. Comme j'avais passé mon certificat avec honneur, ils m'ont donné la chance d'une formation rapide. Aujourd'hui, je n'ignore plus rien du morse et de l'électricité. Il paraît qu'ils m'attendent avec impatience à bord, pour remplacer leur radio qui a les fièvres.

– C'est bien, dit l'Alpin. Après la guerre, tu auras un métier en main. Comment s'appelle ton bateau ?

– Le cuirassé *Bouvet*, répond fièrement Broennec.

* *
*

Paul Raynal n'aime pas les jeux de cartes, encore moins les dés, et l'alcool le rend malade. C'est dire s'il s'ennuierait à bord sans la présence des trois amis réunis spontanément, et moins bruyants que ses voisins de pont. Il se sent proche de Broennec le marin. Comme lui, il a profité du temps des classes pour acquérir des connaissances et une spécialité. Edmond Vigouroux, le zouave improvisé, l'enfant de Limoux dont les parents sont sans doute propriétaires d'un vaste vignoble, l'émeut par sa naïveté. Il ne connaît pas la brutalité des zouaves, leur esprit de corps très prononcé.

Comme lui enfant unique – mais d'un milieu aisé de notables –, il ne sait pas ce qui l'attend, et sa confiance est touchante. Son seul mentor est le poète ami de la famille qui travestit l'horreur en épopée lyrique. Si la guerre était faite par des Joseph Delteil, les dieux seraient déçus. Ils veulent que les hommes s'entre-tuent réellement, comme dans un cirque de gladiateurs recrutés pour donner la mort. Ce que les zouaves, paraît-il, font mieux que les autres.

Les quatre copains réunis par hasard sur le pont du transport vétuste sont restés des adolescents sensibles, ce qui les distingue peut-être de leurs voisins plus frustes. Redoutant la vue du sang, l'horreur des blessures, ils n'ont rien de ces garçons charcutiers qui se fabriquent des coups-de-poing américains à l'aide d'os de cochons pour se battre le samedi soir dans les bals. Paul a le plus grand mal à décrocher l'hameçon de la truite qu'il sort de l'eau. Il lui suffit de la prendre en main pour la laisser s'échapper d'un saut dans l'eau claire. Edmond Vigouroux n'a jamais vu tuer un poulet, encore moins décapiter une oie. Les fermiers de ses parents s'en chargent. Quant au marin Broennec, il habite le bourg de Crozon où, bichonnés pour la foire, pomponnés comme des chevaux de bois, les ânes du marché sont parfumés aux fleurs d'églantier du chemin.

Aucune violence dans les traits de ces garçons qui n'ont même pas vingt ans. Pas la moindre dureté dans le regard. Ils se rapprochent sur le pont du bateau pour se retrouver en camarades, comme le font, dans la cour de l'école, ceux qui préfèrent les billes aux ballons de rugby. Ils n'ont rien de guerrier, mais ils vont à la guerre.

Les sous-officiers, lors des classes, les ont contraints à entendre des récits de guerre, des exploits de héros. Ces longues narrations émaillées de propos prodigieusement patriotiques les assommaient. Certains s'endormaient avant la conclusion, épuisés par les longues marches, sac au dos, accomplies dans la journée. Il était toujours question de morts héroïques, de décorations à titre posthume. Voulait-on les habituer, si jeunes, à faire de bons morts ?

Vigouroux se plaignait de son instituteur. Le jeune normalien qui lui avait appris à lire et à écrire étant parti à la guerre, un ancien de 1870 qui s'était battu contre les uhlans sur la Loire l'avait remplacé. Pour ce nouveau venu, le sacrifice de la jeunesse était nécessaire à la revanche. Ses leçons de morale civique distillaient la haine de l'envahisseur prussien qui recommençait, quarante ans plus tard, ses campagnes de pillage et d'assassinat de victimes civiles.

Le jeune Vigouroux en avait conclu que la guerre était une calamité. Il s'étonnait que le Kaiser, décrit par son maître d'école comme un démon, eût reçu l'étrange pouvoir de précipiter des millions d'Allemands dans la guerre, sans que personne pût l'en empêcher ; outre que ses armées eussent toute latitude pour régenter avec brutalité la moitié de la France. S'il trouvait normal de les en chasser, il se demandait pourquoi il naviguait sur un cargo destiné à porter une armée entière en Orient.

Broennec, lui, n'avait à se plaindre ni de son instituteur ni du recteur de la paroisse. Le curé était bougon et autoritaire, mais il éprouvait de la tendresse pour les mobilisés du centre de Brest. Il déplorait qu'on se privât de leurs bras à la ferme, de leur courage aux ateliers, mais il prêchait sans emphase le devoir militaire. Le maître d'école ne tenait pas un autre langage. La patrie avait besoin des siens, où qu'elle les envoyât. La guerre était mondiale : on se battrait partout en Europe. Une plaie universelle que la France ne pouvait éviter, d'autant moins qu'elle n'était pas l'agresseur. Broennec embarquait, comme les anciens. Les périls de la mer nourrissaient la chronique de Camaret ou de Morgat. Les veuves de noyés étaient nombreuses en temps de paix. La mort au large faisait partie de la culture populaire. La guerre n'y ajoutait rien.

Le discours que les sous-officiers tenaient aux bleus à pompons rouges pendant leurs classes n'était pas très clair. Ils nourrissaient à l'égard des alliés anglais une méfiance ancestrale. Les *rosbifs* avaient été si longtemps désignés comme « l'ennemi héréditaire » dans le lointain passé – jusqu'en 1850 pour le moins – qu'il en était resté des traces confuses dans les mémoires. Ils ne nous avaient pas aidés en 1870, restant neutres et comptant les coups. Pas un Breton, en revanche, ne redoutait la marine allemande. On ne la croyait pas capable de franchir le pas de Calais. Les anciens dissimulaient mal leur réticence à l'égard des alliés de Londres, mais le passage en force des supercuirassés de la *Royal Navy* avait impressionné André Broennec : il valait mieux être l'ami des Anglais que leur ennemi. Ils étaient les plus forts.

* *
*

Paul Raynal ne se demandait pas ce qu'il faisait dans cette galère. Il avait eu la chance d'avoir pour institutrice une femme de devoir se gardant de toute imprudence de langage. Dans ses cours, elle insistait davantage sur les progrès de l'humanité que sur les conflits des hommes, qui lui paraissaient malheureusement inévitables. Elle était plus exigeante sur la propreté et l'hygiène que sur l'histoire. Les leçons de choses, particulièrement la botanique, faisaient ses délices. Mais elle préférait encore enseigner la géographie, qui ouvrait aux jeunes esprits le vaste monde.

À ses yeux, la religion n'était pas une ennemie. La République tolérait tous les cultes. Elle ne devait pas les combattre, déplorait la guerre sauvage que s'étaient livrée, dans certaines régions, laïques et catholiques, lors de la séparation des Églises et de l'État, mais estimait qu'elle n'avait pas à enseigner l'histoire sainte dans ses classes ; le curé, le pasteur ou le rabbin s'en chargeaient. Quant à ses propres croyances, elles ne regardaient qu'elle-même et Dieu. Si on ne la voyait pas à l'église, c'est qu'elle se rendait au temple, tous les dimanches, à bicyclette, sur la route de Saint-Antonin.

Mme Sangnier, l'institutrice de Septfonds, aimait la patrie et apprenait aux enfants à l'aimer. Dans sa bouche, la France était une mère généreuse protégeant tous les siens, proscrivant les querelles, les paroles de haine. Elle appréciait aussi la République qui avait permis, grâce à l'école, d'affranchir un peuple fier de gagner sa liberté par la connaissance. Elle rêvait d'ouvrir en Afrique du Nord une classe où les petits Français auraient comme condisciples de jeunes *indigènes*. Une fois éduqués, ils resteraient algériens, mais pénétrés des idées françaises de fraternité qui devaient être un exemple pour le monde.

Elle avait dû admettre que la guerre était inévitable, puisque la force, conçue comme principe, prétendait l'emporter sur la paix universelle des peuples pour imposer l'extension des empires. Ses chers élèves, comme Paul Raynal, en dépit de leur jeune âge, et bien qu'elle eût à déplorer la mort de tant d'entre eux, ne pouvaient se soustraire au devoir.

Avant son départ, Paul était allé la saluer. Elle l'avait suivi pendant ses années d'études primaires et avait encouragé son père à le laisser poursuivre ses études jusqu'au brevet. Le jeune homme lui devait beaucoup et la considérait comme sa seconde mère.

– Il faut que tu penses, Paul, à te conduire en citoyen français pendant cette guerre. L'ennemi reste un homme, tu dois le respecter. Il est entraîné dans ce combat par un empire qui se croit inspiré par Dieu. Tu dois bien traiter les prisonniers et aider les blessés du camp opposé comme les nôtres.

Ces conseils avisés avaient marqué le conscrit bien plus que les discours des instructeurs du dépôt. Mme Sangnier avait le don de remettre les choses à leur place, sans amertume et sans excès.

Paul lui avait laissé entendre qu'il partirait sans doute pour l'outre-mer.

– Quelle chance tu as ! Tu vas connaître les pays fabuleux d'Homère et d'Ibn Séoud, qui sait, peut-être les palais de Saladin dont parle Dante dans sa *Divine Comédie.* Tu vas voguer vers les pays où est née la civilisation ! Certes, ils restent pauvres, infestés de moustiques, et il est grand temps d'aider leurs peuples à sortir de la misère et des épidémies. Mais Dieu soit loué ! Tu échappes à la boue des Flandres, aux mines de l'Argonne. Tu vas faire la guerre au soleil.

Paul était plus que touché, ému par son sourire radieux, sa voix douce et chaude. Il l'avait observée sans oser insister. Elle n'avait pas changé. Quelques rides au front, mais ses cheveux blancs tressés en bandeaux rappelaient sa blondeur d'autrefois ; son regard restait jeune et vif, à l'affût de celui de son interlocuteur. « Quand elle parle, songeait Paul, on a cette impression pénétrante que c'est bien à vous qu'elle s'adresse. »

Un voile de tristesse dans les yeux qu'elle ne fut pas longue à balayer, à la fois joyeuse et grave. Paul avait de la peine à la quitter. Combien en avait-elle ainsi raccompagné à sa porte, d'anciens élèves qui ne reviendraient plus ? Combien étaient morts ou disparus dans la boucherie ? Elle était sans nouvelles de son propre fils, engagé dans le 20e régiment de Montauban, au

17e corps de Toulouse. La dernière lettre du petit remontait au 10 janvier, en provenance de Perthes-les-Hurlus, en Champagne. Elle n'en avait plus reçu de l'armée. On lui disait que son fils était peut-être prisonnier, qu'il fallait attendre des informations par la Suisse. Plusieurs mois peut-être.

Elle avait détourné la tête pour cacher son inquiétude. Quand son regard clair s'était de nouveau posé sur Paul, elle avait retrouvé son sourire. Sans autre formule d'adieu, elle lui avait déposé un baiser sur le front, comme pour endormir un enfant. Paul ne pouvait ni ne voulait chasser de sa mémoire ce dernier sourire de Mme Sangnier.

* *
*

Chacun était plongé dans ses pensées. Le groupe des quatre demeurait aussi silencieux que leurs voisins s'épuisaient à discourir. Le plus taciturne était Émile Duguet, l'Alpin, qui préférait la compagnie des bleus à celle des anciens, lesquels racontaient inlassablement leurs campagnes. Les jeunes soldats, eux, n'avaient rien à dire et c'était bien ainsi, ils étaient puceaux de la guerre.

L'Alpin songeait à son premier mort, celui qui lui avait ouvert les portes de l'enfer. Comment raconter cette vision d'horreur à ces jeunes ?

Dans les Vosges, un jour de brouillard, il s'était aventuré au-delà de sa position d'artillerie, sur le versant de la montagne, face à l'ennemi. Par temps normal il était impossible de s'y tenir, sous peine d'une volée de pruneaux.

Une compagnie de chasseurs s'y était risquée, qui avait reçu son compte de shrapnells, ces petites billes d'acier qui pleuvent à la vitesse du tonnerre.

Émile, progressant seul dans la brume sans éveiller l'attention de l'ennemi, avait fini par retrouver les traces des chasseurs : cartouchières, pèlerines, sacs. Fouillant les roncières, le cadavre d'un camarade tombé là un mois auparavant l'avait tétanisé. Des lambeaux de chair sur le crâne, les orbites vides, des cheveux accrochés en touffes ; un corps décomposé, grouillant de vermine, sous l'uniforme bleu sanglé de cuir. Pouvait-on encore parler d'un corps ?

Le commandant du bataillon de chasseurs était venu en personne reconnaître le cadavre. À plusieurs ils l'avaient remonté, et enterré décemment. Depuis ce jour, Émile avait vu beaucoup d'autres camarades tués, et autant d'ennemis. Mais il restait hanté par ce souvenir macabre.

Son premier mort avait, comment dire... un aspect grotesque. La nature s'était ingéniée à rendre ses restes plus insolites encore. Une ronce pleine de sève poussait dru dans une orbite, traçant derrière le crâne une sorte de toupet. Du gravier piqueté de pousses de myrtilles cimentait les mâchoires. La vareuse pourrie, décolorée par la vermine, s'incrustait dans le squelette en partie décharné et semblait trop grande pour lui.

À quoi servaient désormais ces bottes, ceinturon, lanières de cuir et cartouchière, ornant des ossements ? Ils donnaient de la guerre une image dérisoire. À quoi bon cet attirail, s'il ne pouvait protéger un homme des rongeurs, des corbeaux videurs d'orbites, des hermi-nettes, rats, mulots, fouines, furets et fourmis, de toute la gamme des remueurs de charogne ?

Il était parvenu à oublier ce rude baptême de la mort grâce aux tâches urgentes et aux qualités de technicien exigées par la guerre à chaque heure de la journée. La batterie des petits canons de 65 de montagne nécessitait des manœuvres permanentes pour mettre à mal l'ennemi, tout en se gardant de ses attaques. À ce jeu de cache-cache mortel, l'Alpin était passé maître au point d'être écouté par le capitaine responsable du tir, et de recevoir lui-même en charge, avec les galons de sergent-chef, la responsabilité d'une pièce.

Sans doute pourrait-il apprendre aux bleus, plus tard, que l'astuce et l'instinct jouaient à la guerre un rôle majeur, que tous les sens devaient rester en éveil pour parer aux intentions de l'ennemi : prévoir les coups, reconnaître au son, à la lumière, l'arrivée imminente des projectiles destructeurs. Il était trop tôt pour les initier. Ils comprendraient d'eux-mêmes. À quoi bon les alarmer sur le pont d'un navire ? Le quartier-maître leur apprenait-il à reconnaître l'approche écumante de la torpille ? Il n'en aurait garde, n'ayant jamais été torpillé. Il ne pourrait que resservir les paroles des anciens, sans avoir les moyens d'en faire usage. Pourtant, à la guerre, prévoir était une garantie bien faible contre la mort.

En avait-il tiré, l'Alpin, des coups de 75 à obus explosifs, les plus destructeurs ! Être capable de « voir la lueur » du canon ennemi trouant l'obscurité, c'était la sauvegarde de l'artilleur. Ajuster le tir, évaluer la distance. Guetter la fumée noire signalant le point de chute de ses propres obus. Si l'ennemi tout à coup se tait, c'est qu'il est touché. Les jaillissements de terre indiquent que la mélinite a bien explosé, que l'obus ne s'est pas perdu, enfoui dans la terre meuble.

Apprendre, surtout, à se garder des salves de 77. Émile se souvenait d'un cheval blanc en liberté dans la prairie. Il l'observait à la jumelle, profitant de la mise en place du canon. L'animal avait abandonné son attelage et trottait doucement, ses traits brinquebalant derrière lui, vers la pente menant au torrent. Sans doute les servants étaient-ils trop occupés pour chercher à le rattraper.

– En surveillance, abritez-vous ! avait lancé le sergent-chef Émile.

Ses artilleurs avaient eu la flemme de creuser. Émile s'était saisi lui-même d'une pioche, donnant l'exemple. Les autres l'avaient rejoint sans faire de zèle. Une demi-heure plus tard, ils lui rendaient grâce. Le petit pré était labouré de trous de 77 et d'entonnoirs de marmites. Si les hommes ne s'étaient pas mis à l'abri, ils auraient été morts.

L'Alpin se souvenait aussi avec tristesse de l'inhumation d'un caporal de son équipe, dont on avait recherché le corps toute la nuit après un coup de chien. Les brancardiers avaient dû se cacher dans les trous de marmites pour échapper au feu nourri des Allemands. Émile avait fait porter le corps près de sa batterie pour lui creuser une sépulture, pendant que les chasseurs fabriquaient un cercueil de planches sommairement assemblées. Le caporal était enterré auprès d'un canonnier dont Émile connaissait bien le père, aiguilleur au réseau Sud-France, en gare de Toulon. Le sergent-chef lui avait écrit de sa main l'annonce de la triste nouvelle, en ajoutant que son fils était « mort en brave ».

* *
*

À quoi bon remuer ces souvenirs ? Les conditions de la guerre changeaient sans cesse. Personne n'avait de leçons à donner ou à recevoir, sinon d'ouvrir l'œil et l'oreille. Que les bleus le prennent pour un Alpin amusait Émile. En réalité, il était niçois de vieille souche. Si son nom n'avait rien d'italien, c'est que son grand-père Alfred Duguet s'était fixé à Nice en 1860, au terme de sa carrière de gendarme à cheval. Le gouvernement de Napoléon III, qui venait d'annexer la ville, avait voulu y installer à toute force et en permanence des fonctionnaires francophones.

Duguet venait de Lorraine. Il était ravi de servir au soleil, et de parader sur la promenade des Anglais, cette allée de palmiers fréquentée par les millionnaires de la City et par les princes russes, ou des amiraux dont la flotte avait pour escale Villefranche-sur-Mer.

Son père avait atteint le grade d'adjudant-chef dans l'infanterie de marine pendant les guerres coloniales. Il avait aussi servi en Corse, pour pacifier l'île toujours remuante, objet de convoitise pour les affairistes italiens. Ainsi Duguet avait-il hérité des vertus de l'armée de métier depuis deux générations. Il n'avait pas voulu lui-même s'engager à dix-huit ans, comme le lui suggéraient son grand-père et son père, encore moins être pensionnaire à La Flèche, en tant qu'enfant de troupe. Sa mère, Milanaise de bonne famille, avait insisté pour qu'il fréquentât le nouveau lycée de Nice. Il s'y ferait, disait-elle, d'utiles relations.

« Pour quoi faire ? » se demandait Émile. Il ne voulait pas apprendre le droit, matière ingrate, comme s'y adonnait son voisin Jean Médecin. Son goût pour la biologie, science neuve, et sa passion pour la technique l'avaient fait engager dans les laboratoires de recherche du prince de Monaco. Il se passionnait pour les méthodes modernes d'observation des fonds de mers. Son rêve était d'embarquer dans l'équipe d'Albert, dirigée par des professeurs du Muséum de Paris. Ses yachts éclatants, spécialement aménagés pour prélever des spécimens de la faune et de la flore dans les grands fonds, allaient observer aux Açores le coït des baleines. Le rêve scientifique du jeune Niçois passait alors par Monaco.

L'armée avait versé le chercheur dans l'artillerie de montagne, au vu de son bachot sciences. Il ne s'ennuyait pas dans les Vosges, heureux d'apprendre les finesses du tir au canon, et son père, employé sur sa retraite à la Compagnie des eaux, l'en félicitait. « Les artilleurs, lui assurait-il, sont les rois de l'époque. »

Mais à vingt-cinq ans, Émile se disait, dans une lettre envoyée à Nice, « au seuil de la vieillesse ». Il implorait Suzon, sa sœur cadette, de cesser ses envois de chaussettes – il en possédait quinze paires – et lui suggérait de lui cueillir plutôt du mimosa, qui lui rappellerait le chaud soleil de Nice. Un simple rayon de « Phébus », comme il disait dans ses lettres, le faisait penser à sa famille et remplissait son cœur de joie. Il exprimait avec pudeur son patriotisme, mais il lui arrivait, sans doute pour faire plaisir au père, au grand-père, et même à la mère qui travaillait bénévolement à l'hôpital, de se dire « fier de fermer les portes de la "douce France" aux barbares ». Dans son secteur, « ils ne passeraient pas ».

Il se réjouissait de « museler » scientifiquement les batteries de 77, et de voir sauter en l'air les canons de

Krupp. Il s'entendait bien avec son capitaine, dont la femme résidait à Nice, ainsi qu'avec les servants de sa pièce, tous méridionaux. Son long visage sérieux, déjà marqué de rides verticales sur le front et autour de la bouche, ne respirait pourtant pas la gaieté. Pour apprécier l'homme, il fallait connaître sa générosité, sa curiosité d'esprit, et l'intérêt qu'il portait aux autres.

Amateur de photographie, il avait demandé à ses parents de lui expédier un appareil de « six et demi/huit », tout petit mais pliant, portable dans une poche, en leur promettant de leur envoyer, l'été suivant, des clichés de fleurs des Vosges et des portraits de lui-même et de ses camarades. Il les priait de faire développer les vues prises aux manœuvres du mois de mai, et de faire dégraisser son costume bleu. La veille du départ, il était en effet tombé de tout son long dans le ruisseau de la rue Gioffredo, ce qui le comblait d'un plaisir rétrospectif lui rappelant le bon temps de la paix.

Émile s'attendait à sa nouvelle affectation depuis qu'il avait lu dans le journal que la Turquie s'engageait dans la guerre aux côtés des Allemands, et que son armée avait failli s'emparer du canal de Suez. Il avait alors compris que le théâtre de guerre allait s'élargir en Orient. « XXe siècle, écrivait-il, apogée de la civilisation ? Tu parles... »

Il n'avait pas été ému outre mesure de la citation à l'ordre de la division qui avait, au début de février, reconnu son courage dans l'attaque de Steinbach. Il s'était contenté de faire son travail. Mais il avait sauté de joie quand on lui avait donné son ordre de route pour Marseille. Finis, les poulets dégelés et les poêles chauffés au bois de pin. Il allait retrouver la mer et le soleil.

* *
*

Après une nuit tranquille passée dans la chaloupe, de mieux en mieux aménagée, pourvue de couvertures de la marine, de sacs vidés de leurs victuailles et transformés en oreillers grâce à l'empilement de chaussettes, les quatre jeunes gens sont réveillés, le 26 février, par le soleil déjà chaud.

Pas une terre en vue, pas le moindre îlot, mais des navires de guerre de la *Royal Navy* continuant à demander le passage vers l'Orient à coups de sirènes stridentes. Quelques salves d'honneur pour excuses, larguant de petits nuages blancs sur fond d'azur.

Émile Duguet fait signe aux autres d'approcher : de gros cétacés suivent le cargo, le dépassent à l'occasion, replongent vers l'arrière où ils se disputent les reliefs des cuisines jetés à la mer.

– Des dauphins, dit Émile. Les rois des mers. Ils sont là depuis Marseille, guettant la poupe d'où sortent les déchets. Ils peuvent sauter haut sur les flots, pour échapper aux requins bleus tenaces.

– Des requins en Méditerranée ? s'étonne Paul.

– Ils ont sans doute accompagné les navires de haute mer venus de Portsmouth, et franchi avec eux le détroit de Gibraltar. On ne pêche ni les uns ni les autres : les dauphins sont sacrés, et les requins immangeables. Leur férocité rend leur chair très dure.

– Mange-t-on les panthères ou les jaguars ? Ces poissons sont comme des fauves. Peut-on élever un requin ?

– Je ne crois pas, mais on apprivoise les dauphins.

On dit que ces cétacés se parlent entre eux. Ils ne s'attaquent jamais à l'homme.

Deux avions français tout dorés dont les ailes de toile paraissent transparentes survolent le convoi.

– Nous ne sommes plus très loin, dit Paul. Ceux-là auront décollé de Bizerte. Ce sont des oiseaux de terre.

Le convoi de bâtiments est attendu, suivi, marqué. Il faut pourtant naviguer tout le jour pour arriver en vue des côtes. Le sillage d'un lourd cuirassé britannique provoque un remous qui secoue brutalement le *Biên Hoa.* La main de Paul est éraflée par une esquille rouillée du bastingage. Émile tire aussitôt de son sac une seringue et une ampoule de sérum antitétanique. Il désinfecte la plaie avec de la teinture d'iode. Le matelot Broennec admire l'Alpin qui a tous les talents, même celui d'infirmier.

– À la guerre, commente Émile sobrement, il faut d'abord compter sur soi.

Le jeune Breton s'est procuré une carte pliante de la Méditerranée, à la surprise de ses camarades. Mais il paraît qu'à Brest les librairies vendent des cartes maritimes dûment marquées d'indications sur la profondeur des fonds. Le radio n'est pas peu fier d'exhiber sa trouvaille, et de lire la carte comme un vrai navigant.

– Voyez Tunis, montre-t-il du doigt. C'est bien vers Bizerte que nous mettons le cap. Tunis est au fond du golfe, très loin derrière le cap Bon.

– Voilà une découverte ! raille Émile. Notre port militaire, c'est bien sûr Bizerte.

– Une rade superbe, protégée par le cap Blanc.

– Et gardée par l'île des Chiens.

Les îles de la Galite, à tribord, marquent l'approche du port. Les machines du *Biên Hoa* ralentissent en toussant. Le cargo va suivre désormais la côte, en réduisant sa vitesse pour ne pas encombrer l'accès au port.

– Quel dommage, regrette Émile. Si nous étions passés plus près de la Galite, située à quelque cinquante mètres de la côte et surmontée d'un pain de sucre volcanique de près de quatre cents mètres, vous auriez pu voir, dans les fonds, des coraux magnifiques. Voyez ces pêcheurs italiens : ils y vont chercher la langouste.

– La guerre ne les gêne pas trop ? ironise le Breton.

– Encore une fois, l'Italie n'est pas encore entrée dans la guerre. Leurs rafiots peuvent continuer à pêcher au large de la Tunisie, quitte à recevoir la visite des vedettes côtières chargées de traquer les espions.

– Crois-tu que le pacha va risquer son rafiot sur les écueils des Sorelles ? demande André Broennec, penché sur sa carte. S'il passe au large, il a ses raisons.

– Les écueils qui suivent ont des noms romains : les Fratelli, les Neptuni Arae. Ils devaient figurer sur les cartes des marins d'Auguste. Le sémaphore du cap Blanc marque la route libre. Cette fois, nous passons le cap Bizerte. Nous sommes arrivés.

Quelle déception à bord du *Biên Hoa* ! Le cargo doit patienter sur une file interminable, avant de pouvoir franchir le canal qui conduit aux quais. Chacun guette le signal qui lui permettra de contourner le môle qui défend l'accès vers l'avant-port, gardé par deux jetées dont on distingue les phares.

Les quatre soldats sont surpris par l'agitation qui règne à Bizerte. Des coupelles cuirassées, pourvues de canons de marine, sortent des forts aménagés sur les hauteurs. Des navires de guerre se succèdent dans la passe du canal, jusqu'à l'arsenal où les techniciens vérifient les coques des monstres les plus anciens, qui devront être en mesure de tenir la mer.

– L'amiral Merleau-Ponty a bien travaillé, commente le quartier-maître Pirello, issu d'une famille italienne de Tunis. S'il était encore des nôtres, il dirigerait les immenses travaux qui restent à faire. Mais il est mort il y a plus de dix ans. D'autres ont pris la suite. Le nouveau port, entièrement ceint par les dunes, couvre une surface de deux cents hectares et l'on n'y compte plus les installations militaires, casernes, entrepôts de munitions, terrains d'essais pour l'artillerie et les mitrailleuses. Il a fallu remuer deux millions de tonnes de caillasse pour construire l'avant-port et l'arsenal moderne.

– Trouverai-je le *Bouvet* à l'arsenal ? demande Broennec, inquiet de voir la file des navires grossir à perte de vue, dont un grand nombre de vaisseaux de guerre.

– Sûrement, répond le quartier-maître. Le *Bouvet* est un de nos plus anciens cuirassés. Je ne serais pas étonné qu'il soit encore au radoub, pour une révision prolongée.

– Voulez-vous dire qu'il n'est pas en état de naviguer ?

– Je n'en sais rien. Mais si tu dois le rejoindre, réjouis-toi qu'on le révise. Je ne peux pas t'en dire plus.

De jeunes marchands d'oranges se faufilent entre les navires sur leurs barques plates. Paul noue sa musette au bout de son ceinturon pour la faire remplir, contre argent comptant, et bientôt, chacun mord à belles dents les fruits merveilleux de fraîcheur, qui ont pour eux l'avant-goût de l'Orient.

La surprise de Moudros

Assommés par plus de quarante heures de navigation, les passagers du *Biên Hoa* débarqués à Bizerte le 26 février 1915 sont aussitôt dirigés vers le vaste camp militaire, à l'abri du mur d'enceinte. Les hommes des équipages et l'artillerie suivent, à quai, le débarquement de leur matériel. Paul Raynal et ceux du génie s'affairent auprès de grues qui sortent des cales les éléments de ponts et les animaux de trait. Le sergent Émile Duguet attend le débarquement de sa batterie de 65. Edmond Vigouroux est expédié à la caserne des zouaves. André Broennec, seul et désemparé, pose son sac sur le quai. Il n'a pas aperçu son cuirassé, le *Bouvet,* en passant devant la flotte de guerre dont les cheminées fument pour le départ. Il ne sait où se diriger, et demande conseil au pacha du cargo.

– Je ne puis te renseigner, lui répond, navré, le commandant Étienne Le Flohic. Je viens d'apprendre par radio que le contre-amiral Guépratte a décidé de transformer le *Biên Hoa* en navire-hôpital. Nous sommes ici pour un mois. Si le cœur t'en dit, reste avec nous.

– Je dois rejoindre le *Bouvet.*

– Il est peut-être en cale sèche. Renseigne-toi au bureau de la marine.

– Je ne comprends pas pourquoi les gens de Brest vous ont nommé sur le *Bouvet*, s'étonne le sous-officier de service à l'entrée de l'arsenal. Il a déjà appareillé pour l'Orient. Je suppose qu'il a embarqué un autre radio disponible sur place. Présentez-vous au recrutement, avec votre ordre de mission. Ils vous trouveront une autre affectation.

Dans la marine, un officier vouvoie les hommes ; André Broennec, habitué à la rudesse des équipages de Camaret, y est sensible. Il a navigué, encore mousse, sur les langoustiers pêchant sur les côtes de Mauritanie, et n'y a pas été ménagé par les marins aux barbes drues, aux gestes précis et pressés.

Il n'a appris le métier de navigant qu'en observant l'exemple des anciens. Dure école, où l'on doit se conformer aux usages de l'équipe, savoir parler et comprendre le breton de mer, la seule langue possible sur un chalutier.

André ignore encore que la discipline à bord est plus dure encore dans la Royale, même si les égards dispensés au moindre matelot font partie du jeu social. Chez les officiers supérieurs, l'usage du français le plus exquis, parfois même archaïque, procède aussi de leurs codes. L'emploi du breton n'est certes pas toléré à bord des navires de la République une et universelle, qui a doté le pays, en moins de trente ans, d'une de ses plus belles flottes.

Il rend grâce à son maître d'école de Crozon, qui a bien voulu, avant son appel au service, lui inculquer quelques notions essentielles en électricité. Sans lui, les techniciens de l'arsenal l'auraient repoussé sans pitié. Il avait pu leur montrer qu'il était capable d'apprendre, possédant bien les bases.

André avait réussi à se faire nommer radio pour échapper à un quelconque emploi de chauffeur dans les soutes. Son père, engagé dans la flotte de pêche des sardiniers de Concarneau, avait été porté disparu en mer à la suite d'une tempête. Sa mère veuve, Marguerite, Édith, sa sœur, et Robert, son jeune frère de quatorze ans, travaillaient dur dans une conserverie de sardines et vivaient dans une maison de pêcheurs sans lumière électrique. Le simple fait d'être admis au poste de technicien de radio était pour lui une promotion. Il pourrait aider les siens dès son retour au pays.

Encore faut-il, dans le désordre apparent du port de Bizerte, trouver un embarquement. L'activité des ouvriers de l'arsenal ne connaît pas de relâche. Ils transforment en porte-hydravions des garde-côtes, des petits paquebots en croiseurs auxiliaires et des chalutiers en dragueurs de mines. Tous ces navires auront besoin de radios. Leurs équipages sont déjà affectés à d'autres embarcations. Il en faudra de nouveaux. Mais quand ?

On cherche pour lui une autre affectation, déclarent les sous-offs de service chargés du recrutement. En attendant, il doit rejoindre *fissa* les équipages des bateaux en souffrance, armés et parés pour une campagne de longue durée.

Un ancien de la classe 14, originaire aussi de Morgat, le renseigne sur le mouvement du port.

– Le *Bouvet*, à l'heure qu'il est, se trouve déjà aux Dardanelles. Le *Queen Elizabeth* a dû rejoindre les premiers navires français expédiés dans ces parages, avec toute la flotte anglaise. Une grosse affaire.

André reste silencieux. Il n'a jamais entendu parler des Dardanelles. À peine sait-il que les Turcs étaient en guerre aux côtés des Allemands.

– C'est le détroit qui donne accès à Constantinople, lui précise l'ancien, et les nôtres sont là pour empêcher les Turcs de déboucher en Méditerranée.

Pour André, les Turcs sont les habitants d'un pays lointain et peu évolué.

– Ont-ils une flotte ?

– Bien sûr. Et surtout les deux cuirassés allemands qui sont passés à notre barbe au début de la guerre, le *Goeben* et le *Breslau.* Surgis de la base autrichienne de Pola, ils ont réussi à bombarder nos ports d'Algérie et se sont faufilés au milieu de la flotte anglaise pour rejoindre les Turcs. Leur amiral allemand, Souchon, a aussitôt coiffé le fez pour se mettre au service du département de la Marine ottomane.

Il ajoute, notant l'incrédulité d'André :

– On dit que l'amiral anglais qui commandait la flotte anglaise a été viré. Il serait passé en conseil de guerre.

– Mais qui commande, à Bizerte ?

– C'était le vice-amiral Dartige du Fournet, mais il vient de partir, las de la routine et de l'inaction, à la tête d'une escadre du côté de la Syrie. Personne, à ma connaissance, ne l'a remplacé.

* *
*

À la préfecture maritime de la place de guerre, le contre-amiral Pierre Darrieus entre dans une de ses célèbres colères en froissant des télégrammes surgis de partout, apportés d'heure en heure par les radios.

Ce marin constellé d'étoiles est au charbon depuis le début de la guerre, employé à toutes les tâches, contraint d'arraisonner le moindre cargo grec ou hollandais afin de dénicher dans ses cales des ressortissants allemands rejoignant le *Vaterland.* En outre, il doit veiller à escorter les convois de vingt-cinq transports anglais rejoignant Marseille avec leur chargement de l'armée des Indes. Est-ce pour ce type de missions que la République s'est ruinée à armer des tourelles de cuirassés avec des canons de 305 ?

– On nous prend pour des femmes de ménage, des pompiers de province, des égoutiers ! fulmine-t-il. Bons pour tout : vider les cales des cargos italiens transportant de la marchandise allemande, convoyer les troupes d'Afrique du Nord vers Marseille alors qu'aucun bateau ennemi ne navigue plus en Méditerranée, chasser les pirates de Rhodes...

Il arrache des mains du capitaine de vaisseau Thomazi un radiotélégramme venu de Paris.

– À qui le tour de donner des ordres ? Au ministre Augagneur, depuis la place de la Concorde ? Au contre-amiral anglais d'Alexandrie ? À l'Amirauté de Londres ? Au vice-amiral Boué de Lapeyrère, commandant en chef de notre armée navale à Toulon ? Je comprends que Dartige y perde son latin. Il est retourné en mer et je vais l'imiter. J'attendrai les ordres à bord de mon cuirassé. Je demanderai aux Anglais la permission d'ancrer à Malte. S'ils le peuvent encore, ils me l'accorderont, puisque ici, à Bizerte, notre seule place de guerre, plus aucun mouillage n'est disponible, sauf pour les chalutiers repeints en gris.

Il n'y a pas de commandement unique en Méditerranée, et Darrieus le déplore. Les Français, selon les accords passés au début de la guerre, devaient en avoir la maîtrise. Mais l'Amirauté anglaise ne s'embarrasse pas de donner directement des ordres à ses escadres, et considère les navires français comme une ressource d'appoint.

Elle « suggère » ainsi parfois des mouvements que les Français consentent à exécuter, au nom de la solidarité entre alliés, mais aussi parce que leur marine est trop faible pour assurer l'ordre et la sécurité à elle seule. Si les Anglais nourrissent de grands projets aux Dardanelles, qu'ils les assument. N'ont-ils pas, et de loin, la première marine du monde ?

Les Français, de surcroît, collaborent à leurs opérations sans que le ministre Augagneur soit toujours consentant ou même informé. Il s'en plaint tous les jours mais le gouvernement ne l'écoute pas. Ira-t-il, maugréent ses collègues, jusqu'à nous brouiller avec les Anglais dont Joffre attend impatiemment les renforts sur son front ?

Le contre-amiral Darrieus déplore surtout que ce ministre politicien, n'ayant pas d'autorité sur le gouvernement, laisse aller sa marine à vau-l'eau. Son collègue Guépratte ne donne même plus de nouvelles de son escadre d'Orient. À quoi bon ? Le *Suffren,* navire amiral, pousse ses douze mille tonnes sur la route de l'île de Ténédos, pour y rejoindre la flotte anglaise. Un cuirassé de conception ancienne, lancé en 1903, seize ans de dur service. Guépratte doit s'en contenter. Darrieus l'envie : il va au moins se battre, dans une vraie bataille, même s'il n'en a pas l'initiative.

Guépratte a reçu de Toulon l'ordre de se joindre, dès le 27 septembre 1914, à la flotte alliée du vice-amiral Sackville Hamilton Carden. Celui-ci a aussitôt détaché à son bord le *lieutenant-commander* Bridgeman, de son propre état-major, pour s'assurer que le Français exécuterait fidèlement les mouvements prévus. L'initiative étant entièrement anglaise, Guépratte a navigué en sous-ordre. Trois timoniers anglais sont montés à son bord pour assurer la communication avec leur escadre par signaux.

Le *Suffren* de Guépratte, rejoint par un deuxième bâtiment, *La Vérité*, a bloqué les détroits des Dardanelles sans subir la moindre attaque. Les deux cuirassés allemands battant pavillon turc n'ont pas tenté de sortie. Les marins français s'ennuyaient, regrettant le temps où ils protégeaient les convois de troupes en provenance d'Alger ou d'Oran. Ténédos, nue et ravinée, était une contrée dépourvue de toutes ressources.

Par chance, quand les Turcs sont entrés dans la guerre aux côtés du IIe Reich le 1er novembre 1914, les deux navires français ont été admis à bombarder, à douze mille mètres de distance, les forts d'entrée des Dardanelles. L'amiral anglais Carden s'est même rendu à bord du *Suffren* pour féliciter Guépratte, ému de cet hommage. Allait-il recevoir du roi George l'ordre de la Jarretière ?

À cet instant, Guépratte devint anglais et se prit pour un lord, mais sa flotte retomba dans l'inaction. Il reçut directement d'Augagneur, le 31 janvier, la notification d'un message de Winston Churchill, qui daignait accepter le concours de « l'escadre française » déjà présente aux Dardanelles.

Le ministre donnait son « adhésion de principe », assurait le renforcement de la flotte française, tout en demandant à Guépratte de l'informer... « *sur les projets de nos alliés* », n'en ayant pas lui-même la moindre connaissance. Le 21 février seulement, le vice-amiral Boué de Lapeyrère, commandant suprême de la flotte française en Méditerranée, interrogeait à son tour Guépratte sur les intentions réelles des Anglais, et notamment sur le nom de la base qu'ils avaient choisie pour le mouillage des deux flottes.

Répondant aussitôt aux deux autorités, Guépratte transmit que l'objectif de l'amiral Carden, son supérieur, visait tout simplement le « forcement des Détroits », et qu'il était question de « tenir le vieux sérail de Constantinople sous nos canons ». La base choisie était l'île de Lemnos, avec sa belle rade de Moudros.

C'est alors que le *Bouvet* avait rejoint l'escadre. André Broennec ne pourrait sans doute jamais monter à son bord.

* *
*

Il reste à Broennec la possibilité d'embarquer sur un des navires envoyés de Bizerte pour renforcer la flotte de Guépratte. Il se voit enfin désigner comme radio sur un chalutier dragueur de mines, *La Ravageuse.*

– Dans l'équipage, que des pêcheurs bretons ! se flatte-t-il, comme pour se consoler de ne pas monter à bord d'un grand cuirassé.

Il a retrouvé ses camarades dans une olivette d'où ils aperçoivent les maisons sèches de Menzel Abderrahmane, un village proche du nouvel arsenal. Là, zouaves, sapeurs du 2e génie et artilleurs de montagne sont au cantonnement, attendant jour après jour l'ordre d'embarquer.

– L'entraînement terminé, ils vont finir par nous faire casser des cailloux sur les routes, comme les bat'd'Af ou les légionnaires ! s'emporte le zouave Vigouroux.

Émile Duguet ne supporte pas mieux l'inaction. À voir le désordre du port, et compter les bateaux encore en réfection dans les deux arsenaux, il se demande s'ils prendront la mer avant un mois.

– Pourtant les troupes se renforcent, leur fait observer Paul. Regardez !

Au loin, des bataillons à chéchias rouges marchent d'un bon pas sur la route empierrée, venant sans doute des casernes de Tunis.

– J'ai trouvé mon unité ! annonce Edmond Vigouroux. Un bataillon de zouaves recruté dans l'Algérois. Que des Français d'Afrique du Nord ! Je suis presque le seul à venir de métropole.

– Quel régiment ?

– Le 4e du recrutement de Tunis. Vous n'allez pas me croire, et pourtant c'est vrai. Le régiment a été tellement massacré à la bataille que les nouveaux venus ont été recrutés dans toutes les villes d'Afrique du Nord, à Philippeville, à Bône... Sauf Tunis, où plus un Français n'est mobilisable dans la ville. Ils sont tous partis. Ceux du 3e régiment qui nous accompagnent sont originaires du Constantinois.

– Tu as touché la tenue, avec le trou de Lamoricière ? plaisante Émile.

– C'est la première leçon des bleus. Les anciens

nous font acclamer d'une voix forte le nom du général Lamoricière. Il aurait reçu la soumission d'Abd el-Kader en prenant sa smala et aurait créé, plus tard, les zouaves pontificaux. Le pape a ses zouaves, dont le pantalon bouffant respire aussi grâce au « trou » du général.

– *Zouave*, c'est le nom d'une tribu kabyle, souligne Émile le savant, mais on n'y lève que des Français. Les indigènes servent dans les tirailleurs.

Chacun veut essayer la chéchia rouge du zouave.

Les deux bataillons rassemblés au camp de Bizerte subissent un entraînement de manœuvres. Rien à voir avec les classes. Marches forcées, pas de course, rampements sous le feu des mitrailleuses, tir ajusté à hauteur de la ceinture des assaillants pour les obliger à se courber, combats interminables à la baïonnette, démonstrations de lancers de grenades, sorties comme des œufs toutes chaudes de l'usine.

Les officiers ne sont pas de vieux instructeurs, ils viennent du feu, quelquefois d'autres régiments. L'un d'eux, le capitaine Lecène, est un survivant de la bataille de l'Ourcq du 5 septembre 1914, raconte Émile. Il a vu mourir dans ses bras son colonel, Dubujadoux, dont la mémoire est vénérée chez les zouaves.

– Entraînement de corps d'élite, explique-t-il. Développement de l'esprit de corps par les récits héroïques. Rappel des anciens morts au combat. Les zouaves sont pires que les légionnaires. Chaque bataillon a un Camerone à raconter.

Ces propos ne rassurent pas Vigouroux. Il n'a pas l'âme d'un héros. Heureux de partir pour l'outre-mer au lieu de moisir dans les tranchées du Nord, il se réjouit de son affectation. Dans son esprit, les zouaves étaient des soldats d'opérette vêtus d'uniformes d'un autre temps, qui prêtaient aux plaisanteries. Il avait vu son cousin, recruté dans les spahis, épater les filles avec sa gandoura rouge de trompette. Il ignorait que les zouaves dussent faire preuve de qualités guerrières particulières. Quelques heures de présence dans son bataillon d'affectation l'ont détrompé. Il est bel et bien dans une unité d'assaut, fière de ses exploits et de ses médaillés militaires.

Les camarades le constatent, et se gardent d'appuyer sur la chanterelle. Ils tentent plutôt de rassurer Edmond par des propos lénifiants. Chacun peut mourir à la guerre, et même par accident, ou par torpillage sur un bateau marchand. Nul n'est à l'abri. Dans un secteur assez calme, Émile a enterré lui-même plusieurs de ses camarades sur le front des Vosges. Pourquoi inquiéter le malheureux Vigouroux, zouave malgré lui ?

Broennec parti rejoindre sa *Ravageuse*, ils décident de se risquer en groupe dans le village tunisien, comptant y faire la fête. Un spectacle imprévu retient leur attention : on recrute des soldats tunisiens pour les régiments de tirailleurs. Le visage angoissé des femmes donne à penser aux trois amis. Les levées sont-elles ici obligatoires, comme en France ? L'armée d'Afrique, pour ce qu'ils en savent, est composée de volontaires, revêtant l'uniforme dans l'espoir d'une solde et d'une prime d'engagement. Des soldats de métier, en somme.

* *
*

Une *nouba* venue de Tunis, avec le mouton fétiche et quelques musiciens en uniforme, s'efforce d'offrir une note de gaieté autour de la table pliante des sergents recruteurs. Près du drapeau tricolore fiché au sol, les candidats se présentent, plus morts que vifs. Viennent-ils de leur plein gré ? Des vieillards enturbannés de blanc surveillent l'opération depuis la terrasse d'une maison adjacente, dans un signe d'apaisement, de bénédiction, ou de muette résignation.

– Des notables musulmans, affirme Émile Duguet. Ils doivent être responsables devant les officiers français de la bonne tenue de la levée.

La bande des trois prend place à la terrasse d'un café maure. Un serveur italien accourt *illico presto*, qui parle un français approximatif. *Il signor* Moro les informe que ces jeunes Tunisiens ne sont pas des conscrits, mais des volontaires.

– Vous ne pouvez pas lever de recrues ici. Protectorat ! sourit l'Italien de toutes ses dents du plus beau blanc. Le bey reste souverain. Mais il veut bien prêter ses hommes, contre argent comptant.

Émile ne peut le croire. Nombre de candidats lui paraissent si jeunes, si fragiles. Étroits d'épaules, maigres d'échine ou voûtés, la plupart sont vêtus de haillons et pieds nus. Ils signent d'une croix le grand registre tenu par un sergent-chef de tirailleurs qui leur donne quelques pièces d'or, représentant un petit acompte sur leur prime de recrutement.

– Ne les plaignez pas, dit encore l'Italien. Mauvais garçons, fainéants, voleurs, mendiants ! Les chefs de village sont heureux de s'en débarrasser. Et cela ne vous coûte pas cher, à vous, les Français : leur prime est de deux cents francs, et ils perçoivent en plus une maigre solde.

– Encore faut-il qu'ils soient retenus par le centre de recrutement, intervient un adjudant de la Coloniale qui détourne la tête de cet irritant spectacle : il regrette visiblement que l'on distribue de l'argent français, même ces sommes dérisoires, à des bougres incapables de tenir un fusil.

– Demain, lance-t-il d'un ton rogue, ceux que le major aura retenus bons pour le service feront le mur de la caserne de Tunis, une fois la prime empochée. On en retrouvera tout juste la moitié à l'appel, et pas des plus brillants ; ceux qui n'auront pas eu le courage de s'évader.

– Pourquoi leur distribuer ces beaux francs-or, demande Edmond Vigouroux, si l'on n'est pas sûr de pouvoir les garder ?

– Ils touchent un minimum. Il faut bien appâter la volaille. La vraie prime n'est payée qu'à l'incorporation. Leurs familles, s'ils en ont une, touchent alors la même allocation que les vôtres : un franc vingt-cinq par jour et cinquante centimes par enfant, précise l'Italien.

L'adjudant, un ancien de la conquête de la Tunisie sous Jules Ferry, époque où l'on employait pour la première fois des jeunes du contingent dans une affaire coloniale, hausse les épaules :

– Un scandale ! Armer des bougres incapables de tenir un Lebel, sauf contre nous ! Nous aurons de la chance s'ils ne nous tirent pas dans le dos.

Le sergent recruteur, en grand uniforme de tirailleur, est accompagné d'un Tunisien décoré d'une médaille militaire gagnée à la bataille de la Marne. Il fait distribuer des godillots cloutés à la dizaine de recrues, qu'il fait marcher au pas en direction d'un autre village. La tournée se poursuit, précédée de la *nouba*, une clique réduite à trois tambours et deux clairons.

Émile interroge le prévôt qui a surveillé l'opération avec ses hommes, pour éviter toute réaction hostile de la population.

– La Tunisie n'est pas loin de la Tripolitaine, lui répond le major François Luciani, en poste dans le protectorat depuis dix ans. Les caravanes passent toutes les nuits, et nous avons surpris des colis de tracts turcs ou allemands appelant à la guerre sainte. Ils annoncent le retour des Turcs vengeurs de l'Islam et la révolte des Senoussis, des bandes de rebelles courant les dunes de l'Égypte aux confins tunisiens, et peut-être au-delà.

– Pas de troubles à Tunis ?

– Aucun. Plutôt dans le bled algérien, dans le Constantinois tout proche, ou les Aurès. Mais il devient difficile de recruter des hommes. Les blessés *turcos*, comme on les appelle à Paris, sont rentrés du front, et ils racontent dans les douars la catastrophe de Charleroi, où les Français ont été tirés comme des lapins.

– Mais aussi la Marne.

– Sans doute. Ils sont fiers de cette victoire, et assurent que les Arabes sont les meilleurs soldats de l'armée française. Ils rapportent interminablement le récit de leur campagne à leurs proches.

– Sont-ils entendus des jeunes ?

– Oui. Du moins par ceux qui estiment, ou espèrent, qu'un engagement dans l'armée française est un premier pas vers l'égalité des droits entre tous les habitants de l'Algérie. On ne peut être soldat héroïque et indigène. Aussi, les Français d'Afrique du Nord ne voient-ils pas d'un bon œil les héros de la Marne. Le gouverneur général de l'Algérie ne souhaitait pas plus les armer que le gouverneur militaire. Mais Paris a ses exigences.

– Voulez-vous dire qu'on engage de force de jeunes Algériens, faute de volontaires en nombre suffisant ?

– Avec prudence, mais oui, on les prend de force, comme chez nous dans les campagnes. Il faut bien combler les vides. Nous avons déjà perdu près de quatre cent mille hommes. Le Maroc est toujours en rébellion larvée. Lyautey a besoin de troupes. Le Sud algérien n'est pas sûr, et moins encore les confins tunisiens.

– Les hommes levés ici partiront-ils pour le front ?

– Pourquoi pas ? Le gouverneur de l'Algérie s'en est d'abord tenu à des chiffres modestes : deux mille cinq cents hommes levés de force en 1912, conscrits répartis entre soixante communes au bas mot. Toujours dans le souci d'éviter les troubles, les révoltes armées. On a recommandé à nos collègues, les officiers recruteurs et les gendarmes d'Algérie, la plus grande indulgence pour les déserteurs et les insoumis.

– La méthode des petits pas.

– Tout juste. Les chefs des douars étaient chargés de composer le contingent imposé. L'armée ne voulait pas se mouiller. On ne comptait, au début de la guerre, qu'environ un dixième d'appelés indigènes sur des effectifs d'à peu près quarante-cinq mille soldats, soit vingt-cinq mille engagés musulmans et vingt mille conscrits français. Les jeunes Arabes sortis de nos écoles et de nos entreprises préféraient le recrutement égalitaire aux engagements. Ils luttaient contre la « prostitution militaire ». En échange de la conscription, ils réclamaient l'égalité civile. Mais tous les autres n'attendaient qu'une bonne solde, croyant, comme les Français, que la guerre serait vite finie. Depuis janvier, il a été décrété que les anciens de l'armée rendus à leurs douars seraient exemptés d'indigénat et choisis de préférence pour les postes dans les services de l'État.

– Je suppose qu'ils ont subi d'énormes pertes au feu.

– Considérables. Pour les Tunisiens, de fâcheuses rumeurs sont revenues au pays, ajoute François Luciani, désabusé, comme si personne n'y pouvait rien. Pour qui connaît le pays, on peut s'étonner d'avoir réussi à porter dans la boue des Flandres tant de milliers de tirailleurs souvent à peine instruits. C'est un miracle ! La plupart des unités ont fait très bonne figure au feu.

– Se sont-ils révoltés, dérobés au devoir ?

– Il est revenu jusqu'ici qu'un peloton de zouaves avait fusillé, en décembre, dix tirailleurs, « pour l'exemple », dans la débandade de l'unité. Une compagnie du 8e régiment a défilé devant les corps de ses camarades. Cela n'encourage pas le recrutement. Le 8e régiment des tirailleurs tunisiens a dû être retiré du front. Joffre ne veut plus en entendre parler.

* *
*

Dans son bureau de Chantilly, au rez-de-chaussée des vastes locaux d'un grand hôtel où il s'est transporté le 28 novembre 1914, le général en chef étudie le cas d'Amade. Son chef d'état-major Gamelin lui a glissé presque subrepticement sous les yeux, au matin du

18 février 1915, le dossier de ce général choisi pour l'expédition d'Orient. Un brin d'impatience dans la moustache, un peu plus de froideur dans le regard bleu myosotis : Joffre déteste qu'on lui suggère de détourner un seul soldat du front français.

Il a eu des échos de l'agitation du cabinet de Londres, remué par le premier lord de l'Amirauté, sir Winston Churchill, dont il trouve le nom en première page du dossier des Dardanelles.

– Churchill, et encore Churchill ! bougonne-t-il. Rappelez-vous le siège d'Anvers, dont les Allemands approchaient avec des forces très supérieures. Churchill s'y est rendu en mission d'inspection. Il a immédiatement conclu qu'il fallait résister jusqu'au bout ! Il a proposé à lord Asquith, le chef du gouvernement, de diriger lui-même la manœuvre défensive des Anglais, des Belges, et des troupes françaises appelées au secours.

– Il s'est fait rappeler à l'ordre, souligne le lieutenant-colonel Gamelin, qui sait à merveille dire au patron les paroles qu'il attend. Lord Asquith a répondu qu'il était difficile de mettre le *major-general* Henry Rawlinson, commandant à Anvers, sous l'autorité d'un ex-officier subalterne de cavalerie. Après tout, lord Churchill n'est que lieutenant de hussards.

Sans sourire, Joffre retourne au dossier dont il fait crisser les feuillets.

– Il nous avait promis qu'il prendrait seul Constantinople en remontant les détroits avec sa flotte. Voilà qu'il nous demande des troupes ! C'est insupportable !

– Le ministère a désigné le général d'Amade, avec une division. Alexandre Millerand a promis qu'elle ne serait pas retirée de vos effectifs du front.

– Pauvre D'Amade ! Il est bien âgé pour une telle épreuve. Je lui avais donné, en septembre dernier, une armée de territoriaux qui se sont fait étriller devant Amiens. Ils ont disparu dans la nature.

– Il n'était pas en mesure de résister à von Kluck avec ce genre de troupes, observe posément Gamelin, mais il n'est pas si vieux : cinquante-neuf ans tout juste. C'est un bon choix. Rappelez-vous qu'il a pacifié la Chaouïa au Maroc en 1913, avec une vigueur remarquée, et qu'il vient de se conduire correctement devant Arras.

– Un colonial, dit Joffre. En ce cas, il supportera les fièvres. Soit, pas d'objection ! C'est tout ce que je peux faire pour votre Churchill.

Il prend rapidement congé de Gamelin afin de recevoir le colonel Ragueneau, troisième aide-major général, chargé au GQG de la direction de l'arrière. Joffre ne pense qu'à l'action en cours contre les Allemands. Elle est décevante. Les pertes sont déjà lourdes, mais il veut aller jusqu'au bout, forcer le succès. Il prétend avoir les moyens d'accélérer son offensive en cours en Champagne depuis le 16 février. Il se soucie comme d'une guigne de l'expédition d'Orient.

– Avez-vous réuni l'artillerie lourde pour le 2e corps ? demande-t-il à Ragueneau.

L'homme des camions et des chemins de fer répond avec précision : les pièces sont acheminées sur la vallée de la Suippe. Elles tenteront de dégager les troupes du général de Langle de Cary engagées dans l'offensive crayeuse et boueuse de Champagne, en direction de Vouziers. Joffre veut percer. Il entend que la IVe armée dispose des moyens nécessaires en artillerie.

Le major général Belin intervient, planté droit devant le bureau du général en chef et la mine sévère.

– Les Allemands ont reçu des renforts tels que toute l'armée de Langle va s'user sans résultats. Nous n'avons gagné que huit cents mètres de part et d'autre de Perthes-les-Hurlus. Actuellement, mille hommes par régiment tombent chaque jour. Depuis décembre, le chef de la IVe armée estime ses pertes à cent mille soldats. Les coloniaux ne sont plus en mesure d'attaquer. Ils ont été anéantis par le feu des forteresses allemandes.

– Trop de morts, laisse échapper Joffre, pas assez de canons.

– Hier, poursuit Belin, le 51e régiment de Beauvais, du 2e corps, a réussi à s'emparer d'un mamelon. Il y a laissé les deux tiers de ses effectifs. Le bois Sabot est imprenable, et tout autant la butte du Mesnil.

– J'ai là le rapport d'un chef de bataillon de ce régiment, glisse Gamelin. Pour démasquer les *Minen* et les nids de mitrailleuses non détruits par notre artillerie, l'unité a dû multiplier les coups de main. Enfoncée jusqu'aux genoux dans les boyaux, elle a progressé jusqu'au pied de la butte, quand elle a été prise d'enfilade par les rafales et assommée par les tirs de patates. Les 75 n'ont rien pu détruire. Les compagnies se sont ruées à l'assaut. Elles ont perdu cent soldats chacune et presque tous leurs officiers en un quart d'heure. Qu'on n'accuse pas les hommes. Ils ont été héroïques. Mathieu Joly, du 3e colonial, a résisté à toutes les contre-attaques avec une poignée des siens, au fortin de Beauséjour. On ne peut demander plus. Le courage ne manque pas, ce sont les canons et les munitions qui s'épuisent.

– Reprenez votre dossier d'Orient, dit Joffre à Gamelin. Il vaut mieux ne plus m'en parler. Des hommes ? Où voulez-vous que j'en trouve ?

* *
*

Rentré de Bordeaux avec le gouvernement depuis le 8 décembre 1914, le président Poincaré, dans son bureau de l'Élysée, est informé par son agent de liaison aux armées, le colonel Herbillon, du tour fâcheux pris par l'offensive de Joffre en Champagne.

Il n'en a jamais attendu monts et merveilles, pas plus que Viviani, son président du Conseil. Entrant dans le vaste bureau du rez-de-chaussée où le président tolère la présence de son chat Gris-Gris pelotonné à ses pieds – invisible pour tout visiteur non averti –, Herbillon se souvient que Viviani lui a confié la veille, d'un ton las : « Pourquoi voulez-vous que nous percions ? Vous savez aussi bien que moi que leurs organisations sont meilleures que les nôtres. Ils creusent des tranchées de forteresse pour résister. Nous creusons les nôtres pour attaquer. Ce ne sont pas les mêmes. »

Poincaré accueille le colonel Herbillon avec une certaine brusquerie, comme s'il savait déjà ce qu'il est censé lui apprendre : l'échec de l'attaque en Champagne.

– Leurs fils de fer nous réservent bien des surprises. Malgré l'optimisme du GQG, je ne vois pas la solution.

– Pourtant, quand on est devant un mur, il faut le briser.

– Il fallait chercher ailleurs, lâche évasivement Poincaré.

La mauvaise foi du Président surprend l'honnête colonel. Il est pourtant le premier à savoir que toute action dans les Balkans, discutée au Conseil des ministres le 9 janvier, a été reconnue impossible en raison de la neutralité italienne, de l'hostilité de la Bulgarie et du roi de Grèce. Il est vrai que Joffre a plaidé pour le refus de toute diversion. Mais on s'est rangé à son avis après qu'il eut menacé de « rendre son tablier » si on lui prenait un seul homme. Il préparait alors son affaire de Champagne.

Poincaré ne dit pas tout. Il a des informations sur les intentions précises des Anglais. Si Joffre demande à leur ministre, Kitchener, l'envoi de renforts immédiats sur le front de France, en particulier d'unités canadiennes, c'est qu'il soupçonne le gouvernement britannique, poussé par Churchill, de penser d'abord à l'Orient.

– La division canadienne est débarquée depuis le 15 février, dit le colonel Herbillon. N'est-ce pas bon signe ? Kitchener n'a pas l'intention d'abandonner le front français. Trois divisions vont le renforcer dans des délais assez rapides. Pourquoi ne pas lui faire confiance ?

Poincaré reste songeur. Augagneur, le ministre de la Marine, l'a averti des préparatifs maritimes anglais sur les Dardanelles depuis la fin de janvier. Il sait – mais le colonel Herbillon l'ignore – que l'opération est déjà en cours. Churchill a écrit à Augagneur, lui demandant « le plus grand secret ». Augagneur s'est confié au président de la République : Churchill lui aurait seulement demandé le concours de quelques chalutiers dragueurs de mines.

Mais, le 4 février 1915, deux ministres anglais

entrent dans le salon Murat du Président, dont le chancelier de l'Échiquier, Lloyd George, pour discuter du financement de la guerre. Or, les Français ne peuvent se passer de l'investissement britannique et de l'aide de la Banque d'Angleterre. Les deux ministres viennent aussi négocier, en contrepartie, semble-t-il, des renforts consentis au front français, l'envoi en Orient d'un corps expéditionnaire de deux divisions. Les Anglais s'engagent à armer leurs propres unités en dehors du contingent promis pour le théâtre français. Au conseil du même jour, Poincaré en défend l'idée, soutenu par Augagneur, Aristide Briand, et même par le ministre socialiste Marcel Sembat. Seul, Alexandre Millerand s'acharne à défendre la position de Joffre : pas un soldat pour l'Orient.

Le Président décide de raccompagner le colonel Herbillon sans lui dire un mot du télégramme secret qu'il vient de recevoir de Londres : le gouvernement de Sa Majesté prie les Français « de diriger aussitôt que possible une division sur Lemnos ».

L'affaire des Dardanelles est lancée. Millerand finit par accepter, comme l'ensemble du gouvernement et le président de la République lui-même, l'amicale suggestion des Britanniques d'y expédier une division.

Le colonel Herbillon, officiellement chargé de la liaison entre Joffre et le gouvernement, n'apprendra l'opération franco-britannique que le mardi 2 mars, quand elle sera déjà engagée, par ses camarades des bureaux de l'état-major de l'armée à disposition du ministre Millerand, rue Saint-Dominique. On le prie de la faire connaître à Joffre, qui soi-disant n'en sait rien ou n'en veut rien savoir, bien que Gamelin lui ait tout dit à l'oreille.

Le général en chef est en effet déchargé de toute responsabilité dans une affaire qui ne relève que du département de la Guerre. Le bureau de l'organisation et de la mobilisation du général Graziani, chef d'état-major de l'armée, arrangera directement l'expédition du côté français, sans en référer à Chantilly.

Le projet est entièrement britannique. Un général anglais commandera les troupes de terre, un amiral anglais la flotte. D'Amade comme Guépratte seront en sous-ordre. Pour imposer à Joffre sa contribution, jugée inévitable, à l'opération Churchill, le gouvernement français a contourné sans vergogne la forteresse de Chantilly.

* *
*

Les soldats levés en Afrique du Nord pour l'Orient, ou dirigés des dépôts métropolitains vers Marseille, ne comptent plus sur les listes du Grand État-Major de Chantilly. Ils sont rayés d'avance, oubliés par les collaborateurs directs de Joffre, abandonnés au bon vouloir des politiques qui en ont chargé les bureaux d'état-major du général Graziani, à la botte du ministre Millerand.

Ni Paul Raynal, ni l'Alpin, ni le zouave de Limoux ne peuvent deviner qu'ils sont ainsi détachés des armées du Nord-Nord-Est, les seules qui restent sous le commandement direct du « grand-père » Joffre, toujours exclusivement occupé de son offensive en Champagne. Ils attendent à Bizerte leur embarquement, de jour en jour retardé, sans connaître leur exacte destination.

– Nous allons à Salonique, affirme le zouave Edmond Vigouroux. Les députés le laissent entendre depuis longtemps, nos officiers aussi. Ils auront arrangé l'affaire avec les Grecs.

– Je ne crois pas, dit Paul Raynal. J'ai parlé avec le capitaine du *Carthage,* un des transports prévus pour l'expédition. Un ancien paquebot, comme le *Savoie*. Il n'est pas question de la Grèce, mais de l'île de Malte où nous avons, paraît-il, rendez-vous avec les Anglais. Le départ n'est pas prévu avant au moins quinze jours.

Les quais du port de Bizerte nourrissent les rumeurs qui alimentent les popotes. Les navires y débarquent chaque jour un lot de combattants venus d'Alger, d'Oran, de Philippeville. Et tout débarquement important suscite le déplacement à cheval du général Masnou, impatient de rassembler au plus vite les éléments disparates de sa division promis par le ministère.

Ces troupes s'activent dans les champs de tir, les terrains de manœuvre du vaste espace militaire, afin de parfaire leur entraînement. Raynal a retrouvé son unité du génie, la seule qui puisse prétendre à quelque expérience de la guerre. Le capitaine Maublanc, ami d'études de Mazière, a pris Paul sous sa protection. Les pontonniers ont fait leurs preuves sur le front du Nord, sous Grossetti. Inutile de les laisser encombrer le champ de manœuvre ou les docks du port avec leur imposant matériel. Une seule démonstration suffit pour s'assurer que rien ne manque.

Maublanc ignore la raison pour laquelle la 16e compagnie de pontonniers a été envoyée en Orient, où les oueds sont à sec. Il penche plutôt pour une campagne en Macédoine avec remontée de la vallée du Vardar, une rivière puissante descendue des Carpates. Les pontonniers, responsables de l'entretien du matériel, installeront leurs éléments de ponts à bord d'un cargo, le *Numide,* avec les pièces d'artillerie de montagne.

– Savez-vous, précise le capitaine à Paul, que nous attendons un groupe entier d'artillerie alpine ?

– Un de mes camarades en fait partie. Ses canons de 65 sont aussi chargés à bord du *Numide*. Mais sa batterie n'est pas au complet.

– Pourquoi des canons de montagne, si nous allons en Orient ? À moins de prendre d'assaut le djebel Druse et les monts du Liban. Tout semble indiquer une expédition dans les Balkans. Mais nous n'avons aucune précision sur l'itinéraire des Anglais. Leurs transports passent devant Bizerte en direction de Malte. Vous vous souvenez sans doute que nous n'avons rencontré, au cours de la traversée, que des navires de guerre. Ils ralliaient Malte et Alexandrie. Nous ne sommes pas plus avancés sur leurs intentions.

Paul et l'Alpin Émile ne rencontrent plus que rarement leur camarade Vigouroux. L'un comme l'autre, leur expérience les dispense d'entraînement et, libres une grande partie de leur temps, nul ne voit d'obstacle à ce qu'ils flânent sur les quais du port.

Edmond est loin de disposer de ces loisirs. Le général Masnou a prescrit des séances d'entraînement intensif, non seulement pour les zouaves mais pour tous les combattants venus d'Afrique du Nord. Il redoute que même les légionnaires, prélevés dans les dépôts des deux régiments étrangers et baptisés 1er régiment de marche d'Afrique, n'aient jamais vu le feu, en dehors de quelques accrochages avec les rebelles arabes.

Masnou, selon le capitaine Maublanc, est indigné que ses meilleures troupes n'aient que l'expérience de la construction des routes. Les fantassins venus de France sont tous des bleus ou des récupérés de la conscription : blessés retapés, réformés incorporés après visite médicale sommaire. Les soldats recrutés en Afrique ne sont pas plus aguerris, même les tirailleurs sénégalais. Le général croyait pouvoir compter sur la Légion. Mais ce corps d'élite est dispersé sur tous les théâtres ; en France, d'abord, où les meilleurs se sont fait tuer et meurent encore en Champagne, mais aussi au Maroc et au Tonkin.

Le général a demandé par radio au commandant Louis Geay, responsable de la formation du bataillon, sur quelles troupes il pouvait compter. Geay a précisé que les légionnaires venaient d'embarquer à Oran pour prendre directement la route maritime de Malte. Masnou ne recevra les képis blancs que beaucoup plus tard.

Les renseignements complémentaires affluent, de Paris à Bizerte, où ils sont décodés à l'Amirauté. Le ministre Millerand lui-même a ordonné la formation d'un nouveau bataillon de marche de la Légion, à partir des dépôts de Sidi-bel-Abbès et de Saïda, avec deux compagnies de chacun des deux régiments étrangers. Ce bataillon est destiné à former, avec des marsouins ou autres biffins venus d'Afrique du Nord, le régiment de marche d'Afrique. Les compagnies de légionnaires viennent du Maroc, où elles construisaient des routes en tiraillant sur les pillards. Pas un seul homme n'a fait la guerre en France. Les képis blancs sont actuellement en mer. On ne les verra pas sur les quais de Bizerte.

* *
*

Quand il devient clair qu'aucun transport ne quittera Bizerte pour l'Orient avant le 8 mars 1915, les officiers organisent l'instruction systématique des bleus dans les bataillons d'infanterie, qui disposent de leur matériel de guerre. Les zouaves sont les plus menacés par cet entraînement intensif. Edmond Vigouroux rentre le soir au cantonnement accablé de fatigue. Le matelot Broennec a également disparu, embarqué comme radio à bord d'un dragueur pour des exercices répétés de repérage et d'enlèvement des mines dans le lac de Tunis.

Le groupe des quatre est provisoirement réduit à deux : l'Alpin et Raynal ont la chance de servir dans les armes dites savantes, le génie et l'artillerie, supposées aguerries puisqu'elles sont les seules à revenir du front où elles ont beaucoup donné. Leurs officiers inaugurent discrètement les visites éclair à Tunis, pour échapper, le temps d'une soirée, à la base de Bizerte. Émile s'est fait indiquer par le quartier-maître Labat les bons lieux de la capitale du protectorat.

Raynal a suivi le manège des automobiles reliant deux fois par jour l'Amirauté de Bizerte à la résidence générale de Tunis. L'un des chauffeurs a l'accent de chez lui. Ce Marceau Delage est le petit-fils d'un fabricant caussadois installé au protectorat pour le commerce du chapeau de paille et du casque colonial.

– Si tu veux faire une virée à Tunis, monte donc, l'invite-t-il, nous parlerons du pays.

Raynal entraîne avec lui l'Alpin, accepté de bon

cœur par le chauffeur, et tous trois roulent joyeusement vers Tunis dans un nuage de poussière. Delage corne sans arrêt, pour dégager la route encombrée de files de bourricots bâtés de lourdes charges.

– Ces bêtes sont d'une résistance incroyable, explique le chauffeur. Elles peuvent trottiner le long de la chaussée dix heures d'affilée, chargées à cent kilos. En quatre heures au plus, elles vont de Tunis à Bizerte.

La voiture croise des files de charrettes de mercantis italiens, alléchés par la vente à bon prix de produits qui peuvent attirer des militaires cloîtrés à l'arsenal, nourris de boîtes de singe et de haricots secs. Leur camelote, importée d'Italie et entassée dans des sacs, donne à leurs charrettes des allures de baleines. Des diligences à l'ancienne, des breaks attelés, des cyclistes aux pieds nus sillonnent la route. Sans compter la foule des piétons, des femmes portant des jarres sur la tête, des théories d'enfants piailleurs comme des oiseaux, des chiens étiques qui traversent à la poursuite de bécasses, des troupeaux de chèvres ou de moutons gênant le passage.

Marceau Delage peste à chaque carrefour. Il doit freiner brutalement pour éviter les écarts de mulets. Il craint de caler, ou de faire chauffer le moteur par des reprises continuelles. Heureusement, sa Ford T est robuste, plus encore que les Renault des taxis de Paris. Ses pneus sont pleins et ne craignent pas les crevaisons.

– Une américaine, dit-il fièrement. Ford en a déjà vendu plus d'un million dans le monde. L'armée en a acheté quelques-unes, pour les liaisons.

Il faut tout de même une heure pour parcourir les soixante kilomètres de route empierrée. Les passagers encaissent sans se plaindre les ornières et les cahots. Quand ils s'extraient du véhicule devant le palais du Résident français, Émile et Paul, moulus, invitent cordialement leur chauffeur à prendre un verre.

– Pas le temps, répond Marceau. Service d'abord. Je vous reprendrai à sept heures, pour rentrer avant la nuit.

Soucieux d'un peu de confort, Émile prend ses quartiers au bar d'un hôtel cossu de la ville européenne. Il n'a nulle envie de marcher en touriste pour visiter la ville. D'ailleurs, Tunis la blanche ne se découvre pas : elle reste coiffée de son chapeau français. Les trams électriques, les larges avenues, les immeubles à deux ou trois étages rappellent une préfecture du Midi, avec son hôtel des Postes, sa gare, ses bâtiments officiels et ses bordels pour garnisons. Seule l'allée, bordée de quatre rangées de ficus solidement arrimés par des fils de fer, dans l'avenue Jules-Ferry, apporte une note d'exotisme dans un décor où toutes les rues portent des noms français.

Le Niçois jette son dévolu sur la terrasse du café du Belvédère, où il entraîne Paul Raynal, derrière le casino-théâtre encore fréquenté par de riches étrangers italiens, grecs, levantins, anglais. Tous ont leurs habitudes, et sont connus des garçons. On leur sert immédiatement des boissons anisées, dans un grand déploiement d'olives.

Émile Duguet se croit sur la Promenade des Anglais. La guerre, si présente à Bizerte, semble avoir épargné Tunis, si l'on excepte la présence de nombreux officiers de garnison. Les gradés se retrouvent à la tombée du jour près du casino dont les salles restent ouvertes.

Manifestement, les affaires continuent. Les gros

bonnets venus d'Alger par le train de nuit négocient les ventes d'hectolitres de vin à l'armée. Les investisseurs italiens résident dans les palaces. La bonne conjoncture politique – le ministre français des Affaires étrangères Delcassé travaille au corps le gouvernement de Rome pour le décider à entrer en guerre – permet de fructueux achats de terrains à bâtir pour le Banco di Roma ou d'autres puissants organismes de crédit de Palerme ou de Naples. Delage a prévenu Paul : Tunis est la capitale des richards, des putes et des espions internationaux. Gare aux filles : elles travaillent toutes pour un réseau de renseignement.

* *
*

Paul Raynal remarque le premier l'arrivée sur la terrasse du café d'un homme corpulent, porteur d'une lourde serviette. Coiffé d'une casquette anglaise digne d'un touriste visitant la Norvège, le voyageur, débarquant sans doute de la gare de Tunis, semble navré de ne trouver aucune table libre. L'Alpin se lève pour lui offrir un fauteuil. Les deux amis se serrent pour lui faire place.

L'homme, essoufflé par une longue marche, remercie avec empressement en anglais. Émile possède quelques rudiments de cette langue, apprise à l'école. Il a souvent cherché l'occasion d'entrer en relation avec des Anglais de son âge et de milieu riche, hivernant sur la Côte, dans les hôtels ou les nombreuses villas qu'ils louaient ou faisaient construire au soleil de Nice. La fréquentation des Britanniques fait déjà partie de la vie niçoise.

Émile croit deviner que ce voyageur, nommé Richard Bartlett, vient de Londres, par un itinéraire compliqué dont il s'applique à détailler les étapes. Il cherche visiblement à justifier sa présence à Tunis, où ses compatriotes sont rares. Embarqué à Victoria Station le 20 février, il affirme qu'il est journaliste au *Sunday Times.*

– Faites-vous un reportage sur le protectorat en guerre ?

L'homme élude la question, feignant de ne pas comprendre.

– Avec un collègue de l'agence Reuters, j'ai été miraculeusement autorisé par notre commandement à couvrir, pour le *Sunday,* les événements d'Orient, alors que jusqu'à aujourd'hui notre armée refusait la présence des reporters à la guerre.

– Comment vous êtes-vous égaré à Tunis ? interroge Émile, en s'efforçant de bien articuler et de plus en plus méfiant. Attendez-vous un bateau pour Le Caire ?

L'étranger ne répond pas à la question de l'Alpin. Il ne peut concevoir qu'un Français juge étrange la présence d'un journaliste, allié de surcroît, dans la capitale du protectorat, très proche de la Sicile et de l'Italie.

Pourtant, Émile n'en démord pas : cet individu lui paraît suspect. Ne serait-il pas un de ces espions dont a parlé Marceau Delage ?

– Imaginez-vous, poursuit l'Anglais sans s'émouvoir, que j'ai d'abord débarqué du Calais-Paris, et pris le train de Milan. À la gare, bondée, j'ai changé de voie pour sauter dans un wagon pour Rome. J'y suis arrivé à neuf heures du matin, le lendemain, sans avoir pu fermer l'œil de la nuit, importuné par des familles qui n'en finissaient pas de ripailler – omelettes froides et vin des Pouilles ! précise-t-il, dans un rictus dégoûté. J'ai longtemps marché pour trouver une agence Cook, et demandé où l'on pouvait embarquer pour Malte. Là, l'employé m'a répondu que je devrais attendre au moins une semaine le navire de la Cunard Line, à Syracuse, en Sicile.

– Va pour Syracuse ! Vous étiez ainsi tout près de Tunis. Un simple bras de mer à traverser.

– Certainement.

L'homme a répondu sans méfiance à la notation perfide de l'Alpin. Il poursuit son récit, soucieux de ne rien laisser dans l'ombre.

– J'ai perdu beaucoup de temps encore en Sicile. J'ai dû louer une chambre chez l'habitant. *Bed and board*, comme un touriste français à Londres. On m'annonçait chaque jour que le départ du bateau était reculé. Le prochain était prévu dix jours plus tard, pour le moins. On m'a conseillé d'essayer Tunis, ou plutôt Bizerte. Des navires français pourraient sans doute embarquer un correspondant de guerre allié.

« Nous y sommes, songe Duguet. Il veut monter à bord d'un bateau de guerre. »

Il poursuit sur le ton de la conversation, bien que celle-ci tourne peu à peu au questionnaire.

– Êtes-vous sûr que les navires de guerre vont à Malte ?

Le journaliste anglais marque un instant de stupéfaction. Ces soldats français ignorent-ils qu'ils vont tous, sans exception, se regrouper à Malte ? Il craint soudain d'avoir commis une imprudence. Le secret des opérations est peut-être, qui sait, bien gardé chez les Français...

Lorsque Émile lui propose, dans son anglais approximatif, de le convoyer en automobile vers la base de Bizerte, les préventions du journaliste tombent. Ces Français peuvent faciliter ou hâter son départ. C'est à la préfecture maritime, bien sûr, qu'il doit plaider sa cause et trouver un embarquement à bord d'un navire de guerre en partance immédiate.

– Il n'y a pas une minute à perdre ! lance-t-il sans attendre son anisette.

* *
*

En chemin, l'Anglais explique à Émile les raisons de son impatience : la flotte britannique, renforcée d'unités françaises, doit commencer incessamment l'attaque du détroit des Dardanelles. Il doit la rejoindre avant le débarquement des premières troupes d'assaut. Peut-être est-il déjà trop tard.

– Pourtant, les nôtres ne sont pas pressés de partir. Notre troupe est consignée à l'arsenal, et l'embarquement est remis *sine die*.

– Normal, *my dear friend.*

À leur arrivée dans l'arsenal, Émile suggère à Marceau Delage de conduire le passager étranger à l'Amirauté, où il trouvera sûrement satisfaction.

– Présente-le au 2e bureau. Ils ont l'habitude.

Le clin d'œil de l'Alpin n'a pas échappé à Marceau. Il prend le voyageur anglais par le bras, l'introduit auprès du capitaine Martel, du 2e bureau de la préfecture maritime, dont la tâche essentielle est d'assurer la sécurité de la place et d'arrêter les espions. Delage sait qu'il a fait fusiller un Maltais la veille. Le suspect, surpris dans un convoi de mercantis, travaillait pour les Turcs.

Au premier coup d'œil, l'officier juge que cet étranger douteux, nerveux, impatient d'être reçu sans justification apparente dans un camp militaire, est un gibier de peloton. Est-il seulement de nationalité britannique ? L'Orient regorge de ces personnages interlopes, jouant les intermédiaires, renseignant les uns et les autres. Ils lui sont rituellement signalés par ses collègues en poste diplomatique au Caire, à Tripoli, à Naples ou au Pirée.

Sans conviction, il s'assure de son identité. Petit gibier, se dit-il. Qu'un civil étranger croie possible d'être embarqué en ce moment sur un navire de guerre lui paraît confondant de naïveté. Un véritable espion s'y prendrait autrement. Le passeport britannique n'est pas probant. Tant de faux papiers circulent sur les bords de la Méditerranée. Il est pourtant surpris par la qualité de l'anglais *oxonien* de son interlocuteur. L'homme sort d'une bonne école, qui sait, d'une bonne famille.

– Je suis en mission, affirme l'Anglais d'une voix posée. Puis-je rencontrer le commandant de cette base, de toute urgence ?

– À quel titre ?

– Celui de journaliste du *Sunday Times*, désigné comme correspondant de guerre par le gouvernement de mon pays avec un de mes collègues, sans doute déjà arrivé sur place. Il a embarqué directement de Portsmouth, sans s'égarer, comme moi, en Europe.

Le capitaine Martel demande au bout du fil le consulat britannique de Tunis. On lui répond que Richard Bartlett est un journaliste connu à Londres, mais qu'il ne s'est pas présenté au service tunisien. On ne peut rien affirmer. Une mystification n'est pas à écarter.

Bartlett se lève alors calmement, et tend au capitaine son accréditation, signée de la main de Winston Churchill, premier lord de l'Amirauté.

– Je suis attendu à bord du *Queen Elizabeth*. Êtes-vous convaincu ?

Il n'a pas forcé la voix, ni manifesté la moindre impatience. Mais il se tient droit, prêt à partir, sûr de son fait. Un gentleman de son importance, connu de tous les membres du cabinet, n'a pas à subir les soupçons d'un officier subalterne, fût-il allié. Il entend qu'on se mette à sa disposition et qu'on l'aide dans sa mission.

Le capitaine esquisse un léger sourire. Que Churchill en personne signe l'ordre de route d'un simple journaliste lui paraît inconcevable. Toutefois, pris de doute et impressionné par l'assurance du suspect, il croit prudent d'en référer aux instances supérieures. À peine a-t-il décroché son téléphone que la porte de son bureau s'ouvre brusquement.

Le contre-amiral Darrieus, la casquette constellée d'étoiles, les manches retroussées d'or, tend la main à Richard Bartlett, lui donne du « cher ami » et le prie de le suivre, sans un regard pour le capitaine Martel, figé dans un garde-à-vous exemplaire.

– Quelles nouvelles de Londres ?

Darrieus parle un anglais parfait, bien meilleur que celui du contre-amiral Guépratte, et prend le ton décontracté d'un homme du monde retrouvant quelque membre du club, retour de voyage.

Il s'efforce de cacher au mieux son impatience et son ignorance des événements. Seuls quelques messages sans importance lui parviennent de Toulon ou de Paris, comme s'il ne comptait pas. Le ministre Augagneur et l'amiral Boué de Lapeyrère s'adressent directement aux chefs d'escadre pour donner leurs ordres, et jamais au responsable provisoire, intérimaire en quelque sorte, de la base de Bizerte.

Sont-ils au fait de la politique des Anglais ? Le contre-amiral Darrieus, pour une fois, tient l'information jaillissante à sa source. Il veut tout savoir, être le seul à connaître la force et la direction du courant, avant ses supérieurs qu'il n'est pas loin de mépriser. Qu'est-ce pour lui qu'un Augagneur, ce ministre qui fait trembler la marine française ? Un médecin spécialiste de la syphilis héréditaire tardive, un député lyonnais radical et socialiste, franc-maçon, sans doute. Que vient-il faire à la tête de la Royale, après avoir tenu le maroquin de l'Instruction publique laïque et sectaire ?

Pourquoi le cabinet de guerre anglais, si avare d'informations, y compris pour sa propre opinion publique, ferait-il des confidences à ce politicard ? Darrieus soupçonne qu'un journaliste anglais aussi bien placé à Londres en sait plus sur cette affaire qu'un Augagneur ou un d'Amade, les derniers informés, les dindons de la farce.

* *
*

Richard Bartlett lui donne toute satisfaction. Pourquoi dissimulerait-il ? Heureux d'avoir trouvé un interlocuteur capable de lui procurer un embarquement, il livre ce qu'il sait, parfaitement conscient que l'amiral français boit ses paroles :

– Je dois vous dire d'abord que nous sommes les premiers, Lester Lawrence, de Reuters, et moi-même, à recevoir le titre de correspondants permanents de guerre. Jusqu'alors, notre ministre de la Guerre, lord Kitchener, s'y opposait, tolérant tout juste des visites guidées au front. Nous dépendons de l'Amirauté et nous devons rejoindre la flotte. Lawrence a été embarqué directement. J'ai voulu rejoindre par moi-même pour me rendre compte de l'état de l'Europe. Mal m'en a pris, je suis en retard.

– Ainsi, vous dépendez de sir Winston Churchill, premier lord de la Mer.

– Non pas. Churchill est premier lord de l'Amirauté. Le premier lord de la Mer est l'amiral Fisher, adversaire acharné de l'opération des Dardanelles. Mais le patron et l'initiateur du projet, imposé à Fisher et à Kitchener, est bien sir Winston Churchill, le descendant direct du duc de Marlborough.

– Pardonnez-moi, lord Fisher est en effet, sous ce titre, le chef d'état-major de la *Royal Navy*, et subordonné au ministre.

– N'oubliez pas, mon cher, s'autorise Bartlett toujours sur le ton du *clubman*, que sir Winston est lui-même un ancien correspondant de guerre. Il connaît tout le poids de la presse sur l'opinion, et la nécessité d'informer pour convaincre. Au moment où Kitchener, à la force des poignets, lève les nouvelles divisions K, formées de tout jeunes gens inexpérimentés, il convient d'associer le public à l'effort de guerre, en vue d'obtenir son soutien. Pour le convaincre, il faut autre chose que des communiqués de trois lignes ou des récits d'excursions au front qui endorment même les grands-mères. Personne n'est plus capable que Churchill d'apprécier la valeur de la presse comme arme de propagande et je me considère moi-même, si vous le permettez, comme un combattant.

– Vous l'êtes à coup sûr. Si le *Queen Elizabeth* coule – ce qu'à Dieu ne plaise –, vous coulerez aussi, si vous vous trouvez à son bord. Car vous serez, sans nul doute, embarqué sur le navire amiral.

– Je serai plutôt à bord de *L'Inflexible*, où se tient le vice-amiral Carden, rectifie le journaliste. Que n'y suis-je déjà ! Je ne voudrais pas qu'on prît sans moi Constantinople.

– Je suppose que nous n'en sommes pas là.

– Quand Churchill a réussi à l'emporter sur Kitchener, le cabinet venait de recevoir un appel au secours des Russes vaincus par les Allemands à l'Ouest, accablés dans le Caucase par les Turcs, et en Galicie par les Autrichiens. Kitchener ne pouvait en rien aider les Russes. Le projet d'attaque de la *Navy* aux Dardanelles est venu à point.

– Au point d'aboutir dans les jours qui viennent, coupe l'amiral, las des généralités sur le rôle de Churchill.

Mais Bartlett veut poursuivre son historique des faits sans être interrompu.

– Ne soyez pas impatient. Churchill a d'abord voulu faire agir la *Navy* seule. Il s'est emparé du plan du vice-amiral Carden. Vous y avez été associés.

L'amiral Darrieus tique. Guépratte a peut-être été désigné pour aider les Anglais, mais pas lui.

– Puis l'état-major s'est rendu compte que les forts turcs, une fois bombardés, devaient être tenus par des forces de débarquement. Dès le 15 de ce mois, l'amiral Jackson, sous-chef de l'état-major impérial, a demandé au *War Council* « une force militaire importante », comme si la flotte seule ne suffisait pas.

– On aurait changé de cap, si vite ?

– Le lendemain, poursuit le journaliste comme s'il faisait son exposé devant un comité de rédaction, le *Council* a décidé d'affecter aux Dardanelles huit mille *marines*, ainsi que l'excellente 29e division d'infanterie de Londres que Kitchener promettait à Joffre depuis des semaines pour le front français. Il a tenté de la remplacer par une division australienne, instruite depuis peu, parce qu'il n'estimait pas primordial, en son for intérieur, le rôle de l'armée dans cette affaire.

– Il partageait, somme toute, le point de vue de notre cher Joffre. N'est-il pas insensé que nous-mêmes et Kitchener ne destinions aux Dardanelles que nos plus mauvaises troupes, celles qui n'ont jamais vu l'ennemi ? Pour qui prend-on les Turcs ?

– Kitchener les a battus facilement, avec le seul secours de l'armée des Indes, lorsqu'ils se sont attaqués à Suez. Il ne croit pas à leur valeur militaire. Il n'empêche que les quatre divisions britanniques stationnées au Caire interviendront aux Dardanelles, avec la division française que vous avez accepté, le 18 de ce mois, de mettre dans le pot commun. L'embarquement est prévu le 9 mars.

– Si tard ?

L'amiral apprend ainsi, par la bande, ce que le général Masnou ne sait probablement pas encore : sa division déjà concentrée en partie à Bizerte ne partira pas sur-le-champ pour l'Orient. La marine doit intervenir d'abord.

– Il faut laisser faire la flotte, confirme le journaliste. On imagine encore qu'elle peut réussir seule le miracle. Hélas ! elle vient d'échouer à deux reprises. Le bombardement des forts de l'entrée des Dardanelles par huit de nos cuirassés, le 19 février, n'a pas donné de résultats probants. Pas davantage la tentative du 25. Je voudrais bien être en place pour assister au premier débarquement, imminent, des *marines*.

– Vous le serez, promet le contre-amiral. Un de nos dragueurs de mines, *La Ravageuse*, appareille dans une heure pour Malte. Vous n'y serez pas trop confortable, mais vous partirez tout de suite.

Ainsi le radio Broennec et le quartier-maître Labat voient-ils monter à leur bord, accompagné jusqu'à la coupée par l'amiral en personne, l'illustre Richard Bartlett, du *Sunday Times*. On doit lui trouver une cabine dans l'étroit espace de l'ancien chalutier aux relents de sardines. Il choisit naturellement celle du pacha.

* *
*

En regardant *La Ravageuse* lever l'ancre, Paul Raynal et Émile Duguet n'ont plus aucun doute sur la destination de l'expédition. Ils partiront tous, avec plus ou moins de retard, pour les Dardanelles, même si la première escale de la flotte de débarquement est l'île de Malte, solidement fortifiée par les Britanniques.

Embarqués à bord de l'ancien paquebot *Carthage*, ils bénéficient d'un confort plus appréciable que sur les cargos chargés des animaux et des *impedimenta*. La flotte est une armada transportant dix-huit mille hommes et cinq mille chevaux, sans compter le matériel lourd d'artillerie, du génie, du train des équipages, les caisses de munitions, les vingt-quatre mille rations de pain et les fours portatifs, les réserves de potage salé, de viande de conserve, de pommes de terre, de farine et de vin, sans oublier les bonbonnes de gnôle, toujours appréciée lors des assauts.

Les zouaves sont aussi à bord du *Carthage*. Edmond Vigouroux peut rejoindre ses amis sur le pont et aménager avec eux les couchettes dans une chaloupe, selon l'usage désormais établi. Ceux de la brigade d'Afrique du Nord arriveront plus tard. Ils ont leur propre flotte, qui n'a pas fait relâche à Bizerte. Sans doute sont-ils déjà à pied d'œuvre dans la rade de Malte.

Le général Masnou est monté le premier à bord de son navire de guerre, le croiseur auxiliaire *Armand Béhic,* suivi de tout l'état-major de la 1re division. Lors d'une visite à bord du *Carthage*, il a pris le temps d'inspecter, avant d'appareiller, les bleus de la classe 15, ceux du 175e régiment d'infanterie venus de tous les dépôts de France et de Navarre. Il a même prononcé à leur intention quelques paroles vibrantes, et annoncé aux hommes qu'ils ne débarqueraient pas à Malte, le navire étant destiné à repartir aussitôt après avoir charbonné.

Le *Carthage* a vaillamment suivi le vaisseau de guerre, et poussé ses machines pour jeter l'ancre au plus tôt en face de la ville de La Valette.

– Quel dommage que nous ne puissions débarquer, songe Paul, ébloui par la rade où les navires de toute origine jettent l'ancre, larguant uniquement au port des chaloupes chargées d'officiers en tenue.

– Un devoir de courtoisie, en pleine guerre. Ils ont du temps à perdre ! maugrée Edmond Vigouroux.

– Ils rendent sûrement visite au patron probable de

l'expédition, affirme l'Alpin. Je le tiens de mon *pitaine* : c'est un général anglais qui commande et il est dans l'île. Son nom est Ian Hamilton.

– Ainsi, Masnou a mis ses gants blancs, comme son chef d'Amade, pour présenter ses devoirs à un général anglais.

– Vous vous trompez, corrige le capitaine Maublanc qui rejoint le groupe. Le général anglais n'est pas encore nommé, et il n'est pas à Malte. Je pense que nos officiers vont aux nouvelles chez le gouverneur, très simplement.

– Il est tout de même surprenant qu'une telle opération se prépare sans que le général en chef britannique de l'expédition soit sur place, note Émile. Joffre a laissé nommer une potiche. Les Anglais n'ont pas même jugé utile d'expédier un ancien de l'armée des Indes. C'est dire le peu de prix qu'ils attachent à l'opération des Dardanelles, du moins pour l'action de l'armée de terre.

– Nous sommes à Malte, encore très loin des Dardanelles et de l'Égypte, explique avec patience le sage Maublanc. Nous pouvons toujours nous retirer. Il me semble que nos amis anglais, pas plus que nous, n'ont de doctrine précise. Ils attendent les résultats de l'action de la *Navy* avant de décider. Peut-être bien qu'à Londres Churchill ne veut pas abandonner à l'armée de terre, et à Kitchener, la maîtrise de l'affaire.

– Chez eux aussi, les chefs se bouffent le nez. Ils ne savent pas encore qui va commander, glisse Émile Duguet à Paul Raynal.

– Admirez la rade ! suggère Maublanc. Vous ne serez pas venus pour rien. Nous avons fait deux cent trente milles marins pour cela, bien que nous n'ayons guère dépassé le cap sud-est de la Sicile. Autant en profiter. Vous n'aurez pas souvent l'occasion d'y revenir.

Il prête ses jumelles à l'Alpin, qui découvre deux ports immenses séparés par un éperon rocheux, et des centaines de navires à l'ancre. Les vaisseaux de guerre anglais sont parfaitement à l'abri, invisibles, tapis dans les indentations du rivage : un gîte très sûr, renforcé de forteresses garnies de canons lourds.

– Je vois des églises, et encore des églises à coupoles monumentales, commente l'observateur.

– Pour les minarets, il faut patienter. Nous sommes, précise Maublanc, sur le point de résistance intangible de la chrétienté. Ici, au XVIe siècle, les chevaliers de Malte ont repoussé les Turcs. Leur flotte innombrable s'est heurtée à ce rocher.

– Et notre flotte innombrable prétend arracher le croissant de Sainte-Sophie de Constantinople pour y replacer la croix du Christ. Il faut avoir la foi pour y croire, conclut Émile.

Paul Raynal, qui s'est emparé des jumelles, aperçoit des femmes sortant de la cathédrale. Il fait part de son étonnement à ses camarades : on ne voit pas leur visage. Elles portent sur la tête et les épaules une sorte de mantille noire.

– La *faldetta,* dit le capitaine Maublanc dont la culture n'est jamais prise en défaut. N'ayez pas de regrets d'être restés à bord, les femmes sont ici mieux gardées qu'en Orient. Vous auriez fait chou blanc. Elles n'adressent la parole à personne.

* *
*

Pas d'escale avant l'île de Lemnos, où les navires finissent par jeter l'ancre, dans la vaste rade de Moudros. Le général d'Amade doit vite se résigner à autoriser le débarquement : les chevaux hennissent, entassés à bord des navires, entravés dans les cales. Les mulets rongent leurs longes et ruent contre les parois de tôle.

À la vue de l'île déserte, les hommes éprouvent une angoisse. Pas le moindre camp pour les accueillir. D'Amade n'est pas sûr de son fait. Interrogé par radio, il répond à Alexandre Millerand, ministre de la Guerre responsable de l'opération, qu'il ignore tout des intentions du général anglais Ian Hamilton dont il dépend. Il ne l'a jamais rencontré et ne dispose d'aucune information.

Il sait seulement, grâce à l'amiral Guépratte, que le vice-amiral Carden vient d'être remplacé par le commandant de *L'Inflexible*, le contre-amiral John Michael de Robeck, idole de la *Navy* pour la victoire qu'il a remportée dans les Malouines sur des cuirassés allemands. Les Anglais songent surtout à leur opération navale.

Alexandre Millerand, n'obtenant rien de plus précis, s'est retourné vers le cabinet de lord Asquith à Londres et a interrogé Kitchener. Il a demandé « si Hamilton avait arrêté un plan, et lequel ». Pourquoi le laisse-t-on dans l'ignorance ?

Sous les yeux du général d'Amade, les unités débarquent dans l'ordre. La brigade métropolitaine est la première à mettre pied à terre, avec le 175e régiment d'infanterie. Les deux bataillons de zouaves suivent, précédant les légionnaires qui se hâtent d'élever à terre leurs petites tentes blanches, semblables à un immense village de campeurs.

Le capitaine Maublanc juge inutile de débarquer le matériel de pont, n'ayant pas repéré sur sa carte le moindre ruisselet parcourant l'île de Lemnos, plus sèche que le Sahara. Il demande à ses sapeurs de construire des baraquements, des hangars pour les munitions. Faute de bois pour faire des planches, on débarque des tôles ondulées soutenues par des piquets métalliques. Le dépôt ainsi constitué est si improvisé que le moindre gamin du bourg de Moudros pourrait y chaparder des vivres, en se glissant le soir sous les barbelés.

On ne débarque pas davantage les pièces d'artillerie.

– À quoi bon ? dit à l'Alpin le capitaine Livet qui dirige le groupe de l'artillerie de montagne. Nous avons en tout et pour tout huit pièces de 65. Elles souffriront moins dans la cale du navire qu'à l'air humide du rivage. Mais il faut descendre les chevaux et les mulets.

Vigouroux se réjouit : son bataillon de zouaves constitue, avec les légionnaires arrivés directement de Malte, le régiment de marche d'Afrique. Son adresse au démontage, yeux bandés, des mille pièces de la mitrailleuse de Saint-Étienne, l'a fait désigner par son adjudant pour la compagnie spéciale des armes automatiques. La tente où il dispose son équipement est proche de celle des artilleurs.

– As-tu remarqué, s'étonne-t-il auprès de l'Alpin, que les zouaves sont tous de Tunis et d'Alger ? Pas un seul soldat musulman, aucun de ces tirailleurs recrutés à Bizerte.

– Tu dois comprendre que les Turcs sont aussi des

musulmans, et que nos chefs n'ont aucune envie de leur opposer nos braves *Turcos*. Ils trahiraient à la moindre prière, dès l'appel des muezzins dans les minarets.

Paul Raynal est trop occupé pour rejoindre les camarades. Les soldats du génie sont bons pour toutes les corvées : débarquement par palans des animaux de trait, des chevaux des chasseurs d'Afrique, des voitures légères à deux roues portant les caisses de munitions et de fusils, sans oublier les réserves de conserves.

– Ils ont tout prévu, à Paris, ironise Maublanc. Six bataillons de Sénégalais de la 2e brigade doivent nous rejoindre. Nous avons pour eux quinze jours de rations de riz, mais pas d'eau pour le cuire.

– En creusant ? questionne Paul, qui a des talents de sourcier.

– Dans l'île où Aphrodite trompait Héphaïstos, sans doute parce qu'il était incapable de lui fournir l'eau douce de son bain, il faut creuser très profondément pour obtenir de l'eau dans un puits.

– Aphrodite ?

– Vénus, si tu préfères. Elle est née de la mer, et son mari, le dieu boiteux, était le forgeron des enfers. Peut-être dort-il encore dans ses grottes. Nous allons réveiller le vieux drôle à la dynamite.

Ces considérations mythologiques font dresser l'oreille de Paul. Pour ainsi rêvasser, son capitaine doit être bien désabusé. Croit-il au succès de l'opération ?

* *
*

– Il est temps de repartir si les fourrages n'arrivent pas, je n'ai que quinze jours de foin pressé pour les chevaux, constate encore Maublanc, agacé. Et vous pouvez voir que l'herbe ne pousse pas sur ces rochers.

Le capitaine s'est plaint auprès de l'officier d'état-major débarqué le premier sur l'île, le colonel Valentin. Celui-ci lui assure qu'il a fait signer une dépêche radio à Masnou, adressée au général d'Amade, présent à bord du transport *Provence.*

« Aucune ressource dans l'île en eau et vivres. Commandant base navale demande directement au ministre envoi urgent d'un bateau-citerne. »

Ce message, adressé à Paris, transite par Malte. Il est donc destiné au ministre Alexandre Millerand, totalement ignorant de la situation réelle de ses troupes, dans le feutré de son cabinet. Il va apprendre, en fulminant, que la 1re brigade de la division Masnou débarquée à Lemnos n'a rien à donner à boire à ses chevaux.

« Nous sommes dans l'absurde », commente *in petto* Maublanc.

Le colonel Valentin ne peut lui donner d'autre assurance. Il faut attendre l'arrivée problématique du bateau-citerne promis dans cette île perdue au débouché des Dardanelles.

– Les habitants de ce village sont-ils grecs ou turcs ? demande Maublanc.

– Les Grecs ont reçu l'île en partage, après la victoire sur les Turcs de 1912. Ils n'ont pas osé s'y installer. Lemnos est trop proche des côtes turques. Mais les Turcs ne l'ont pas davantage occupée. Elle n'est donc à personne.

– Je puis vous dire en confidence, ajoute le colonel

Valentin, que le général australien Birdwood n'a débarqué qu'un millier des siens, à cause de la mauvaise qualité de l'eau. Elle présente, selon lui, des dangers d'épidémie. Il préfère tenir les hommes à bord, et puiser dans les tonneaux de bière. D'Amade l'a écrit à Paris : « La santé des hommes et des chevaux peut être compromise. » Il reste à produire de l'eau distillée à bord des navires. On attend un voilier en contenant cent tonnes, et un vapeur de deux cents. Mais quand débarqueront-ils ?

Le pessimisme du colonel chargé du renseignement inquiète Maublanc. Il le connaît depuis Saint-Cyr, et s'autorise à lui parler franchement.

– Cette opération est improvisée, désordonnée. L'essentiel n'a pas été prévu. Au lieu de radeaux de débarquement, on nous a fait embarquer des équipements de ponts, dans un pays sans eau ! Nous avons dû emprunter des chalands aux Anglais pour descendre nos chevaux. Ne risquons-nous pas de rembarquer brusquement sans combattre ?

– Quel désastre pour l'Afrique du Nord ! confie Valentin. Hélas ! il n'est pas permis de dire qu'un échec est impossible. Dans le Maghreb, il entraînerait à coup sûr le réveil immédiat du fanatisme naturel aux peuples musulmans. Et les Anglais n'ont toujours pas de chef. Leur amiral est démissionnaire, leur général arrive à peine. Je viens d'apprendre qu'il a embarqué à Marseille le 14 mars seulement.

– On confond la Turquie et le Dahomey !

– Nous avons ici près de dix-huit mille hommes de troupe mal instruits qui vont au casse-pipe.

– Êtes-vous sûr de l'arrivée de sir Ian Hamilton ?

– Tout à fait. Le croiseur *Phaeton* l'a conduit en

quarante-sept heures de Marseille à Ténédos. Un exploit !

– A-t-il rencontré d'Amade ?

– Bien sûr. Il est allé le voir à bord d'un navire anglais. N'en dites rien, mais ce Hamilton n'est qu'une vieille bête qui revient, constellée de médailles, de la guerre des Boers. Sans même visiter la base, il n'a pas été sourd aux doléances de d'Amade, au désordre des régiments débarqués. Jurez-moi le secret.

– Je le jure ! dit Maublanc en crachant sur sa pipe.

– Tout le monde rembarque. Direction : l'Égypte. Un seul régiment colonial gardera la base de Moudros.

Les sortilèges du Caire

Le dragueur *La Ravageuse,* après une escale à Malte, fait route vers Moudros. Dans sa cabine sentant la caque, Richard Bartlett rédige un premier article pour le *Sunday Times*, qu'il compte dicter par radio dès qu'il se trouvera en lieu civilisé – par exemple à bord d'un navire britannique. Les services d'André Broennec lui semblent cruellement insuffisants : le radio n'entend pas un mot d'anglais.

Le 17 mars à l'aube, il est émerveillé par la baie de Moudros, où la *Royal Navy* s'est donné rendez-vous. *La Ravageuse* se fraie un chemin difficile parmi tant de mastodontes, cherchant le *Queen Elizabeth* où le journaliste veut embarquer. Le quartier-maître Labat ne tarde pas à le lui désigner : ses nouveaux canons de trente-huit centimètres le rendent aisément reconnaissable. À la proue de *La Ravageuse,* il envoie sur le pont un message aux fanions, pour signaler la présence à son bord d'une importante personnalité. Une chaloupe vient chercher Bartlett. Chacun respire à bord. L'Anglais était encombrant.

Les croiseurs, les destroyers défilent, en une royale parade. On a écarté du commandement l'amiral Limpus, resté à Malte, ce dont Bartlett s'étonne : il était le meilleur connaisseur de la marine turque. Il apprend que sir Winston Churchill a considéré qu'il n'était pas *fair-play* d'utiliser un amiral, détaché comme professeur à l'École de marine de Constantinople, contre ses anciens élèves turcs. À la demande, il est vrai, du gouvernement des Jeunes-Turcs qui commandaient aussi dans les arsenaux britanniques. Au reste, Limpus est des plus sceptiques sur les chances de la *Navy* de forcer les détroits, et il n'en fait pas mystère.

Le vice-amiral sir John de Robeck, vieux sportsman, gentilhomme campagnard, accueille au mieux Richard Bartlett et le loge à bord du *Queen Elizabeth,* afin qu'il puisse assister à la bataille. Le journaliste émet d'abord le désir de prendre un bain, s'excusant de l'état dans lequel il se présente, ayant voyagé à bord d'un sardinier français. Le commodore Roger Keyes, chef d'état-major de Robeck, désignant la mer, lui demande d'un ton pincé s'il a songé à prendre son maillot. Il nourrit de tels sentiments d'agacement envers les journalistes, surtout familiers du monde politique, qu'il se retient de balancer celui-ci aux requins.

– Ces Français dont vous parlez sont nos poissons pilotes, dit-il en désignant les dragueurs. Nous ne pouvons rien faire sans eux. Ils nous ouvrent la route.

Déjà, *La Ravageuse* ahane à contre-courant vers la pointe des Détroits, pour s'engager résolument dans le chenal et prendre au filet les mines flottant entre deux eaux. André Broennec a le temps d'apercevoir le cuirassé *Bouvet* dans lequel il aurait dû embarquer.

Pierre Labat lui tape sur l'épaule : il a pris l'initiative d'expédier un message de bienvenue au radio du cuirassé, en signant André Broennec. Et il a reçu cette surprenante réponse : le radio du *Bouvet* s'appelle aussi

Broennec, mais prénommé Maurice, un cousin lointain de Cornouaille qui a eu la chance d'être embarqué le premier. André, furieux et dépité, peste contre ces familles nombreuses de Bretagne ; il y a toujours un Broennec quelque part !

Le *Bouvet* est émouvant de majesté archaïque : un des plus vieux cuirassés de la flotte, ancêtre des *dreadnoughts*. À vingt ans d'âge, un bateau de cette classe est déclaré périmé. Il file péniblement ses dix-huit nœuds, crachant des flots de fumée noire par ses deux cheminées. On le reconnaît sur des photos jaunies dans les bistrots de la côte du Finistère ou de Léon. Il a été la vedette du port de Brest.

Les pêcheurs s'en approchaient alors en barque, à grand renfort de rames, pour le contempler en rade. Ses canons de 305 impressionnaient. Lancé en 1896, il était la figure de proue de la flotte républicaine renaissante. Le commandant Rageot de la Touche, à son bord, faisait chanter *la Marseillaise*, sous le grand pavois, à ses six cent cinquante-quatre hommes d'équipage, alignés pour la parade.

Pierre Labat salue au passage, sur son pont glissant, l'une des gloires de la marine française, et retourne à son commandement. Ex quartier-maître de la Marchande, il est désormais le pacha du chalutier *La Ravageuse* reconverti dans la Royale. Il va prendre dans ses filets les mines sphériques *made in Germany*, signalées comme particulièrement dangereuses. Deux artificiers du génie ont embarqué à son bord pour les désamorcer.

Labat s'inquiète à la vue de deux points noirs grossissant à l'horizon. Deux avions Farman. Français ? Non. Vendus aux Turcs avant la guerre avec leurs experts, qui ont installé une base au nord des Dardanelles, ceux-là portent le croissant turc sur leurs cocardes rouges et survolent la flotte à vitesse modérée. Un de leurs messages a été capté à bord de *L'Inflexible* par les spécialistes britanniques du décodage : « Tous les navires ennemis ont fait leur toilette de combat. »

Le commandant Labat fait aussitôt pousser les machines, le chenal doit être déminé avant midi. Les Turcs sont sûrement déjà prévenus de l'approche de l'immense armada, dont leurs avions ont dénombré les premières unités. On ne peut plus compter sur l'effet de surprise.

Sinistres, les Dardanelles. Sur le pont, André mesure du regard le coupe-gorge : deux kilomètres au plus en largeur, soixante en longueur ! Les Mauser peuvent presque se répondre d'une rive à l'autre, comme les mitrailleuses Maxim ; les canons tirer au lapin, à vue, au juger. Accroché à la falaise blanche de l'entrée, sur la rive d'Asie, le village perché de Yeni Sheir, entouré d'une noria de moulins à vent. *La Ravageuse* peine à remonter le fort courant du goulet. La péninsule de Gallipoli borde les Détroits sur toute la longueur de leur rive d'Europe, vers l'ouest, et ses collines hérissées de broussailles dévalent en éperons et ravins vers la mer.

– Regarde l'entrée, dit Labat en tendant sa jumelle au maître démineur Hervé Layné. La falaise est d'abord basse sur la rive d'Asie. Mais elle s'élève très vite vers la pointe Képhez. Observe les monticules proches de la mer, ces roches rougeâtres, des granits peut-être. Ils sont percés de ravins, et les Turcs ont dû dissimuler leurs batteries de canons boches dans les poches obscures. Une autre falaise, à l'entrée de la rive d'Europe, avec ses batteries cachées dans des forts couleur de terre, n'est pas plus engageante.

André Broennec écarquille les yeux pour tenter d'apercevoir, sous les arbustes, les pierres jaunies des forts. Il les dénombre avec angoisse :

– Un... deux... trois... et quatre.

Immobile à ses côtés, Hervé Layné, réglant sa jumelle, ne met pas longtemps à débusquer les tubes des longs canons Krupp, de dix kilomètres de portée. Ils ne tirent pas encore, laissent approcher les petits bâtiments, se réservant sans doute pour les cuirassés.

Labat vérifie le parcours sur la carte marine, dépliée sur le bastingage :

– Deux autres forteresses nous attendent à hauteur de la pointe Képhez. Elles s'appellent Dardanos et Souan Déré. Un coupe-gorge ! grommelle le quartier-maître. À vos postes ! Nous entrons dans un orage d'acier.

* *
*

Les Anglais ont fait parvenir à l'escadre des dragueurs un plan détaillé des barrages de mines repérés par les hydravions ou les appareils de l'*Ark Royal*, premier porte-avions de l'Histoire survenu en renfort de Malte. Rien que dans le vestibule des Détroits, ces barrages continus s'alignent sur neuf rangs. Plus loin, dans l'étranglement de Tchanak à Nagara, où l'escadre doit travailler, on estime encore à neuf rangs au moins le champ de mines mouillées.

La *Poupée* prend la tête de la flottille des dragueurs et s'avance bravement dans le goulet.

– Le capitaine de frégate Courtois a hissé son guidon ! remarque Labat.

Il reconnaît successivement la *Pioche,* le *Râteau,* la *Charrue* et la *Herse* qui, à peine engagés dans le chenal, essuient les tirs rageurs des 77 de campagne embusqués sur les rives.

Un travail infernal attend les démineurs. Hervé l'explique au premier maître, qui ordonne aux mitrailleuses du bord un tir au ras des flots.

– Les mines sont là, invisibles, immergées à quatre mètres cinquante. Elles tiennent sous l'eau grâce à un orin vertical. Elles attendent de lâcher, d'un coup, leurs cent kilos de poudre sur les carènes qui viendront frôler leurs antennes. Notre drague va cisailler ces orins. Ne manquez pas ensuite de détruire les mines émergées à coups de canon, sinon, elles vont dériver vers le large et couler nos navires au hasard du courant.

Le premier maître Labat fait signe aux hommes de s'aplatir sur le pont, protégé par des sacs de sable. Ils sont une vingtaine à plonger au sol, alors que les premiers bombardements commencent. Impossible d'avancer sous ce déluge. Tous les dragueurs seraient coulés avant même d'approcher le premier barrage de mines.

– Les Anglais engagés avant nous ont subi de lourdes pertes, dit Labat : deux d'entre eux ont coulé sur les mines flottantes, les autres sont hachés de mitraille, leur pont battu par les shrapnells. Ils évacuent leurs blessés sur des chaloupes marquées de la croix rouge.

– Message du navire amiral ! crie Broennec : ordre d'attaquer à la nuit tombée, toutes escadrilles réunies, derrière la *Pioche,* en secours.

Il faut draguer à la montée, alors que le courant bride les machines. Elles ne peuvent arracher le chalutier qu'à raison de quarante-cinq mètres minute. Une nuit sans lune, mais non sans clarté. Les projecteurs allemands fouillent l'obscurité, recherchant les bateaux.

Ils voguent en file, le long de la côte d'Europe, à quatre cents mètres du rivage. Seul un sourd n'entendrait pas le ronflement de leurs moteurs. Un dragueur tire un coup de canon sur une mine dégagée de ses fils de fer. Le projecteur ennemi *made in Germany* de la pointe Képhez s'allume aussitôt, éclairant *a giorno*.

– À plat ventre ! hurle Labat dans son mégaphone. Virez à tribord !

Il faut s'éloigner à tout prix des shrapnells, capables de trouer les tôles et les blindages protecteurs, fuir les rafales de mitrailleuses qui crépitent sans aucun répit.

– Les dragues à la mer !

Le projecteur a perdu le dragueur de vue. En profiter, vite !

Les câbles sont filés dans le noir. Les matelots fixent à leurs bouts les cisailles, prêtes à couper les orins. Tout est paré mais le faisceau lumineux darde de nouveau, et les hommes doivent plonger derrière les sacs de sable. Les torpilleurs d'escorte entrent en action, ciblant le projecteur.

– Touché ! applaudit Labat en le voyant s'éteindre.

La nuit revient, bienvenue. Elle rend, hélas ! impossible le repérage des mines libérées par les équipages de drague. On tire à l'aveugle, vers l'arrière, pour faire sauter les boules d'acier au hasard des rafales. Les guetteurs signalent une trace scintillante au ras de l'eau, qui file vers la coque de *La Ravageuse*.

– Une torpille ! prévient Layné. Ils ont aussi installé des tubes lance-torpilles. Quel luxe d'équipement ! Le Kaiser a bien fait les choses.

La pluie d'obus redouble. Les torpilleurs d'escorte

zigzaguent pour éviter la lumière crue des autres projecteurs. Labat se félicite d'être resté dans l'obscurité. Pour combien de temps les a-t-on oubliés ?

Une vive clarté le détrompe. Le projecteur qui les tenait sous son faisceau n'était pas détruit. Les Turcs jouent au chat et à la souris. C'est au tour de *La Ravageuse* d'être la cible des batteries de 77 mobiles et avancées, d'un creux à l'autre, le long du rivage.

– Ils en ont plus de dix en action sur les deux rives, compte Labat à la lueur des coups tirés. Ils nous canardent, à cinq cents mètres.

Les éclats d'obus et les billes de shrapnells ravagent le bord, rebondissent sur la cheminée, criblent la passerelle. À sa surprise, André Broennec, tapi à fond de cale avec les soutiers, perçoit le bruit régulier du moteur. Le chalutier n'est pas touché, il poursuit sa route. Pas un seul blessé à bord. Et soudain, un ordre du chef de flottille, miraculeusement capté par radio, transmis au premier maître Labat, qui le fait exécuter aussitôt :

– À tribord toutes, demi-tour ! Nous rentrons !

Grand soulagement à bord. Les hommes s'activent, hors de portée du projecteur maudit. À la descente, le fort courant des Dardanelles propulse *La Ravageuse* comme un fétu de paille à l'abri des mines et des obus. Sauvés ! La mission n'en est pas moins un échec, ils n'ont pas réussi à déminer. Leurs chefs en rendent compte aux supérieurs, qui transmettent, et sans doute admettent : il faut se rendre maîtres du rivage si l'on veut percer aux Dardanelles.

– Les mines sont toujours en place, songe Broennec avec effroi, pensant à ceux qui vont mourir.

* *
*

À l'aube du 18 mars, les dragueurs restent immobilisés au mouillage de Moudros, comme si l'on n'en avait plus besoin. Le premier maître Labat compte et recompte ses ouailles. Vingt et un marins, très exactement, lui compris. Pas un ne manque à bord. Des égratignures, des plaies dues au raclement des filins pendant la manœuvre, mais ni mort, ni noyé, ni blessé. Tous bons à reprendre la tâche. Parmi eux, des Corses et des Marseillais, mais surtout des Bretons qui culpabilisent et demandent à repartir.

– Nous ne les avons pas eues ! Les gros bateaux vont sauter sur ces garces ! s'exclame Jean Mouilhos, un pêcheur de la Madrague, à Marseille. Regardez les cuirassés, ils appareillent, lâchent les flocons noirs du départ. Ils vont à la catastrophe, c'est sûr !

Labat lâche un soupir. Tous les maîtres dragueurs ont averti le lieutenant de vaisseau Blanc, le chef d'escadrille. Il reste en effet assez de mines pour faire sauter la flotte. Blanc en a référé à ses supérieurs. Impossible que l'amiral Guépratte n'en soit pas informé. Pourtant, à bord du *Suffren*, il s'engage, premier Français dans la passe, avec panache.

André Broennec pense à sa mère veuve. Dans ce coup de torchon, il aurait pu cent fois perdre la vie. Les gendarmes lui auraient annoncé sa disparition en mer, comme jadis pour son père. Ni papiers, ni plaque, ni montre. Englouti. C'est miracle qu'ils aient échappé à ce cuisant baptême du feu.

Voir à vingt ans la mort d'aussi près est une épreuve

qu'il ne souhaite à personne. Dans sa tête enfiévrée par une nuit sans sommeil résonne encore le bruit terrifiant de l'orage d'acier. Pas même de casque pour se protéger. Des sacs de sable éventrés, des plaques blindées déchiquetées par les éclats sur le pont dont le plancher a été arraché. Des trous larges de trente centimètres non loin de la soute où les charbonniers, pour une fois à l'air libre, font leur prière en buvant du vin rouge.

La trêve est de courte durée. Au loin, le canon remet de la voix. Les gros navires s'approchent du rivage.

– C'est à devenir fou, dit Mouilhos, qui revit en accéléré le cauchemar de la nuit, ses projecteurs aveuglants, ses torpilles frôlant le bord, et le fort courant qui freinait l'avancée des rafiots désemparés.

Mouilhos est un bleu, comme Broennec. Frères de misère, ils se demandent quel enfer leur réservent les amiraux qui se font des politesses pour conduire leurs équipages dans le boyau des Dardanelles, cette tranchée entre l'Asie et l'Europe, bouillonnante des eaux de la mer Noire.

Pendant ses classes, André Broennec n'avait recueilli auprès des anciens de Brest que des récits de convoyage de bateaux transporteurs en Méditerranée, ou des premières attaques de sous-marins dans la Manche. Hormis quelques épisodes de poursuite de corsaires allemands par la flotte anglaise dans les mers lointaines, aucun récit d'horreur ne perturbait le sommeil des bleus. Comment racontera-t-il plus tard à sa sœur, à sa mère, ce qu'il a vécu, si toutefois la chance lui laisse la vie ?

Au soleil de Moudros, l'angoisse le tenaille. Avec les autres pêcheurs embarqués, il rafistole les filins, les enroule, vérifie les pinces des cisailles, pendant qu'une autre équipe répare le gouvernail désemparé, et recloue des planches sur les trouées du pont. À l'évidence, le chef Labat guette l'ordre de repartir au premier signal. La baie grouille de bateaux de guerre. On va tenter le forcement. À la mine soucieuse de Pierre Labat, Broennec comprend qu'ils n'ont pas fini de souffrir.

L'impression de puissance tranquille donnée par la grande flotte déployée est pourtant rassurante. Jamais André n'aurait cru possible une telle concentration de navires. Ses yeux brûlés par le soleil les observent en position d'attaque, sans doute capables, avec leurs canons lourds, de faire rentrer sous terre tous les forts des Dardanelles.

Les amiraux doivent en être convaincus, pour avoir ordonnancé cette gigantesque chorégraphie maritime, avant les bombardements d'anéantissement. Comment tiendront les batteries de 77 allemands de campagne qui leur ont fait tant de mal, sous le tir ajusté des 380 de marine, capables de pulvériser une falaise en pierraille ? Pierre Labat non plus, de sa vie de loup de mer, n'a jamais pu admirer, dans la rade de Brest, le spectacle d'une telle flotte.

Les premiers à l'attaque sont les Anglais aux canons lourds. Le *Queen Elizabeth* vient de lancer sur les forts d'entrée ses premières salves de 380. Trois autres cuirassés le suivent, dans un nuage de fumée. En tête des quatre français, comme à une revue navale, le navire amiral *Suffren*.

L'amiral Guépratte, étonnant d'inconscience, entend la chorale de volontaires qu'il vient d'aligner sur le pont. Il réclame aussi la musique des équipages. Sous le petit pavois déployé, il leur fait jouer et chanter *la Marseillaise*, *les Girondins*, et *les Cols bleus*...

L'attaque commence. André Broennec écoute à peine ce que dit Labat, par-dessus le bruit des canons :

– Les cuirassés ont hissé le signal du branle-bas de combat !

– Mais les mines ? hurle Mailhos.

– Des torpilleurs les draguent à l'avant. Des canots à vapeur pourvus de pièces légères sont censés tirer sur les flottantes, crie Labat à son tour. Je ne vois plus rien ! Des nuages gigantesques ! Les falaises volent en éclats ! Les Français s'approchent, le *Charlemagne* et *Le Gaulois* à bâbord, le long de la rive d'Europe, le *Suffren* et le *Bouvet* à tribord, vers l'Asie. Et derrière eux, quatre mastodontes battant pavillon britannique s'apprêtent à prendre la relève.

Pendant deux longues heures, sur la rade, retentit l'écho formidable de la bataille. Les lourds navires se succèdent vers le débouché des Dardanelles, avec les torpilleurs et les canots d'accompagnement. Aucun ne revient.

La radio de Broennec crépite. Il enjambe le pont, fixe ses oreillettes, traduit les signaux en morse et les tend, en clair, au maître Labat.

– Ordre d'appareiller, lance Labat dans le porte-voix. Nous devons draguer la baie entre Képhez et Tchanak.

– Impossible ! proteste Hervé Layné le démineur. Celui qui a donné cet ordre ignore le nombre et la position des mines allemandes !

André surprend Jean Mouilhos baisant la médaille d'or qu'il porte autour du cou. Ils vont repartir pour l'enfer.

* *
*

Du quarteron d'amis débarqués du *Biên Hoa,* André Broennec, le bleu de la marine, est le seul au feu. Il est projeté, sans expérience aucune, dans la première grande bataille navale de la guerre. Pendant que *La Ravageuse* suit la flottille des dragueurs repartis dans la danse, il est tenu d'occuper la caisse de fer qui lui sert de chaise dans l'entrée de la cale, face à ses appareils. Le chef Labat entend qu'il capte tous les messages, même ceux qui ne leur sont pas adressés.

Au moment où *La Ravageuse* entre dans la passe, la grande flotte reflue déjà. Pierre Labat a beau braquer ses jumelles, la fumée masque les Détroits, d'une rive à l'autre : les positions turques demeurent invisibles, accablées par des envolées de terre et de pierraille, noyées sous des flots de poussière et de sable. Il ne peut apercevoir les défenses ennemies qu'en s'approchant au plus près. Toutes les vingt-cinq secondes, chaque canon de bord lâche sa charge, et les obusiers lourds de la maison Krupp, dirigés par des spécialistes allemands, leur répondent coup pour coup, à une cadence de métronome.

En découvrant devant lui *L'Inflexible*, Labat le pense perdu. Sur le cuirassé anglais, la passerelle est explosée, le mât de misaine en flammes et la hune doit être évacuée. Le poste de commandement a été déchiqueté par un obus. La lourde masse d'acier tourne encore sur elle-même pour tenter de prendre le courant et refluer vers le sud.

Il est un peu plus d'une heure de l'après-midi : une

bombe recouvre le *Suffren* de fumée noire. Une fois encore, Labat croit anéanti le géant qui porte à son bord l'amiral Guépratte. Mais les deux coques d'acier de trente centimètres résistent, même si leurs tourelles volent en éclats.

Pierre Labat distingue à la jumelle les marins armés de lances à incendie. Une gerbe immense les couche au sol, un obus sous-marin venant de secouer la carène. Le *Suffren* flotte toujours, mais il est contraint d'abandonner le combat. *Le Gaulois* semble durement touché lui aussi.

– Un ordre de l'amiral de Robeck !

Broennec hurle le texte dans l'oreille de Labat pour se faire entendre :

– *Retirez-vous, les Français !*

La Ravageuse garde vaillamment le cap sur Tchanak, comme s'il s'agissait toujours de déminer la baie, en essuyant les tirs des batteries côtières. Ils sont heureusement mal réglés, et l'avance peut se poursuivre.

– Attention, crie Labat, le *Bouvet* est devant nous. Il tourne sur lui-même.

L'émotion envahit André Broennec. Il aurait dû se trouver à bord du cuirassé. À son bord, le capitaine de vaisseau Rageot de la Touche a refusé jusqu'au dernier moment de quitter son poste de tir, alors qu'il était sur le point d'anéantir un des forts des Détroits, Namazieh. L'amiral Guépratte est intervenu à plusieurs reprises pour le faire obéir. Il n'a amorcé son virage de retour qu'après avoir lâché une dernière bordée sur les forts turcs de la rive d'Asie, dont les canons n'ont pas cessé de tirer.

André Broennec a capté sur sa radio et décrypté les

ordres adressés par l'amiral Guépratte au commandant Rageot de la Touche. Il est devenu expert dans l'art d'intercepter les ondes, même celles des Allemands du rivage. Pierre Labat, averti du mouvement imposé au cuirassé, a manœuvré lui-même le gouvernail pour s'éloigner du monstre, éviter le remous de ses hélices et lui laisser la place. Il est quatorze heures, le *Bouvet* a enfin mis le cap sur la sortie des Détroits.

Les deux canons de 305 et les pièces latérales de 274 ont beaucoup donné. La vieille carcasse promise à la ferraille a montré qu'elle pouvait être encore utile à la République. Elle vient d'écraser les pièces turques du fort de Souan Déré. On lui doit le respect.

Labat suit le cuirassé dans sa course de douze nœuds à l'heure. À bord, on distingue les équipes de sauveteurs relevant les blessés des batteries et du pont. D'autres marins s'attellent aux avaries, déblaient les éclats dans la cabine du pacha, pendant que l'équipe des sapeurs, à la lance, tente d'éteindre les foyers d'incendie.

Le commandant Rageot de la Touche est sur la proue, comme si l'étrave restait sensible. Il veut ramener indemnes dans la zone de repos les six cent vingt-cinq hommes d'équipage qui lui restent, ainsi que les vingt officiers dont beaucoup ont été blessés, souvent asphyxiés par la fumée toxique des pièces sous coupole.

Ceux de *La Ravageuse* saluent le monstre par des « hourras ». Le maître Labat, inquiet, ajuste la visière de sa casquette pour mieux voir l'avant de son bateau, car le soleil couchant l'éblouit.

– Les officiers y sont tous ! lâche-t-il, éberlué. Suspendus au bastingage, au-dessus des flots. Ils cherchent à repérer les mines flottantes, ou les passages de torpilles. Ils sont loin d'être en sécurité !

– Hélas, nous ne résoudrons pas le problème des mines, déplore Hervé Layné, le spécialiste embarqué. Les Allemands ont tendu, au niveau des *narrows,* des fils électriques reliés à un chapelet de mines d'un rivage à l'autre. Impossible de passer.

– Qu'appelez-vous les *narrows* ?

– La partie la plus resserrée des Détroits, à peu près à mi-chemin. Nous ne sommes pas arrivés jusque-là.

Les mécaniciens ont reçu l'ordre de pousser les machines. Des flocons de fumée noire sortent des cheminées. André traduit un message de l'amiral Guépratte adressé à *La Ravageuse*, qui a réussi à faire sauter, avec le canon du bord, de nombreuses mines flottantes. L'escadrille des pêcheurs dragueurs doit rentrer, laisser la place aux Anglais qui prennent la relève.

– Suivons le *Bouvet*, dit Labat. S'il passe, nous passerons sans risques.

* *
*

Presque aussitôt, le grand navire ovale accuse les effets d'une explosion violente. Il tremble sur son aire, craque sinistrement, se déporte à gauche, comme sous une violente poussée. Quand retombe la gerbe d'eau, à trois cents mètres de *La Ravageuse*, Labat fait observer à Mouilhos la couleur rouge striée de jaune de la fumée.

– Ce n'est pas un gros noir, dit-il, mais une mine.

Les experts allemands ont dû la mouiller dans la nuit sur le chenal sécurisé.

– Peuvent-ils s'en sortir ?

– Je ne crois pas. Descendez-les canots, ajustez les gilets de sauvetage. Nous allons avoir de l'ouvrage. Il faut sauver les camarades.

André Broennec s'éponge le front en songeant que son cousin Maurice, embarqué à sa place, ne reverra peut-être jamais sa Bretagne.

– Il s'incline à bâbord, observe encore le premier maître. Le commandant va tenter de redresser en faisant remplir les compartiments.

La lourde masse d'acier en effet se redresse, mais s'incline aussitôt sur tribord, près de chavirer. La fumée ne sort plus des cheminées. Le commandant a fait stopper les machines.

– Il n'a plus aucune possibilité de manœuvre, assure le premier maître Labat, qui a vu sombrer d'autres navires. Quand les gars de la chauffe remontent sur le pont, c'est mauvais signe.

Il garde les yeux fixés sur le chronomètre de sa montre. Tout est si rapide. À la dixième seconde, il voit les marins du bord s'accrocher au bastingage. La gîte du cuirassé est déjà de trente degrés. Sur *La Ravageuse,* tout l'équipage, les soutiers et même André, le radio, sont montés sur le pont, les traits tendus. Rien de plus triste qu'un naufrage. Mais comment échapper à l'attraction, même infâme, du spectacle ?

Plusieurs marins du *Bouvet*, les plus proches de la rambarde, plongent en file sans hésiter. D'autres les rejoignent, sautant les uns après les autres, sur ordre des officiers qui leur crient :

– Sortez de là ! Nous coulons !

L'eau engloutit les tourelles ; par bâbord, le bout d'un lourd canon de 274 plonge à la mer, traçant un cercle d'écume. Les canonniers, qui ont pu s'extraire à temps des tôles d'acier chauffées au rouge par l'incendie, sautent à leur tour.

En trente secondes, le cuirassé est déjà couché sur le flanc. Les vagues se ruent sur les cheminées, les engloutissent. Les tourelles giclent de leurs assises et sombrent dans les profondeurs. Les trois énormes hélices du cuirassé tournent à vide, sans prise.

Labat désigne à Mouilhos une silhouette cramponnée dans le blockhaus de commandement. C'est Rageot de la Touche. Il pousse à l'eau un fourrier qui persistait à exhorter les soutiers, dans les tubes acoustiques, à grimper. Il veut sauver le plus de monde possible, mais la lourde carène verdâtre flotte désormais, après cinquante secondes seulement de naufrage. Il n'y a plus rien à faire.

Les marins de *La Ravageuse* détournent leurs regards. Certains prient en silence. Brusquement, le cuirassé se dresse droit au-dessus des vagues, l'éperon de la proue hors de l'eau, puis bascule par l'arrière, bientôt englouti. Labat jette un coup d'œil à sa montre : le drame, depuis le choc jusqu'au naufrage, a duré cinquante-six secondes exactement.

André Broennec est retourné dans sa cellule, sur sa caisse métallique. Il n'a pas remis les écouteurs sur ses oreilles et semble inconscient, assommé. Labat le réveille d'une bourrade. Le Breton a les larmes aux yeux.

– J'aurais dû être à bord, avec les camarades. J'étais désigné pour le *Bouvet*. J'ai manqué son départ.

– Vas-tu le ressasser jusqu'à la saint-glinglin ?

Regarde les survivants. Ils pataugent dans les remous, ils vont mourir si nous ne les secourons pas. Laisse ta radio et plonge avec les autres dans les canots. Va les sauver, foutre ! C'est en pleurant comme une demoiselle que tu les tues !

Quarante-sept rescapés s'agrippent aux épaves, un bras tendu en l'air, sans même trouver la force de crier « Au secours ! ». Certains coulent, ne sachant pas nager. D'autres les agrippent, leur tiennent la tête hors de l'eau. Des chaloupes surgissent, détachées des bateaux anglais et des dragueurs français.

Les Turcs continuent de canonner les naufragés, cernés par des gerbes d'obus. On se hâte de hisser les malheureux à bord des canots et de s'éloigner. André saute à la mer pour sauver un matelot qui s'enfonce. Il le hisse sur le pont du canot, vide ses poumons remplis d'eau salée, remue ses bras en cadence. En vain, le naufragé a rendu l'âme.

Un enseigne reprend vie à bord de *La Ravageuse.*

– Tous morts, souffle-t-il. Pas un mécano, pas un chauffeur, pas un soutier, pas un canonnier. Le médecin est resté à bord, asphyxié. Le commandant n'a pas voulu sauter.

– C'est notre faute, scande André Broennec, hagard. Nous étions là pour faire éclater les mines. Ils ont péri à cause de nous.

– Prends un coup de gnôle, lui conseille Pierre Labat. Personne n'est coupable. La guerre est une vacherie, et la mer une putain qui livre nos morts aux requins.

Un coup de sifflet, un signe de croix. Au commandement du maître d'équipage, le naufragé défunt, enfoui dans un sac lesté, glisse sur une planche au fond des eaux glauques, pour y rejoindre ses frères, noyés dans leur cercueil d'acier.

* *
*

Paul Raynal ne reconnaît pas Broennec lorsqu'il le croise, une semaine plus tard, sur les quais d'Alexandrie. Le col bleu a vieilli de dix ans. Son visage a perdu ses fossettes juvéniles, ses cheveux coupés court leurs crans dorés. Des rides creusent son front. Paul sait parfaitement d'où son ami revient, mais n'ose le brusquer.

– Nous sommes tous réunis sur cette base, lui dit-il avec chaleur. L'Alpin et le zouave Vigouroux. Nous avons même retrouvé le chauffeur Marceau Delage. Je ne sais pas comment il a réussi à se procurer une nouvelle voiture, mais il conduit les officiers d'Alexandrie au Caire. L'Alpin Duguet a demandé à profiter du voyage. Impossible, plus de trois cents kilomètres. Seuls les officiers généraux vont au Caire, conférer à l'état-major anglais.

Il réussit à arracher un sourire à Broennec, qui s'étonne de voir toute la division Masnou installée sur un grand pied en Égypte, dans un camp apparemment confortable. L'opération Dardanelles est-elle abandonnée ?

– D'après Delage, qui n'a pas les oreilles dans sa poche quand il conduit des « huiles », nos grands chefs parlent d'y retourner, mais en force : une opération combinée avec la flotte, dit l'Alpin.

Broennec déclare d'une voix atone :

– Vous n'y verrez ni le *Bouvet*, ni le *Suffren*.

Les autres baissent la tête, silencieux. Ils ont eu vent de la catastrophe du *Bouvet*, et du massacre des marins à bord du *Suffren*.

– *Le Gaulois* est à l'arsenal, poursuit André. Quant au *Charlemagne,* il arborait, hier encore, la marque de Guépratte, mais il a dû l'expédier d'urgence à Malte : le gouvernail était détraqué. Nous avons perdu toute notre flotte de haute mer en Méditerranée.

– Avez-vous recueilli l'amiral à bord de votre chalutier ? plaisante Paul.

– Il a découvert, en cherchant bien, ce vieux cuirassé de réserve, le *Jauréguiberry*, oublié dans le port d'Alexandrie. Mais il lui est difficile de prendre le large. Il brûlerait au premier engagement. Les soutes ne sont pas protégées, les cloisons des chaufferies non étanches, et les boiseries nombreuses à bord. Heureusement, nous avons obtenu le *Jeanne d'Arc* et le *Latouche-Tréville.* Guépratte attend l'arrivée du *Henri IV* pour changer de bord.

– Je vois que les Russes sont de la fête, note Paul, qui vient de lire le nom de l'*Askold* à la proue d'un puissant bateau de guerre amarré au quai.

Broennec salue de la main un matelot russe au bonnet orné de rubans noirs.

– Ceux-là sont de vrais amis, affirme l'Alpin. Tel que vous le voyez, l'*Askold* a fait le tour du monde ou presque pour nous rejoindre. Il était basé en Extrême-Orient. Rappelé à Sébastopol au début de la guerre, il n'a pu franchir les Détroits gardés par les Turcs, et s'est intégré à notre escadre. Les Russes sont des frères. Ils nous échangent la vodka contre du pinard. Ils nous invitent à leurs fêtes : danses et chants comme en Bretagne.

– Quand êtes-vous arrivés ? demande Broennec, surpris de cette joyeuse ambiance, lui qui revient de l'enfer.

– Nous sommes ici depuis deux jours, répond Raynal. Et cette fois, le général Masnou, sans perdre une minute, a fait débarquer le matériel lourd. Nos équipages de pont sont à quai, chargés, vérifiés, attelés. L'Alpin surveille le débarquement de sa batterie, enfin au complet. Il faut dire que le bordel était à son comble. On s'est aperçu à Moudros que les munitions étaient à un bord, les canons et les attelages sur un autre, et les artilleurs embarqués avec les zouaves. Tu as devant toi l'*Armand Béhic*. Masnou est toujours à la coupée, pour surveiller les débarquements. Le général d'Amade est plus à l'aise à bord du *Provence,* un ancien paquebot. Toute une flotte a été mobilisée pour notre transport.

– Je ne vois pas le *Biên Hoa*...

– Il est reparti pour Marseille. Il reviendra transformé en hôpital flottant, avec médecins et infirmières.

Une ombre voile le regard de Raynal. Songe-t-il à la jeune Italienne d'Arles rencontrée sur les quais de Marseille ? Trouvera-t-elle un embarquement ?

– Comment avez-vous été reçus ?

– Les premiers arrivés étaient du 175e d'infanterie. Ils ont obtenu leur drapeau des mains du général d'Amade à bord du *Provence*, salués par les cris stridents des goélands et les coups de canon du bord. Ils ont débarqué le 18 mars ici même, dans un grand concours de foule.

– Étaient-ils à ce point attendus par les Égyptiens ?

– Tu ne sais pas qu'Alexandrie est une ville immense, aussi peuplée que Marseille, avec plus de cent mille Européens, pour la plupart Italiens et Grecs ?

Le capitaine Maublanc arrive sur ces entrefaites, heureux de revoir Broennec, et explique que les Anglais dominent durement ce pays, même s'ils sont unanimement détestés. Aussi bien des marchands du Pirée que des ouvriers du coton émigrés du Mezzogiorno, favorables à l'arrivée d'autres nationalités.

– Et surtout, ils haïssent les Turcs depuis trois siècles. Tous ces gens lisent les journaux, arabes ou européens, ils suivent la guerre de près. Ils connaissent de nom les *poilus*, le général Joffre et la victoire de la Marne. Aussi nos bleus du 175e ont-ils bombé le torse, astiqués comme des *Guards*, pour recevoir les pétales de fleurs, cueillir au passage les oranges et les cigarettes, s'entourer le cou des écharpes de mousseline lancées des fenêtres.

– Pourquoi les zouaves et les coloniaux du Maghreb n'ont-ils pas suivi ?

– Ils ont débarqué plus tard, et manqué la fête.

* *
*

Au café grec du port, Delage a reconnu, descendant du *Queen Elizabeth* et plus pressé que jamais, le journaliste Richard Bartlett. Il trotte vers la Rolls Royce réquisitionnée et mise à sa disposition par le commandement britannique, pour gagner le quartier général du Caire.

– Il se rend dans la capitale. Il y retrouvera d'Amade et le commandant Jean Wiehn.

– Tu veux dire le capitaine, rectifie Paul.

– Pas du tout. Wiehn est monté en grade, pour entrer à l'état-major de Masnou. N'oublie pas qu'ils sont tous les deux des Charentes. J'imagine que ça crée des liens.

Les Anglais sont les maîtres de l'Égypte. Comme les généraux allemands de la Turquie, ils sont la puissance occupante, assurant l'ordre et l'économie du pays. Tout l'état-major se rassemble dans l'immeuble forteresse de la Résidence anglaise, mais l'unité d'action des forces britanniques en Orient n'y est nullement réalisée. Churchill, premier lord de l'Amirauté, a lancé l'expédition des Dardanelles en choisissant d'attaquer de front les Détroits, avec la seule marine. Il a dû composer, après l'échec du 18 mars, avec Kitchener, le ministre de la Guerre – lord Kitchener of Khartoum –, le fondateur de la puissance anglaise sur le Nil.

Mais bien d'autres institutions sont hostiles à la politique de Churchill, et notamment le *Foreign Office,* le *Colonial Office,* l'*Intelligence Service*, toujours à l'affût de l'évolution du monde arabe, tout autant que l'*Indian Office,* qui redoute au plus haut point une révolte arabe et ses conséquences sur les musulmans des Indes.

Le journaliste Bartlett, très informé de ces divergences, a-t-il conscience de la faiblesse de la politique anglaise en Orient lorsqu'il grimpe prestement les marches de la Résidence ? Il adresse au passage un salut à un groupe d'officiers supérieurs de haute taille, nourris de porridge et de *roastbeef*, portant sur l'épaule leurs raquettes de tennis ou leurs clubs de golf.

Bartlett se garde de solliciter une audience du représentant de la Couronne. Il sait qu'il n'en obtiendra aucune confidence et préfère se renseigner par la bande. Il s'essouffle dans l'escalier de l'immense immeuble avant de frapper à une porte, au dernier étage du service cartographique. Un petit homme gringalet, vêtu d'un uniforme de lieutenant qui sent encore la naphtaline des magasins de l'armée, l'accueille avec un sourire en coin et l'entraîne au bar de la Résidence, où il commande un lait frais. Posant sur lui ses yeux clairs, un brin surpris, le blondinet demande à son visiteur ce qui lui vaut l'honneur d'une visite de la part d'un ancien condisciple du Jesus College d'Oxford qu'il n'a pas revu depuis si longtemps.

Bartlett dévisage le jeune homme ardent qu'il a connu dans sa jeunesse, épris d'Orient, de croisades, et admirateur fanatique de Richard Cœur de Lion. Il sait que Thomas Edward Lawrence n'est pas son vrai nom. Son père, Chapman, baronnet du comté de Meath, a dû changer d'identité, faute de pouvoir divorcer afin de vivre avec sa maîtresse, dont il a eu quatre fils. Cet enfant sans nom a choisi l'armée, et le dépaysement de l'Orient. Ses camarades boudent ce merle blanc. Il n'en a cure. Lord Kitchener l'a imposé à la Résidence parce qu'il veut y disposer d'un spécialiste convaincu des affaires arabes.

La réputation souterraine de Lawrence est déjà bien établie. On lui prête l'art de manipuler les informations secrètes ainsi que des calculs complexes en vue d'infléchir le pouvoir. Il veut profiter de l'affaiblissement escompté des Turcs pour provoquer, et diriger par leurs agents, la grande révolte des Arabes.

– Il me semble, avance Bartlett, que les affaires turques sont au plus mal pour nous. J'ai des renseignements de nos agents à Constantinople sur la puissance allemande déployée dans ce pays.

Lawrence le coupe d'un geste. Que croit-il lui apprendre ?

– Quatre divisions ottomanes, de chaque côté des Détroits, commandées par des généraux jeunes-turcs formés et équipés à l'allemande. La flotte est entre les mains de l'amiral Souchon, et se renforce de sous-marins. Depuis novembre 1914, l'amiral Usedom surarme les Détroits. Le colonel Weber a pris en charge les travaux de défense de Gallipoli. Les spécialistes de l'école d'artillerie de Juterborg, de l'arsenal de Kiel et du front des Flandres sont en place. Voulez-vous leurs noms ?... Ils disposent de soixante-quatorze canons et de quatre-vingt-cinq obusiers de gros calibre, trente-deux de moyenne portée, et cinquante pièces de 77. Enver Pacha et Liman von Sanders dirigent deux armées turques concentrées de Constantinople aux Détroits. Cela vous suffit-il pour informer vos lecteurs ? Votre Churchill croit-il venir à bout d'une telle organisation ?

* *
*

Interloqué par le ton péremptoire et cassant du jeune lieutenant, Bartlett se hâte de prendre congé pour gagner le bureau de la Résidence, afin d'être reçu, s'il est possible, par le haut-commissaire de la Couronne, et peut-être aussi par ce général Ian Hamilton, chargé, dit-on, des opérations terrestres aux Dardanelles. Il n'a nulle envie de déboulonner, dans les colonnes du *Sunday Times*, la statue encore solide de Winston Spencer Churchill.

Il se souvient des extravagances de Lawrence et

s'étonne qu'il ait pu s'imposer, fût-ce à un emploi subalterne, dans la forteresse militaire du Caire. Ce jeune ascète mangeur de fruits et de légumes, qui ne joue pas au cricket et ne boit jamais de whiskey, inspire aux officiers de l'armée des Indes une sorte de répulsion physique.

– Je ne savais pas que vous connaissiez Lawrence, dit à Bartlett, d'un ton de reproche, le colonel Wilson, du cabinet du haut-commissaire britannique en Égypte. Sir Henri McMahon n'a guère de rapports avec lui.

– Il l'a pourtant recruté, remarque Bartlett. Sans doute Kitchener l'a-t-il rencontré secrètement. Je l'ai entendu dire au *War Office* par des gens dignes de foi.

– Pour la cartographie, il est très bon. Il a fait longtemps des fouilles archéologiques en Syrie, au Sinaï, établi des plans, mais surtout gardé des contacts avec les opposants arabes à la domination turque. Il était très intime avec cette folle qui campe dans le désert.

– Vous voulez parler de Gertrude ? La sublime Gertrude Bell, « honorable correspondante » de l'*Intelligence Service* et conseillère arabe de sir Percy Cox ? Elle s'était amourachée de Lawrence à Bagdad, m'a-t-on dit à Londres. Il paraît qu'elle lui a enseigné le langage des Bédouins.

– Il n'a pas eu besoin d'elle. Son jeune assistant arabe, le beau sheik Ahmed Dahoum, s'en est chargé, au point qu'il pourrait s'entretenir dans sa langue avec le chérif Hussein. Peut-être l'a-t-il fait déjà, accrédité par lord Kitchener. N'est-ce pas l'idée du ministre que d'engager les Arabes dans la guerre contre les Turcs ?

– Vous retardez beaucoup, glisse à mi-voix le colonel Wilson. Il est vrai qu'on a pu utiliser ce Lawrence, archéologue-espion, ami des Bédouins et fanatique du désert. Nous savons qu'il intrigue avec les étudiants nationalistes de l'école américaine de Beyrouth. Il a même pris des contacts avec les opposants turcs et arméniens. Mais la politique a changé. Il ne faut pas vendre la peau de l'ours...

– C'est vrai, le Turc reste puissant. Il fait exterminer les Arméniens par ses mercenaires kurdes. Tous ceux qui rêvent d'un écroulement de l'Empire ottoman se trompent. Avant de savoir qu'en faire, il faut d'abord l'abattre. Notre nouveau commissaire est entièrement rallié à l'idée de Churchill : frapper l'empire à sa tête, Constantinople. Il pense que la « révolte arabe », dont rêvent tant de Lawrence, n'a aucune chance d'aboutir. Il prophétise la pendaison haut et court du chérif Hussein à un gibet turc[1].

Le reporter du *Sunday Times* se garde d'insister. Il n'enquête pas sur les raisons de l'abandon, sans doute provisoire, de la politique arabe des bureaux britanniques officiels du Caire, ou clandestins de Beyrouth et de Damas, mais sur la préparation de la nouvelle attaque des Dardanelles.

– À Londres, bluffe-t-il, sir Winston me l'a dit en personne : « Aucun progrès n'est possible sans l'assistance de l'armée. »

– Kitchener est-il de cet avis ?

– Naturellement, il s'est rallié. Il entend bien profiter de l'échec de la marine. Les marins eux-mêmes le

1. Le chérif Hussein, grand chérif de La Mecque, descend directement d'Ali, donc de Mahomet. C'est un notable musulman. Il a quatre fils, dont Fayçal et Abdallah, à qui le maréchal Kitchener a demandé contre les Turcs l'assistance de la « nation arabe ». Ces chefs hachémites représentent une dynastie chiite très hostile aux Ottomans sunnites.

supplient. Impossible d'opérer, dit le rapport de l'amiral de Robeck, si l'armée n'occupe pas au moins toute la presqu'île de Gallipoli, sur la rive occidentale des Dardanelles. Kitchener enverra de bonnes troupes. Il a la partie belle : Gallipoli ouvre à l'armée la route directe de Constantinople. Il prendra tout le bénéfice de la victoire.

En dépit de sa position avantageuse à Londres, Richard Bartlett est repoussé, au nom du secret militaire, de la salle de délibération où officient Ian Hamilton, l'amiral de Robeck, le général français d'Amade et son adjoint Masnou, le général Birdwood, commandant l'Anzac[1].

Il perd patience dans le salon de la Résidence, encombré d'officiers d'état-major et de quelques civils, sans doute agents de l'*Intelligence Service* ou chargés d'affaires au Caire. Aucun renseignement sur le détail des opérations projetées ne lui sera donné ici.

Le lieutenant Lawrence, le front lourd de mélancolie rêveuse, déambule dans le salon aux meubles de bambou. Il manœuvre pour s'approcher de Bartlett sans avoir l'air de l'aborder, feignant de ne pas vouloir le compromettre, et lui glisse incidemment, de son ton ironique et syncopé :

– Voyez ces deux Français. Ont-ils l'air vraiment heureux de se retrouver à la Résidence du Caire ?

* *
*

1. L'Anzac est l'*Australian New Zealand Corps*, débarqué en Égypte pour se placer sous le commandement de sir Ian Hamilton.

Le commandant Wiehn sort de la salle de séance, où il a assisté le général Masnou. Il rejoint le colonel Maucorps, chef de la mission française au Caire qui coordonne le renseignement sur tout le Moyen-Orient. Apercevant Bartlett, une langue de vipère dont il faut se méfier, il demande à l'officier s'il existe à la Résidence un endroit discret pour parler.

– Difficile, mon cher, répond Maucorps. Il vaut mieux que je vous écrive. Le général n'a-t-il reçu aucun de mes rapports ?

– Ils filent vers Paris, et le général Graziani les garde sous son coude, rue Saint-Dominique. D'Amade et Masnou veulent savoir. Ils en ont assez d'être traités par les Anglais en roue de secours pour une voiture sans direction. Quant à l'opération projetée le 26 avril, dans un mois, rien n'est prêt.

Au désespoir de Richard Bartlett, qu'ils évitent manifestement sous le regard amusé de Lawrence, les Français grimpent l'escalier qui conduit, sous les combles, au bureau de Maucorps.

– Pouvons-nous parler ici ? demande le commandant Wiehn, étonné par l'exiguïté des lieux, les bruits de bottes dans le couloir et les conversations des pièces voisines.

– Ici, même les tombeaux des pharaons sont espionnés, plaisante le colonel Maucorps, d'une voix basse, presque inaudible. L'*Intelligence Service* est partout.

– Où en sont les Turcs ?

L'officier lui tend un rapport prêt à être transmis par la voie ordinaire : des wagons contenant des mines et des canons ont été repérés dans la gare de Bucarest. Les Allemands passent par la Roumanie pour renforcer l'armée turque. Cinq mille de leurs spécialistes sont en activité, aux ordres de Liman von Sanders. La puissante artillerie est entièrement entre leurs mains.

– Et Gallipoli ?

– Depuis le 14 mars, la Ve armée turque s'y fortifie. Six divisions armées jusqu'aux dents, pourvues de mitrailleuses et de *Minenwerfer*, attendent les Alliés. Six divisions de renfort campent autour du Bosphore, et quinze autres sur la rive d'Asie.

– Qui commande la Ve armée ?

– Essad Pacha, un Jeune-Turc.

– Ne vient-il pas de se faire enfoncer par les Russes en Arménie ?

– Sans doute, mais son infanterie est reprise en main par des officiers allemands. Les renforts viennent de partout. Voyez ce rapport de notre consul à Dedeagatch.

– Vous voulez dire Alexandroúpolis, la ville grecque de Thrace.

– Très récemment grecque. Le consul nous assure que l'armée d'Andrinople est partie pour les Dardanelles. Il estime à cent cinquante mille hommes les effectifs turcs sur les côtes, et à quarante-cinq mille ceux qui sont réellement en position autour des Détroits.

On frappe à la porte. Le colonel Wilson entre, un sac de raquettes sur l'épaule.

– Avez-vous oublié, mon cher, notre tennis de fin de journée ? Je vous cherchais partout. La conférence est terminée, venez vous détendre.

À l'évidence, l'adjoint du Résident vient interrompre la messe basse des deux Français dont il connaît les activités secrètes.

– Je vous rejoins. Le temps de faire mes adieux à un vieux camarade.

Tout en cherchant son équipement, Maucorps confie à Wiehn :

– Attaquer le camp retranché de Gallipoli, c'est courir au devant d'un désastre. Dites-le bien aux généraux. Ne prenez pas les Turcs pour quantité négligeable. Jetez un œil sur cette photo, prise par un avion britannique : vous pourrez voir que les Allemands leur font creuser des tranchées avec feux flanquants et garanties contre le tir d'écharpe.

Le soir, Wiehn et Maucorps se retrouvent, en grande tenue coloniale, à la réception de lady Miles Lampson dans la plus belle maison du Caire. Winston Churchill, toujours soucieux de son confort, y descend volontiers lorsqu'il est de passage. On y donne les fêtes les plus élégantes de la colonie européenne.

L'entrée est féerique : des oiseaux de Nubie accueillent les invités de leurs trilles mélodieux dans des cages dorées éclairées *a giorno*. Les domestiques portant des livrées indiennes ouvrent les portières des voitures, pendant que d'autres forment une haie de torches le long de l'allée. En toile de fond à la soirée mondaine, un ballet de barques décorées de lampions vénitiens, non loin, sur le Nil.

La chaleur est supportable à l'intérieur du palais grâce aux pales des grosses hélices en acajou fixées aux plafonds, dont le souffle inspire au cristal des lustres des frémissements presque musicaux. Ian Hamilton est reconnaissable entre tous à son dolman rouge constellé des plus prestigieuses décorations de l'Empire, du KCB au DSO[1]. Sa stature domine les officiers de la 2e division britannique en grande tenue. Les Australiens et les Néo-Zélandais sont les chouchous de la duchesse, qui tient à ouvrir le bal avec Birdwood lui-même. Les robes de mousseline blanche virevoltent au rythme lent des valses anglaises jouées par un orchestre italien.

– Les Anglais sont ainsi, dit Maucorps à Wiehn. Ils adorent danser à la veille d'une grande bataille : rappelez-vous le bal de la duchesse de Richmond donné à Bruxelles, avant Waterloo.

Le bal s'interrompt à onze heures. Les projecteurs de l'aviation illuminent alors une scène fleurie, où s'avance une chanteuse éblouissante de grâce et de jeunesse. Le *maestro* attaque Verdi, un air de circonstance à la veille de la probable entrée en guerre de l'Italie aux côtés des Alliés. Une voix cristalline perce la touffeur de la nuit jusqu'aux étoiles, dans le silence surpris des rossignols de Nubie.

– Je n'ai jamais vu de femme aussi belle, souffle Jean Wiehn à voix basse.

– Elle a chanté à vingt ans à la Scala. Son nom est Lucia Benedetti, et elle est de Florence.

Wiehn, extasié, admire la taille admirable de la jeune femme, la grâce de ses bras nus, l'élégance de son cou de cygne paré de perles, ses cheveux d'un blond délicat rehaussés d'un diadème étincelant. Il demande à la rencontrer dans sa loge.

– Point de loge chez la duchesse. Sa Rolls Royce attend Lucia Benedetti dès la fin de son récital pour

1. Le KCB est un Knight Commander of the Bath (ordre du Bain), et le DSO le Distinguished Service Order.

l'enlever aussitôt. Il n'existe pas au monde dix voitures comme la sienne. Un cadeau de lord Deterding, le roi du pétrole, ou de sir Basil Zaharoff, le roi des marchands d'armes. Rassurez-vous, nous la reverrons. La nuit commence à peine !

* *
*

Ils la terminent au dancing du Shepherd's Hotel, le palace le plus huppé d'Orient. À la surprise de Jean Wiehn, Lucia la *diva* est la reine des lieux. Un maharadjah lourdement empierré la retient à sa table, et de richissimes étrangers forment autour d'elle un cercle d'admirateurs empressés.

– Vous avez devant vous les magnats des ventes d'armes, détaille le colonel Maucorps. L'Anglais Armstrong est à la gauche de Lucia, le Génois Ansaldo et l'Américain Cramps de Philadelphie seraient heureux d'obtenir ses faveurs, car on la dit au mieux avec la Sublime Porte, toujours avide d'acheter des armes, même aux fournisseurs ennemis. Sans parler de l'autre Américain, assis en face. Celui-là est un très gros poisson, pour la première fois dans les eaux du Caire. Il s'appelle David Rockefeller, et il renifle l'odeur du pétrole de Mossoul pour sa Standard Oil.

– Mossoul est en Mésopotamie, pas en Égypte.

– Très juste ! poursuit ironiquement le colonel. Mais les Allemands viennent de construire un chemin de fer de Constantinople à Bagdad, le *Bagdadbahn,* qu'il est prévu de prolonger jusqu'à Bassora afin de livrer aux Turcs tout le pétrole de l'Orient. Et les pétroliers se rameutent comme requins en mer, pour s'emparer du gâteau turc au cas où les Alliés entreraient à Constantinople.

– Lucia n'est certainement pas au courant. Ils ne s'intéressent qu'à ses relations. Que fait-elle pour eux ?

– Comme vous pouvez le voir, elle refuse de chanter, plus encore de danser, et passe d'une table à l'autre, par apparent caprice.

Elle a quitté le bord des magnats pour s'attabler, un long moment, auprès d'un gentleman en frac, de type oriental, dont les paroles brèves semblent autant de questions. Elle y répond avec volubilité, comme dans une conversation mondaine.

– Qui est-ce ? demande Jean Wiehn.

– Un grossium, soi-disant pakistanais, acheteur de coton égyptien. Il a investi une fortune dans les entrepôts pour l'exportation de balles par Port-Saïd. Vous pouvez visiter, sur la route d'Alexandrie, les plantations de milliers d'hectares de coton Jumel. Nous suivons cet homme *à la longue corde* depuis plusieurs mois.

– Un espion ?

– Non pas. Un homme d'affaires, mais sans doute lié aux colonels jeunes-turcs.

– Me direz-vous enfin qui sont ces Jeunes-Turcs ?

– Je vous croyais au courant, s'étonne l'officier de renseignement avec un brin d'irritation. Que le général Masnou ait choisi un collaborateur ayant de telles lacunes n'est pas sans me surprendre... Ces officiers de l'armée ottomane, poursuit-il, ont réussi leur révolution et pris le pouvoir en 1908, avec l'armée de Salonique commandée par Mustafa Kemal – comme on a pu le lire dans tous les quotidiens de l'époque, fussent-ils français. Ils ont déposé le vieux sultan, mis à sa place une créature docile, Mehmed V. Et leur ministre des Finances, Djavid bey, las de voir se fermer les robinets anglais et français, s'est jeté dans les bras de l'Allemagne, qui a fourni au dictateur Enver Pacha une armée moderne capable de briser les révolutions. Les Jeunes-Turcs commandent toutes les armées. Ils repoussent les Russes, menacent Suez, nous flanquent la raclée aux Dardanelles, que voulez-vous de mieux ? Dans la presqu'île de Gallipoli, nous aurons affaire au plus dur d'entre eux, Kemal.

– Cette Lucia ne s'occupe certainement pas des militaires. Elle n'a de relations qu'avec les financiers ou trafiquants internationaux. Je l'imagine plus attirée, ajoute Jean Wiehn indulgent, par les diamants que par les balles dum-dum.

– Ignorez-vous qu'il faut du coton pour fabriquer la poudre à canon ? Les Anglais n'en manquent pas. Ils l'importent des États-Unis. Mais l'homme que vous avez en face de vous truste une partie de la production du coton égyptien pour le revendre aux chimistes allemands qui le traitent en Turquie. Tout l'espionnage teuton en Égypte transite par Karachi, ou par le Yémen et les émirats hostiles aux Ottomans. La division orientale des services berlinois est très active. Elle a recruté un aventurier, Wasmuss, capable de susciter dans les tribus musulmanes des troubles jusqu'en Afghanistan.

– La considérez-vous comme une espionne ?

– Pas vraiment, mais elle peut servir de contact. De nombreuses artistes jouent ce rôle dans les services secrets. Notre correspondant de Madrid suit de près une danseuse orientale, mariée à un officier des Indes néerlandaises. Elle se fait appeler Mata Hari, et les Allemands l'utilisent contre nous. Ces femmes nous servent de poissons pilotes. Elles sont si voyantes que nous n'avons pas intérêt à les arrêter, mais à les retourner, ou tout simplement à les pister. En Orient, les deux capitales de l'espionnage sont connues : nos agents travaillent à Beyrouth, à Damas, et surtout à Constantinople. Les Turcs et les Allemands sont très nombreux au Caire, à Alexandrie. Ils observent les mouvements de la flotte et des armées.

Devinant, aux regards appuyés du Français, qu'elle l'intrigue, Lucia Benedetti vient rejoindre le colonel Maucorps sans l'ombre d'une hésitation, comme pour s'excuser de l'avoir abandonné. L'officier se lève pour lui baiser la main. Jean Wiehn l'imite avec quelque maladresse.

Maucorps allume la cigarette russe à papier de couleur que la jeune femme sort de son étui doré. La chanteuse connaît tous ceux qui hantent les nuits brûlantes du Caire et sait parfaitement quel rôle y joue le colonel, lui aussi familier, pour raison professionnelle, des passagers des nuits, surtout s'ils sont de riches étrangers.

Maucorps et Lucia n'ont pas de cadeaux à s'échanger, ni de questions à se poser. Chacun suit sa route, non sans observer l'autre. Si la jeune femme s'est déplacée jusqu'à sa table, c'est qu'elle a repéré, à la manche de Wiehn, son insigne d'officier d'état-major. Celui-là est vraiment de passage. Elle ne l'a jamais vu et ne le reverra plus. Il sait sans doute ce qu'elle ignore.

* *
*

Vers deux heures du matin, la fête bat son plein. Les élégantes rivalisent de charme pour guider les riches étrangers vers la piste de danse. À la surprise de quelques aficionados qui n'ont jamais pu obtenir d'elle la faveur d'une danse, Lucia entraîne le commandant Wiehn dans une valse lente qui met en valeur, sous les feux des lustres, le triple rang de perles fines irisant son décolleté de soie noire.

Lorsqu'ils regagnent à leur table éclairée de bougies odorantes, le colonel Maucorps a disparu. Wiehn s'en inquiète à peine. Lucia feint de ne pas s'en apercevoir. Elle se dit heureuse de connaître un Français venu de Paris, différent de ces habitués du Caire qui tournent sempiternellement au Shepherd's, tels des chevaux de cirque.

– N'aie pas la moindre crainte, lui dit-elle crûment, en posant sur son bras une main longue et fine ornée de discrets bijoux. Je sais que tu es du même pays que ton général en chef, et que tu attends la fin de la conférence des militaires pour rejoindre ton camp. Je sais que demain, tu seras à la guerre et je ne m'en réjouis pas. Je n'ai pas la moindre question à te poser et je ne suis pas une espionne. J'aime rire, chanter et rire, mais pas pour ces *poussahs.* Viens avec moi sur le Nil, dans ma felouque blanche. Nous y verrons se lever l'aube au loin, dans le désert des Garamantes...

Jean Wiehn se laisse embarquer, au fond du parc, à bord d'un petit voilier décoré de riches tapis persans, conduit par un équipage réduit de géants nilotiques. À l'arrivée de Lucia, tous s'inclinent jusqu'à terre comme devant une déesse, prennent sa main pour l'aider à monter à bord. Déjà, la lune descend vers l'horizon.

Encore une heure, et le Nil ne scintillera plus d'une lumière aussi froide que celle du diamant.

– *Let's mock the midnight's bell !* lance la belle en déclamant Shakespeare, comme au théâtre. Viens plus près de moi, prince venu de France, que je te conte mes mille et une nuits.

Pour s'épargner toute réplique discordante, elle lui clôt les lèvres du doigt et poursuit son lyrique vagabondage.

– Emporte-moi, felouque, jusqu'au pays de France, où je puisse oublier les petits Satans du Caire. Je sais qu'il y a la guerre aussi chez toi, et que tu te crois au paradis en Orient. Remontons plutôt le Nil jusqu'au cœur de l'Afrique, jusqu'au Nil Bleu où les hommes sont nus. Enfonçons-nous dans ce continent sauvage où nos armes modernes sont inconnues. Respirons l'air embaumé des jardins enchantés d'Assouan, plantés jadis par un Anglais fou d'amour. Cachons-nous dans le petit temple rond d'Aphrodite, invoquons Isis et Adonis, et les ibis sacrés du fleuve. Qu'ils nous inspirent l'oubli de ce monde de guerre et de sang. Je suis prête à prendre le voile couleur de feu des danses sacrées, pour que disparaisse à jamais le Dieu unique qu'ils adorent tous à leur manière, Français, Allemands, Russes, Turcs, Anglais, et qui conduit le monde à la ruine.

Si belle soit-elle dans son délire, son dernier blasphème inspire à l'officier français une réserve à peine feinte. Il comprend pourquoi la *diva* des soirées mondaines du Caire joue la comédie de l'espionne internationale, dressant les uns contre les autres sans rien dire d'utile ni connaître quoi que ce soit de précis, uniquement pour le plaisir de mystifier les puissants, et profiter de leur étrange rassemblement dans les nuits moites des bords du Nil pour les ensorceler ; et, par leur désir jamais satisfait, leur inspirer l'amour et leur faire oublier la guerre immonde.

Elle voit bien que le commandant n'est pas près de succomber, même si son charme a réussi à l'attirer dans la felouque.

– Le soleil se lève, dit-elle en tirant un miroir ovale de son aumônière argentée. Je dois être affreuse.

– Encore plus sublime, s'il est possible, lui lance-t-il les yeux dans les yeux, non sans risquer un bref regard de biais sur les rives qui défilent vers l'aval à une vitesse croissante, en raison du courant. Approche-t-on du delta ? Se peut-il qu'elle ait osé le kidnapper ? Les géants nilotiques vont-ils le jeter à la mer, ou le livrer aux Turcs, comme jadis les esclaves chrétiens ?

Il se rassure quand il la voit s'essuyer les lèvres sur une pochette de soie, aussitôt marquée d'une empreinte d'un rouge carminé.

– Maintenant, tu peux m'embrasser.

Le soleil est déjà haut quand un matelot, plongeant une rame dans le Nil pour évaluer la profondeur, annonce l'accostage à l'embarcadère de Sidi Gaber.

À quai, une calèche. Lucia s'installe à l'intérieur, invitant l'officier français à la suivre.

– Nous allons à Alexandrie, lui confie-t-elle, comme s'il était libre de son temps. Je dois me changer chez une amie avant de déjeuner à l'amirauté, pour le grand raout du départ de la flotte. Veux-tu que je te laisse au port militaire ?

C'est ainsi qu'André Broennec, lavant le pont de *La Ravageuse,* voit descendre de voiture, sans képi, sans arme et dans son uniforme de gala froissé, le commandant Jean Wiehn, longtemps suivi des yeux par la plus belle femme du Caire.

* *
*

Au camp de Ramleh, près d'Alexandrie, c'est le branle-bas des grands jours. Il n'est pas question de partir à la guerre, mais de montrer au peuple du Caire que les Français, absents depuis Napoléon, sont enfin de retour.

Les chasseurs d'Afrique bichonnent leurs chevaux arabes et se lancent dans des galops de fantasia, comme s'ils chassaient le lion aux plus beaux jours de la conquête de l'Algérie. Les zouaves ont coiffé la chéchia rouge, et non la kaki, réservée aux combats. Les bataillons se forment en grand apparat. La fraternité d'armes, ajoutée à une distribution de blanquette de Limoux, a permis à Edmond de se faire adopter comme un vrai zouave par les conscrits algérois venus de la rue d'Isly.

Cent mille hommes se sont précipités dans les bazars égyptiens, deux semaines auparavant, pour se procurer tous les récipients susceptibles de contenir de l'eau. La température sous les tentes est d'au moins quarante degrés. Les fantassins du 175e, le régiment de bric et de broc, n'ont pas reçu de vêtements d'été. Ils brossent leur capote bleue en drap de Sedan, astiquent les godillots et défroissent les pantalons rouges. Sans la permission de faire quelques brasses dans la mer toute proche, ils seraient morts d'insolation. Pour se protéger, les biffins de Grenoble, alignés baïonnette au canon pour la revue, ont glissé sous leur képi un mouchoir à carreaux imbibé d'eau fraîche.

Le contingent du génie, peu d'hommes pour un imposant matériel, hisse les lourds engins de ponts sur des charrettes, pendant que ses chevaux écument et suent comme s'ils revenaient d'une charge. L'artillerie est toute proche, et l'Alpin se rapproche de Paul pour partager les hommages et les cadeaux des habitants d'Alexandrie, friands de revues militaires. On les comble de fruits, d'oranges et de boissons fraîches. Les adjudants n'ont pas le cœur de demander à cette foule enthousiaste, européenne et égyptienne, de s'éloigner.

Le général Vandenberg paraît sur son cheval bai. Il commande à la fois le 175e et le 1er régiment de marche d'Afrique. Paul Raynal aperçoit enfin les képis blancs des légionnaires, mêlés aux pantalons bouffants des zouaves. La foule s'écarte pour laisser les bataillons prendre leur position de défilé. La musique des chasseurs d'Afrique offre une sorte d'aubade, pour faire patienter, pendant que les sapeurs de la Légion rectifient la position de leur tablier de cuir fauve.

Vers la gauche, la 2e brigade française aligne ses unités récemment débarquées, en provenance du Maghreb. Un vieux colonial, le colonel Ruef, commande les deux régiments mixtes dont le drapeau mentionne les numéros : 54e et 56e. Les marsouins de l'infanterie de marine sont amalgamés, à raison d'un régiment pour deux de tirailleurs sénégalais, qui font à eux seuls l'attraction du camp. Les Égyptiens connaissent les Sikhs et les Gurkhas des Indes, mais n'ont jamais vu de troupes noires. Les tirailleurs sont l'objet d'attentions particulières. Ils refusent de s'encombrer de cadeaux, et remercient en souriant de toutes leurs dents. En ligne dans les rangs, ils demeurent impassibles.

Assez loin sur la droite, le long du rivage, l'armée anglaise patiente, au soleil cuisant de l'après-midi. La colonie britannique du Caire s'est bien sûr déplacée pour encourager la vaillante 29e division britannique, finalement arrivée de Londres.

Kitchener a consenti à la détourner du front français pour être sûr de l'emporter aux Dardanelles. Son général, Hunter Weston, passe en revue ses quinze mille fusils pendant que, plus loin, Birdwood vérifie ses trente-cinq mille baïonnettes de l'Anzac, dont les soldats sont acclamés par de belles Anglaises défilant en calèche, souriantes sous leurs ombrelles claires.

Le général Ian Hamilton sait qu'il peut encore compter sur la *Royal Naval Division*, qui a reconnu les rivages de Gallipoli. L'ancien combattant de la guerre des Boers, comme Winston Churchill, est plein de confiance. La petite division coloniale française n'est qu'un utile appoint pour ses quatre solides divisions britanniques. Personne ne peut lui contester le droit de commander en chef.

Toutes les musiques se déchaînent lorsqu'il paraît à cheval, reconnaissable à sa mince silhouette et à son casque de l'armée des Indes. Il revient du gymnase britannique du Victoria College où il a passé les troupes en revue, accompagné du français d'Amade, très à l'aise sur son pur-sang blanc.

Il porte la casquette qui n'a guère changé de forme depuis Bugeaud, et les coloniaux l'applaudissent. Derrière lui, le général Masnou est en tenue d'apparat, droit sur sa selle et suivi de son état-major chamarré, dans lequel Émile l'Alpin reconnaît le commandant

Wiehn. Son escapade de la nuit et son discret retour au camp ont fait, grâce à Broennec, la tournée des popotes.

La petite bande des quatre copains est au parfum, et Edmond Vigouroux en fait des gorges chaudes. L'ennui est tel dans ce camp du désert que le moindre incident devient un événement.

– Masnou ne lui en a pas tenu rigueur, note-t-il, puisqu'il caracole derrière lui, coiffé d'un képi tout neuf.

Les généraux mettent pied à terre devant la tribune érigée en plein désert, où le ministre de France au Caire, l'amiral Guépratte et ses invités britanniques ont pris place, ainsi que les notables de la haute société d'Alexandrie et du Caire. Les clairons sonnent : ouvrez le ban !

« Du diable ! C'est elle ! » se dit l'Alpin, au garde-à-vous dans les rangs, en apercevant une élégante à capeline noire et robe de mousseline blanche. Pour sûr !

« L'élégante » Lucia Benedetti a adressé un léger signe de connivence à Jean Wiehn. L'officier, un peu embarrassé, s'est incliné galamment.

Je comprends qu'elle l'ait désarçonné, poursuit l'Alpin *in petto*. Elle est belle à damner un saint.

La chaleur aidant, le discours de sir Ian Hamilton, après la cérémonie de la remise des drapeaux aux régiments nouvellement constitués, est difficile à supporter. La fine silhouette de l'Anglais se détache dans le soleil couchant. Il s'adresse courtoisement « aux soldats de la République et aux soldats du roi ».

Il est mal venu d'applaudir ou de lancer des hourras. Le verbe du général en chef est parole d'Évangile. Mais il faut être tout près de lui pour en goûter la saveur. La voix grêle de ce gentilhomme ne traverse pas les dunes.

– Le débarquement, articule-t-il en détachant les syllabes, comme s'il épelait, sera mené à bien avec l'aide de Dieu et de la marine.

– Heureusement, nous avons la marine ! gronde en aparté l'Alpin, dont la chemise est à tordre.

– Nous allons opérer un débarquement de vive force sur une plage foraine, en face de positions que l'orgueil de nos ennemis présente comme inexpugnables.

– Ciel ! souffle Lucia à sa suivante éthiopienne, pourquoi tant de beaux hommes sont-ils condamnés à mourir ?

* *
*

Pour l'heure, ils meurent de soif, et plus encore à Moudros, où la flotte les a de nouveau débarqués. L'ordre de l'opération est, cette fois, parfait ; organisé de main de maître. Il ne manque pas un bouton à la tunique des zouaves, pas un canon croisé à la veste des artilleurs, pas une grenade à celle des sapeurs. Le général d'Amade est satisfait. La marine renforcée s'est montrée à la hauteur de sa tâche.

Il peut l'être. Sans l'intervention de l'amiral Guépratte, les Français auraient été débarqués dans l'île lointaine de Skyros, à quelque cinq cents milles. Les Anglais ont daigné rapprocher leur division et leur faire une petite place dans l'île de Lemnos.

Dans la rade de Moudros, les dragueurs, partis les premiers, attendent la flotte, et Broennec est au rendez-vous des amis sur la plage torride et dénudée. La guerre n'a pas encore réussi à les séparer.

– Cure la drague, dit Broennec à Mouilhos, je vais à la corvée d'eau.

Les vingt-neuf navires français transportant la division ont dégorgé leur matériel. Les chevaux et les hommes, à terre, savent déjà qu'ils n'y trouveront pas d'eau. Ils gardent un souvenir nauséabond du liquide trouble, provenant des pétroliers ou des ballasts des navires charbonniers, ingurgité lors de leur précédent séjour.

Anglais et Français ont pourtant constitué des réserves venues d'Alexandrie ou de Salonique. Mais les bateaux ne peuvent abreuver une armée aussi nombreuse, sans compter les chevaux et les mulets, que pour une période brève. Il faut souhaiter que le séjour ne se prolonge pas.

– J'ai mon idée, dit Broennec. Les paysans grecs ou turcs, selon votre bon plaisir, ne vivent certainement pas au village de Moudros sans boire. Il suffit de leur demander de l'eau poliment, dit-il en sortant de sa poche des drachmes, échangées contre des francs, à un marin grec d'Alexandrie. On nous assure qu'elle est polluée par ici, cette jeune fille va nous le dire...

Il désigne une brune insulaire dont l'Alpin s'approche aussitôt. Elle rosit d'embarras en acceptant les drachmes, et, un doigt sur sa bouche, entraîne les soldats vers le puits familial dissimulé sous une dalle de pierre. Broennec s'empare de la main de la jeune fille qu'il emmène faire quelques pas derrière un olivier.

– Quelle courtoisie ! glapit Vigouroux. La marine a des usages. Je comprends qu'André ne veuille plus appareiller. À quoi bon quitter ses sources !

Sur la grève, Paul est abordé par Marceau Delage, son *pays* : en langue d'oc, il le bouscule :

– Maublanc, ton capitaine, te cherche.

Il a en effet besoin d'aide. Les bleus de l'infanterie sont occupés à décharger des caisses d'explosifs provenant d'un cargo. Il faut les entreposer d'urgence. Hervé Layné, le démineur de la drague, surveille les opérations.

– Mazière me les a expédiées en renfort de Montpellier, explique à Paul le capitaine Maublanc. Il paraît que nous ne sommes plus une section de pontonniers. L'ordre vient du général Graziani, le vrai chef de l'expédition, à Paris. Il a demandé qui était le *Jean-sucre* qui avait envoyé des équipages de pont dans un désert de rochers.

– Il était temps qu'il s'en aperçoive !

– En attendant, trouve des pics et des pioches, au besoin chez les Anglais. Nous allons vérifier les systèmes de mise à feu des charges. Nous voilà sapeurs-mineurs.

– Vous aurez moins chaud, et moins de moustiques dans les grottes, assure le major Luciani, qui s'est engagé dans l'opération.

Il s'ennuyait trop en Égypte. Il préfère, à tout prendre, soigner les dysenteries sur l'île, plutôt que les crises de foie des noceurs du Caire.

Dans un bruit de tôle froissée, la voiture du général passe, conduite par Marceau Delage qui se croit sur une route nationale et déglingue méthodiquement sa Ford T. Masnou s'en va remettre son grade de général de brigade, donné à titre temporaire, au colonel Ruef. Il lui semble ainsi qu'un désordre est réparé avant la bataille, par la grâce de Graziani : son brigadier est promu général.

Le clairon des zouaves affole les mouettes qui se dispersent aux quatre vents. Vigouroux se précipite au rassemblement. Le capitaine Lecène, qui commande sa compagnie, fait savoir aux hommes qu'ils doivent se tenir prêts à rembarquer. Il ne s'agit pas que les Français arrivent bons derniers sur les plages ottomanes.

Seul Émile Duguet reste inemployé. Son capitaine, Georges Livet, chef du groupe de 65 de montagne, est désespéré : la plupart de ses canonniers, même l'Alpin, sont peu familiarisés avec le nouveau modèle de 65. Lui-même ne l'a pas pratiqué. Quant aux batteries de 75, leurs servants viennent des 90.

– Il est trop tard, dit-il. Pourvu que les munitions correspondent ! Nous apprendrons sur place à tirer.

Il maintient les chevaux au bord de l'eau, prêts à repartir. On doit les embarquer de nuit, avec les trente-deux canons de campagne. Le capitaine vient d'en recevoir l'ordre. Le départ est fixé au lendemain 25 avril, avant l'aube. Destination inconnue.

Dès la fin du premier sommeil, les milliers de tentes blanches du camp de Moudros, dans l'île de Lemnos, seront repliées d'urgence. Mais les hommes du corps expéditionnaire français sont trop anxieux pour dormir. Ils font seulement silence, perdus dans un rêve de paix, les yeux tournés vers les étoiles. Ils redoutent ce moment depuis trois mois. La vraie guerre va commencer.

La rive d'Asie

Dans la nuit du 24 au 25 avril 1915, les Australiens du 11e régiment se rassemblent déjà sur les emplacements réservés à chaque compagnie et délimités à la craie sur le pont des navires. Ils débarqueront dans la presqu'île de Gallipoli, sur la rive d'Europe, à l'ouest des Détroits des Dardanelles. Les Français ont, semble-t-il, décidé qu'ils aborderaient en priorité la rive d'Asie, celle de l'antique Troie, ville de Priam, d'Hector et d'Énée, et qu'ils y combattraient seuls, sous leur drapeau, avec leurs biffins, leurs zouaves, leurs képis blancs et leurs Sénégalais.

Sur le pont du *London*, le journaliste anglais Richard Bartlett observe qu'aucun officier à bord de ce cuirassé n'est en possession d'une carte détaillée de la côte. Les Australiens iront à l'aventure. Tout comme les zouaves du général Ruef, prêts à amarrer leurs chaloupes. Les sapeurs du génie sont priés d'organiser leur appontage afin d'éviter aux hommes en culottes bouffantes de perdre un temps précieux à vider l'eau salée. On organise les débarquements du 25 avril comme si les Turcs étaient absents. Laisseront-ils au génie le temps de consolider les wharfs et d'accumuler en mer des môles de pierrailles pour abriter les baies du fort courant venu des Détroits ? N'a-t-on pas déjà pris la pleine mesure de la puissance de l'artillerie ennemie et du savoir-faire de ses pointeurs allemands ?

Avançant tout près des grèves grâce à leur faible tirant d'eau, les chalutiers démineurs halent leur train de chalands et de plateaux remplis de matériel. Les hommes du génie débarquent, prenant grand soin de leurs explosifs, aussitôt après la vague d'assaut des marsouins de l'infanterie coloniale qui se sont rendus maîtres de la plage.

Le capitaine Maublanc s'est familiarisé avec son nouveau matériel d'artificier et il s'en réjouit, car il en aura besoin rapidement. À observer les contreforts de la vieille forteresse d'Urhanieh qui domine le site de ses tours baignées de soleil, il comprend que des sapes vont être nécessaires pour en venir à bout.

Le transbordement des canons, des caisses de munitions, des outils, des équipages et des animaux du *Provence* à bord des chaloupes est interminable. Maublanc ne presse nullement le mouvement. L'accostage des barques sur l'appontement branlant et vermoulu est précaire, et même dangereux. Des hauteurs environnantes peuvent partir, d'un moment à l'autre, des salves d'artillerie.

– Rien n'est vraiment prévu pour le débarquement, grogne Maublanc. À nous de construire, fils !

– Les Sénégalais ont de l'eau jusqu'au cou, observe Paul. Ils sont contraints de maintenir leur fusil au-dessus de leur tête alors que les Turcs commencent à tirer. Une mitrailleuse est cachée dans une grotte, sous le rocher. Les nôtres vont tous y passer s'ils continuent d'avancer.

Maublanc fait signe au premier maître Labat : le canon du bord en batterie !

La petite pièce de marine est aussitôt armée par les pêcheurs-marins, bons pour toutes les tâches, et décharge presque à bout portant ses percutants. La grotte est nettoyée d'un coup. Les Sénégalais peuvent courir vers l'abri providentiel et attendre les renforts.

La Ravageuse est ancrée à cent mètres du rivage. Les hommes sautant de ses chaloupes se retrouvent eux aussi dans la mer jusqu'au torse. Si les Turcs ont du canon, c'est la catastrophe assurée.

– Il faut renforcer l'appontement de Koum Kaleh, dit le capitaine du génie. C'est le seul moyen de débarquer l'artillerie.

Impossible, les sapeurs n'ont ni poutres ni chevrons. Des chaloupes se sont déjà endommagées contre les madriers branlants, sans permettre à leurs occupants de débarquer. Le plus simple est d'échouer les chalands et les radeaux porteurs de chevaux et d'attelages, pour les tirer ensuite sur le sable, tout comme les chaloupes réservées aux soldats. On évacuera les canons à mains d'hommes. Les chevaux, mis à la mer l'un après l'autre sans difficulté, s'ébrouent en hennissant sur le rivage. À coup sûr, l'attention ennemie ne peut être qu'attirée.

Les guetteurs du fort ayant repéré le point de débarquement français, le bombardement en règle, à l'allemande, canton par canton, peut commencer. Un obus turc ne tarde pas à écraser de son feu la 10e compagnie de l'infanterie de marine, en pleine manœuvre de regroupement autour du ponton branlant. Maublanc a eu tout juste le temps de reconnaître l'officier disparu en une seconde avec les siens :

– Le lieutenant Bonativa a pris la dégelée de plein fouet. Il ne reverra plus son village de Corse.

Une autre chaloupe se présente. Un capitaine saute à l'eau, l'ancre de marine de la Coloniale accrochée sur son képi noir :

– Baïonnette au canon ! crie-t-il aux survivants en s'engageant le premier, pistolet au poing, sur le sentier sinueux qui grimpe vers le fort.

– C'est Brison. Un enragé, affirme Maublanc. Promotion 1895 de Saint-Cyr. Où Brison passe, le Turc trépasse !

– Ses hommes aussi ! constate Raynal, en voyant les marsouins prendre le pas de course derrière leur capitaine.

Tous se dispersent au plus vite derrière les rochers. Les défenseurs du fort embusqués dans les abords, invisibles dans leurs tranchées, organisent un tir de mousqueterie nourri, ciblé, renforcé de rafales de mitrailleuses, décourageant toute progression.

Trois gros navires ont été détachés par l'Amirauté pour assurer la préparation-feu de l'opération française, mais ils ne peuvent en rien aider les troupes à l'assaut. Ils ont déjà accablé d'obus le fort d'Urhanieh, sans être sûrs de l'avoir écrasé. Ils ne se risquent pas à intervenir de nouveau, la résistance ennemie souffrant peu des tirs d'obus lourds de la marine. Les canons des cuirassés ne sont plus d'aucun secours et se taisent, d'autant qu'ils risqueraient d'atteindre les soldats de Brison, déjà lancés à l'assaut.

Paul Raynal décharge des chalands, avec ses camarades de la compagnie du génie, les lourdes caisses et le matériel de sape. Il observe avec curiosité le *Henri IV*, dont l'architecture bizarre évoque plus un château fort qu'un cuirassé. Son voisin de croisière, le navire russe *Askold* éblouissant de blancheur qui s'est joint à l'escadre française, a perdu une cheminée sur cinq durant la guerre russo-japonaise de 1905. Ses canons d'appoint sont censés neutraliser le feu des batteries turques. Mais il doit rester à distance, sur ordre de l'amiral Guépratte, qui attend le résultat de l'assaut des troupes de terre. On ne peut décidément compter sur aucun appui efficace de la marine, à l'heure imminente de l'assaut.

* *
*

La lutte à l'arme blanche est confuse, féroce : les marsouins du 6e colonial entraînent les deux bataillons de Sénégalais débarqués à leur suite. Les tranchées creusées par les combattants turcs, à peu de distance de la plage, sont aussitôt prises, et les grottes nettoyées à la baïonnette. Les marsouins occupent la première position prise avant d'organiser un tir nourri pour s'emparer des suivantes, à cent mètres plus loin. Ils permettent ainsi aux nouveaux arrivants, dotés de mitrailleuses et de mortiers, de s'installer à l'abri.

Paul Raynal et les sapeurs, torse nu dans l'eau jusqu'à la ceinture, acheminent les caisses de la grève aux grottes en les faisant glisser sur un alignement de cylindres d'acier parallèles. Une trouvaille du capitaine Maublanc. Ils ne sont pas directement menacés par les balles turques, mais un nouveau tir de l'artillerie Krupp peut détruire d'un coup au but toute la compagnie du génie, cible facile et tentante dès qu'elle sera repérée. Heureusement, les batteries lourdes sont assez éloignées, et l'ennemi ne dispose pas encore d'avions en nombre suffisant, ni de *Drachen*. Il tire au jugé, avec méthode, mais sans précision.

Paul s'étonne de ne pas éprouver la moindre panique dans ce haletant baptême du feu. Le travail intensif l'oblige à se concentrer sur ses tâches. Les camarades sont logés à la même enseigne. Plonger, grimper, hisser par la bride le premier mulet d'une barque pour le mettre en sûreté, entraîner ainsi ses compagnons d'infortune, déplacer les caisses sur les cylindres, balancer sur la plage les outils de sape aussitôt saisis par les camarades... chaque seconde compte, et l'angoisse disparaît.

Autour du ponton, les marsouins ont recueilli les corps des leurs. Des morts flottent encore en surface, bras allongés, face tournée vers le fond. Paul a dû donner un coup de main pour les ensevelir dans un grand trou d'obus. Ses premiers morts. Depuis trois mois qu'il vogue de Marseille à Bizerte, de Malte à Lemnos, de Moudros au Caire et d'Alexandrie aux rivages de Troie, il entrevoit enfin le visage hideux de la guerre.

Pas le temps de méditer : il rejoint la compagnie dans la grotte où s'entasse le matériel de sape. Les pièces du fort, que le bombardement de marine a laissées indemnes, commencent à tirer sur les chaloupes remorquées par les chalutiers s'approchant du rivage.

Qui prendra d'assaut ce nid de frelons ? Sénégalais et marsouins lancent une première attaque à découvert, en hurlant afin de se donner du courage. Ils plongent au sol pour éviter les rafales, se hissent hors des ravins en s'accrochant aux arbustes, s'emparent de la mitrailleuse ennemie en égorgeant ses servants. Vont-ils maintenant pouvoir s'attaquer au fort ?

– C'est à nous de jouer, lance le capitaine Maublanc

à ses sapeurs. Le tir des bateaux a été inefficace, comme d'habitude. Leurs obus lourds se sont fichés dans la pierraille sans l'ébranler. Le fort domine la petite baie. Ses canons et ses mitrailleuses peuvent suffire à nous jeter à la mer. Pressons !

Les sections de pointe de la compagnie Brison, parties dans un si bel élan, ont été contraintes de creuser des trous à la hâte pour se dérober aux rafales de mitrailleuses. Le premier assaut vient d'échouer.

– Il faut placer une énorme charge pour faire sauter l'entrée du fort, affirme le capitaine du génie. Des volontaires ?

Raynal s'avance. Maublanc lui inspire une telle confiance qu'il n'hésite pas. Quatre ou cinq solides pontonniers dégagent déjà, au coupe-coupe sénégalais, un sentier dans les épineux. Brison, qui a vu le mouvement, fait poster sa mitrailleuse dans l'interstice étroit de deux rochers afin de faire diversion, et de protéger ainsi les sapeurs au travail. Les Turcs répliquent, mais les marsouins restent à leur aise ; l'ennemi tiraille sans prendre de risques.

Maublanc a choisi, pour progresser sans se faire matraquer, un ravin très abrupt, dans l'angle mort des pièces d'artillerie du fort, orientées vers la mer et sur la façade sud. Il grimpe le premier, en rappel. La cordée s'élève pas à pas, avec précaution.

– Impossible de placer la charge par là, la distance est trop longue, décide le capitaine. Et il n'est pas question de creuser dix mètres de tunnel dans le roc.

Paul Raynal enroule alors une corde autour de sa ceinture, et prend la tête d'une colonne de grimpeurs pour tenter de gagner un replat, à cinq ou six mètres de la tour d'angle du fort. On devrait pouvoir hisser là, en improvisant un treuil à l'aide d'un réa puisé dans les accessoires, les lourdes caisses d'explosifs.

Tous les hommes de la compagnie rejoignent et participent en silence à la manœuvre, pendant que Brison, utilisant le mortier de tranchée apporté sur brancard par deux marsouins, fait lancer, par un artilleur expert en obusiers, des patates de cinquante kilos à l'intérieur du fort. Les explosions sont assourdissantes. Les Turcs répliquent aussitôt. Leurs pièces arrosent au hasard les environs du fort, sans faire de victimes.

Raynal s'est déjà hissé, plantant des coins en acier dans les fissures du roc, jusqu'en haut de l'à-pic qui mène au pied de la muraille, sur sa face orientale, négligée des défenseurs qui s'attendent à un assaut par le sud. Maublanc suit Paul des yeux, très intéressé par ce repérage. Le jeune homme lui désigne un figuier gigantesque qui recouvre une partie de la roche. Ses racines sont infiltrées profondément dans les excavations.

À la pioche, Raynal commence le travail : agrandir les fentes, arracher le bois, aménager une niche étroite. Trois ou quatre sapeurs travaillent au coutelas de tranchée. Ils dégagent les racines du figuier, au prix de grands efforts, plantent des joints dans les interstices, creusent sous les pierres avec acharnement. Érodées par le vent et les bourrasques depuis mille ans, elles sont assez friables. L'une d'elles bascule enfin, puis une autre, après une heure d'efforts. Les sapeurs ne sont pas contrariés par l'ennemi. Les Turcs, croyant cette face du fort inabordable, ne les ont pas entendus.

* *
*

Il est temps de placer les charges. Maublanc mobilise le maître démineur, Hervé Layné, occupé jusque-là avec les marins sur le pont de *La Ravageuse*, et l'improvise mineur de sape. Dévoué corps et âme au capitaine, mais surtout curieux d'expériences nouvelles, Layné, excité par cette mission impossible, essuie la poussière de ses lunettes, considère un moment le chantier, et finit par donner un avis circonspect :

– Nous pouvons essayer, mais je ne garantis rien. Je ne suis pas sûr de réussir là où les canons de 380 du *Henri IV* ont échoué...

Il craint surtout que ses charges de dynamite ne soient pas suffisantes.

– Avec deux caisses, je peux seulement faire peur aux rats !

Maublanc en rajoute six, bientôt hissées par les sapeurs. Layné se met aussitôt au travail, et place les charges au mieux dans la sape. Le capitaine lui fait signe d'attendre pour la mise à feu, le temps de s'assurer de la synchronisation parfaite avec les troupes d'assaut. Il expédie un coureur au capitaine Brison à qui il recommande de faire attaquer l'infanterie de marine à la minute même de l'explosion. L'effet de surprise est capital.

Brison désigne pour l'assaut les deux bataillons de Sénégalais, plus adroits pour se dissimuler dans le ravin, plus souples pour escalader l'effroyable pente, fusil en bandoulière. Dès qu'ils sont au sommet, tapis derrière les rochers, prêts à bondir, les sapeurs vérifient soigneusement la charge et disposent la mèche, sans lésiner sur sa longueur pour s'assurer que chacun est bien à l'abri.

L'explosion, colossale, provoque l'éclatement de quelques lourdes pierres qui chutent les unes sur les autres et dégagent une ouverture. D'accès difficile car encombrée d'éboulis, mais où les hommes peuvent se frayer un chemin à la file. Maublanc se réjouit du résultat. Il a réussi à fissurer le monstrueux bloc d'antique maçonnerie.

Dans son enthousiasme, Paul Raynal saisit un mousqueton et part le premier, sautant d'une pierre à l'autre au risque de se rompre le cou, pour vérifier que le passage est praticable. Les Sénégalais le bousculent dans leur hâte de charger, courent d'abord à l'intérieur sans rencontrer de résistance, et tirent sur les défenseurs turcs de la face sud dès qu'ils les ont à portée.

Quand ceux-ci comprennent, il est trop tard. Ils refluent en désordre, attaqués à la baïonnette. Des officiers allemands, revolver au poing, tentent en vain de les rallier. Les tirailleurs sénégalais prennent à revers la porte d'entrée, dont ils abattent les gardes sans faire de quartier. Un sergent et quatre hommes unissent alors leurs efforts pour tenter de l'ouvrir. Peine perdue, la porte est condamnée.

Protégés par le tir continu des Sénégalais, Paul Raynal et les sapeurs accourent sous les balles. Layné les arrête.

– Laissez-moi faire.

Il ouvre un sac de jute dont il extrait une sorte de boule opaque semblable à du caoutchouc gélatineux.

Les sapeurs s'écartent, d'instinct.

– Le cordon, vite.

Il place l'engin lui-même, et demande à tous de se mettre à couvert. La dynamite-gomme fait son œuvre :

la porte vole en éclats. Même les montants de pierre s'écroulent dans un fracas gigantesque, entraînant la chute de la voûte.

– Voilà le travail ! s'exclame sobrement Layné, encore plaqué au sol, pendant que les tirailleurs sénégalais, un moment abasourdis, reprennent progressivement le feu : 93 % de nitroglycérine, 7 % de nitrocellulose. Merci, monsieur Nobel !

À l'extérieur, les marsouins ont vu l'explosion. Ils gravissent aussitôt le sentier sud d'accès au fort, sous le tir des Turcs ralliés par les officiers qui les arrosent à la mitrailleuse du haut des remparts. Ils font à leur tour leur entrée dans la forteresse, et se joignent aux Sénégalais pour vider la place.

Le combat est impitoyable. Les Turcs se révèlent des soldats redoutables au corps à corps. Plutôt mourir que de chercher à fuir, même devant des Sénégalais qui pourtant les terrorisent. Les officiers allemands leur ont dit et redit que ceux-là ne font pas de prisonniers, et tranchent au coupe-coupe les oreilles des blessés pour s'en faire des colliers.

Les Français pénètrent nombreux dans le fort. Leurs officiers ne s'attendaient pas à une défense aussi âpre, et ils sont plus de mille à tirer à vue. Chaque recoin de l'antique forteresse devient un nid de résistance. Les Turcs refluent, mais s'accrochent au moindre obstacle. Le nettoyage est interminable.

Brison fait signe aux marsouins de s'emparer des pièces montées sur tourelles. Les canons restent muets dans cette affaire. Impossible aux officiers allemands de les braquer sur des assaillants venus de l'intérieur. Les serveurs se défendent au mousqueton, à la baïonnette, au couteau de tranchée. Les Français doivent les tuer tous. Ils ne veulent pas se rendre.

– Ne sabotez pas les pièces, crie le capitaine Brison. Nous pouvons les utiliser.

Toutes sont allemandes et portent la marque Krupp sur leurs tubes d'acier neufs et luisants, pourvus de nombreuses réserves d'obus. Si chaque fort est ainsi équipé, il sera difficile de maîtriser les Détroits, pense le capitaine. Les effectifs d'officiers et d'experts allemands sont probablement supérieurs aux estimations fournies par les services de renseignement. Rien que dans ce fort, on dénombre douze pièces.

Le capitaine Brison aperçoit, parmi les prisonniers, un officier coiffé d'un fez mais sanglé dans un uniforme d'artilleur droit venu d'une caserne de Berlin. Il se réserve de l'interroger. La prise est bonne et l'homme découragé. À l'évidence, il parlera.

Il faut qu'il parle. Les chefs des troupes d'assaut ont besoin de tout savoir sur les cadres allemands engagés dans l'armée des Jeunes-Turcs, dont les rapports de l'état-major ne signalent pas le nombre exact. Combien sont-ils au juste ? Qui les commande ? Où se trouve leur quartier général ? Par quel moyen technique communiquent-ils entre eux ?

Quand les Turcs voient les gradés allemands poser leurs armes, lever les bras et suivre les marsouins, ils se rendent à leur tour, et semblent même se réjouir de la fin des combats.

Le capitaine Brison, blessé au bras, hisse le drapeau du régiment sur la tour de l'avant, pour qu'elle soit visible en mer et que les navires cessent leur tir : le fort est pris.

* *
*

Les Français ont insisté pour débarquer sur la rive d'Asie, au lieu de suivre les Britanniques sur celle de l'Europe. Ils tenaient à faire bande à part. La prise de ce fort d'Urhanieh, qui commandait la pointe sud du détroit des Dardanelles et braquait tous ses canons sur la mer, semble leur donner raison. Combien de navires les pièces lourdes allemandes ont-elles coulés, du haut de ces tours éboulées ? Au plus près de la côte, le cuirassé *Henri IV* tire une salve d'honneur pour les assaillants vainqueurs.

Le général d'Amade, chargé du maigre contingent français, avait d'abord conçu le projet de déborder les Dardanelles par le nord. Il n'en avait assurément pas les moyens, et le général Graziani, dans une dépêche expédiée de Paris, avait refréné son enthousiasme :

– J'insiste de la façon la plus pressante, lui avait-il écrit, pour que vous observiez désormais la réserve et la prudence les plus grandes dans vos suggestions. Le gouvernement risquerait en effet de se trouver dans la situation la plus fausse, si par hasard vous réussissiez à faire partager vos vues par le commandement anglais.

Rue Saint-Dominique, le général était au contact quotidien du ministre Alexandre Millerand, trop affaibli politiquement pour supporter l'éventualité d'un échec aux Dardanelles. Joffre demeurait vigilant, Viviani lassé, et les membres des commissions parlementaires déchaînés contre l'entreprise. Graziani redoutait fort, pour sa part, les répercussions d'une défaite dans le Maghreb agité. À aucun prix d'Amade ne devait perdre la face. Entraîner les Anglais dans une entreprise chimérique deviendrait encore plus dangereux pour l'alliance.

Graziani n'avait rien à craindre. Imbu de son importance et nanti par son ministre Kitchener des pleins pouvoirs, le général Ian Hamilton n'avait pas l'intention de laisser aux Français la moindre initiative.

Il ne les informe pas sur ses intentions. Au 1er avril 1915, d'Amade en ignore encore tout. Huit jours plus tard, Hamilton ne lui a pas donné davantage d'indications sur les points de débarquement prévus. Un ordre d'opérations lui parvient le 13 avril seulement. Il n'a eu que de rares occasions de s'entretenir avec son supérieur britannique et, un peu amer, s'en plaint à son entourage.

Il ne peut se douter à quel point Hamilton lui-même hésite. Le repérage de la côte est insuffisant, il n'est pas certain de l'emporter. Peu confiant dans les capacités offensives de la division française, il prévoit seulement de la débarquer à Koum Kaleh, sur la rive asiatique. Il comble les désirs du général d'Amade, qui a toujours voulu opérer seul et à qui on a donc accordé le privilège de combattre sous son drapeau.

Il ne doit pas dépasser le cadre prévu de l'opération combinée mer-terre. Le général Ian Hamilton compte que les Français feront diversion, pour permettre aux Britanniques, Australiens et Néo-Zélandais surtout, de prendre terre sur une anse, au nord-ouest des Détroits, de part et d'autre de Gaba Tépé, sur la mer Égée.

Une deuxième zone de débarquement est repérée vers le sud, de Sedd ul Bahr au cap Tekké, pour l'armée anglaise. Quant aux Français, Hamilton restreint encore leur rôle d'appoint en interdisant au général d'Amade de débarquer en Asie plus d'un régiment, le 6e colonial du colonel Ruef. Le reste de la division suivra plus tard les Anglais sur la rive Europe, et servira de réserve d'armée. On ne peut imaginer un rôle plus modeste, plus dépendant du commandement britannique.

Les ordres sont donnés au régiment désigné. Ruef s'entend préciser que chaque homme disposera de deux cents cartouches, avec le renfort d'une seule batterie d'artillerie du groupe d'Émile Duguet, avec ses quatre canons de montagne, sous les ordres du capitaine Georges Livet.

– Puis-je au moins engager des Arméniens ou des Grecs en renfort ? a demandé d'Amade, inquiet de la faiblesse de ses moyens, à son supérieur hiérarchique, le général Graziani. Ils détestent les Turcs et nous fourniront de bons soldats.

Le général a consulté son ministre.

– Il n'en est pas question, a répondu Millerand. N'oubliez pas que la France est une puissance musulmane. Le secours de Turcs dissidents serait d'une tout autre valeur. Vous ne devez pas endosser les exactions de bandes d'irréguliers chrétiens qui se vengeraient de leurs maîtres turcs et vous en feraient porter la responsabilité.

Pendant que le général d'Amade suit à la jumelle le débarquement de son unité, aux côtés de l'amiral Guépratte, sur la dunette du *Henri IV*, Ian Hamilton est entouré, à bord du *Queen Elizabeth,* de la jeunesse dorée de Londres, où Bartlett reconnaît, entre autres jeunes milords, Brodrick, le fils aîné de lord Middleton, et Jack Churchill, le propre frère de Winston.

Le caquetage de ces invités d'honneur irrite Ian, l'ancien combattant d'Afrique du Sud, qui n'a pas l'expérience des opérations combinées et n'a prévu aucune modalité pratique adaptée au *landing* – par exemple, des chaloupes blindées ou des rampes pour le matériel et les chevaux. Il est bien entendu que les hommes doivent descendre des transports deux par deux, sur des échelles de bois, pour sauter dans des chaloupes ordinaires, au risque de se rompre le cou.

Le général Hamilton a les yeux fixés sur la colline imposante de l'Achi Baba, qui domine de ses deux cents mètres d'altitude les deux zones du débarquement, et dont les *rangers* australiens devront s'emparer de vive force. Si les tirs de la flotte le rassurent, il s'inquiète de la nature et des effectifs des retranchements turcs. Il lève les yeux au ciel, et le correspondant de guerre du *Sunday Times*, placé tout près de lui, l'entend distinctement marmonner ces mots qu'il se fera plus tard un plaisir de rapporter :

– Dieu tout-puissant, berger des étoiles d'or, aie pitié de nous !

* *
*

– Nous allons pleurer sur les tombes d'Achille et de Patrocle, les deux frères d'armes. C'est justice, dit Maublanc, un brin solennel, la mort les a réunis pour l'éternité. Ces deux collines sont sœurs : elles abritent les restes des héros. Et voilà que nous réveillons les combats dans la plaine désolée de Troie, jusqu'à détruire ses sites les plus vénérables, chantés jadis par Homère, et plus récemment par Offenbach !

Au fond du décor, le mont Ida, où trois déesses se sont disputé les faveurs de Pâris. La plaine est immense et dénudée, noyée dans les sables près de la côte, craquelée sur les rives du Scamandre, à peine bosselée de collines à la végétation de steppe. Il faut être Maublanc pour lire l'histoire dans ce désert, et retrouver Homère dans des villages d'une repoussante pauvreté. Paul s'étonne à peine quand il voit son mentor s'attrister, pleurant un deuil imaginaire :

– Les batteries de nos cuirassés détruisent déjà l'*Achilleum*, le tombeau du bouillant Achille que les archéologues allemands – et non les Américains, venus de Cincinnati après le professeur Schliemann – ont eu tant de peine à retrouver !

Paul reste de marbre. Achille est déjà mort ! Rien ne dérangera plus l'enfant héroïque de Thétis et de Pélée.

– Sais-tu, reprend Maublanc, que notre objectif, après la prise du fort, est la conquête du petit village turc de Yeni Sheir ? Au temps où les Grecs, sortis des mille bateaux venus de la *mer vineuse* d'Homère, rassemblaient leur camp, il s'appelait Sigée, en l'an 1200 avant le Christ. Ici même, nos troupes sont déjà prêtes à donner l'assaut. Elles attendent, arme au pied, que les cuirassés aient fini de cracher leur venin pour s'emparer de Sigée. Notre Agamemnon est plus celte que grec, il s'appelle Ian Hamilton.

Les Sénégalais, les marsouins et les zouaves voient sauter de loin les batteries détruites de la côte, sous les tirs de la marine. Ils ont confiance. Leur sac allégé ne porte que quatre jours de vivres. Plus qu'il n'en faut pour s'emparer du village. Les compagnies ont débarqué sans difficulté après la neutralisation du fort.

– Attention, dit le capitaine Brison. Les Turcs sont installés sur l'autre rive du Menderes.

– L'antique Scamandre, précise Maublanc l'incollable.

Brison scrute la croupe qui domine le village, envoie en reconnaissance une section de tirailleurs. Ils sont accueillis par des salves serrées tirées depuis le cimetière, et s'aperçoivent que la colline est truffée de tranchées. L'affaire sera plus dure que prévu.

– Faut-il donner l'assaut ?

– Folie ! dit l'Alpin à Paul Raynal, qui l'a rejoint sur la plage de débarquement. On a pu tirer à bras d'hommes les 65, mais nos chevaux n'ont pas touché terre. Un obus allemand a suspendu l'opération en faisant sauter l'appontement, tuant d'un coup un cheval et trois mulets d'une batterie de 75.

« Sans notre protection, poursuit Émile Duguet en braquant sa jumelle, les nôtres vont se faire hacher par les feux de file. Les Turcs disposent aussi de mitrailleuses Maxim bien enterrées, et protégées par les blocs de rochers. Il sera difficile de les déloger. Même si nos quatre misérables pièces de 65 étaient en action, je puis vous certifier qu'elles n'auraient pas les moyens de les réduire.

Le village est une forteresse garnie de troupes, son minaret un observatoire, et sans doute le cimetière musulman assez proche est-il transformé en redoute. Ian Hamilton n'a probablement pas mesuré l'ampleur de la tâche imposée à un aussi petit nombre de Français.

« Le régiment débarqué ne suffira pas », se dit d'Amade en suivant l'action de la dunette du cuirassé *Jauréguiberry*.

Même pour Ruef, occupé à installer le PC marqué de son fanion et ouvert à tous les vents au pied du vieux fort tenu par deux seules compagnies, il est difficile de se rendre compte de la traîtrise du relief. La langue de terre, le long de la mer, est sablonneuse. On ne peut s'y retrancher.

Le cours en apparence presque à sec du Menderes,

longtemps parallèle au rivage par manque de vigueur pour l'atteindre, délimite, en fait, une portion marécageuse où les roues des canons risquent de s'enfoncer. Une crête, vers le sud, permet aux Turcs de se retrancher vers Orkanié et Yeni Sheir. Il est essentiel d'occuper d'abord la croupe d'Orkanié, avant d'avancer sur le village.

– Tu es cavalier, dit Maublanc à Paul Raynal. Vois donc ces beaux chevaux des chasseurs d'Afrique. Ils sont au piquet et t'attendent. Les chaloupes transportant leurs maîtres, joliment baptisées, sur les rapports d'état-major, « baleinières de plage », ont été déportées par le courant. Ils auront deux heures de retard. Prenons leurs montures et allons repérer nous-mêmes les positions. Le silence de ces dunes m'étonne.

Paul saute en selle et son cheval arabe, heureux d'être monté, pousse un hennissement d'allégresse avant d'emprunter, au petit trot, la direction du mamelon d'Orkanié. Le capitaine le suit avec peine, car sa bête renâcle un peu.

– Au premier coup de feu, replie-toi ! crie-t-il à Paul.

La croupe sablonneuse ressemble à un mirage. Plus on s'en approche, plus elle s'éloigne. Paul prend le parti de galoper sur le rivage, les sabots du cheval marquant le sable humide de leurs empreintes.

On tire sur lui depuis la croupe, qu'il vient de dépasser. Il amorce une large courbe et revient au galop, couché sur l'encolure de l'animal. De nouveau, des coups de feu. Avec Maublanc qui l'a rejoint, ils risquent une pointe vers l'intérieur, repèrent les lignes de tranchées dissimulées derrière un repli de terrain et s'éloignent aussitôt.

– Qui sont ces fous ? interroge Ruef qui suit les cavaliers à la jumelle.

– Des sapeurs, mon colonel. Ceux qui ont détruit la muraille du fort. Ils font leur promenade digestive. Comme vous pouvez le voir, rien ne les arrête.

– Sauf les pruneaux ! s'amuse Maublanc en sautant à terre devant le PC. Les Turcs sont devant nous, enterrés !

– Ensablés me paraît plus exact, corrige Ruef, pincé.

* *
*

Le colonel Ruef, brigadier tout juste homologué, demande des instructions au général Masnou, à bord du cuirassé. Son radio envoie des messages à l'aide d'un petit poste de TSF sur indicatif 13, capable de porter à trente kilomètres. Le général ordonne par signaux un soutien d'artillerie à la flotte. À bord du *Henri IV,* un officier artilleur détaché spécialement d'une batterie de terre fait le point quant au réglage du tir, et se tient en liaison permanente avec Ruef.

Le canon tonne. Les obus remuent des geysers de sable sur la dune d'Orkanié. Aucune réplique du côté des Turcs.

– Ils les auront manqués, peste Maublanc. Nous aurions dû nous enterrer sur place, pour guider leur tir d'une manière ou de l'autre.

– Sans TSF, sans téléphone ?

Paul Raynal désespère. Il faudrait balayer toute la zone. Il ignore que les instructions de l'amiral sont de ménager les munitions lourdes, et de s'attaquer seulement aux constructions repérables. Les quelques obus tirés n'explosent pas tous. Beaucoup s'enfoncent droit dans les sables, et Guépratte, à ce jeu stérile, redoute fort de vider ses soutes de réserves.

– C'est toujours ainsi avec la marine, gronde Ruef. Plus leurs canons sont gros, moins ils sont utiles. Allons voir nous-mêmes.

Une compagnie de marsouins fait route vers le village, en longeant la côte. Tout le régiment suit, par échelons. La compagnie du génie a chargé son matériel – projecteurs, explosifs, téléphones et engins de signalisation, pics et pelles – sur des charrettes légères qui peuvent être tirées à bras. Manquent les artilleurs, toujours sans caissons ni attelages.

À la surprise de la compagnie de tête, le village semble désert. Nulle rafale ni décharge n'empêche les premiers marsouins de progresser parmi les maisons de pisé blanchies à la chaux. Vers onze heures, l'ensemble du village est occupé. Ruef demeure méfiant. Le rapport de Maublanc l'a alerté. Il faut découvrir les Turcs.

Soudain, le feu éclate de toutes parts. En provenance des tranchées creusées sur la rive droite du Menderes, que Paul avait très bien repérées, mais aussi du cimetière, et même de la croupe étirée reliant ce lieu saint au village. Les Français sont tombés dans un piège. Les tirs en enfilade de fusils et de mitrailleuses les accablent. Les sections de pointe sont les premières touchées ; beaucoup de blessés rougissent le sable de leur sang et l'on compte des morts par dizaines. Les Sénégalais essaient de se retrancher dans les maisons, mais les fantassins turcs se lancent rageusement à leur poursuite.

Maublanc a ordonné à la compagnie d'arrêter sa progression et de se protéger sous la dune d'Orkanié, inoffensive depuis que les canons du *Jeanne d'Arc* et des trois cuirassés ont anéanti la batterie allemande qui s'y dissimulait. Pour une fois, la marine a réussi son tir, anéantissant même les fantassins turcs des tranchées creusées trop près de la côte.

– Il est inutile de tenter de franchir le Menderes, décide-t-il. Il faudrait du canon pour les déloger sur l'autre rive, et nous n'en avons pas encore.

Le capitaine Georges Livet, chef du groupe des 65, ne reçoit son équipement et ses munitions qu'à 16 h 30. Avec lui débarquent les chasseurs d'Afrique, aussitôt envoyés par Ruef en reconnaissance.

Émile Duguet, expédié en première ligne, monte l'attelage de pointe à la lisière sud-est du village. Il surveille avec angoisse le sable qui pourrait faire patiner ses roues, et repère enfin un éboulis de rochers pour se protéger des pruneaux turcs qui pleuvent dru. Aussitôt mis en batterie, son canon tire des salves continues sur le cimetière. Deux compagnies se préparent à l'assaut. Elles sont arrêtées par des réseaux de barbelés que les obus de 65 n'ont pas réussi à faire sauter.

– Livet n'aura pas de meilleurs résultats que la marine, assure Maublanc. Je ne connais qu'un moyen de faire sauter les barbelés : les perches à explosifs. Je les ai utilisées sur l'Aisne. Elles évitent bien des morts inutiles.

Le soleil couchant éclaire les corps amoncelés de tirailleurs sénégalais. La mitraille allemande venue des canons lourds de la rive Europe, d'une portée de quinze kilomètres, ne cesse d'accabler les marsouins. Enfin, les clairons sonnent l'arrêt du combat. L'ordre de Ruef est de se retrancher dans le village pour la nuit.

– C'est la sagesse même. Mais on aurait pu s'arrêter

plus tôt, regrette Maublanc, qui prend aussitôt ses dispositions.

Paul est chargé de rechercher dans les maisons toutes baguettes de bois ou de fer, timons de charrettes ou rames de marins oubliées, de quoi confectionner des perches surmontées de charges d'explosifs. Une autre équipe déroule des réseaux de barbelés Brun pour entourer le village et éviter toute surprise. Le capitaine conseille aux bleus d'accrocher sur les fils des boîtes de conserve vides dont le tintement donnera l'alerte, la nuit. Les téléphonistes tirent le long du rivage une ligne qui permettra une liaison permanente avec Ruef.

Des équipes sont constituées pour enterrer les morts et évacuer les blessés vers l'arrière où le major Luciani a installé, avec les moyens du bord, un poste de première urgence. Il doit opérer lui-même, car le navire-hôpital n'a pas encore mouillé dans la baie. La nuit n'est pas assez longue pour venir à bout des évacuations. On entend se plaindre les Sénégalais les plus atteints jusqu'au matin. Ceux qui gardent quelque énergie titubent dans les rues du village en perdant leur sang, et demandant à boire.

* *
*

La fusillade couvre leur voix. Les Turcs attaquent de nouveau, avec le secours d'une batterie allemande de 77 avancée jusqu'en lisière de Yeni Sheir. Les obus sont inefficaces, mais les barbelés arrêtent les assaillants, pris de plein fouet par la section des mitrailleuses portées des chasseurs d'Afrique. Il faut croire que les officiers turcs ont reçu l'ordre de reprendre la position à tout prix car ils attaquent, à quatre reprises, durant la nuit. Le capitaine Maublanc a commandé aux sapeurs d'armer les mousquetons et de prêter main-forte aux marsouins. Paul tire ses premiers coups de feu, à l'aveuglette, dans l'obscurité, effrayé par les hurlements des Turcs.

– Que fait Masnou ? s'interroge Ruef. Tel que je le connais, il sollicite le renfort de la flotte.

De fait, l'amiral Guépratte a reçu une demande d'intervention. On lui a communiqué en morse, grâce à la numérotation en carrés de la carte d'état-major, la position exacte des Turcs retranchés autour du village. Il ordonne à un navire plus mobile que les gros cuirassés, le *Latouche-Tréville*, d'arroser au canon le cimetière et la rive droite du Menderes. À deux heures du matin, Ruef se voit contraint de reprendre l'assaut à l'aube, grâce au concours de la flotte.

Quand le jour se lève, Paul aperçoit, le long du réseau de barbelés, des amoncellements de cadavres turcs. Ruef attend le déclenchement du tir du navire pour ordonner le bond en avant. Rien ne vient. Le *Latouche-Tréville* ne paraît pas à l'horizon. Est-il emporté par le courant ?

– Notre flotte est comme les carabiniers, ironise l'Alpin émergeant de sa pièce emmaillotée de sacs de sable. Elle arrive toujours en retard.

Il signale à son capitaine des drapeaux blancs hissés au-dessus du retranchement turc.

– Hourra ! crie le capitaine Brison, ils se rendent !

Quatre-vingts soldats sans armes, tête et pieds nus, se présentent les premiers. Des déserteurs ? On ouvre la chicane des barbelés pour les laisser passer, et ils sont enfermés dans le marché aux grains.

– D'autres arrivent, mon capitaine, dit à Brison un marsouin. Mais ils ont gardé leurs armes. Faut-il leur tirer dessus ? Ils sont plusieurs centaines !

Brison hésite. Avant tout, les désarmer. Les Turcs ont l'air de vouloir parlementer. Un capitaine de tirailleurs, Rockel, s'avance courageusement face à eux, seul et sans armes. À sa surprise, pas un officier turc ne vient à sa rencontre. Il est aussitôt entouré par une masse d'hommes qui refluent en l'entraînant avec eux.

L'incident se prolonge. Les soldats s'inquiètent. Par petits groupes, les Turcs s'infiltrent dans le village, scrutant les Français et les Sénégalais d'un œil féroce. Ils n'ont pas été désarmés et ne paraissent avoir aucune intention de se rendre.

Maublanc appelle au téléphone Ruef, qui en réfère immédiatement au général en chef.

– Que faire ?

– Tirer immédiatement ! C'est une ruse de guerre, répond le vieux colonial.

Une décharge. Les Turcs répliquent, se jettent sur les mitrailleuses des chasseurs, s'en emparent et se retranchent dans les maisons. Le lieutenant Rockel ne réapparaît pas.

– Attention, crie Maublanc, planquez-vous !

Les sapeurs sont pris de court. Deux sous-officiers sont tués. Le capitaine échappe à la mort de justesse. Les marsouins n'osent tirer, craignant de blesser leurs camarades.

La flotte enfin se manifeste. Non pas le *Latouche-Tréville,* mais le *Savoie* qui déchaîne son feu sur les tranchées turques. Le reste de la batterie du capitaine Livet arrive au galop. Les pièces, en un temps record, sont mises en position de tir. Émile Duguet largue presque tout son stock de munitions sur les habitations occupées par les Turcs, dont les murs s'écroulent dans une poussière épaisse. Puis il déplace sa pièce pour prendre en enfilade les tranchées du cimetière, avec une précision remarquable.

Les Turcs survivants cette fois se rendent, ils sortent sans armes des maisons détruites. Un officier à leur tête veut encore parlementer. Ruef, arrivé sur place, le fait immédiatement fusiller pour félonie, avec huit de ses soldats. Une soixantaine d'autres sont neutralisés et conduits vers l'embarcadère. Dès lors, les derniers – plus de cinq cents – quittent leurs tranchées les mains en l'air. Bousculés par les Sénégalais, ils se rassemblent en un troupeau docile, sans plus manifester la moindre résistance. Leurs officiers ont en apparence disparu. Ont-ils arraché les insignes de leurs grades ?

Ruef fait venir un interprète et interroge un Turc dont la mine assurée suggère qu'il exerce des responsabilités.

– Qu'est devenu le capitaine français ?

Le Turc baisse la tête, et déclare qu'il a été expédié vers l'arrière. Avouer qu'il a été massacré, ou enterré dans une fosse commune, lui vaudrait d'être fusillé.

Ruef n'insiste pas. Il n'est pas bon pour le moral de la troupe qu'elle apprenne le triste sort d'un officier courageux, traité sans doute avec sauvagerie. Ce genre de nouvelles pousse les hommes à des violences incontrôlables. Les interrogatoires méthodiques des prisonniers par le renseignement militaire donneront un jour la réponse, probablement tragique. S'il a été fait prisonnier, le capitaine Rockel sera exhibé dans les villages, entravé par des chaînes, avant d'être expédié dans un de ces camps turcs insalubres où les survivants sont rares.

* *
*

Les prisonniers ennemis sont embarqués sur un transport à destination d'Alexandrie. Les généraux alliés veulent les exhiber devant la population musulmane, à travers les rues de la ville, pour prouver que les Ottomans ne sont pas invincibles. Ils emploient, en somme, les mêmes méthodes que les Turcs.

Qui songe alors, dans les bars du Caire ou dans les bureaux de la Résidence, aux pertes du régiment Ruef ? Il lui manque près de huit cents hommes, presque un sur trois, et vingt officiers tués, blessés ou disparus.

– Allons-nous rester ici plus longtemps ? demande l'Alpin à Paul.

Tous les deux ont reçu des promesses de citations de leurs capitaines, et de promotion. Dans la victoire, on n'est pas regardant, surtout quand les cadres se sont fait tuer d'abondance. Le capitaine Maublanc félicite d'ores et déjà Paul, sans attendre confirmation, pour son grade de caporal. Quant à l'Alpin artilleur, il est bombardé, vu ses états de service, chef de pièce, avec les galons de maréchal des logis. Paul s'étonne qu'un seul engagement, très dur il est vrai, leur vaille autant de lauriers. Il ignore encore que la République forge au feu son armée, puisque les officiers sortis des écoles et les sous-offs du contingent ordinaire sont déjà morts pour la plupart.

Le colonel Ruef admet difficilement qu'on lui notifie, le 26 avril vers dix-sept heures, l'ordre de rembarquer le détachement. À quoi bon tant de sacrifices, si c'est pour abandonner une position durement conquise ? Sans doute est-il loin de mesurer à quel point le commandement français dépend strictement de la stratégie de l'allié britannique.

Il est, du reste, félicité par Ian Hamilton auquel Masnou a demandé, le général de brigade à titre temporaire la méritant bien, une citation à l'ordre de l'armée.

Toutes les précautions sont prises pour que la retraite des Français s'accomplisse dans des conditions de totale sécurité. Des positions sont aménagées pour leur repli progressif. Chaque commandant de compagnie reçoit des ordres précis, comme s'il fallait redouter une nouvelle attaque des Turcs, prétendument éliminés. Les embarquements se poursuivent avec méthode sous l'aile du vieux château. Des lignes de défense ont été creusées autour de ses enceintes par les compagnies de réserve. Des mitrailleuses surveilleront les parages en permanence, sur les talus aménagés.

À sa surprise, l'Alpin voit disparaître au galop les trois pièces de renfort de sa batterie. Il doit attendre à l'arrière, avec le quatrième canon pointé vers un éventuel ennemi.

– Pourquoi restons-nous seuls dans ce bled ? demande-t-il à son capitaine.

– Parbleu, pour défendre le village, répond Livet.

– Mais nous l'abandonnons.

– Raison de plus. Nous ne devons pas partir comme des fuyards. C'est volontairement que nous nous retirons, et n'oublie pas que nous sommes vainqueurs.

– Je n'aurai garde d'affirmer cela, répond l'Alpin, en pinçant la pointe de son béret fétiche. Eux aussi sont vainqueurs, glisse-t-il à Paul en désignant la grande fosse commune où reposent les corps des Sénégalais et des marsouins tués au combat.

« Le plus grand silence est recommandé sur l'opération... », lit Maublanc sur l'ordre signé de Ruef. Le capitaine hausse les épaules : « Je me demande à qui nous pourrions en parler ? Aux morts, peut-être ? »

Les derniers occupants de Yeni Sheir décident de faire popote commune, dans le décor impressionnant de la plaine de Troie. L'ordre de quitter ces lieux illustres ne leur sera certainement pas donné avant la nuit. Pour améliorer l'ordinaire, Émile et Paul fouillent une à une les maisons du village. Pas la moindre poule, et aucune réserve de vivres. Colombiers et clapiers sont vides. Les Turcs ont tout emporté. Il faudra se contenter de l'ordinaire, boîtes à fayots, conserves de singe et pain de munition, arrosés de pinard.

Le repas est silencieux, à la lueur d'un feu de brindilles. Paul est préoccupé.

– Est-ce toujours ainsi, à la guerre ? Part-on se faire tuer pour des opérations dont on ne comprend pas le sens ?

– C'est souvent le cas, répond Maublanc. Nous sommes entrés dans Mulhouse et nous l'avons laissée à son sort, pas de notre plein gré, il est vrai. Nous avons conquis le tombeau d'Achille et voilà que nous l'abandonnons, déjà retourné aux sables.

– J'ai passé six mois de ma vie à prendre, à perdre, puis à reprendre une montagne des Vosges, raconte Émile. J'aurais pu y finir la guerre, dans six mois, dans dix ans. Le Südelkopf semblait être la préoccupation exclusive de notre état-major. Combien de chasseurs y ont laissé la vie ! Quand j'ai reçu ma feuille de route pour l'Orient, j'ai cru que tout allait changer. Il n'en est rien. Depuis que nous avons quitté Marseille, nous avons débarqué et rembarqué huit fois. Nous devenons les nomades de la guerre. Longues veillées au camp, promenades en mer... la vie rêvée pour un soldat, n'est-il pas vrai ? C'est assurément le costume sur mesure qu'on nous taille dans les états-majors de Paris.

Paul Raynal est silencieux. De ses classes à Montpellier, il a gardé, grâce au commandant Mazière, le souvenir d'une organisation parfaite de l'utilisation du matériel, d'une intelligence aiguë de la guerre permettant d'intervenir au moment voulu, avec des moyens appropriés, pour perdre le moins de vies possible.

Il a perçu ces mêmes préoccupations chez le capitaine Maublanc, si déterminé et si inventif au moment de l'action. Il s'est laissé gagner peu à peu par cet esprit d'équipe, comprenant que les sapeurs doivent savoir tout faire ensemble. Layné, Mazière, Maublanc sont-ils des soldats ? Ils font la guerre, certes, mais prennent plus que leur part de risques.

Ils sont là pour réparer les incohérences, les blocages, les ordres donnés sans la moindre chance de réussite. Sans eux, l'opération d'Asie aurait échoué : les marsouins seraient morts à l'assaut du fort. Ils ont réussi, mais leur exploit reste sans suite, sans conséquences. On rembarque comme on a débarqué, sans raison.

* *
*

– Il ne faut pas s'endormir, dit l'Alpin. Nous allons déguerpir sous peu. L'ordre finira bien par arriver.

Pour une fois, un cavalier à cinq galons s'est déplacé

sur le terrain. Maublanc reconnaît Valentin, le chef d'état-major du général d'Amade au 2e bureau. L'officier vient vérifier l'état de calme du front. Il redoute une nouvelle ruse des Turcs, au moment ultime des embarquements. Élève à l'École polytechnique, Valentin a connu Maublanc qui avait, pour sa part, choisi l'École des mines dès le secondaire : deux camarades de classe du lycée du Parc, à Lyon. Abandonnant la compagnie, Maublanc entraîne l'officier pour faire quelques pas dans les rues du village, un peu dans l'intention de lui tirer les vers du nez.

– Si tu viens en personne, c'est pour flairer le coup fourré !

– Je ne pense pas à une entourloupe, mais on n'est jamais trop prudent, répond l'officier de renseignement. L'embarquement se déroule normalement. Tout sera bientôt terminé. Tu connais Noguès ?

– Le colonel de la coloniale ?

– Tout juste. Le général Masnou a l'esprit précis. Il veut une opération modèle et a chargé Noguès de coordonner les mouvements du détachement.

– Pour aller où ?

– Secret militaire. Mais je peux te confier que l'ordre vient directement de Ian Hamilton. Il est daté d'aujourd'hui même, 26 avril, à 13 h 40. L'Anglais considère que le détachement a rempli « le rôle démonstratif qui lui incombait ».

– Nous étions donc là pour la démonstration, tels des représentants de commerce...

– Pour aider les Anglais à débarquer dans la presqu'île de Gallipoli, juste en face, de l'autre côté des Détroits. Nous faisions diversion.

– D'Amade le savait ?

– Plus ou moins. Il espérait se maintenir et peut-être se renforcer sur place. Mais les ordres sont tombés. Il affecte de se réjouir du fait que sir Ian Hamilton a bien voulu exprimer « son entière satisfaction ».

– Faut-il s'en satisfaire ? Un tiers de l'effectif d'un régiment massacré. Quant aux Turcs égaillés dans le désert, sans aucun doute, ils nous guettent et nous suivent.

– Tâche de te persuader que nous n'avons ici qu'une division, affectée à une armée anglaise dont elle constitue l'appoint. Les ordres ne viennent pas de nous. Il est vingt-deux heures. La compagnie Coulon a déjà dû embarquer. C'était la dernière. Votre tour est venu.

Au loin, on entend à intervalles réguliers des salves de canon lourd.

– Ce ne sont pas les nôtres, affirme le capitaine Maublanc, tendant l'oreille.

– La batterie turque d'In Tépé, sur la rive d'Asie, à moins de dix kilomètres ! Nous aurions dû la liquider. Elle tire sur le fort de Koum Kaleh, que nous sommes en train d'abandonner. Je ne suis pas sûr que la fin de l'opération se déroule sans anicroche. Hâtez-vous de rejoindre.

Au moment où les charrettes du capitaine Marchand et la pièce de 65 d'Émile Duguet arrivent sur les chalands d'embarquement, le bombardement turc sur le fort s'accentue. La troupe en train de le quitter accuse encore de nouvelles pertes. Il faut encore enterrer ces morts de la dernière heure à la va-vite, évacuer les blessés vers les chaloupes.

Les artilleurs allemands affinent leur tir. La nuit les empêche de localiser l'embarquement, mais ils poursuivent leur matraquage obstiné sur le fort, et les derniers éléments à embarquer doivent se débander pour se mettre à l'abri des obus. Sur la plage, le colonel Noguès s'emploie à rétablir l'ordre et organise les derniers convois.

La Ravageuse, poussant ses machines, remorque la file de baleinières où s'entassent les hommes et le matériel du génie. Paul Raynal reconnaît Broennec, toujours radio, qui préfère, à l'évidence, embarquer les copains plutôt que draguer les mines. Le canon de l'Alpin, transféré d'un chaland, est le dernier à rejoindre le bord du *Savoie*, où se tient aussi l'état-major. L'opération est terminée vers deux heures du matin.

À bord, les chaloupes de sauvetage sont toutes occupées par des dormeurs. La compagnie du génie s'est regroupée vers l'arrière, pour s'allonger à même le pont.

– Les marins ont des hamacs, grogne l'Alpin.

– Nous n'allons pas loin, assure Maublanc. À Sedd ul Bahr, où les Anglais ont réussi à débarquer, en face de Koum Kaleh exactement. Dans deux heures nous y serons, en renfort, bien sûr. Les camarades de la division doivent déjà y préparer le café.

– Le zouave Vigouroux nous attend au port, avec une bonbonne de Limoux. Tous réunis, nous, les copains. Je ne vois que ça pour rendre la guerre supportable, marmonne l'Alpin avant de tomber dans un sommeil profond.

* *
*

Les Anglais ont bien débarqué, mais ils ne sont pas avancés pour autant. La plage, dénommée dans le langage codé des radios d'état-major *V comme Victory,* leur est réservée, comme l'indique au colonel Ruef l'officier de liaison du QG anglais, David Pinter. Ils doivent rejoindre leurs camarades de la division Masnou, déjà en marche vers les collines.

Maublanc, apercevant dans les premières lueurs de l'aube le colonel Valentin, l'interpelle :

– Où sont les lignes anglaises ?

– Très proches. Ils n'ont pratiquement pas progressé. Les Turcs sont très forts. Sept divisions venues du Caucase et de Thrace, commandées par le général allemand Liman von Sanders. Ils n'ont pas fait de cadeaux : la mer est rouge de sang sur plus de cinquante mètres, vient de me signaler un aviateur anglais. Il volait au ras des vagues et a dû atterrir sur la grève, son empennage criblé de balles.

– Où sommes-nous précisément ?

– La plage *V* est toute petite, au pied des falaises qui nous protègent. À l'ouest, le cap Hellès ; à l'est, le vieux château de Sedd ul Bahr. Sans les falaises, nous serions tous morts. Les *rangers* les ont escaladées bravement. Ils se sont rendus maîtres du cap. Sans eux, nous ne pouvions pas débarquer. Grâce au ciel, la colline et le château de Sedd ul Bahr sont tombés, après de rudes combats.

Il consulte sa montre :

– Depuis quatorze heures, le 26 avril.

– À cette heure-là, réalise Maublanc, nous recevions l'ordre de rembarquer. Je comprends pourquoi. Il y avait urgence.

Le jour se lève, découvrant la plage et son millier d'hommes exténués, regroupés à l'abri de ses rochers. Le capitaine se demande où sont passés les Français, à l'aube du 27 avril. Le lieutenant Pinter leur a seulement dit d'attendre les ordres.

Un cavalier traverse lentement la plage, son burnous flottant au vent, au pas altier de son cheval arabe. Maublanc le reconnaît à son calot bleu : c'est d'Amade, le vieux colonial, qui vient prendre livraison des derniers renforts de sa division. Ses traits sont tirés, ses yeux mornes. Il n'a certainement pas dormi de la nuit.

Près de lui, un gentleman au port irréprochable, souliers cirés comme s'il sortait du Ritz, commente le dernier point de la bataille. Ce colonel H. D. Farquharson est l'officier de liaison de Hamilton, détaché en permanence auprès du général d'Amade qu'il suit comme son ombre. L'officier français rassemble toute son énergie pour entendre le détail de ses informations.

Farquharson explique posément que la bataille des cinq plages autour du cap Hellès, sur la rive nord des Dardanelles, n'est en rien terminée. Elle a commencé comme prévu le 25 avril à l'aube dans les plus grandes difficultés. Les hommes, attaqués avant d'avoir quitté les chaloupes, ensanglantaient la mer un à un. Les mitrailleuses, les batteries surgissaient de partout. Des réseaux de barbelés couraient sous l'eau. Placées sur le moindre accident de terrain, dans les ruines de villages, l'artillerie ennemie camouflée pilait les Anglais sans relâche...

D'Amade ne se lasse pas de ce récit de Théramène, qui lui fait craindre le pire pour la division française de renfort.

– Au nord de la pointe de la presqu'île qui a la forme d'une botte, continue Farquharson, les *marines* écossais ont débarqué sur la plage dite *Y,* comme Yvonne.

Ces *borderers* du colonel Koë ont escaladé sans difficulté la falaise. Mais à la descente, quelle pluie de balles ! Impossible d'accéder à la route du village de Krithia, qui mène au mont Achi Baba par l'ouest. Plusieurs fois blessé, le colonel a été laissé pour mort, pendant que les rares survivants étaient évacués par la flotte.

Le général raye de sa carte la plage *Y*. Elle n'existe plus.

– Celle qui suit est désignée par *X* comme Xerxès, mais on l'appelle *L'Implacable*. Non qu'elle ait été meurtrière, au contraire : elle était protégée par les pièces du cuirassé anglais *L'Implacable*. Le capitaine Lockyer, qui le commande, a pris le risque inouï de l'ancrer avec un mètre d'eau seulement sous sa quille. Il a pu tirer au lapin sur les forces turques de la côte, et permettre aux *Royal Fusiliers* de se retrancher dans les rochers avant de repartir à l'attaque, au matin du 26 avril, et d'établir une liaison avec les fusiliers du Lancashire, maîtres de la plage dite *W comme Winston*.

Les Lancastre ont beaucoup souffert, sous la gouverne du général Hunter Weston, chef de l'héroïque 29e division. Ses pertes sont énormes, au point que beaucoup de blessés ont dû mourir sans secours. Mais enfin, le régiment de Worcester a su prendre les deux redoutes turques des crêtes, et la plage a été conquise.

* *
*

Le général d'Amade soupire de soulagement. Les Anglais sont maîtres de la pointe du cap Hellès. Ils tiennent la plage *V*, où les Français ont débarqué : la conquête de la presqu'île va pouvoir commencer.

Enjambant les soldats épuisés par l'effort, le capitaine Maublanc et Paul Raynal, côte à côte, marchent en direction de Sedd ul Bahr, où se dresse le château qui défend l'entrée des Dardanelles, étayé par un demi-cercle de falaises toutes réduites au silence.

Ils croisent d'incessantes files de brancardiers transportant des blessés vers les chaloupes. On commence seulement à enterrer les nombreux officiers tués au combat, en retrait sur un tertre. Le tour des hommes viendra plus tard. Ils sont provisoirement ensevelis dans des fosses communes, pour éviter les épidémies.

Tout près du rivage, la carcasse incroyablement trouée de balles d'un rafiot rouillé attire l'attention de Paul et Maublanc : c'est le *River Clyde,* un vapeur qui a peu de chances de reprendre la mer. À l'évidence, on l'a échoué aussi près que possible du bord, pour offrir une protection efficace à ceux qui débarquent.

Le lieutenant Pinter, qui en revient, serre volontiers la main des Français, sur cette plage de fin du monde où le désordre est à son comble.

– C'est notre cheval de Troie, leur dit-il, en désignant la carcasse. Le commander Unwin y a maintenu à l'abri des balles deux mille hommes entassés comme des sardines et accablés de chaleur et de soif. Ils ont ainsi échappé à la mort pendant quelques heures, mais ils se sont hélas fait tuer en débarquant. Unwin a failli cent fois y rester lui aussi, quand il retenait les gabares reliant le navire à la plage. Elles avaient rompu leurs amarres. Heureusement, les cuirassés de la flotte ont réussi à détruire les batteries allemandes, puis les Irlandais sont venus nettoyer le terrain. Excusez-moi, je vais rendre les derniers devoirs au brigadier Napier et au colonel Doughty-Wylie. Ils sont les héros de cette journée, morts près de leurs hommes.

– Tu vois, Paul, lui fait observer Maublanc. Nous nous plaignions d'avoir perdu un homme sur trois. Leurs pertes sont au moins des deux tiers. Voilà pourquoi ils ont besoin de nous.

L'armée d'invasion, pour se déployer, dispose d'un espace des plus réduits, strictement limité aux grèves allongées mais étroites qui bordent la pointe du cap Hellès. Tenant les hauteurs, acquises à un coût très élevé, les Britanniques sont sûrs de n'être pas rejetés à la mer.

Il en est de même pour les Anzac, débarqués plus au nord-ouest sur la sixième plage dite *Z comme Zénon*, au nord du petit promontoire rocheux de Gaba Tépé.

C'est du moins ce qu'affirme le journaliste Bartlett qui se dirige à grands pas vers la plage, à la recherche d'un embarquement sur le navire amiral. Il veut d'urgence expédier par radiocâble ses reportages à Londres. Rien ne lui paraît plus important. Il a dans sa poche la photo où le général australien Birdwood lui serre chaleureusement la main, jovial et rassurant devant son abri de rondins. Il serait dommage vraiment, pense le reporter, qu'il ne puisse publier cet inestimable cliché dans la prochaine édition, pour ses lecteurs du *Sunday Times*.

Il découvre avec stupéfaction le formidable bordel de la plage *V*. Un gigantesque naufrage. Les hommes, les canons, le matériel accumulés n'ont pas l'air d'avoir été débarqués mais rejetés par les vagues. Les soldats, harassés, dorment à l'abri de la falaise. D'autres empilent des boîtes de conserve sur le sable, comme pour un tir de foire, ou charrient des caisses de munitions. Des bleus en shorts et chemises kaki recueillent les sacs et les fusils des blessés pour les entasser sur la grève. Les chaloupes les emporteront, quand elles en auront la place.

Bartlett est modérément heureux de revoir les Français. Il les salue d'un geste machinal, sans leur serrer la main, comme s'il les avait quittés la veille. Il est si pressé d'embarquer qu'il aborde tous les matelots de passage, pour savoir s'ils sont de l'équipage du *Queen.*

Il répond d'abord à peine aux questions pressantes de Paul Raynal, mais s'échauffe bientôt et se lance dans un récit épique. Oui, les Australiens ont subi d'énormes pertes. Les Turcs surgissaient du moindre buisson, les tiraient par-derrière, les accablaient d'obus sur le rivage. Vêtus d'uniformes et de gants verts, ils se tenaient dans les arbres, prêts à abattre les gradés au passage. Mais les Anzac, malgré leurs lourdes pertes, sont demeurés maîtres de leur plage et des collines environnantes, grâce aux tirs des navires qui ont « brisé dans l'œuf » (c'est son expression) une contre-attaque redoutable.

– Non, répond-il à une question précise de Maublanc, le général australien Birdwood n'est pas mort. Il survit au milieu de ses troupes, mais il a perdu ses meilleurs lieutenants et les trois quarts de ses effectifs. Les Néo-Zélandais ont failli mourir jusqu'au dernier. Cette victoire est un désastre. Il faut que je voie Ian Hamilton, il doit savoir. Les Anzac se battent isolés dans le proche intérieur des terres, au corps à corps. Un combat sauvage, presque primitif. Des compagnies ont été cernées et massacrées, officiers compris, pour s'être perdues dans les hautes herbes. Quand les

Néo-Zélandais ont attaqué, les derniers, les Turcs avaient mis le feu aux buissons d'épineux. Les morts et les blessés cramaient.

Bartlett ferme un instant les yeux pour oublier ces images atroces, comme s'il avait pris part lui-même à la bataille. Il s'est laissé emporter par son récit, simple répétition de la conférence qu'il donnera plus tard à Londres, au Saint James Club. Il s'irrite que les Français demeurent sceptiques. Aurait-il manqué son effet ?

– J'y étais ! vous dis-je, je me suis fait débarquer. J'aurais pu y rester, moi aussi. « *Australia will be there* », chantaient ces braves gens pour se donner du courage. Ils se sont vus perdus, oubliés par Ian Hamilton qui ne leur envoyait aucun renfort. Enfin, la flotte s'est rassemblée pour écraser au canon la dernière attaque des Turcs. Les *marines* ont débarqué pour soutenir les Anzac épuisés qui touchaient terre, le fusil en main, endormis sur les mornes comme des boxeurs KO, sans plus se soucier de leur survie.

« Aujourd'hui, vous pouvez le graver dans votre mémoire, conclut-il en frappant du doigt le front de Paul : une ville nouvelle existe au monde, elle s'appelle Anzac-Cove.

* *
*

On ne sait toujours pas où sont passés les Français. D'Amade continue d'errer d'un bout à l'autre de la grève de *V*, sans les apercevoir. Hamilton en a-t-il déjà disposé sans daigner l'avertir ?

Dans la nuit, le vieux colonial s'est laissé convaincre par son entourage de trouver refuge dans « *the old castle* », comme disent les British, où François Charles-Roux, attaché à son état-major, lui aménage un lieu de travail provisoire. Il fait allumer des bougies, déployer des cartes, installer une machine à écrire, afin que son chef n'ait pas l'impression d'être un prisonnier des Anglais.

Le général d'Amade est las : de ses moustaches à la Lyautey, trempées d'embruns, tombent des gouttes qui délavent l'encre des dépêches et des ordres étalés en vrac sur la table. Venus de Paris, ils sont toujours très en retard. Il déchiffre avec difficulté les caractères d'imprimerie d'une lettre au timbre officiel dans laquelle le général Graziani lui promet le renfort très proche d'une deuxième division. Prendrait-on enfin au sérieux le malheureux corps expéditionnaire d'Orient ?

Le bruit du canon dérange le vieux baroudeur du Maroc dans sa méditation morose. Les Allemands ont réinstallé sur la rive d'Asie des pièces qui bombardent la plage *V*. Parcourir dix ou douze kilomètres est aisé pour un obus de cent cinquante millimètres de calibre. Les alliés ne seront plus jamais tranquilles sur leurs plages de la rive Europe, puisqu'on peut les viser, sur la rive d'Asie, comme au champ de tir de Berlin. À quoi donc a servi le sacrifice des Français ?

Surmontant sa fatigue, d'Amade se renseigne auprès de Charles-Roux.

– Où se trouvent les premières tranchées ?

– À douze cents mètres, mon général.

– C'est bon ! Allons-y à pied.

Ils grimpent à longues enjambées le sentier au-dessus de Sedd ul Bahr. Le canon, la pétarade des mitrailleuses, les bruits de combat s'intensifient. Il s'avance dans la nuit si près des lignes qu'il entend les hurlements tout proches des Turcs invoquant Allah dans leur charge furieuse, à la baïonnette, sur la tranchée anglaise.

Ian Hamilton a demandé au général français de mettre à sa disposition immédiatement deux bataillons, et d'en débarquer un autre accompagné d'une batterie de 75, soit quatre canons : demande pressante, presque désespérée. Les Anglais en sont-ils déjà à mendier le secours de deux mille hommes ? Le 27 avril, à six heures du matin, d'Amade assiste à la relève des troupes britanniques de la 29e division, usées jusqu'à l'os après trente heures de combats, par deux bataillons du 175e récupérés et rassemblés juste à l'arrière des tranchées creusées par les *British* au nord de Sedd ul Bahr. Les Français doivent tenir une ligne entre la lisière du château et la mer.

Un autre bataillon du même régiment a pris directement la route du front, en remontant la côte vers l'est. Il est en marche vers le ruisseau des morts, appelé « ruisseau des écrevisses » car le sang y coule encore en abondance. Ceux du 175e régiment doivent monter en ligne dans le ravin tragique du Kérévès Déré. C'est leur place. Ainsi en a décidé Ian Hamilton.

D'Amade a dû se rendre à ses raisons. Le général en chef britannique a perdu trop de monde pour ne pas avoir un besoin urgent de renforts. Installé en plein vent, sous la pluie, son PC logé dans un repli de terrain, d'Amade, refusant de rester isolé au château, se dépense sur le tas au plus près des hommes. Il s'efforce de hâter l'acheminement des troupes qui viennent de débarquer, et d'abord de celles du 175e régiment, qui n'ont pas donné sur la rive d'Asie et dont il connaît la faiblesse.

Arrivés à trois heures du matin, le 27 avril, et jetés en vrac sur la plage *V*, ces bleus venus de tous les dépôts de France n'ont jamais vu le feu, ni même reçu une instruction convenable. Les agents de liaison anglais les ont dirigés au petit bonheur sur plusieurs secteurs de la poche de débarquement, les uns vers le vieux château, d'autres en direction des ravins. Vers midi, les biffins du régiment hybride ont fini par se retrouver, tous bataillons confondus, sur un front continu du vieux château jusqu'à Eski Hissarlik, sur la rive des Détroits.

Les premières compagnies, passées en revue par d'Amade, creusent activement des tranchées sur un plateau épineux, coupé de ravins, entre le ruisseau de Morto et le Kérévés Déré. Les soldats ont découvert de nombreux puits d'eau potable. Ils peuvent enfin s'y désaltérer, ainsi que leurs chevaux.

Ils doivent rapidement se mettre en tenue de combat : l'attaque est annoncée pour le lendemain 28 avril, à huit heures du matin. Les Alliés se sont répartis la tâche : Anglais à l'aile gauche, avançant vers le bourg de Krithia perdu dans les broussailles, Français à droite et à l'ouest du ravin du Kérévès Déré.

– Les nôtres ne sont pas assez nombreux ni aguerris, au regard des Anglais de la 29e division. Il faut les renforcer, estime le général d'Amade.

– Un bataillon de zouaves ainsi que des compagnies de légionnaires viennent de débarquer, précise Charles-Roux. La batterie de 65 est à terre. Je ne vois pas comment elle pourra grimper sur ces sentiers.

– Envoyez le génie. Je connais Maublanc : il est l'homme des miracles.

* *
*

L'engagement du groupe d'artillerie du capitaine Livet dans ce dédale de chemins perdus parmi les rochers se révèle impossible. Aucun attelage ne peut avancer sur un sentier d'Indien. Le général a raison : le génie doit passer d'abord. L'heure de Maublanc est venue.

Il prend aussitôt la piste, avec sa compagnie de sapeurs-pontonniers, peu entraînés aux travaux des routes. Ils regrettent leur matériel de pont, qu'ils auraient utilisé chaque fois que les éboulis de rochers interdisent la progression dans les collines. Tendu d'une rive à l'autre, il aurait permis de passer de l'autre côté de la petite rivière à sec, de profiter d'un replat et d'économiser ainsi bien des bâtons de dynamite. Mais comment déployer un tel matériel dans cette jungle ?

Paul Raynal et Hervé Layné enchaînent donc les tirs d'explosifs. Aidés de trois sapeurs, ils déroulent les cordons et appuient sur les manettes de mise à feu, inlassablement. Mais les geysers d'éboulis attirent l'attention des artilleurs allemands qui envoient leurs premiers obus.

On peut suivre les artificiers à la jumelle à leur sillage d'explosions. Dès qu'un rocher vole en éclats, deux cents sapeurs accourent, pelle en main, éparpillent les pierres, les dament grossièrement à la masse. On estime au coup d'œil l'espace nécessaire au passage d'une voiture légère tirée par deux mules, bourrée de vivres ou de munitions. Maublanc, torse nu comme ses hommes, repère les grottes pour y constituer des caches à munitions, masque leur entrée par des branchages, recherche des rochers plats de surface suffisante. Là sont aménagées des rampes où pourront être installées des pièces à contre-pente, invisibles de l'ennemi. Il prépare ainsi l'arrivée des artilleurs, qui n'auront plus qu'à disposer leurs 65 de montagne.

Les sapeurs travaillent toute la nuit, en ouvriers des Ponts et Chaussées. Jules Lequin, cantonnier de son état dans le désert des Cévennes, au hameau de Saint-Martin-de-Londres où l'on ignore les routes goudronnées, n'est nullement dépaysé. Il dirige ceux qui n'ont jamais manié la pioche et leur donne des conseils si judicieux que Maublanc le nomme aussitôt chef d'équipe et responsable du matériel.

Il demande aux officiers de liaison anglais venus en inspection un renfort de pioches, de pelles et surtout de travailleurs. On lui expédie aussitôt une compagnie indienne de l'armée d'Égypte récemment débarquée et encore inemployée. Jules Lequin s'indigne, il n'a besoin de personne : « Ces gens-là, grogne-t-il, ne savent travailler qu'avec des éléphants. »

En quelques heures, trois kilomètres sont très grossièrement viabilisés. Triomphant, Maublanc fait signe à Layné, Raynal et Lequin de grimper avec lui dans une carriole : Fouette, cocher ! Les deux mules descendent la piste à l'aise, même si les pierres tranchantes mettent leurs sabots en péril et si les cahots chahutent les passagers.

– On peut faire monter l'artillerie, décide Maublanc.

Encore faut-il qu'elle dispose de chevaux, et qu'ils gravissent la pente étroite sans faire d'écarts. Le capitaine Livet se désespère. Les péniches acheminant les montures, entraînées par le courant, ont été débarquées sur une autre plage. Ses quatre canons lui restent sur les bras.

Émile Duguet, fort de son expérience vosgienne, suggère de démonter entièrement les pièces et d'organiser un convoi de mulets.

– Mais je n'ai pas davantage de mulets ! se lamente le capitaine.

Duguet intercepte un officier de liaison britannique. Il tombe bien : c'est de nouveau le lieutenant David Pinter, de l'état-major du général Hamilton, venu en inspection sur la plage, qu'il ne quitte plus désormais. L'officier entraîne aussitôt son camarade français sur la rive, où l'on débarque à grand-peine d'un train de chalands des bêtes de somme.

– Elles sont à vous, lui dit-il.

Les convoyeurs anglais, prêts à tous les sacrifices pour avoir du renfort, consentent à prêter leurs mules. La caravane s'organise. En force, les servants de la batterie arriment les tubes de 65 sur le bât des animaux qui plient sous la charge. Les affûts sont montés à part, ainsi que les caisses de munitions. Les roues ferrées ballottent cocassement contre les flancs des bêtes.

Charles-Roux est témoin des préparatifs. Il félicite Duguet, lui souhaite courtoisement bonne chance, et retient le lieutenant Pinter pour lui demander les moyens de transporter en ligne une section de mitrailleurs qui débarque en chaloupes du cuirassé *Henri IV*. L'amiral Guépratte la cède volontiers au général d'Amade, mais les marins n'ont pas d'attelages pour transporter leurs pièces. De nouveau, Pinter se dévoue. Les machines à tuer de Saint-Étienne sont bientôt chargées sur des voiturettes tirées par des mules.

D'Amade se réjouit. Il redoutait de laisser exterminer ses zouaves et les légionnaires venus du Maghreb, meilleures troupes de la division. Quand la caravane des canons et des mitrailleuses arrive en vue de la tranchée, les gens du génie les acclament. La vraie bataille va commencer, aussi bien pour Edmond le zouave, pour Émile l'artilleur, que pour Paul le dynamiteur.

* *
*

Elle est rapide, meurtrière, indécise. Les bleus du 175e se font tuer les premiers. Les recrues de Grenoble, de Riom et de Saintes sont assaillies par des vagues de Turcs déchaînés, conduits par des officiers qui ne tolèrent aucun flottement. Les mitrailleuses de Saint-Étienne crépitent, les pantalons rouges tirent vaillamment et sans quitter leurs postes. Pourtant, un quart de l'effectif est décimé dans la journée. Les officiers, morts ou blessés. L'unique unité venue de la métropole n'est pas loin d'être hors de combat.

Le général Vandenberg, commandant de la brigade engagée, est au désespoir. Ses bataillons fondent au soleil. Les Turcs sont trop nombreux. Ils tombent, certes, par centaines sous le tir des mitrailleuses, mais sont aussitôt remplacés. Quand l'assaut des Turcs est enfin repoussé, les quatre canons de la batterie Livet tirent sans discontinuer sur les crêtes du plateau que le général a fixé comme premier objectif à Vandenberg.

Les sapeurs du génie ont déposé pelles et pioches pour charger les mousquetons et participer à l'action si elle tourne mal. Paul Raynal voit arriver sur le sentier une compagnie de zouaves dans laquelle il reconnaît Edmond Vigouroux. Tous sont livides, les joues creuses, le regard fixe. Ils ont vu passer les convois de blessés du premier combat. En dépit de leur réputation, ces soldats sont loin d'être des combattants éprouvés. Si certains ont participé à des opérations de maintien de l'ordre au Maghreb, la plupart, comme les bleus du 175e, n'ont jamais connu le feu. Seuls les chefs en reviennent, forts de leurs médailles militaires arrachées à la pointe des baïonnettes, lors de la bataille de l'Ourcq, en septembre 1914.

Le clairon sonne la charge, aussitôt l'évacuation des blessés du bataillon de la biffe achevée. Les zouaves s'élancent hors de la tranchée, suivent la rive ouest du ravin tragique du Kérévès Déré, déjà rempli de morts. Ils sont aussitôt pris dans le feu croisé des rafales de mitrailleuses tirées depuis les deux rives du ravin. À genoux dans la brousse, accablés par des tirailleurs invisibles, ils subissent en plus les tirs d'obus de la rive d'Asie, qui font éclater les rochers dans leur dos.

Surpris, terrorisés, les jeunes se débandent, quittent les rangs. Vigouroux se bouche les oreilles, à plat ventre derrière la pierre tombée près de lui. Il a la trouille, la vraie, celle qui coupe les jambes, le souffle, et tord les entrailles. Il n'a pas le courage de fuir. Un sous-off l'insulte en ramassant son fusil. Du bout de sa baïonnette, il le pousse en avant. Blême, décomposé, Edmond clopine pour rejoindre les autres, qui tombent sous les rafales. Le sous-off se jette à terre. Il l'imite puis se relève, pour bondir à sa suite.

Les biffins, à la gauche des zouaves, sont partis aussi au clairon, baïonnette au canon. Ils ont vite été cloués au sol par les mitrailleuses, à quatre cents mètres d'une ligne de tranchées pullulant de Turcs. Les trois bataillons du 175e ont été décimés, vague après vague. Ils ont fini par renoncer aux assauts, les trois quarts de leurs officiers s'étant fait tuer.

Dans l'après-midi du 28 avril, les Turcs, encore renforcés, ont contre-attaqué, obligeant les Anglais devant Krithia et les Français du ravin maudit à reculer jusqu'à leurs positions de départ. Vandenberg fait le compte des absents : cinquante-six tués et neuf cent vingt blessés. Le régiment, à peine engagé, a subi plus de pertes que les anciens du 140e de Grenoble aux premières batailles de Lorraine en 1914.

Il n'est plus question d'attaquer, quand on peut tout juste se défendre. Maublanc demande à ses sapeurs de contribuer à l'évacuation des hommes, afin qu'ils ne meurent pas abandonnés. On improvise des brancards, de simples couvertures roulées et solidement fixées sur des manches de pelles.

Paul Raynal et Jules Lequin avancent dans la zone tenue par les survivants du bataillon de zouaves. Assis contre un rocher écrasé de soleil, tête nue, le regard vide, Edmond Vigouroux ne les voit pas approcher. Son front perle de sueur. Paul ouvre sa chemise ensanglantée, le cœur bat encore. La balle a touché l'épaule. Oscar Mariani, un zouave d'Alger resté à ses côtés, tend sa gourde au blessé. Avec mille précautions, Paul dépose son ami sur le brancard. Il a terminé sa première journée de guerre.

Carla

Carla Signorelli n'a pas l'intention de s'éterniser à l'hôtel-Dieu de Marseille, aussi estimée soit-elle d'Ernest Pellegrini, chirurgien-major de la Coloniale, qui a tout de suite remarqué ses qualités d'écoute et son savoir-faire. Les sœurs de Saint-Vincent apprécient son inépuisable dévouement envers les blessés et les malades. Elles s'étonnent pourtant que, si jeune, leur recrue reste hostile à toute familiarité, dans une réserve confinant à l'orgueil.

Le major en a fait les frais. Pour se concilier la jeune fille, il a évoqué ses propres origines italiennes, à vrai dire assez lointaines. Il est niçois, et ses ancêtres, en 1860, se sont retrouvés français malgré eux, bien qu'ils eussent voté pour le rattachement au plébiscite organisé par le cher vieil empereur Napoléon III. Enfin, il se sent italien de cœur, et s'adresse à Carla dans la langue de Dante : elle répond en français.

– Êtes-vous de Cortona ?

Un professeur de médecine lui avait déjà posé la question à son école d'infirmières. Sans doute, lors d'un voyage de jeunesse, comme le font tant de fils de bonne famille à la fin de leurs études, le major a-t-il découvert, Baedeker en main, la Renaissance italienne.

Il sait que le maître de Cortona, le peintre de *l'Antéchrist*, le visionnaire de la fin du monde, s'appelait Luca Signorelli.

– Mon père est originaire de Florence, le coupe Carla. Son nom veut dire, en italien, *petit monsieur*. Il est peintre en bâtiment et ma mère est blanchisseuse.

Pellegrini se renseigne. Il apprend que si la jeune fille s'est portée volontaire pour l'Orient, sa candidature n'a pas été retenue. L'hôpital de Marseille est trop heureux de la garder. Sans lui en parler, le bienveillant major la fait désigner, par un éminent collègue, au milieu de cent autres postulantes. Elle suivra ainsi quinze jours de stage à Montpellier, au service des maladies tropicales. Avec cette qualification, nul doute qu'elle ne soit choisie pour les Dardanelles.

Elle quitte l'hôpital avec le sentiment qu'elle ne doit rien à personne, et rien ne peut l'enchanter davantage. Elle rentre en Arles pour embrasser ses parents, comme il est normal avant de partir pour un si long voyage. Louise, sa mère, réprime ses larmes. On lui a pris ses deux fils, et voilà que sa fille elle aussi veut aller à la guerre ! Elle a reporté sur Carla l'amour exclusif qu'elle avait jadis pour Jean, son époux. Que ne reste-t-elle à Marseille, où elle pourrait lui faire visite le dimanche !

À repasser chaque jour les dentelles des Arlésiennes dans une ruelle sombre de la vieille cité, Louise n'entend plus résonner, sur les murs épais de l'entresol, les voix fraîches de ses trois enfants. Les rires se sont éteints dans le patio où pousse l'olivier que le père avait planté à la naissance de l'aîné. Un cheval de bois sans tête, une poupée désarticulée, c'est tout ce qui reste de leur jeunesse.

Jean non plus ne cache pas sa tristesse. Il montre avec fierté à ses collègues la photo de sa fille chérie en uniforme d'infirmière. Il mettait son habit des dimanches pour l'attendre à la gare et parfois, avec Louise, la raccompagnait, joyeux, jusqu'à l'hôtel-Dieu. Tous deux s'étaient réjouis qu'on lui ait permis d'effectuer ce stage à Montpellier. Mais l'annonce de ce brutal départ pour l'Orient les effraie. Ils devinent qu'elle veut s'éloigner à toute force, connaître une autre vie. Elle irait jusqu'en Chine, et rien ne peut la retenir.

Jean, si proche de sa Carlina, n'est plus du tout sûr de la comprendre. Un Italien a l'expérience des départs, il est émigrant dans l'âme. Mais ses ancêtres ont quitté Florence poussés par la nécessité. Aujourd'hui, sa fille ne manque de rien. On lui fait sa place, on la reçoit partout en France, on l'estime, on la fête dans cet hôpital de la Providence. On la retiendrait presque. Et pourtant, elle part.

Enfant, elle égayait la maison, chantait comme un pinson. Elle s'est enfermée dans ses pensées silencieuses en grandissant. Jean la revoit à tous les âges : à sa communion, à l'obtention de son brevet d'infirmière ; il tente de baliser les étapes de son changement intérieur. Il sait combien elle est sensible, presque susceptible. À vingt ans, elle ne regarde pas les garçons, éloigne tous ceux qui tentent de l'approcher. Elle n'a jamais joué qu'avec ses frères, intrépide et complice. Qui l'a blessée au point de lui inspirer le désir irrésistible de partir au bout du monde ?

– As-tu songé à remercier le major Pellegrini ?

La question indispose Carla. Sa mère croit-elle qu'on l'a aidée, qu'elle n'a pas choisi seule son destin, qu'on l'a poussée, peut-être ?

À la réflexion, elle se dit que le major n'est sans doute pas étranger à l'accomplissement de son vœu le plus cher. Il l'a accueillie avec une telle bienveillance, mêlée d'une si rare ouverture d'esprit. Il ne l'interrogeait jamais, mais elle sentait qu'il la comprenait. Elle lui sait gré de sa discrétion, et estime en effet de son devoir de lui faire une visite d'adieu.

Un train a délivré son tribut de blessés dans la gare Saint-Charles. L'hôtel-Dieu est aussitôt submergé. Le chirurgien opère sans répit mais trouve le temps de recevoir la jeune fille un bref moment. Il a déjà préparé pour elle une lettre de recommandation à l'intention du major Sabouret, son collègue à bord du *Charles-Roux*. C'est un navire-hôpital flambant neuf, en partance pour les Dardanelles, amarré à la Joliette.

Quels fils invisibles l'empêchent de sauter au cou de Pellegrini pour l'embrasser comme s'il était son père ? Elle le remercie seulement d'un mot, presque à voix basse, en détournant la tête.

– J'ai rarement vu, dit le médecin, une petite Française aussi volontaire que vous. Que Dieu vous ait en garde !

* *
*

Ses parents l'ont accompagnée à la gare maritime, sans oser franchir la porte gardée du port de la Joliette. Seule à bord, Carla tente de maîtriser son émotion en voyant disparaître au loin la vierge dorée de Marseille. N'a-t-elle pas passionnément souhaité ce départ ?

Le major Sabouret la reçoit avec cordialité, mais n'a aucune tâche à lui confier. Le *Charles-Roux*, un navire éblouissant de blancheur sortant de l'arsenal, est quasi vide. Il n'a embarqué que le personnel soignant, du matériel, quelques aides et des infirmières en petit nombre. Carla s'en étonne, mais ne s'en inquiète pas. Hélas, cet espace flottant sera vite rempli de blessés et de malades, une fois à destination. Le commandant se fait fort de rejoindre l'île de Lemnos en quatre jours et quatre nuits par les couloirs les plus directs, et sans se soucier le moindrement des sous-marins allemands.

Durant sa longue attente, Carla se prend à rêver. Alors, seulement, elle songe au jeune garçon qui doit faire la guerre, là-bas. Son nom est Paul, et il est le premier qu'elle n'ait pas repoussé, lors de son arrivée à Marseille, dans le désordre de la Joliette envahie de soldats où ils se sentaient tous deux un peu perdus. Il l'a traitée avec une délicatesse et un respect qu'elle a beaucoup appréciés. Est-il encore de ce monde ? Serait-elle heureuse de le revoir ? Au hasard d'une nouvelle rencontre, peut-être... L'amour, à ses yeux verts d'Italienne, ne pèse ni ne pose ; il se prend au coin de la rue.

Des bruits sinistres courent à bord sur les massacres des Dardanelles. Peu d'informations exactes dans les journaux français, comme si les soldats partis pour l'Orient étaient oubliés. Mais les marins parlent entre eux, les aides soignants imaginent le pire. Le navire est attendu d'extrême urgence, à Moudros. Dans Lemnos, une île perdue et cependant toute proche des Dardanelles.

Le voyage est plus rapide que prévu. L'Italie s'apprête à déclarer la guerre à l'Autriche-Hongrie, aux côtés des Alliés, et le navire longe directement ses côtes en passant par le détroit de Messine. Sur la mer étale, Carla a tout le temps de parcourir les rares journaux du bord, disponibles dans les salles de soins. Ils ont déjà deux jours de retard et sont datés du 28 avril. Très peu de nouvelles des Dardanelles. On y signale seulement de durs combats dans la presqu'île, chiffres à l'appui, non pas des pertes alliées, mais des prisonniers turcs.

– Attention à l'arrivée à Lemnos, commente un marin au repos en repliant son *Petit Provençal.* Les avions ennemis ont bombardé la flotte anglaise.

Carla s'étonne que les Allemands soient capables de larguer « une quinzaine de bombes » de leurs petits appareils de toile et de bois. Elle se rassure en lisant qu'ils ont été poursuivis « par les hydravions alliés ». Lemnos, l'île où doit s'ancrer le *Charles-Roux*, sera-t-elle à l'abri des raids de *Tauben* ?

Une nouvelle brève, à la une du journal, attire son attention, au moment où le navire-hôpital approche du débouché de la mer Adriatique. Les marins, depuis Marseille, n'ont cessé de dire – est-ce pour se rassurer ? – que le bateau n'avait pas à redouter les torpilles ennemies. Selon eux, les sous-marins boches ne croisent pas dans ces parages.

Pourtant, un cuirassé français de douze mille tonnes, le *Léon Gambetta*, a été coulé au large d'Otrante. Il s'était aventuré dans l'Adriatique, sans doute pour empêcher la flotte autrichienne de pénétrer en Méditerranée. Six cents marins sont morts, y compris l'amiral Sénès.

– Ce n'est pas un sous-marin allemand qui a coulé le *Gambetta,* dit un marin. C'est un autrichien !

Carla ne voit pas la différence. Les victimes du naufrage retrouvées en mer ont été enterrées en Italie, à

Castrignano del Campo, au milieu d'une foule considérable. L'Adriatique n'est pas sûre, la guerre est imminente : les Albanais viennent de tirer à la mitrailleuse sur un pacifique *vaporetto* assurant le service entre Scutari et Medea. Le journal marseillais annonce encore que les Turcs persécutent les Arméniens. Quatre cents notables ont déjà été jetés dans les ignobles geôles de Constantinople, où l'ordre règne « par la terreur ».

La jeune infirmière croyait soigner les blessés d'une façon ponctuelle et limitée aux Dardanelles – une sorte d'expédition coloniale. Les nouvelles glanées dans les journaux du bord lui révèlent plus amplement la réalité du conflit : dans les Balkans, les Serbes et les Monténégrins sont attaqués par les Autrichiens ; les Russes combattent en Galicie, bombardant le Bosphore ; les Turcs sont présents sur le front du Caucase et en Syrie, où la flotte alliée les poursuit, et jusqu'en Mésopotamie où vient de débarquer un détachement britannique.

Une carte détaillée situe précisément tous les foyers d'incendie dans *le Petit Provençal*, désireux d'alerter le public de Marseille, sensible aux nouvelles de cette partie du monde. Pour un lecteur du *Sémaphore*, journal distingué qui traîne dans le carré des officiers de marine, la guerre n'a pas seulement lieu à Bois-le-Prêtre, à la butte rouge de Vauquois ou sur l'Yser, où les gaz asphyxiants ont fait leur apparition, mais aussi à Beyrouth, Constantinople, Alexandrie, et Bassora, au débouché de l'Euphrate. Carla comprend enfin pourquoi les soldats français ont été envoyés aux Dardanelles. Cette guerre est aussi la leur, puisqu'elle est devenue mondiale en moins d'un an.

Le major Sabouret converse souvent avec elle, et

tente de répondre à ses questions. Si les combats sont aussi féroces que l'annoncent les journaux, comment traite-t-on les blessés dans la presqu'île de Gallipoli, où n'existe aucune installation sanitaire ? À bord d'autres navires-hôpitaux ? Où sont-ils évacués ?

Le major n'est pas sûr que des bateaux spécialement aménagés, pourvus de salles d'opération, soient très nombreux à l'ancrage dans la baie de Moudros. Des bâtiments sanitaires supplémentaires sont prévus à partir de Marseille et de Bizerte. On parle de l'envoi imminent d'une deuxième division française en Orient, nécessitant bien sûr de doubler les besoins en personnel et matériel de santé. Selon Sabouret, les Anglais ont prévu une évacuation continue des blessés vers les hôpitaux d'Alexandrie. Il espère, sans rien garantir, que les moyens seront à la hauteur, et ne peut encore mesurer l'énormité des pertes du corps expéditionnaire franco-britannique.

– Il est temps que nous arrivions, lui dit-il. Les services de santé sont toujours insuffisants au front, pendant les offensives. Ils passent après le reste, et c'est assez scandaleux. J'espère que nous pourrons faire face. Je vous félicite pour votre courage. Les femmes volontaires pour l'Orient ne sont pas si nombreuses.

* *
*

La bienveillance du major, et le climat particulier de ce navire seul au milieu de la mer, sans escorte, fait sortir peu à peu Carla de sa réserve. Elle découvre ses futurs camarades de guerre, infirmiers comme elle, aides soignants, pharmaciens, médecins auxiliaires, de jeunes étudiants vite formés à Marseille ou à Montpellier. Le *Charles-Roux* est une école de solidarité.

Il longe au plus près les côtes de Grèce pour s'engager franchement dans le canal de Corinthe, au lieu de contourner le Péloponnèse. Le long fossé rectiligne, récemment creusé, accepte les navires jusqu'à neuf mètres de tirant d'eau. La Grèce, officiellement neutre, ne peut s'opposer au passage des bateaux alliés, même si le roi Constantin est plutôt favorable aux Allemands. Des cargos battant le pavillon impérial sont encore à quai au Pirée. Ils n'osent prendre la mer, de crainte d'être immédiatement saisis par les patrouilleurs anglais et dénationalisés. Le major Sabouret est fort étonné de relâcher en pleine guerre, dans un port grec, aux côtés de navires de commerce allemands.

Le *Charles-Roux* contourne le cap Sounion, la pointe de l'Eubée, avant de gagner les Sporades. Le major se fait expliquer l'itinéraire par le timonier. La base de Moudros est au sud de l'île de Lemnos. Pas question de pousser jusqu'à Ténédos, petit îlot dangereusement proche de l'Anatolie, où les combats aériens sont fréquents. Le mouillage de Moudros est tellement sûr qu'il est envahi de bateaux. Le 4 mai au matin, le *Charles-Roux,* guidé par un remorqueur, jette l'ancre presque bord à bord avec le *Canada,* un navire-hôpital anglais de même capacité : cinq cents lits environ.

Appuyé au bastingage de son bateau, le major risque un œil sur le pont de son voisin : de nombreux blessés y geignent toujours sur leurs brancards. Recueillis sur les plages, ils ont été acheminés, depuis les postes de soins de première urgence, souvent à dos d'âne ou de mule, rarement dans des charrettes. Beaucoup agonisent à l'arrivée. Un major anglais fait un signe de bienvenue à Sabouret. Combien peut-il en prendre à son bord ?

Le Français, découragé, lève les bras au ciel. À peine ancré, son navire a été assiégé de chaloupes arborant la croix rouge. La nuit précédente, de furieux combats ont décimé le corps expéditionnaire allié. Une violente contre-attaque des Turcs a mis en très grand péril les fragiles plages des *landings*. Le général allemand Liman von Sanders, conseiller des armées turques, mais surtout général en chef, a bien l'intention de rejeter les Français et les Anglais à la mer.

Durant la nuit du 1er au 2 mai, la brigade coloniale a été bombardée pendant plusieurs heures avant de subir l'assaut d'hommes invisibles, au visage noir de suie. Ils sont entrés en force dans le bâtiment écrasé d'obus appelé par les Français *ferme Zimmermann*, du nom d'un commandant qui s'y était fait tuer en héros le 28 avril. Pendant ces rudes combats, le général d'Amade, chef du corps expéditionnaire, a dû déplorer la mort du général de brigade Vandenberg, et la perte de près de deux mille cinq cents soldats et gradés de son unité.

Tout au long de la journée du 3 mai, les blessés chargés par des brancardiers volontaires ont afflué vers l'arrière, au point de déborder très vite l'antenne du major Luciani. Le zouave Edmond Vigouroux ne s'y trouve déjà plus, évacué pour être opéré après les premiers soins. Ses deux amis, Paul Raynal et Oscar Mariani, un zouave d'Alger, se sont chargés de son transport vers la côte.

Il attend depuis le 28 avril au soir, comme plusieurs autres avec lui, à l'intérieur d'un poste de secours aménagé sous la falaise, un embarquement pour le bateau-hôpital où l'on opère les blessés graves, dont certains risquent l'amputation.

C'est un miracle si Vigouroux a survécu. Sans le secours immédiat de Raynal et de Mariani, il aurait été empoisonné par les miasmes mortels de la plage. Le zouave s'est procuré de l'eau claire dans une gourde, Raynal lui a passé une chemise propre, ils l'ont lavé et nourri. Paul a eu l'idée de glisser à son bras un brassard de la Croix-Rouge, pour éviter d'être interpellé par les prévôts. Il a pu ainsi veiller toutes les nuits, sans risque d'être expédié dans les lignes, son camarade épuisé par sa blessure.

Le major Luciani a laissé faire, trop débordé pour refuser le concours bénévole de ceux qui auraient dû, en bonne logique militaire, retourner au front et laisser leur copain mourir seul.

– Si je l'opère sur ce fumier, il est mort, leur a-t-il dit, même si sa blessure n'est pas mortelle. Veillez-le jusqu'à l'arrivée des bateaux. Ils ne vont pas tarder.

Beaucoup de ces soldats touchés le 28 avril n'ont pas la chance de Vigouroux, qui expirent en effet peu avant l'arrivée d'une seconde vague de blessés, plus nombreuse encore, au petit matin du 4 mai, après les combats meurtriers de la nuit. Quand surviennent les caravanes de brancardiers, les terrassiers creusent déjà une fosse commune dans le sable afin d'y enterrer ceux qui n'ont pas pu survivre.

Les Turcs ont attaqué à dix-huit bataillons les deux mille Sénégalais débordés, contraints de reculer. Ils les auraient décimés jusqu'au dernier sans le concours des renforts anglais. À peine a-t-on pu évacuer les tirailleurs blessés, souvent achevés à la baïonnette par l'ennemi. Les troupes ottomanes fraîches, débarquées d'Asie Mineure et de Thrace, menées par des officiers allemands en uniformes turcs à épaulettes vertes, ont submergé les restes du régiment colonial, les bataillons de zouaves et de légionnaires. Les officiers ont été abattus les premiers : quatre compagnies de la brigade coloniale ont perdu leur capitaine dans la matinée.

Les maigres batteries françaises ont tiré tous leurs obus. L'Alpin Émile n'a plus qu'une dizaine de coups disponibles, et beaucoup des servants de sa batterie sont morts ou blessés. La peinture de ses canons a fondu sous la chaleur de l'engagement, il n'a pas dormi plus de deux heures de suite trois nuits durant. Les deux bataillons du 4e de zouaves ont brûlé, depuis le début du mois, près de quarante mille cartouches, et perdu des centaines d'hommes.

Un médecin, Vassel, a parcouru à l'aube, quand le feu a cessé, le plateau au-dessus du ravin du Kérévès Déré, pour tenter de secourir les blessés sur place. Il a cherché, au milieu des monceaux de cadavres turcs, sénégalais, et de marsouins des 6e et 4e régiments, tous ceux qui respiraient encore, et les a fait conduire au poste surencombré, devenu mouroir, de François Luciani. Le major corse s'est en effet vu contraint de réclamer des terrassiers pour ouvrir une autre fosse commune.

Dans une tranchée, Vassel a vu des horreurs : des Turcs décapités, un petit soldat du 6e colonial les mains attachées derrière le dos, le crâne explosé par une balle. La guerre en Orient est devenue tout de suite intolérable, parfaitement inhumaine. La haine a rendu, de part et d'autre, les hommes méconnaissables.

Peut-on sauver les blessés ? Luciani s'avoue impuissant devant ces vagues de mourants qu'il est obligé d'abandonner, alignés sur leurs brancards, au pied de la falaise. Comment opérer des hommes dont les plaies sont aussitôt infestées de mouches et contaminées ? Ceux qu'il recueille meurent presque tous, avant même de pouvoir être désinfectés.

On vient de lui annoncer par radio l'arrivée des navires-hôpitaux à Moudros. Il a déjà fait charger, sur les chalutiers à vapeur assurant le va-et-vient, un grand nombre de blessés de la veille, qui, soignés à l'abri des insectes délétères et du sable poussé en tourbillons par le vent sur la plage, ont des chances de survivre.

Du premier transport, *La Ravageuse,* sortent des brancards aussitôt hissés à bord du *Charles-Roux.* Carla sent soudain son cœur battre plus vite : l'homme qui se présente à la coupée, portant un zouave blessé, est Paul Raynal. Il l'a aperçue, elle aussi l'a vu. L'action s'arrête un bref moment. Mille blessés les séparent. Elle est happée dans le tohu-bohu du bord, il rejoint les lignes où le massacre continue.

* *
*

Dans son vaste bureau du rez-de-chaussée de l'ancien hôtel de Brienne, rue Saint-Dominique, le ministre Alexandre Millerand s'inquiète, et surtout s'irrite de la situation du corps expéditionnaire. Il a obtenu, seul contre tous, contre l'avis de Joffre et sur l'injonction du gouvernement, l'envoi en Orient d'une division de secours, commandée par le général Bailloud. Il ne peut faire plus et craint que l'opération, placée sous son entière responsabilité, ne tourne à la catastrophe. Joffre s'en frotterait les mains d'aise, à son QG de Chantilly.

Le général en chef vient de manquer son offensive en Artois. Le 33e corps de Pétain a réussi une percée foudroyante du côté de Notre-Dame-de-Lorette, mais il n'a pas su acheminer à temps les renforts pour exploiter la situation. Millerand fronce ses épais sourcils noirs. Il est impatient de se rendre au front de l'Artois, de voir de près comment on a pu sacrifier, sans résultat, des dizaines de milliers d'hommes. Poincaré et le gouvernement le pressent. Stupeur, déception, le général Pétain est passé à côté de la victoire et Millerand veut en avoir le cœur net. On lui reproche assez de soutenir obstinément la politique des « offensives » du général Joffre. Leur échec répété risque de ruiner sa carrière politique.

Qu'on ne vienne plus lui ressasser ces affaires d'Orient qui tournent mal ! Il ne le cache pas à Graziani, encore moins à ce colonel Valentin, du 2e bureau du général d'Amade, dont le témoignage est d'autant plus indubitable que l'homme arrive en droite ligne de l'enfer de Sedd ul Bahr. Le ministre le considère sans aménité. Il entend que la France ne perde pas la face en Orient, et n'espère rien de plus de l'expédition. Il renverrait volontiers cet officier à ses plages sanglantes, si Graziani n'insistait pour qu'il écoute son rapport jusqu'au bout.

Millerand se résigne, même s'il ne pense qu'au front de France, une fois de plus immobilisé avec de lourdes pertes. Cet avocat venu du socialisme, comme le président du Conseil Viviani, a patriotiquement soutenu les offensives de Joffre, auquel le secrétaire d'État socialiste Thomas a fourni obus et canons lourds pour lui permettre d'attaquer. L'échec de Joffre est son échec. Il devra en rendre compte devant le Parlement, qui a obtenu le droit de siéger en permanence. Il n'a aucune envie de subir la tarentule des Dardanelles, qui est surtout l'affaire des Anglais, et s'irrite du compte-rendu de Valentin.

– Les pertes en officiers sont effarantes, déclare ce dernier. Un simple colonel, Noguès, commandait la brigade métropolitaine, qui a perdu 50 % de ses effectifs. Il vient d'être blessé à la tête et à la poitrine. Après le carnage de l'Achi Baba de ces derniers jours, où tant des nôtres sont restés, le général d'Amade cherche la mort au premier rang. Mal remis de ses blessures d'Alsace, il n'a pas supporté la disparition de son fils au front. Nous sommes obligés de le retenir pour l'empêcher de gagner les tranchées.

– Je croyais le cas d'Amade réglé, coupe Millerand. Je viens de nommer Gouraud.

– Vous avez écrit à d'Amade, intervient Graziani, qu'il serait envoyé « auprès d'un gouvernement étranger ». Mais Gouraud n'est pas encore parti. Il prépare minutieusement son affaire, et exige des canons lourds et des avions. En attendant, d'Amade commande toujours.

– Des canons lourds ? Comme en Champagne ? Où se croit-il ? tonne Millerand.

En désignant Gouraud pour prendre la tête d'un corps d'armée porté à deux divisions, il a choisi le baroudeur colonial, le vainqueur de Samory en Afrique, des amazones du roi Béhanzin au Dahomey, des Arabes négriers du Tchad et des esclavagistes de Mauritanie, le compagnon de Lyautey au Maroc.

– Il ne s'agit pas de forcer les Dardanelles, c'est

impossible, déclare Millerand en ajustant son lorgnon. Nous savons tous que cette entreprise ne peut réussir. Si j'ai nommé Gouraud, c'est pour redorer le pavillon, pas pour gaspiller des canons modernes de 155. D'Amade, en reculant de quatre cents mètres devant les Turcs, nous a fait perdre la face devant les Anglais – ce qui n'est pas grave –, mais surtout devant les musulmans, et ceci est insupportable. J'ai dit à Gouraud de s'enterrer et de tenir. Un point c'est tout.

Graziani se risque à redonner la parole au colonel Valentin, qu'il a convoqué à dessein pour informer le ministre au plus juste.

– Nous n'avons reçu en Orient qu'un personnel à peine instruit, très peu soutenu par l'artillerie, et dépourvu d'avions. Là-bas, même les légionnaires sont des bleus.

– Ils ont devant eux, renchérit Graziani, des Turcs fanatisés, rompus à la guerre du Caucase, anciens soldats des guerres balkaniques.

– Encadrés par Liman von Sanders, nous le savons. Mais la 2e division Bailloud se compose de troupes aguerries, dit Millerand en jetant un coup d'œil à peine intéressé sur la note que lui tend Graziani. Des unités entraînées, choisies par lui, une brigade de zouaves et de tirailleurs, et le 176e de Rouen, un des meilleurs de l'armée, avec trois groupes de 75. C'est plus qu'il n'en faut.

Le colonel Valentin soupire :

– Hélas, monsieur le ministre. Les premiers éléments de la division Bailloud, débarqués à partir du 6 mai et engagés dès le lendemain, sont déjà anéantis. Bailloud a informé le général Ian Hamilton qu'il était incapable de tenir sa portion limitée de front. Du 7 au

10 mai, il a perdu la moitié de la brigade coloniale. Un sous-lieutenant commande une compagnie. Les deux colonels, blessés, sont éliminés. Plus de capitaines ni de commandants. Ils sont presque tous hors de combat. Frèrejean, le plus brave des colonels, a été évacué, couvert de blessures.

– Coupons court, si vous le voulez bien. Gouraud a obtenu les moyens demandés. À lui de jouer et de s'arranger avec ce général Ian Hamilton qui me paraît encore plus obstiné que French, mais beaucoup moins respectueux de la vie de ses soldats. Il est bien entendu que Gouraud se conformera en tout à ses directives.

* *
*

Quand Paul débarque de *La Ravageuse* sur la plage de Sedd ul Bahr, les bruits de canon n'ont pas cessé sur le front du ravin sanglant. Le capitaine Wiehn, de la Coloniale, organise la montée en ligne de renforts du 8e régiment. Paul s'en étonne, car il le croyait à l'état-major du général Masnou.

– Il n'y a plus d'état-major, bientôt plus de généraux, lui explique Wiehn. Ils meurent ici comme les hommes. Où veux-tu qu'ils s'abritent ? Le front est partout. Bientôt, nous serons à la mer. Je remplace Noguès au pied levé, on l'a évacué.

« Les territoriaux des régiments de zouaves venus récemment de Moudros en renfort enterrent les morts sans répit, poursuit-il. La puanteur est telle que d'Amade a interdit tout nouveau débarquement de chevaux, les cadavres de leurs congénères foudroyés ajoutant à la pestilence. On ne fait grâce qu'aux ânes et aux mulets, dont on a le plus grand besoin.

« Il ne reste de la brigade Noguès que des petits groupes informes, enterrés dans les tranchées. Les hommes n'ont pu être ravitaillés en eau et en vivres. Ils sont peut-être tous morts de faim et de soif. Les muletiers ont refusé de s'avancer jusqu'en première ligne, au fond du ravin, le feu turc était trop fort. Un simple lieutenant, Latreille, commande les restes de tous les régiments. Le commandant Linarès a été évacué. Le régiment du colonel Nieger compte à peine plus de deux compagnies, quatre cents fusils.

– Mais le reste de la brigade ?

– Il n'y a plus de brigade : un agglomérat de débris, ralliés par les sous-offs. Un adjudant commande un bataillon à la Coloniale. Le général doit faire commander les compagnies par des sous-lieutenants promus sur le tambour, à titre provisoire.

Jean Wiehn est au bord de l'épuisement. Il a vécu la charge du 8 mai de la brigade coloniale, prescrite pour appuyer le mouvement des Anglais vers le village de Krithia. Il a vu d'Amade donner le départ au son des clairons et des tambours. Il était en tête et, avec ses marsouins, il a dépassé la première ligne des Turcs.

Mais l'artillerie française n'a pas allongé le tir dans les tranchées de soutien où les marsouins sautaient déjà, baïonnettes en avant. Les batteries turques ont alors tiré, au risque de tuer aussi les fuyards et les traînards de leur propre camp. Les Français, au lieu de s'enterrer, se sont formés en groupes pour repartir à l'assaut.

– D'Amade était parmi ses zouaves, un fusil à la main, reprend Jean Wiehn. Il n'a échappé à la mort que par miracle. Très rares sont ceux qui ont réussi à se replier dans la tranchée de départ, quatre cents mètres en arrière. Ils ont été poursuivis jusqu'au bout par le canon turc, le nôtre restant muet.

Paul se demande pourquoi. Les trois batteries ont-elles été détruites ? L'Alpin est-il encore de ce monde ?

– Nous avons eu tort de traiter les Turcs comme des nègres d'Afrique, assure Wiehn. Ces gens-là sont invulnérables, et tellement plus nombreux que nous ! Sept divisions au moins dans la presqu'île, à ce qu'on dit chez Masnou. Sans compter les canons allemands, en quantité illimitée. Nous en savons quelque chose !

Il s'interrompt : un mouvement précipité sur la plage, où les remorqueurs à chaloupes vont chercher les passagers d'un énorme navire de guerre ancré à proximité. C'est une arrivée de poids, probablement une division entière qui débarque, venant tout droit d'Alexandrie.

– Voyez les Anglais se renforcer, dit Wiehn. Ian Hamilton n'a pas fait tuer assez de monde. Il a réclamé en renfort immédiat deux brigades de cavaliers sans chevaux. Je sais que les bateaux venus d'Alexandrie lui expédient deux divisions nouvelles. Ils font décharger leurs hommes directement à Sedd ul Bahr, pressés de les avoir en ligne. Tant de renforts pour tenir un front de trois mille deux cents mètres, et nous, les Français, de deux mille quatre cents mètres. Cette petite pointe de la presqu'île va devenir le mouroir de l'Orient. Le vent de mort des Dardanelles va étouffer Constantinople.

Le débarquement des Anglais s'accélère soudain. Les sirènes des navires hurlent. *La Ravageuse* prend aussitôt la mer en direction de Moudros avec son équipage de marins bretons dirigé par Pierre Labat. Les remorqueurs la suivent, et Paul Raynal, d'instinct, saute dans une chaloupe. À cinq cents mètres à peine du rivage, le cuirassé anglais *Goliath* donne rapidement de la bande. Paul interroge Broennec, le radio. Impossible de le déranger. Il est concentré sur ses écouteurs.

– Un sous-marin allemand ! finit-il par lâcher.

Labat reste incrédule. On n'en a encore jamais repéré dans ces parages.

– Parfaitement, poursuit le radio, déchiffrant les messages de SOS de la flotte anglaise : pas autrichien, allemand. Il a réussi à pénétrer en mer Égée. Il est arrivé, semble-t-il, par les Détroits.

Le *Goliath* va sombrer corps et biens. La brigade indienne qu'il transporte se jette à l'eau, l'équipage suit. En quelques secondes, le bateau pique de la proue et s'enfonce, parsemant la mer de débris auxquels s'accrochent des naufragés par milliers.

Les batteries allemandes d'Asie s'en donnent à cœur joie, prenant sous leur tir la zone de la catastrophe. Les obus soulèvent des geysers d'eau, qui plaquent sur le visage des Hindous des paquets verdâtres. Paul et Pierre Labat tirent à leur bord un major anglais de l'armée des Indes qui se débat comme un possédé et veut à tout prix retourner à l'eau. Il faut le retenir de force. Il ne respire plus qu'à grand-peine, comme au bord de l'apoplexie. Labat le croit sonné par le choc du naufrage.

– *My pipe !* explose-t-il en anglais. Et en français : Laissez-moi, je vous prie, retrouver ma pipe. Elle vient de Piccadilly Circus !

* *
*

Débarqué sur le rivage où l'on doit, dans un désordre gigantesque, trouver un espace libre pour rassembler et réconforter les deux mille naufragés indiens, toujours sous le feu des batteries d'Asie, le caporal Paul Raynal est chargé par Jean Wiehn de conduire un convoi de renforts de vivres et d'eau jusqu'aux premières lignes, qui manquent aussi de munitions.

En approchant du front, la puanteur ajoutée à la chaleur sont telles que l'air devient irrespirable. Sur ce mouchoir de poche de tête de pont – à peine une dizaine d'hectares de rocaille –, les Français ont déjà perdu plus de douze mille hommes. Le chemin de la plage au front n'est pas long, cinq mille mètres seulement, mais la progression est lente.

Les mules renâclent, car l'avoine et l'eau sont rares. Paul fait stopper le convoi près d'un puits, et prend la peine de les faire boire. Lorsqu'il arrive à l'arrière immédiat des tranchées, Hervé Layné le démineur et le capitaine Maublanc, toujours à la tête de la 16e compagnie, l'accueillent en sauveur. On le croyait mort. Voilà qu'il vient à point pour aider les quatre cents bougres du lieutenant Latreille, coincés au bord du ravin sanglant.

– Les mules n'iront pas, dit Maublanc. Trop abrupt ! Et les Turcs tirent sans arrêt au shrapnell. Nous avons dû creuser des boyaux en force.

Des volontaires se proposent pour transporter les gourdes et les bouteilles de pinard.

– Ils sont fous, s'écrie Maublanc en ouvrant une

caisse. Du chocolat, par cette chaleur ! La gnôle sera plus utile.

Une colonne s'improvise, menée par Paul. Les hommes avancent par bonds dans le boyau, courbés en deux pour mettre hors de vue leurs képis. À plusieurs reprises la file s'immobilise, les soldats s'allongent, sacs sur la tête. Le boyau creusé dans le roc répercute le bruit terrifiant des éclats qui se fichent dans la rocaille. Paul admire le travail des camarades du 2e génie. Hervé Layné n'a pu tracer ce boyau qu'à la dynamite.

On arrive enfin jusqu'au lieutenant Latreille, blessé lui-même, et dont les hommes n'ont pas la force de se replier. Chacun préfère mourir sur la position, la défendre jusqu'à sa dernière cartouche. Ils ne demandent pas de la soupe, mais des balles.

« À ce point, se dit Paul, l'héroïsme confine à la folie ! »

Il fait signe aux convoyeurs tirant les diables chargés de caisses de munitions d'avancer en première ligne. À peine sorties de leurs boîtes, les cartouches circulent de main en main, et on recharge en hâte les magasins.

Guettant les Turcs embusqués dans la tranchée d'en face, sur le plateau de l'Achi Baba, les hommes arment leurs Lebel tout en grignotant du pain de munition arrosé de larges rasades de vin. Le lieutenant, le bras en écharpe, refuse d'être évacué. Les yeux brillants de fatigue, il désigne l'épaisse silhouette de la colline broussailleuse qui décourage tous les efforts.

– Un nid de canons et de mitrailleuses, dit-il. Il faudrait cent pièces pour les déloger.

– Des renforts de la division Bailloud sont en train d'arriver, s'avance Paul. Vous serez relevés.

– Ont-ils enfin débarqué ? Nous sommes ici des soldats oubliés. Qui peut savoir où nous combattons, dans les dépôts de Saintes ou de Grenoble d'où les nôtres sont partis ? Nous sommes les plus perdus parmi les perdus ! Je pense que le général Bailloud lui-même nous croit tous morts. Vous êtes bien aimables d'être venus jusqu'ici. Je ne suis pas sûr que vous puissiez repartir. S'ils attaquent cette nuit, nous mourrons ensemble. Je ne veux pas être évacué, encore moins fait prisonnier. S'ils rappliquent, je me tire la dernière balle dans le caisson.

Il désigne ses survivants, qui se sont traînés jusqu'aux créneaux, fusil en main.

– Tous pensent comme moi. Nous n'obéissons pas aux ordres. On nous a traités comme des chiens galeux. Ils ont achevé nos blessés au poignard, ou à coups de pelle. Nous voulons leur faire payer la mort des copains.

Un terrifiant parapet protège la tranchée. Des cadavres d'assaillants turcs empilés pourrissent là au soleil, mêlés à ceux des Français. Des essaims de mouches noircissent la ligne. Pour tirer, les défenseurs ont dégagé des « fenêtres » à coups de crosse entre les corps. Un large mouchoir noué sur leur visage atténue l'odeur.

– Personne ne vous oblige à supporter cet enfer, ose suggérer Paul. Protégez notre retraite, partez avec nous, d'autres viendront dégager la position.

Les hommes ne l'écoutent pas. Ils gardent leurs dernières forces pour surveiller l'ennemi. Le lieutenant semble réfléchir. A-t-il le droit de les sacrifier ?

– Allez, décide-t-il, repartez seul. Et dites-leur, à l'arrière, que je me replierai quand un officier de mon grade arrivera pour me signifier qu'il vient défendre la tranchée d'avant du Kérévès Déré.

* *
*

De retour, au prix de mille dangers, à l'arrière des lignes, Paul est surpris de retrouver le capitaine Maublanc au garde-à-vous devant un général barbu qu'il ne connaît pas. Mince et musclé, haut de taille, une casquette cabossée façon père Bugeaud posée de guingois sur sa tête selon la tradition africaine, le général Gouraud, à peine débarqué, inspecte les premières lignes.

– Où sont vos sapeurs ? Je les vois occupés à toutes les besognes. Certains enterrent les cadavres, d'autres, comme celui-ci, dit-il en désignant Paul, font des corvées de ravitaillement. Le désordre de ce front est inimaginable. Il n'est pas surprenant que les pertes soient si lourdes. Vous devez en priorité absolue placer des réseaux Brun en avant des lignes pour décourager les assauts. Quelle est votre spécialité ?

– Nous sommes une section de pontonniers, mon général !

– Des pontonniers, dit Gouraud, la bouche pincée. Eh bien, creusez des puits, l'armée a soif. Et corrigez-moi ces tranchées. Elles sont trop rectilignes. Quelle belle cible pour un tir en enfilade !

– Nous les ouvrons dans le roc à la dynamite, précise Maublanc. Il est difficile de parfaire les zigzags.

– Vous n'avez pas de mitrailleuses de flanquement. Elles sont placées au hasard. En cas d'attaque, elles ne servent à rien.

– Ce n'est pas de ma responsabilité, mon général.

– Certes, mais il vous appartient, je pense, de creuser des abris suffisants pour les hommes de réserve, à l'épreuve du canon allemand. Où sont ces abris ?

Le général se bouche le nez en arrivant sur la première position.

– Il faut enlever ces cadavres ! ordonne-t-il (comme si l'on disposait de territoriaux... Où donc se croit-il ? Sur le front de Reims ?). Il faut enterrer, le jour ou la nuit, et que tout le monde s'y mette ! Vous avez beaucoup trop d'hommes dans les tranchées. Qu'ils en sortent et dégagent au moins les abords. C'est irrespirable.

– Un Africain ! grommelle Maublanc, en regardant Gouraud s'éloigner d'un pas énergique vers l'arrière.

Paul est indigné. Le général ne s'est même pas intéressé au sort des hommes de Latreille. Dans leurs postes d'Afrique, ces militaires-là ont l'habitude d'être entourés de nuées d'esclaves qui leur simplifient les tâches. Ici, les Sénégalais sont des combattants, pas des boys.

– À inspecter le front, que n'est-il allé jusqu'au bout ?

Le caporal est vexé d'avoir été traité en ravitailleur de tranchée, alors qu'il a risqué la vie de ses hommes pour sauver une poignée de héros abandonnés de tous.

– On n'aura pas osé lui parler du mouroir du ravin du Kérévès Déré ! persifle-t-il.

– Ne critiquez pas le nouveau général, intervient Valentin.

Venu de Paris sur le même navire que Gouraud, l'officier de renseignement, débarqué lui aussi depuis le 14 mai, semble très au courant des nouvelles dispositions du front d'Orient.

Valentin n'en dit pas plus, et garde l'air mystérieux propre à son emploi. Mais il sait fort bien, ce qui explique son assurance, que Gouraud a demandé et obtenu deux pièces lourdes de 240 pour répondre enfin au tir des batteries d'Asie qui démoralisent les soldats, deux batteries des nouveaux canons de 155 courts du Creusot, capables d'écraser les Turcs dans les ravins de l'Achi Baba. La première de ces batteries a été embarquée dès le 20 mai sur le *Dumbéa.* Elle doit être en position, avec cent coups par pièce, le 26 au plus tard.

– Les sapeurs vont avoir de la besogne, déclare-t-il à Maublanc. Outre les barbelés, vous serez chargés de tendre les câbles téléphoniques de liaison pour l'artillerie : quatre-vingts kilomètres de fils.

– Avec quels renforts de troupe ?

– Un détachement de sapeurs télégraphistes, une nouvelle compagnie chargée des projecteurs et du matériel plus ou moins récent. Par exemple, vous devrez apprendre aux biffins à se servir des dix mille grenades antédiluviennes, des boules façon Ravachol, trouvées dans les arsenaux. Vous devrez aussi aménager des aérodromes sommaires pour recevoir les quatre avions Farman de bombardement, outre les deux chasseurs Morane que le général a commandés à l'atelier de Lyon.

Maublanc hausse les épaules. Six malheureux avions, alors que les Allemands ont déjà en place des escadrilles complètes ?

– Gouraud a engagé de Goys, précise-t-il. C'est un bon choix. Cet officier aviateur connaît parfaitement le terrain pour avoir lui-même formé l'aviation turque, sur des appareils vendus par la France. Vous ignorez peut-être que notre ennemi dispose aussi d'avions français. Il est dans les intentions de Gouraud de bombarder jusqu'à Constantinople, et il a besoin de la compétence de cet officier pour réussir les raids. Il a aussi exigé le départ en Orient du capitaine Sacconnet, le spécialiste des ballons. Il aura pour tâche de constituer un véritable service aéronautique, indispensable pour l'artillerie. Nous combattons ici sur un front comparable aux lignes de France, avec un matériel d'expédition coloniale. Gouraud entend changer tout cela, et il a raison.

* *
*

Valentin connaît Maublanc de longue date et sait qu'il peut lui faire confiance. Gouraud lui a fait remarquer avec une certaine aigreur les défaillances du renseignement, et son incapacité à fournir l'exacte mesure des forces turques. Les Anglais préparent une grande opération sans disposer encore des cartes au 1/10 000 qu'ils ont commandées au Geographical Institute de Londres, et sans rien connaître du dispositif de Liman von Sanders.

Le colonel a besoin d'agents adroits et déterminés pour des missions d'information, d'éventuelles actions de sabotage, au centre turc de Gallipoli. Tous les renforts y passent et le matériel lourd y débarque. Maublanc a-t-il quelque idée ? Il faudrait des hommes parlant de préférence l'allemand, qu'on habillerait comme les officiers du IIe Reich détachés dans l'armée turque.

Le capitaine désigne immédiatement Paul Raynal, dont il connaît l'esprit d'entreprise, et l'artificier Hervé Layné, qui a étudié l'allemand au lycée du Parc à Lyon et effectué un séjour en Forêt-Noire avant la guerre.

Tous deux acceptent, presque d'enthousiasme. Rien ne leur paraît pire que de cuire sous le soleil de plomb de l'Achi Baba qui décompose les cadavres.

– Il faudrait un troisième homme, glisse Paul, qui soit capable d'identifier immédiatement les calibres de l'artillerie engagée et de servir de chef de mission. Le maréchal des logis Émile Duguet serait l'homme de la situation.

Valentin renâcle. Pour lui, les équipes vont par deux. À trois, elles sont trop repérables. Il se rassure en rencontrant l'Alpin. Son sang-froid, son passé militaire, les missions impossibles qu'il a réussies plaident pour lui. Va pour trois hommes.

Comment rejoindre Gallipoli sans franchir les Détroits ? L'aviateur de Goys, à peine débarqué au QG de Gouraud, en fait son affaire. Il charge l'équipe, nantie de sacs de vivres et d'explosifs, dans un de ses Morane. Cet appareil peut atterrir sur n'importe quel terrain dégagé, une plage par exemple, et les Turcs ont aussi des Morane. Il suffit de changer les immatriculations et les cocardes.

De Goys sait voler la nuit, sous la lune. Il prend une surcharge de carburant et s'engage droit au nord, sur Edirne, presque à la frontière bulgare, avant de virer à quarante-cinq degrés en direction de Constantinople. De là, il revient par la côte est de la presqu'île jusqu'à Gallipoli, réalisant ainsi le triangle parfait qu'il enseignait à ses anciens élèves turcs avant de leur décerner leur brevet.

Pour la première fois Paul monte en avion, à bord de ce Henri Farman F20. Le moteur, situé à l'arrière de la nacelle, avec l'hélice, gronde de ses quatre-vingts CV qui font trembler l'empennage de bois et de toile. Quatre roues de vélo à rayons permettent de rouler sur la plage. Sur les ailes, les marques distinctives de la Turquie : un carré noir entouré d'un cadre blanc.

À court d'essence, de Goys n'hésite pas à se poser sur une piste proche d'Edirne, éclairée de nuit par un projecteur. Les rampants turcs le connaissent et le servent comme d'habitude. Il les remercie dans leur langue, qu'il possède parfaitement. On le croit toujours directeur de l'école de pilotage de Constantinople.

De Goys réussit un atterrissage exemplaire sur une plage courte et peu fréquentée au nord de Gallipoli, à la limite des vaguelettes, au pied de falaises inaccessibles. Il désigne à ses trois passagers les emplacements de batteries allemandes à éviter dans les rochers. Un sentier les conduira jusqu'à la route de Constantinople à Gallipoli.

Coiffés du fez des soldats allemands recrutés comme « experts » par von Sanders, vêtus de l'uniforme *feldgrau* et des insignes de l'artillerie impériale, ils ont peu de chances d'être remarqués. De Goys leur a donné des adresses où ils seront reçus sans risques dans la ville, pourvu qu'ils saluent en donnant le mot de passe : *Viva Bismarck !*

Rendez-vous est pris avec le pilote officier quarante-huit heures plus tard, à cinq heures du matin, à la minute près, pour redécoller de cette plage. De Goys leur distribue des marks, monnaie appréciée en Turquie, et des dinars en quantité. Ils devront payer le gîte et le couvert sans attirer l'attention.

L'équipe décide de se séparer, pour plus de discrétion. L'Alpin veut partir seul, en direction de la vieille ville. Il se dit capable de circuler dans les rues, parlant quelques mots d'allemand. Sa mission : repérer les passages de troupes, noter les numéros des régiments, compter, s'il le peut, les convois d'artillerie en déplacement vers le front, suivre au plus près les instructions du colonel Valentin. Il donne aux autres un lieu de rencontre précis : à midi, au pied du monument aux morts de la guerre de Crimée. Ils feront alors le point.

Hervé Layné ne s'attarde pas et entraîne Paul Raynal vers le port. Il veut d'abord repérer un abri sûr pour son matériel d'explosifs, et glaner des renseignements sur les mouvements de navires. À voir les pêcheurs préparer leurs filets pour partir en mer, il se dit qu'il pourrait plus facilement manœuvrer, s'il se joignait à une équipe.

Les barques sont très nombreuses au départ. Paul accompagne Hervé chez un patron de pêche qui les prend pour des déserteurs allemands et accepte sans difficulté, contre une somme rondelette, de les cacher et de les employer. Au lever du soleil, vêtus de guenilles turques, ils partent en mer, d'où ils pourront observer à loisir les mouvements des bateaux de guerre vers le port.

* *
*

Avec l'assurance d'un Niçois sur la Promenade des Anglais, Émile Duguet fait claquer ses bottes allemandes sur la chaussée pavée de la place du gouverneur, saluant les piquets de garde comme s'il partait pour prendre son service.

Il a suffisamment interrogé de prisonniers teutons dans les Vosges pour connaître les quelques phrases usuelles qui le font passer pour un véritable artilleur de la garde prussienne. Personne ne songe à l'interpeller, pas de piquets aux croisements pour vérifier les papiers. Les Allemands sont assez nombreux dans la ville et sûrs de leur supériorité pour que les militaires turcs ne leur posent aucune question. Ils marchent avec l'assurance d'Européens dans une ville coloniale. Dans son uniforme de lieutenant, Émile rend leur salut aux *Feldwebel* et salue lui-même, à l'allemande, les officiers supérieurs qu'il croise. Les Prussiens sont laconiques et pressés : nul ne prend le temps de dialoguer.

Il contourne la tour carrée de la forteresse byzantine, évalue la hauteur des talus qui entourent la place, des remparts, de l'armement tourné vers la mer. Le port est en état de défense permanente. Dans la rue portant le nom du poète turc Orhan Gazi, il avise la porte d'un immeuble à étage, en pierre de taille, dont la plaque de cuivre mentionne des noms de médecins ou d'hommes de loi.

Une femme élégante vêtue à l'européenne apparaît sur le perron. Elle est en bottes et chapeau à voilette, visiblement prête à sortir, mais retient le vantail ouvert et prie l'Alpin de s'installer. Elle ne songe pas un instant à s'adresser à lui en allemand, et considère son uniforme avec amusement.

– Je suis Alessandra Touri, lui dit-elle.

– *Viva Bismarck !* lance Émile.

– Ne vous donnez pas cette peine. Jean de Goys m'a annoncé votre arrivée. Je me réjouis de vous accueillir. Mon député de mari est en session à Constantinople.

Comme l'Alpin s'étonne de la voir parler aussi bien le français, elle explique qu'elle a fait ses études de droit à Paris et qu'elle plaide au palais. Elle est, du reste, la seule femme turque à exercer cette profession, mais elle a plusieurs amies médecins ou institutrices. Les Jeunes-Turcs ont commencé à bousculer les traditions, à dévoiler les femmes et à envoyer les enfants à l'école.

– Je suis malheureusement attendue pour un procès, mais je vous promets de rentrer ce soir en compagnie de quelques collègues et connaissances. Ainsi, vous ne dînerez pas seul et vous garderez une bonne impression de notre pays.

Émile a du mal à reprendre ses esprits. Cette femme d'une éblouissante beauté a les yeux noirs fendus en amandes des *Parisiennes* de Cnossos, leur énigmatique sourire. Elle le traite en ami de la famille, et l'abandonne en son logis comme s'il avait tout loisir d'y résider à son gré.

Une jeune fille, vêtue de voiles de soie, dresse la table du petit déjeuner. Elle essaime d'abord une poignée de pétales de roses sur la nappe blanche, puis fait signe aux garçons de disposer le service de porcelaine à théière d'argent, ainsi qu'un assortiment de fruits frais ou secs, pâtisseries sucrées et fromages frais de brebis.

Manigé, c'est son nom, est une jeune Iranienne d'Ispahan réfugiée à Constantinople aux premiers bruits de guerre en Perse. Alessandra l'a recrutée pour s'occuper de son personnel de maison à Gallipoli. Elle parle l'anglais et répond volontiers, avec déférence et réserve, aux questions de l'invité venu de France. N'est-elle pas, pour la journée, à sa disposition ?

Il voudrait savoir si la maison dispose de nombreuses chambres d'hôte. La qualité de la réception l'intrigue. Qui est au juste Alessandra ? Est-elle la maîtresse de l'aviateur ? Une femme turque éduquée à l'occidentale et fort libre de mœurs ? Il comprend qu'il serait indécent de questionner la discrète Manigé dont le regard doux et attentif suit chacun de ses gestes. Il lui dit quelques phrases en allemand, pour la tester ; elle ne répond pas, s'excuse presque : les hôtes de Madame sont surtout des Anglais, quelquefois des Américains, plus rarement des Français.

« Elle n'a pas pour habitude de recevoir les officiers de Liman von Sanders », se rassure Émile, non sans satisfaction.

Il ne refuse pas le bain bouillant que la jeune fille lui propose, pas davantage le linge parfumé. Elle tient à le raser elle-même avec une habileté consommée avant de lui faire visiter, au premier étage, la chambre d'hôte aux fenêtres protégées des rayons du soleil par des moucharabiehs. Le sofa est recouvert de coussins de soie aux couleurs délicates. Émile n'a pas dormi dans un lit depuis un mois. Il ne résiste pas et s'étend en peignoir sur la couche moelleuse, sans même se glisser dans les draps.

Manigé doit avoir pour consigne de ne le contrarier en rien, car elle le laisse dormir plusieurs heures, ne troublant que ses rêves.

* *
*

Elle ne le réveille qu'à onze heures, sans doute toujours sur instructions, dans un frou-frou d'éventail. Il saute sur ses bottes, tire sa montre du gousset, jure entre ses dents, se radoucit au sourire de Manigé qui le conduit sur la terrasse, dans une tourelle à l'allure de minaret. À ses pieds, la ville en ébullition : plusieurs transports ancrés dans la rade, des barques déversant leur chargement de soldats tout de vert vêtus, armés pour la guerre. La troupe circule en permanence dans les rues, sous le regard d'officiers supérieurs allemands réunis sur les places, qui semblent contrôler les mouvements.

Sanglé dans sa vareuse de lieutenant de l'artillerie de la garde prussienne, son fez équilibré non sans mal sur sa tignasse brune et bouclée, Émile arpente la rue de la Révolution, artère principale qui conduit au port, du pas décidé de l'officier qui n'a pas l'intention d'être gêné dans sa mission par des rencontres inopportunes ou des questions oiseuses.

Il constate que Gallipoli est un des points de concentration des troupes turques marchant ensuite vers l'Achi Baba. Pas de convois de camions : des charrettes attelées de chevaux, pour les canons, mais aussi de bœufs traînant d'un pas lent les caisses de vivres et de munitions. Les ânes en caravane, bâtés de lourdes charges, sont aiguillonnés par des soldats paysans qui les piquent de leurs bâtons pointus.

Les bataillons marchent d'un pas rapide, en files de deux hommes de front, sans musique ni officiers à cheval. Les mines sont farouches, les vêtements fripés. Ils ont passé la nuit à bord et débarquent en ayant peu dormi, entassés sur le pont des transports. À leur martiale énergie, Émile reconnaît la célèbre infanterie d'Anatolie, la meilleure de l'armée turque.

Il est temps de rejoindre l'équipe au rendez-vous de midi. Surpris de ne pas apercevoir ses camarades devant le monument aux morts de Crimée, Émile cherche une contenance, ne pouvant stationner longtemps sans se faire remarquer. Un officier allemand n'est pas un flâneur. Près de lui, un mendiant vêtu de hardes lui tend une sébile. Émile réprime un sourire : c'est Hervé Layné, dans sa défroque de pêcheur. Il lui tend un dinar. L'autre s'empresse de l'empocher, non sans lui chuchoter :

– Café de la Mouche, en face.

Émile se retourne. Des hommes entrent et sortent d'un établissement d'apparence mauresque et mal famé, ainsi nommé parce qu'il attire les mouches innombrables. Quand il entrouvre le rideau de bambou, il aperçoit, dans la pénombre, des marins allemands attablés devant leur bière, trop éméchés pour se redresser et le saluer.

Entrer dans ce lieu enfumé vêtu d'un uniforme de lieutenant serait une erreur. Paul Raynal s'en rend compte. Il clopine vers la sortie. Émile reconnaît ses cheveux roux et sort à son tour. Hervé Layné les attend. Ni l'un ni l'autre ne peuvent s'adresser sans risques à un officier allemand. Hervé et Paul détalent les premiers, entraînant le pseudo-officier qui les suit à distance dans un lacis de ruelles, jusqu'au seuil d'une maison en pisé blanc toute simple, où ils entrent sans méfiance.

Émile vérifie qu'il n'est pas suivi. Pas de soldats dans cette rue étroite, empruntée par des femmes voilées qui portent leur linge sale au lavoir et où quelques enfants mendient des piécettes. Il entre résolument, accueilli par un vieillard à la barbe blanche, et retrouve ses camarades.

– Arlène Mikovian est arménien, lui disent-ils. On peut lui faire confiance, c'est un des correspondants de l'aviateur. Il est chargé de nous cacher. Il déteste à ce point les Turcs que c'est à ses yeux un devoir patriotique. Sa famille entière a été déportée.

L'homme les salue sans un mot d'un simple geste de bienvenue et, tout en continuant d'égrener son chapelet d'olivier, les mène vers une arrière-salle obscure où une servante leur offre du café turc bouillant.

– Montons sur la terrasse, suggère Émile. Nous y serons tranquilles pour parler.

– Certainement pas. Tout se voit, tout s'écoute d'une terrasse à l'autre. Il faut rester dans l'ombre.

– J'ai acheté les services d'un maître pêcheur, explique posément Layné. Les autorités le laissent sortir en mer librement, même s'il prend ses poissons de nuit, au clair de lune. L'homme travaille, j'en ai la conviction, pour l'*Intelligence Service*. Il parle couramment l'anglais et il a accepté de m'aider sans difficulté, presque avec zèle. Il m'a dénombré et dénommé tous les transports de Turcs ancrés en rade, avec leurs effectifs et leur armement. Il m'a appris qu'un de ces transports avait été coulé hier dans les Détroits par un sous-marin anglais. Aussi débarquent-ils désormais le matériel lourd ici même, pour plus de sécurité.

– Ce qu'il te dit, il l'a déjà révélé aux Anglais.

– Sans doute, mais il n'a pas eu le temps de leur communiquer le renseignement qu'il vient de recevoir : ce soir, un peu avant minuit, un transport arrive au port, chargé de plusieurs groupes de canons de 77, embarqués directement à Constantinople avec des chevaux, des réserves inépuisables de munitions et mille servants.

Il montre ses sacs d'explosifs.

– Cette nuit, au moment de l'ancrage, la dynamite-gomme doit faire son œuvre.

* *
*

Au dîner d'Alessandra, Émile a passé un smoking appartenant au mari absent, pour ne pas choquer les invités en tenue de soirée, fort peu favorables à la guerre des Jeunes-Turcs. Des collègues du palais, syriens ou libanais, un député de l'opposition ayant provisoirement échappé, en raison de son immense fortune, à la répression politique d'Enver Pacha. Éblouissante dans sa longue robe de lamé noire qui lui laisse une épaule découverte, l'hôtesse fait tinter son collier de perles sous les yeux d'un journaliste américain de Philadelphie que ce dîner intrigue. A-t-il été convié à un complot ?

Jim Morton, correspondant de guerre plus attaché aux événements militaires qu'aux intrigues de la politique turque, est depuis peu en Turquie. Il est encore remué par la présence des sous-marins allemands en Méditerranée. Le torpillage du paquebot *Lusitania*, qui a causé la mort d'un grand nombre de passagers américains, a provoqué une telle indignation aux États-Unis que les journaux enquêtent avec passion sur la guerre sous-marine, considérée comme criminelle. Il s'étonne que l'on parle français autour de la table et s'interroge sur la présence d'Émile. Alessandra le rassure : son ami est un homme d'affaires genevois.

La conversation dévie sur l'actualité : la déportation des Arméniens. Celle-ci prend des proportions qui inquiètent jusqu'aux consuls allemands, lesquels écrivent à Berlin pour signaler à leur ministre qu'il a d'étranges alliés. Des convois de familles entières migrent vers les déserts du Sud, sous les coups de fouet des gardiens kurdes. Les malheureux viennent de la frontière caucasienne que les généraux jeunes-turcs ont décidé de purger de toute sa population. Un avocat assure que ces gens meurent de faim et de soif. Jim demande si l'on arrête aussi les Arméniens de Constantinople.

– Certainement, dit un député libanais, et notre tour viendra. Les pantouriens...

– Qui désignez-vous ainsi ? l'interrompt Jim Morton.

– Les nationalistes turcs au pouvoir ; les dictateurs qui tiennent en main l'armée, la police, la justice ; les colonels de la révolution de 1908, qui rêvent d'une Grande Turquie libérant les Turcs du Caucase et ceux des Balkans. Ils ne supportent plus les étrangers dans l'empire. Ils veulent les réduire à néant, et même les exterminer jusqu'au dernier, comme ils le font avec les Arméniens. La guerre leur laisse les mains libres. Le monde entier les ignore. Quant aux opposants de l'empire, que peuvent-ils, sinon dénoncer à l'étranger ces crimes de droit commun ? Qui pourrait s'opposer à cette tyrannie ? Les Allemands ? Enver Pacha leur assure que les déportés sont des traîtres qui ouvrent leurs villages aux Russes, et qu'il doit les éloigner de la zone de guerre.

Émile regarde sa montre. Il a prévenu Alessandra

qu'il devait s'absenter pour une heure au moins. Il file discrètement à l'heure du café, et prend soin de se changer dans sa chambre. Manigé le surprend déguisé en pêcheur. Elle ne lui adresse pas la parole, mais ses yeux très doux le suivent longuement par les fentes du moucharabieh, quand la lune reflète sur la poussière de la rue sa longue silhouette pressée.

À minuit, alors que ses derniers hôtes se préparent à prendre congé, Alessandra sursaute. Une très forte explosion retentit dans le port. Les sirènes des pompiers hurlent. Un transport a coulé dans la rade.

En smoking, les invités courent au port. Jim Morton arrive à son tour, Kodak en mains, au moment précis où le bateau, en proie aux flammes, disparaît progressivement dans les flots. La mer est jonchée de débris, de cadavres flottants, de naufragés accrochés à leurs bouées. Du port, des chaloupes et des barques de pêcheurs partent par centaines. Tout ce qui peut flotter rame au secours des survivants.

Les officiers allemands réveillés en sursaut se rassemblent à la capitainerie pour demander des nouvelles. Un sous-marin s'est-il glissé dans la rade ? Osent-ils s'aventurer jusque-là ? Les Prussiens font le tour des batteries côtières. Comment tirer sans atteindre les nageurs qui clapotent dans les moutons blancs des vagues ? Les policiers turcs exigent des papiers d'identité. Alessandra comprend qu'elle doit s'éloigner, sa présence sur le port pourrait sembler suspecte. Jim Morton lui emboîte le pas, non sans l'accabler de questions. Il est persuadé qu'il s'agit d'un nouveau raid de sous-marins mais voudrait s'en assurer. Il n'a pas obtenu la moindre précision. Les autorités turques l'ont écarté. Que savent-elles au juste ?

Alessandra est la seule à songer à un attentat. Pourquoi ce Français a-t-il si vite quitté sa table ? Elle se hâte de rentrer chez elle. Sur le marbre de l'entrée, des traces humides mènent jusqu'à la chambre d'hôte : celle du Français. L'oreille collée contre la porte, elle perçoit des bruits de bottes, de froissements d'étoffes. Elle s'éloigne discrètement en souriant, rassurée sur le sort du saboteur, et en prenant elle-même soin d'effacer les empreintes de pas dans l'entrée.

* *
*

Les promotions sont rapides, à l'armée d'Orient, surtout après la désastreuse offensive du général Hamilton en juin 1915. Quand le colonel Valentin fait connaître l'exploit de son équipe, Émile Duguet devient aussitôt sous-lieutenant, Paul Raynal sergent-chef, et l'artificier se voit nommé lieutenant par Maublanc en personne. Le général d'Amade n'a-t-il pas obtenu de pouvoir désigner des gradés à titre provisoire ?

Gouraud a tout accepté. Voilà les héros récompensés, et, de plus, décorés sur le front des troupes de la toute nouvelle croix de guerre avec palmes. Le général a tenu à les honorer lui-même, récompensant également le sergent Resplendi, du 6e colonial, qui s'est emparé seul d'un fortin aux bouches du Kérévès Déré. Avec sa poignée de marsouins et de Sénégalais, ils ont exterminé à l'arme blanche les vingt-cinq défenseurs.

L'Alpin y a gagné de ne plus quitter le PC du barbu. Dans le style colonial, Gouraud aime à monter des opérations d'hommes résolus. Il enverrait bien sa recrue en Asie faire sauter la batterie d'In Tépé. Valentin se réjouit de cette trouvaille. Le bon sens et l'esprit d'entreprise d'Émile Duguet sont constamment mis à l'épreuve par le général, qui aime, en bon Africain, ceux qui ont la *baraka*.

Émile dit et répète à Valentin que les ordres de Ian Hamilton sont absurdes : s'entêter devant l'Achi Baba est un non-sens. À l'évidence, il faut contourner la hauteur, rejoindre les Néo-Zélandais vers le nord-ouest, pousser le front et l'élargir dans une autre direction. Le colonel répond que Gouraud a essayé cent fois de faire entendre raison à l'Anglais, mais qu'il s'est heurté à un mur.

Même si la flotte anglaise se retire (trois cuirassés ont été coulés par les sous-marins devant les Détroits) et si Churchill est limogé, Kitchener soutient encore Hamilton, lui expédie quatre nouvelles divisions. Les Français aussi ont reçu des renforts, pour recompléter leurs régiments massacrés. La guerre continue au mois de juin. Les divisions Masnou et Bailloud occupent quatre lignes de tranchées bien disposées, où l'on se fait tuer comme en Champagne.

Une offensive échoue les 4 et 5 juin. Deux mille cinq cents cadavres doivent être évacués du ravin rouge. Il reste au 175e régiment quatre-vingt-sept hommes valides. Le 21 juin, le sang coule de nouveau dans le ravin. Le 24 juin, les Français s'emparent de la redoute du haricot. Ils sont si excédés que Gouraud doit donner des ordres sévères pour empêcher légionnaires et marsouins de liquider les prisonniers :

« Les Turcs ne sont pas des barbares, écrit-il dans un ordre du jour, c'est un devoir d'humanité que de ne pas les tuer... Les Allemands soutiennent le courage des Turcs en leur racontant que nous ne voulons plus faire de prisonniers. »

Le 28 juin, les Anglais capturent le fort Boomerang dans le ravin Gully qu'ils appellent le trou du diable. Ils brûlent les cadavres, trop nombreux, pour éviter les infections.

– Ici, remarque l'Alpin, même les généraux se font tuer. Simonin est mort à la tête de sa brigade. Le colonel Girodon aussi. Le général Ganeval a succombé. On me dit que Masnou vient de tomber, à son poste de commandement proche du rivage de la baie de Morto. Un obus de 210 a pulvérisé son abri. Son chef d'état-major a été tué net. Le général est blessé à la tête, à une jambe. On l'a évacué sur le navire-hôpital *Bretagne*, mais on ne donne pas cher de sa peau.

Le général Gouraud, le 30 juin, se met à table avec les siens. On vient lui annoncer l'arrivée de très nombreux blessés à l'antenne du major Luciani.

– Allons voir, dit-il en coiffant sa casquette.

Il entraîne son état-major à Sedd ul Bahr. Émile Duguet et le colonel Valentin suivent la colonne. Le général veut assister à la réception des blessés du Kérévès Déré. Il y tient.

Le major Luciani fait les honneurs de son poste misérable, montre qu'il n'a pas une place libre, qu'on évacue beaucoup trop lentement vers Moudros les grands blessés et qu'il n'a pas les moyens d'opérer. Il explique les ravages inévitables de la gangrène sur les plaies, décrit les blessures à la tête, toutes mortelles. Gouraud l'écoute avec attention, et tente de réconforter les hommes les moins touchés.

Il ne se préoccupe pas des obus des batteries lourdes allemandes de la rive d'Asie, qui viennent se ficher dans le sable une fois sur deux. Les zouaves ont donné des surnoms à ces mastodontes : l'*Omnibus*, que l'on entend venir de loin, est doublé par la *Marie Pressée,* à tir rapide, et par l'*Orient-Express,* une grosse pièce montée sur rails de 360. Le général est tellement exaspéré de ne pouvoir monter une expédition pour les museler qu'il a pris, comme les hommes, le parti de les ignorer.

– Ils ne vont pas tirer sur un poste de secours ? s'inquiète Émile Duguet.

– Ils vont se gêner ! répond Valentin qui regarde le ciel avec crainte.

Un obus prend le général de plein fouet et le fait pirouetter comme un mannequin au-dessus d'un mur de pierres sèches. Touchés par le souffle, les autres ont plongé à terre. Quand ils lèvent les yeux, le général a disparu. Tous le croient pulvérisé. L'Alpin désigne un figuier au tronc noueux. Gouraud a été projeté comme un fétu dans l'arbre. François Luciani accourt avec ses aides. On allonge le blessé avec mille précautions sur un brancard. Le major donne son diagnostic : coude broyé, jambes cassées. Il marchera, après opération, mais il faut l'amputer du bras [1]. L'armée française d'Orient n'a plus de chef.

* *
*

1. Le général Gouraud, transféré sur le navire-hôpital *Tchad*, sera opéré et guéri par le docteur Berger. Le général Masnou succombera à ses blessures dans l'île de Malte.

Paul Raynal a demandé au capitaine Maublanc la permission de se rendre à Moudros pour y rechercher Edmond Vigouroux, son camarade blessé. Accordé.

Le voilà à bord de *La Ravageuse,* où le Breton Broennec ne quitte pas sa radio, transmettant à Pierre Labat les messages des Anglais qui suivent à la trace le sous-marin géant de huit cents tonnes immatriculé U21, commandé par un capitaine du nom de Hersing. Il vient de couler, devant Gaba Tépé, le dernier cuirassé anglais présent dans les parages, le *Triumph,* en quatre minutes.

– Pas de problème, assure Broennec, nos torpilleurs patrouillent sans arrêt, et la base de Moudros est protégée par des filets anti-sous-marins.

Mais les parages ne sont pas sûrs, et Labat reste attentif. Il respire quand *La Ravageuse* franchit la passe devant le navire-hôpital *Charles-Roux,* mais ne peut se présenter à la coupée. Le bateau est en partance pour Alexandrie. Ses cheminées fument, son ancre est levée. Cinq cents blessés se trouvent à bord, à tout le moins.

– On a dû tripler le nombre des navires-hôpitaux dans la rade, dit Labat pour consoler Paul. Ils évacuent nos gens plutôt sur Malte. Mais les opérés récupérables sont maintenant hébergés dans l'hôpital pour convalescents que Gouraud a fait construire sur l'île. Ton zouave est peut-être là.

Il s'agit plutôt d'une infirmerie supplémentaire de cent lits, aussitôt débordée car envahie par les survivants du Kérévès Déré. À huit cents mètres du débarcadère, les blessés doivent être chargés sur des charrettes sous un soleil de plomb. Paul Raynal arrive, exténué, dans un hôpital recouvert de tôles ondulées sous lesquelles la chaleur est suffocante, malgré le tournoiement des hélices d'avions montées sur un circuit alimenté par le courant d'un groupe électrogène.

Le service est dirigé par le major Sabouret qui a quitté le *Charles-Roux*. Paul le reconnaît à sa moustache grise, ses lunettes d'or et sa forte carrure. Il se souvient qu'il a reçu le zouave Vigouroux à son bord. Carla Signorelli était alors son assistante.

Carla. Son souvenir lui revient avec force. Il n'avait pu que l'entrevoir sur le navire. Et si elle avait suivi le major ? L'espoir de la revoir le remplit soudain de joie. L'a-t-elle oublié ? Il se remémore son visage, son allure décidée, sa voix à la fois douce et précise.

On ne peut déranger le chirurgien, dont le grand tablier blanc est maculé de sang. Il soigne et opère sans discontinuer, à la limite de ses forces. Son calot enfoncé jusqu'aux sourcils, il est incapable de se détourner, même un instant, d'un Sénégalais couvert de sang dont la plaie s'est rouverte au cours du débarquement. À ses côtés, une jeune femme l'aide au débridement de la plaie avec des gestes très sûrs. Elle a le bas du visage caché par un masque de gaze fine. Paul est sûr de reconnaître le cou de cygne, l'arrondi des épaules et les cheveux courts qui dégagent la nuque blanche. C'est Carla, à n'en pas douter.

Il n'ose lui faire le moindre signe. L'attention de la jeune femme est fixée sur le blessé. Une autre infirmière, plus âgée et singulièrement revêche, lui dit de passer son chemin, le major opère ! Carla n'a pas levé les yeux sur lui, comme si elle ne l'avait pas vu. Se pourrait-il qu'elle n'ait pas conservé, de leur trop brève rencontre, le moindre souvenir ?

Il se l'avoue : la visite au zouave blessé n'est qu'un pieux prétexte. Il ne songe qu'à revoir celle qui hante ses rêves depuis son départ de Marseille et qu'il se surprend à évoquer dans ses moments de découragement. Le monde qui l'entoure est horrible et sans ouverture. Il a pour tout viatique l'image radieuse de Carla. Si elle ne le reconnaît pas, c'est à désespérer.

Les travées du fond de l'hôpital rectangulaire sont plus tranquilles. Paul s'y avance pour retrouver son camarade, s'il est encore là. Les hommes dorment profondément, accablés par la canicule, dans des lits aux draps frais. Les moucharabieh interdisent l'accès des lieux aux mouches et aux moustiques. Comment retrouver Vigouroux parmi ces lits de fer anonymes ? Il consulte une à une les fiches de température affichées. Au fond de la salle, il découvre enfin celle de Vigouroux.

Edmond dort à poings fermés, comme sous somnifère. Redoutant de se faire chasser, Paul demeure dans la ruelle une heure durant, assis par terre au pied du lit, invisible de la travée où patrouillent les aides soignants. L'un d'eux pourtant le débusque.

– Vous attendez Vigouroux ? Ne le réveillez surtout pas. Il va bien. Son opération a réussi. La blessure est saine. Mais il bout d'impatience dès qu'il reprend connaissance. Il demande à repartir. Le major ne veut pas en entendre parler, tant que la plaie n'est pas complètement cicatrisée. On a vu des rechutes mortelles.

– Va-t-il rester longtemps ?

– Personne n'est retenu ici plus d'un mois. Il faut faire de la place. Je crois qu'il est prévu pour un prochain convoi d'évacuation.

– Pour la France ?

– Vous n'y pensez pas, sa blessure n'est pas si grave.

Pour l'île de Ténédos sans doute, où les convalescents sont nombreux. La Croix-Rouge les bichonne avant de les renvoyer au front.

Le major a fini d'opérer. Le soleil se couche, la fraîcheur envahit la salle. Rassuré sur le sort de Vigouroux, Paul n'a plus qu'une idée : revoir Carla. Alors qu'elle regagne, d'un pas las, la petite salle des infirmières en attendant de pouvoir prendre une douche, il ose s'en approcher et force la porte, suscitant les protestations indignées des femmes qui retirent déjà leurs blouses blanches de service.

– Paul ! s'exclame Carla, vous êtes fou !

Il s'attend à de vibrants reproches. Elle l'entraîne vers la sortie, l'attire sous un abri et bravement, sans dire un mot, l'embrasse sur la bouche.

Il reste sans voix.

– Ne dites rien, écoutez-moi sans m'interrompre, lui chuchote-t-elle. Je vous attends depuis si longtemps. Laissez-moi vous parler. Nous n'avons pas beaucoup de temps. Nous n'aurons jamais le temps. Il ne nous appartient pas, il est à la guerre. Je suis si heureuse de vous voir indemne, échappé de ce trou d'enfer. Chaque fois qu'un convoi se présente, je redoute de vous y découvrir, le corps en sang, mais Dieu merci, vous êtes là. Je n'ai pas l'intention de vous quitter, tant que je vous tiens dans mes bras, encore moins de vous oublier. Je vous demande une minute de patience, le temps de me changer. Et nous verrons ensemble le soleil se lever au matin sur la rive d'Asie.

* *
*

Ils marchent vers le village où les mercantis grecs ont installé pour les soldats des échoppes regorgeant de vivres, de boissons pétillantes et sucrées, de cartes postales qu'ils se font fort d'expédier en France. D'un pas sûr, Carla tire Paul par la main vers une maison de pêcheur, face au levant. Elle y pénètre sans hésiter. Un vieil homme charge ses filets sur un âne pour aller pêcher de nuit. Il lui fait signe d'entrer.

– Il ne reviendra qu'à l'aube, quand nous serons partis, assure Carla. Il y a si longtemps que je lui annonce ton retour. C'est un Grec, il connaît la vie.

La maison aux murs larges est fraîche, accueillante et propre. Carla vient souvent y passer la nuit, seule, pour retrouver ses forces dans un cadre chaleureux et humain. Les soins qu'elle a donnés au pêcheur, à l'hôpital, lui ont valu sa reconnaissance éternelle. Il ne jure que par elle, lui laisse les clés de sa maison pour qu'elle s'y repose aussi souvent qu'elle le désire.

Il lui apporte des poissons frais, des étoiles de mer, des coquilles de Vénus. Il pêche malgré les mines, les sous-marins et les croiseurs de bataille. Sourd, il n'entend pas les balles siffler et sait zigzaguer entre les mines. Héphaïstos discret, il n'a d'yeux que pour sa déesse. Dès qu'elle paraît, il quitte la terre. Il se réjouit qu'elle ait trouvé l'amour avec cet Esus gaulois, que le mystère s'opère dans son humble maison, repeinte à la chaux vive au jour de Pâques, comme le veut l'usage chez les Grecs insulaires, ceux que les dieux visitent encore.

Ils se sont vus trois fois, ils s'aimeront toujours. L'amour n'attend pas, il volatilise le temps, le rend à l'éternité dans une percée fulgurante. Chez Paul, à Monteils, les « promis » se « fréquentent », apprennent à se connaître lentement ; tout est mis en œuvre pour apprivoiser l'amour, écarter la surprise, donner sa place au temps pour la construction du foyer ; on le bâtit comme une maison : les fondations, les murs, le toit. Il s'agit d'habituer les *promis* à l'idée de passer d'une ferme à l'autre, d'une famille à l'autre, pour éviter le trouble au village.

Ici, la mort est seule à moissonner. D'un jour à l'autre, elle coupe, tranche, enfouit en terre. Paul l'a vue à l'œuvre, il sait qu'elle est inlassable, imprévisible, et qu'il peut mourir demain comme tant de ses camarades, emporté par un obus de l'Achi Baba.

Carla le sait aussi. Elle fait la guerre à sa manière. Elle en soigne les plaies horribles, aide à trépasser comme à survivre. C'est un miracle que de renaître, pour un grand blessé. À l'œil devenu glauque, à tel assèchement de la peau, aux nerfs tétanisés, on reconnaît l'approche de la mort dans un corps meurtri. Carla sait quand la Camarde ne quittera plus sa proie, s'insinuera, exigera son bien. Tous les soins du monde n'y pourront plus rien.

Des visages que l'on ne peut plus voir en face, des corps à la peau épluchée, arrachée, livrant à nu leurs organes, des membres bleuis par la gangrène, des yeux percés, des gueules cassées, l'enfant d'Arles a tout vu. Paul est là, tout près d'elle, elle peut le regarder, le toucher, le sentir. Son cœur bat, son sang afflue dans ses veines, son souffle chaud court sur sa nuque, sur ses mains douces et fermes. Elle l'a voulu de tout son être. Pour elle, l'attente n'est pas une convenance, mais une souffrance. La voilà libérée.

Comme un bateau qui prend le large. Que prend-elle au juste en s'emparant de Paul, corps et âme ? Rien.

Elle le laisse intact, comme le bateau, la mer. Elle ne saisit que l'infini, sachant combien le reste est de courte durée. Cet instant du grand départ, il ne faut pas le manquer. Ils ne sont pas seulement unis, mais à l'unisson. Paul éprouve ce qu'elle éprouve. Le temps s'est arrêté, et la guerre. Ils n'ont plus rien à craindre, et nul ne peut leur voler ce qu'ils possèdent de toute leur âme : l'instant.

Échoués sur les rochers plats, au lever du soleil d'Asie, ils ne recherchent pas l'astre du temps. En se cachant pour mieux revenir, il marque la durée des hommes, leur rappelle leur finitude. Le soleil paraît, ils vont se séparer, retourner à la guerre. Maudit soleil. *Soleil, cou coupé,* celui des dieux barbares venus justement d'Asie, de Mithra l'implacable, l'assassin de la secte des sacrifices. *Phoibos Apollon*, le dieu des Grecs, aime la lumière, et non le soleil.

Il se lève, le soleil d'Asie, et les voilà désunis. Carla et Paul, en se séparant, savent pourtant qu'un miracle s'est produit dans la maison du pêcheur. Le soleil ni la mort ne peuvent rien contre eux : rien ne peut les empêcher de s'aimer, dans cette vie et dans l'autre.

Une si jolie petite plage

Le sable est fin, l'air torride, la mer rafraîchie par le courant des Dardanelles. La baie de Morto semble prise de torpeur. Des jeunes gens élégants et propres font bonne figure, comme aux *jours* de la comtesse de Noailles, dans ce dernier salon où l'on meurt. On les devine impatients d'aller se baigner. L'un d'eux, plus fou que son cheval, s'y risque malgré les balles. Il s'appelle Jean Giraudoux.

Sous les projectiles dum-dum des Turcs, le boulanger du Vaucluse, le vacher du Cantal ou le garçon de courses de Bab el-Oued sont à la même enseigne que le jeune normalien, espoir de sa génération, le prince Murat, un *darda* comme les autres, ou le comte de Clermont-Tonnerre. Sedd ul Bahr est une école d'égalité, d'humilité devant la mort qui frappe au hasard des rencontres. Gare à celui qui entre par mégarde dans la trajectoire de l'*Orient-Express*. On ne retrouvera rien de lui. Une ombre dans le sable. Comme les lézards, les tortues et les serpents, il est une proie offerte aux obus *made in Germany*.

Les *dardas* évitent la lumière qui les expose aux voyeurs de la rive d'Asie. Ils savent que rien n'échappe aux *lunettes d'approche* dont dispose, comme au théâtre, le moindre artilleur prussien.

Autour des canons Krupp ou Skoda, les Boches poussent des cris de joie quand ils ont touché une belle cible, un officier supérieur comme Ganeval, par exemple, un des deux brigadiers de la 2e division[1]. Pour eux, la guerre est confortable, puisque les Alliés ont laissé à leur disposition ces loggias ensoleillées d'In Tépé ou de Koum Kaleh, où les lentilles cristallines d'Iéna peuvent témoigner de leur efficacité, à trois kilomètres et demi de leur objectif. Quelle joie de pouvoir tuer sans risques !

Des sapeurs traversent la plage endormie par la chaleur de l'après-midi, lourdement chargés. Sur ordre de Maublanc, ils transportent des caisses pleines de *tanagras*, des petites statuettes trouvées dans un entonnoir d'obus et livrées au QG du colonel Nieder, de l'infanterie coloniale, fort amateur d'antiquités. Hoffmann, un caporal alsacien, d'une famille algérienne ralliée en 1871, trompe le temps, à l'heure de la sieste, en jouant du piston de poche à l'ombre de la falaise. Le zouave exaspère ses camarades qui dorment en attendant le bateau de Ténédos.

Les tirs venus d'Asie ne sont pas les seuls à crépiter sur la plage. Les batteries toutes proches, cachées dans les ravins de l'Achi Baba, ne laissent pas passer un jour sans cracher leur ration d'obus de tous calibres. Les Français sont en permanence pris sous des feux croisés. Les services de l'état-major ont fini par se réfugier définitivement dans les murailles épaisses du

1. Ganeval est le frère du colonel aide de camp du général de Gaulle.

vieux château. Tant d'officiers supérieurs sont morts au soleil de Sedd ul Bahr que la prudence élémentaire oblige à les ménager.

Un seul général échappe aux tirs de l'ennemi, alors qu'il circule sans cesse, avec témérité, de la plage aux tranchées. Ce petit vieillard au visage débonnaire, au corps sec et mobile, d'allure vive et décidée, est difficile à repérer. Il se déplace en short, ses godasses de biffin recouvertes de guêtres courtes. Un couvre-nuque blanc cache les étoiles de son képi. Il doit sa réputation d'originalité à une traversée réussie et spectaculaire du Sahara en *quadrilette,* un cycle à quatre roues, vers 1908.

– C'est notre nouveau chef, explique Émile Duguet à Paul Raynal : le général Bailloud.

Un soldat, en short lui aussi, l'accompagne, chargé de paniers d'osier pleins d'oranges et de tablettes de chocolat, de paquets carrés de tabac gris – le scaferlati supérieur baptisé par les poilus *caporal ordinaire* – et de cigarettes Gauloises.

– Tu ne le reconnais pas ? C'est Marceau Delage, le chauffeur des vedettes. Il n'a pas pu débarquer sa Ford sur la plage.

– Pour faire cinq kilomètres au maximum sans routes, à quoi bon ?

– Qu'importe ! Notre ami a trouvé un nouvel emploi.

Bailloud l'adore. Delage suit son maître comme un chien. Le général a également attaché à sa petite escorte, dans ses visites aux tranchées, non des galonnés d'état-major, mais le cantonnier Jules Lequin. Ce rescapé du Kérévès Déré est capable d'aménager à la pioche, en un rien de temps, un poste d'observation invulnérable dans les rochers.

Les zouaves ont trouvé un surnom pour le PC du « petit père » : « l'éperon Bailloud ». Entre Jules et Marceau, ses aides de camp improvisés, le général presque septuagénaire trottine jusqu'aux premières lignes, salué par les *dardas* (surnom familier donné aux soldats des Dardanelles) – à qui il distribue des cadeaux sous les éclats tirés par les batteries de l'Achi Baba.

À son état-major travaillent les officiers de la logistique, comme le colonel de Piépape, un cavalier, ou le fantassin Giraudon. Ils ont oublié que Bailloud, dans sa jeunesse, passait pour un soldat de cabinet, secrétaire général de Félix Faure à l'Élysée, ou encore, à Alger, du gouverneur général Jonnart.

Auprès des zouaves algérois, qui se rappellent son temps de service dans leur cité, il passe pour un chef populaire, courageux, toujours proche des hommes. Il aime plaisanter avec eux, parler du pays, jamais à court d'histoires drôles glanées dans les bistrots de la rue Michelet ou de la rue d'Isly. Il est cent fois plus à l'aise avec les cordonniers de Bab el-Oued qu'avec les normaliens de son bureau du chiffre.

Bailloud ranime tous les courages. À le voir passer sous les balles, invulnérable, il fait songer au légendaire père Bugeaud. Les pieds-noirs le tiennent pour un des leurs. Il a leur bravoure placide et joviale, et son moral à toute épreuve n'a rien d'un bravache. D'un brave homme plutôt, avec qui l'on fait la guerre au coin du feu, en attendant le courrier du pays, rarement distribué, et avec des retards insensés.

– C'est égal, dit l'Alpin, en suivant des yeux le

singulier cortège de la plage, la guerre a bien changé. Avec Bailloud, il ne s'agit plus de vaincre, de percer, mais de tenir. Je ne le vois pas lancer des offensives à la Joffre pour faire couler le sang de ses *dardas* dans la rocaille.

– Il n'est pas seul, rappelle Paul Raynal à son ami Émile. Il nous soigne, il nous endort, nous dorlote, mais son patron, c'est Ian Hamilton, et celui-là n'a renoncé à rien.

* *
*

Rat furtif, Richard Bartlett s'est faufilé dans la cale d'un cargo après avoir quitté l'île fétide de Képhalos où le général en chef anglais a planté son quartier général. Il a dû tromper la vigilance de ses propres amis, les gandins londoniens de l'entourage du grand chef, le jeune Churchill et Lloyd George. Détaler comme un voleur, sans ordre de mission ni avertir personne. En constatant sa disparition, dans le Sahara de Képhalos, chacun s'attend à ce qu'il fasse, à Londres, la tournée des ministères, pour dire tout le mal qu'il pense de l'expédition et de son chef, avant de l'écrire dans le *Sunday Times*.

C'est certainement son intention. Son départ à la cloche de bois l'indique assez : quel correspondant de presse un peu sensé ne s'indignerait, d'ailleurs, au vu de la folle obstination de sir Ian Hamilton. Attaquer les Turcs là où ils sont les plus forts, et persister à considérer la prise du village de Krithia et du sinistre Achi Baba comme préalables de la victoire relèvent d'un art de la guerre pour le moins étrange. Richard a sans aucun doute l'intention de révéler au public, s'il y est autorisé, les massacres du ravin Gully et le sacrifice des Anzac, pour qui tuer les Turcs est devenu un devoir national.

La situation du cabinet est si confuse à Londres que tous les espoirs lui sont permis lorsqu'il débarque à Victoria Station de la malle des Indes, sans avoir séjourné plus de deux heures à Paris.

– Je veux faire connaître la vérité dans les hautes sphères, a-t-il déclaré d'un ton laconique, à l'escale de Malte, chez l'amiral Limpus.

Assez inquiet de ces propos irresponsables, susceptibles d'alerter le service de renseignement de l'armée en Orient et d'affaiblir sir Ian Hamilton lui-même, l'amiral a pris les devants, et averti l'*Intelligence Service.* Mais que peut un général en poste comme Ian Hamilton contre un journaliste introduit dans le milieu politique et décidé à nuire ?

Petit écureuil rafraîchi par un saut chez son tailleur de Savile Row et son coiffeur de Kensington, Richard, étalant ses carnets de notes et ses photos de massacres, prend d'abord l'aval de son patron, Harry Lawson, puis de l'association de propriétaires de journaux.

Il se croit sincèrement capable, par ses révélations sur les Dardanelles, de mettre en danger le cabinet Asquith. Quel autre journaliste, à Londres, est plus puissant que lui ? Que diraient les scorpions de la Résidence du Caire, les potentats méprisants de l'armée des Indes, les commodores aux lèvres pincées de la *Royal Navy,* s'ils le voyaient installé en majesté dans les forteresses ministérielles anglaises ? Après les rebuffades subies, quelle revanche !

Qu'il se mît au service d'une faction, d'un clan, par

exemple pour ou contre Kitchener, serait une belle sottise. Il deviendrait ainsi vulnérable et perdrait son rôle de témoin capital, à l'œil qui juge sans rien risquer. Impossible, estime-t-il donc, de sang-froid et dépourvu d'humour, que le cabinet fixe sa nouvelle politique en Orient sans l'entendre.

Il s'en ouvre à Churchill, son seul protecteur réel, celui qui l'a autorisé à partir pour les Dardanelles. Malheureusement, sir Winston n'est plus rien. L'échec de la flotte l'a éjecté de l'Amirauté. Amer, inemployé, vieilli, pâle et déprimé, il soupçonne l'avantageux journaliste des pires desseins.

Il le lui dit en face, retrouvant sa combativité de bulldog, lors d'un dîner chez lady Randolph Churchill, devant Lili d'Harcourt et la duchesse de Marlborough :

– Vous êtes rentré à Londres pour combattre l'expédition !

Cela, sir Winston ne le tolère pas. La flotte aurait dû aller jusqu'au bout le 18 mars, pense-t-il. On a voulu ménager des cuirassés périmés, qui depuis lors ont été coulés l'un après l'autre par les sous-marins des *Huns*. Et les apôtres du cabinet plaident pour l'abandon de la seule bonne idée de la guerre, la prise de Constantinople, celle qui donnerait la victoire à la vieille Angleterre.

Comment le rat musqué du *Sunday Times* résisterait-il à la charge de l'ancien hussard de la guerre des Boers ? Venu pour dénoncer, le voilà sur ses gardes. Il jure ses grands dieux qu'il souhaite, autant que personne, voir la guerre continuer. Il se ménage un rôle plus discret, plus efficace, en suggérant que la victoire reste possible à condition que l'expédition soit conduite de manière *convenable*. Il sait, lui,

Richard Bartlett, reporter-photographe d'un journal du dimanche, comment ce général insularisé dans les sables de Képhalos, qui ne met jamais les pieds dans les lignes, devrait s'y prendre pour gagner. Il a un plan dans sa musette et ne demande qu'à le produire.

Churchill saute sur l'occasion. Soudain plus gai, plus enjoué, il prend la peine de reconduire à pied le journaliste dans les rues sombres et désertes de Londres, lui ménage ses rendez-vous avec les membres du cabinet, le pousse en avant. Bartlett devient son cheval de Troie.

Le lendemain, il le propulse au 10 Downing Street, chez le Premier Ministre. Bartlett est naturellement persuadé qu'il doit cet accueil à son seul mérite, qu'il apporte au cabinet les moyens de sauver la situation. Il rencontre Asquith, qui vient de perdre son fils à la guerre, et Bonar Law, et même Kitchener. Il entre dans la chambre du Conseil, le saint des saints de l'Angleterre victorienne où toutes les décisions concernant le monde se prennent depuis plus d'un siècle. Il vit un rêve éveillé.

* *
*

Partout Bartlett, poussé par Churchill, qui souvent l'accompagne, argue de la nécessité de débarquer ailleurs, par exemple au nord de la presqu'île de Gallipoli. On l'encense, on l'écoute, on opine. Les louanges dont on l'accable lui paraissent sincères et méritées. Que n'a-t-on tenu plus tôt aux responsables ce langage de vérité ? Pourvu que Bartlett n'écrive rien dans son journal, on le laisse déployer son propre plan de guerre.

On l'entend jusqu'au bout, sans impatience aucune, avec un intérêt soutenu. Même Balfour, le premier lord de l'Amirauté, successeur de Churchill, le reçoit avec chaleur. On le laisse expliquer qu'il faut renoncer à attaquer Gaba Tépé et l'Achi Baba, qu'il suffirait de cinq divisions pour gagner la guerre, en débarquant au nord-ouest de la presqu'île, sur la mer Égée, du côté de Bulair, pendant que les Français pourraient reprendre la rive d'Asie.

Personne ne le critique. À lord Kitchener, qui le questionne sur le meilleur point de débarquement possible dans le Nord, il répond spontanément que la baie de Suvla serait tout indiquée. Il entre ainsi, sans le savoir, dans les plans du ministre.

Quand il reprend le bateau d'Orient, Churchill lui assure que le gouvernement Asquith poussera l'expédition jusqu'au bout et enverra les renforts promis à Hamilton. Il félicite chaleureusement le reporter et réalise son vœu le plus cher en lui procurant les moyens de filmer les événements avec une caméra. En échange de ces bons procédés, le *Sunday Times* restera muet sur les massacres de Gallipoli.

Avant de quitter Londres, Bartlett rencontre le féroce colonel Repington, critique militaire attitré du *Times,* qui a bien failli faire chuter le gouvernement par une série d'articles sur la déficience des armements.

– Vous pouvez repartir tranquille, le rassure-t-il. Le cabinet veut aller jusqu'au bout, et je le soutiendrai dans l'opinion. Faites de même.

À Képhalos, usé par le climat et la lutte contre les mouches et moustiques, l'état-major a finalement décidé de s'installer à Imbros, plus clémente. Bartlett y débarque à bord d'un chalutier et tente immédiatement de savoir si le général en chef Hamilton a reçu, avec ses renforts, de nouvelles directives du ministère de Londres. Il a un certain mal à obtenir des informations car les généraux se méfient de lui.

Des officiers désignés par Hamilton guident ses visites au front, lui montrent les positions conquises, le *haricot* des Français, le fort Boomerang des Anglais.

– Aujourd'hui, lui explique de Lisle, le commandant de la prestigieuse 29e division, nous n'attaquons plus que des portions de la ligne ennemie. Une offensive générale est impossible.

Bartlett n'est pas convaincu que cette opinion soit celle de Hamilton. Mais l'officier chargé des rapports avec la presse coupe court à ses questions :

– Quiconque critiquera la conduite des opérations sera immédiatement renvoyé en Angleterre, lâche-t-il.

Ainsi, rien n'a changé. Le général Hunter Weston, tapi dans un abri bombardé jour et nuit, veut toujours, soutenu par Hamilton, s'emparer des défenses imprenables de l'Achi Baba. Il n'en démord pas. Pourtant, il vient d'accuser cinq mille morts dans un seul combat. Mais il prétend que les Turcs ont subi des pertes bien plus lourdes, et qu'ils manquent de vivres et de munitions.

Richard Bartlett se persuade des intentions réelles de Hamilton au moment de débarquer sur la plage de Hellès, suite à une injonction de l'état-major qui entend l'obliger à visiter les lieux de guerre au plus près. Après les pertes cruelles éprouvées lors des attaques suicidaires des 12 et 13 juillet, le général n'a rien trouvé de mieux que de renforcer les lignes défoncées par les bataillons de la 13e division envoyée en renfort par Kitchener pour reprendre les attaques de la colline maudite.

– L'appétit de cette montagne est insatiable, dit le journaliste au colonel Valentin, qu'il rencontre sur la plage *W* des Britanniques.

Et Valentin salue ce civil, n'hésite pas à engager une conversation avec lui. Comment ne pas reconnaître Bartlett, quand on est officier de renseignement ? Son embonpoint, son cigare toujours éteint et ses petites jambes agiles le signalent à l'attention de tous. L'officier français s'est rendu sur la plage alliée voisine pour vérifier de ses yeux, avant d'en rendre compte au général Bailloud, à quel emploi on destine les troupes anglaises nouvellement débarquées. C'est un moyen très sûr de constater sur le terrain les intentions du général en chef.

– Avez-vous informé le public anglais des pertes subies ici ?

– Hamilton envoie ses propres télégrammes, que la presse reprend comme l'Évangile, explique tout de go Bartlett sans chercher à dissimuler son dépit, fût-ce devant un officier étranger. Il a parlé de dix mille morts turcs et de trente mille blessés évacués sur Constantinople. La censure existe aussi chez nous, même si elle n'est pas une institution. Quel directeur de journal refuserait de publier des informations reçues directement de l'état-major ? Nos papiers sont jetés à la corbeille, car ils arrivent plus tard, trop tard. On dit qu'ils ne sont pas d'actualité, et le tour est joué. Il reste que nous avons laissé dans ces ravins innommables la valeur de trois bonnes divisions britanniques, en pure perte.

Valentin s'étonne de ce pessimisme. Il devine les relations puissantes du journaliste à Londres, qui l'autorisent sans doute à s'exprimer publiquement avec cette impudente franchise.

– Est-il vrai que Smith Dorrien remplacerait sous peu Hamilton ? lui demande-t-il à brûle-pourpoint.

– Je n'en crois pas un mot. Si Hamilton persiste, il est soutenu à fond par Kitchener.

– Pourquoi Kitchener est-il si obstiné, alors qu'il s'était au départ prononcé clairement contre l'opération lancée par Churchill ?

Bartlett esquisse un sourire de commisération. Ce colonel français n'a aucune culture politique. Il ignore tout simplement la stature de lord Kitchener *of Khartoum*, *sirdar* ou maréchal de l'armée égyptienne. Sans lui, Gordon Pacha, général anglais martyr de la colonisation victorienne, assassiné en 1885 dans la capitale du Soudan par les fanatiques chiites du Mahdi, n'aurait pas été vengé. Le Sirdar, grâce au ciel, a repris Khartoum, exterminé les mahdistes. Il ne peut aujourd'hui se permettre de perdre la face devant des musulmans, fussent-ils turcs, alors que son armée a déjà été engagée à la face du monde. Voilà ce que ce colonel Valentin devrait savoir, cela lui éviterait de poser des questions stupides.

– Les Français aussi, dit-il pour lui clouer le bec, doivent s'attendre à la reprise du carnage. Ils seront bien obligés de nous suivre, s'ils ne veulent pas perdre la face à leur tour, du Maghreb à la Syrie.

* *
*

Paul Raynal est de bonne humeur. Il a enfin reçu une lettre de sa mère, Maria, expédiée de la poste de

Septfonds. La fabrique de chapeaux est au plus mal, mais tous travaillent à la ferme de la tante Isabelle, pour l'aider aux cultures. Le gouvernement paie cher le tabac et le colza. On a converti les terres à seigle pour satisfaire la demande. Paul, qui se poissait les mains à arracher une à une les feuilles de tabac dans sa jeunesse, imagine la famille entière occupée à cette besogne ingrate. Il est vrai que le colza, en revanche, pousse tout seul, comme le maïs. Les oies et les canards ne s'en plaignent pas. Sa mère lui demande s'il a reçu ses colis, si le foie de canard aux truffes n'était pas gâté. Il sourit de tendresse. Peuvent-ils se douter, à Septfonds, dans quel enfer on vit sur cette petite plage ? Il écrit aussitôt pour les rassurer, et confie sa lettre à un marin qui la postera à Moudros, sur un transatlantique reconverti en transport pour Marseille.

Paul a rejoint, avec le sous-lieutenant Layné, la compagnie Maublanc, occupée en première ligne à rétablir les réseaux de barbelés, tâche ardue, dans l'état ravagé où elle se trouve. Seul l'artilleur Émile Duguet est resté dans l'entourage immédiat du général Bailloud.

Le spectacle de l'avant est hallucinant. Marsouins, zouaves, légionnaires, tirailleurs, biffins venus de France sont tombés ensemble, inextricablement mêlés, dans les bouts de tranchées remués par le canon. Ceux que les brancardiers parviennent à recueillir meurent de soif, couverts de boue et de sang coagulé, harcelés par les mouches. La confusion entre les boyaux est totale, les passages regorgent de morts et de blessés des deux camps pris dans les réseaux Brun et non dégagés.

Les cadavres des Turcs gisent au fond des tranchées

conquises, où s'entassent en vrac du charbon de bois à brûler, des paquetages et de vieux sacs, des chaises de prière pour mollahs, des couvertures pour mulets. Des oliviers vénérables gisent à terre, arrachés comme fétus de paille, leurs profondes racines se desséchant au soleil. Les postes de téléphone des bataillons restent muets, fils cisaillés. Le premier travail des sapeurs est de les rétablir, mais ils ne peuvent poursuivre longtemps leurs efforts, faute de matériel.

Paul avise un Sénégalais laissé pour mort, visage recouvert de mouches et inerte, mais sans blessures apparentes. Sous sa chemise kaki, pourtant, il s'aperçoit que son cœur bat. Il tente en vain de le réveiller, de le remettre debout. Les membres ne répondent plus. Demander l'aide des brancardiers est inutile, ils sont tous occupés. Paul fait glisser de l'eau fraîche sur les lèvres du jeune homme qui ouvre enfin les yeux, cherche fébrilement son chapelet d'ébène et le porte à sa bouche en priant.

Dans sa poche, Paul trouve ses papiers. Le soldat est de Ziguinchor et s'appelle Mamadou Kombaré. Une photo de sa famille, jaunie, cornée, tombe de son livret. Elle pose devant une case blanche, sous un fromager géant. Paul la ramasse, verse encore à boire au rescapé qui se croit de retour au pays, appelle sa mère, ses sœurs, cherche dans le ciel vidc les ramages des oiseaux de couleur. Il n'entend pas, au loin, le clapotis des rames sur la rivière Casamance, large comme un bras de mer, où les piroguiers, dès les premiers rayons de l'aube, partent pêcher des *capitaines,* que leurs femmes vendent à la fraîche, enveloppés dans des feuilles de manioc.

– Je vais mourir, murmure le blessé, va chercher

mon curé. Demande le père Manuel. Tout le monde le connaît. Il porte une grande robe blanche.

– Il délire. La dengue, sans doute, dit Layné en les rejoignant.

– Tous les nôtres sont morts, mon tour est venu. Je veux reposer près de mon père. Sa tombe est dans le cimetière près de l'église. Le prêtre la connaît. C'est un bon homme, il m'enverra au paradis des oiseaux. Je vous en prie, retrouvez-le. *Abana, abana !*

– Cela veut dire, dans sa langue : c'est fini ! Chargeons-le sur un mulet, décide Layné, qui organise un convoi pour la plage. À Ténédos, les alouettes, les chardonnerets chantent, il se croira de retour au pays.

Ils le déposent eux-mêmes dans la chaloupe d'un convoi de *dingos*, avec plusieurs de ses camarades encore vivants rencontrés en chemin qui se laissent conduire et allonger au fond des barques, sans savoir où ils se trouvent.

Les sapeurs peinent à dégager, sur la plage, dans l'amoncellement des caisses débarquées en vrac des soutes, les réseaux de fil de fer Brun et les lignes téléphoniques qu'ils sont venus charger. Le désordre est tel que les officiers de garde sont dans l'incapacité de les aider. Les files de blessés ne cessent d'affluer, et la première urgence est d'évacuer tous ceux qui peuvent être opérés à bord des navires. De petits vapeurs accostent au plus près du rivage et repartent, aussitôt leurs chaloupes pleines, sans s'attarder. Les marins protègent leur nez d'un foulard, comme s'ils redoutaient la contagion de l'air vicié des lignes, que le vent rabat dans leur direction.

La chaleur accroît l'insalubrité, et le docteur Vassel, courbatu, les mains poisseuses de sang séché, parcourt d'un regard un peu hébété l'unique poste de secours encombré de centaines de brancards, au pied de la falaise. Général major responsable de l'ensemble du service de santé, il doit mettre lui-même la main à la pâte et redoute des vagues d'épidémies infiniment plus graves, comme le choléra, qui frappe périodiquement les côtes d'Asie.

Tous les postes de premier secours, au voisinage immédiat des lignes, débordent de moribonds en attente d'être évacués vers les îles, et pas seulement de blessés. L'absence d'aliments frais provoque des dysenteries parmi les soldats abonnés au régime conserves. Certains attrapent le teint jaune, perdent un kilo par jour, et sont bientôt réduits à l'état de squelette. Tout ce qui est absorbé par les hommes sur cette plage est saupoudré de sable, soulevé en torches par le sirocco.

– Les Anglais aussi ont mal à l'estomac, dit Vassel au major Luciani. Même s'ils redoutent l'eau des puits, si fraîche à notre arrivée mais déjà polluée, ils ne peuvent éviter d'en boire car ils souffrent de la soif comme des damnés. Près du ravin Gully, on m'a dit qu'ils allument des brasiers pour y brûler les milliers de cadavres turcs. L'odeur insupportable de ces bûchers géants les prend à la gorge.

Les eaux polluées véhiculent forcément des germes responsables de maladies inconnues, ou bien oubliées des majors. Un relent de pourriture monte des tranchées, assaillies en permanence par des millions de mouches. Le soir, c'est le tour des nuées de moustiques, porteurs de paludisme.

Les engagements sanglants des 12 et 13 juillet ont multiplié le nombre des morts, dont beaucoup sont restés abandonnés dans les broussailles, au fond des ravins. Il devient impossible, dans certains secteurs du front britannique, de creuser des boyaux, tant les pioches se heurtent aux piles de cadavres.

En dehors de quelques accords spectaculaires et très provisoires, pas d'armistice permettant l'enlèvement des blessés. Sir Ian Hamilton s'en veut d'avoir conclu une trêve, en mai, avec Liman von Sanders, autorisant l'évacuation de ceux du corps australien. On lui assure que le général turc Mustafa Kemal s'est déguisé en sergent de la Croix-Rouge afin d'inspecter les positions des Anzac, et de les attaquer ensuite férocement. Depuis lors, les morts et les blessés ne peuvent plus être relevés et pourrissent entre les lignes, sous la chaleur accablante. Les tireurs des deux camps prennent pour cibles les équipes de secours, sans vergogne.

* *
*

Les zouaves d'Alger et d'Oran, les 7e et 8e régiments mixtes de tirailleurs et de marsouins, se voient contraints d'abandonner les leurs par milliers dans ces mouroirs infects, à moins de prendre des risques inouïs en tentant de les évacuer de nuit. On en a vu plus d'un, tirant le cadavre d'un camarade auquel il voulait donner une sépulture décente, prendre une balle de guetteur turc en pleine tête et s'affaisser sur celui qu'il espérait soustraire aux rats et aux corneilles.

Raynal est remonté au front, avec Duguet, pour tenter de dresser un schéma des lignes de tranchées. Ils s'y perdent à l'état-major. Où sont les nôtres, au juste, dans l'imbroglio du sol cent fois retourné, et des trous d'obus rejoignant les boyaux jonchés de morts des deux camps ?

– Le pire, s'indigne Émile Duguet, c'est que les Anglais nous accusent d'avoir reculé et ainsi d'avoir découvert leur aile droite, pendant l'attaque du Quadrilatère, un espace sinistre délimité par quatre points de résistance sur le plateau rasé par les canons. Les positions marquées au crayon rouge sur cette carte sont apparemment restées aux mains des nôtres.

– Je ne sais pas comment tu peux t'y retrouver, sur ce terrain totalement défoncé. Nos chefs ont repris leurs habitudes des champs de bataille de Champagne ou de Lorraine, ils ont reconstitué le front de France, dit Paul : ils désignent les lieux sous des noms conventionnels, la ferme Zimmermann, ou le Quadrilatère. Je suis sûr qu'ils dénomment également les tranchées, pour s'y reconnaître, sur les cartes qu'ils ont enfin reçues.

– Pas encore, mais c'est vrai, nos artilleurs n'ont pas d'imagination. Ils emploient le langage de Polytechnique. Ils appellent un boyau turc Z' ou Z''. Réduire le champ de bataille à un quadrilatère, c'est l'exorciser. Il devient un champ géométrique abstrait que le canon doit détruire. À décoder les ordres rédigés de cette façon nébuleuse, le lieutenant-colonel Bordeaux, qui commande le 7e régiment mixte d'infanterie coloniale désigné pour l'assaut, jure qu'il y perd son latin.

– Pourquoi mixte ?

– Il est constitué pour moitié d'Africains du Nord, et pour moitié de Sénégalais. Bordeaux a reçu l'ordre de s'emparer du quadrilatère des quatre points Z.

– Z comme zouaves, leur lance le caporal Daniel Floriano, assis dans un trou d'obus au détour de deux boyaux. Je vous présente le zouave Ben Soussan, mon conscrit de Mostaganem, et les frères Tachela de Constantine, qui parlent le turc comme père et mère. J'aurais pu vous présenter aussi mon vieux camarade Sieffert, de Mulhouse, un Alsacien installé chez nous en Algérie après 1871, s'il n'était mort parmi les premiers.

– Les Sénégalais ont-ils flanché ? demande Paul.

Les zouaves haussent les épaules. Considérant les galons de l'artilleur, ils n'osent le remettre à sa place, mais le cœur y est.

– Ils se sont battus comme des lions, je peux te l'assurer. Avec leurs trois semaines d'instruction au camp de Fréjus, ils étaient plus nuls que nous en débarquant. Ils ont vite appris la charge à la baïonnette, et la guerre de position. Ils suivaient les lieutenants en hurlant leurs cris de guerre pour se donner du cran. Ils ont sauté les premiers dans la brousse hostile, creusée de trous, glissant sur les cadavres des Turcs, respirant avec peine la pourriture de l'air. Les mitrailleuses les fauchaient de plein fouet dans la compagnie Tomasini. Je crois qu'ils sont hors de combat.

– Flanché, disais-tu ? renchérit l'aîné des Tachela. Ils y sont restés, et leurs officiers les premiers. Nous les suivions de près, nous, les Français.

Daniel Floriano confirme, en bombant le torse. Il est le descendant de plusieurs générations d'Espagnols installés dans la région d'Oran après avoir fui leurs villages castillans, trop peuplés et sans ressources. Un pur Andalou, brun et râblé, instituteur dans le civil. Fidèle au manuel reçu de la métropole, il enseigne à ses élèves que l'Algérie c'est la France. On lui a donné la sardine rouge de caporal dès le début des opérations, pour son courage au feu et son bon niveau d'instruction. Ben Soussan est le fils d'un négociant en vins de la communauté israélite de Mostaganem, dont les ancêtres sont devenus citoyens français par le décret Crémieux de 1871. Ces zouaves d'Afrique du Nord n'aiment pas entendre dire, surtout par un artilleur venu de France, que les Sénégalais, leurs compagnons de lutte, ont flanché.

– Les malheureux ! dit Ben Soussan. Recrutés dans leurs villages, presque de force, et même pas français ! Ils sont des *indigènes*, et ils meurent pour la France, en braves, comme nos tirailleurs sur les fronts de Champagne, qui pour être algériens ne sont pas français non plus. On ne rend pas justice à nos Sénégalais. Il y a eu un mouvement de panique, c'est vrai, quand tous les chefs sont morts. Mais ils n'ont pas été les seuls à reculer. Nous aussi, nous avons lâché, devant la furie des Turcs.

– Des officiers nous ont regroupés à l'arrière, explique posément Floriano, comme si la panique était due seulement au désordre, à la disparition des cadres, et non pas à l'insuffisance criante de la préparation de cette action folle. Des hommes lancés contre des tranchées bien tracées sur les cartes, alors qu'elles n'existaient pas ! Des groupes d'assaut se heurtant à des barbelés et se faisant faucher, sans pouvoir répliquer, par les feux de mitrailleuses invisibles.

Les zouaves ne dénoncent pas l'absence de repérage des positions ennemies, le bombardement insuffisant, la faiblesse du soutien de l'artillerie et des armes automatiques ; ces patriotes ne critiquent pas leurs officiers, tués les premiers à la tête des sections et des bataillons. Mais ils sont désespérés de la mort des copains, et, plus encore, du recul imposé par des ennemis ne tenant aucun compte de leurs propres pertes. Leurs vagues d'assaut se renouvelaient sans relâche, en dépit des cadavres s'empilant sur les parapets.

– Combien aviez-vous de Saint-Étienne en ligne ? demande Duguet l'Alpin, désireux d'informer son général au plus juste, par des renseignements recueillis à chaud sur le terrain.

– Notre compagnie, dotée de six mitrailleuses, a fait du bon travail, assure le caporal Floriano.

– Six pièces seulement, pour soutenir une attaque entière !

– Elles ont craché sans arrêt, les tubes étaient rouges à incendier les broussailles. Elles nous ont permis de percer parce qu'elles étaient servies par des as. Hélas ! un feu d'artillerie infernal les a prises de flanc. Cinq sur six ont été renversées, leurs servants anéantis dans les trous de 77. Le commandant a été tué, son lieutenant blessé. Au final, le 8e régiment a perdu quatorze officiers sur les vingt-cinq qui commandaient au feu. Un désastre. J'ai vu Bordeaux pleurer, et ce n'est pas un tendre.

Une sonnerie de clairon appelle les zouaves, qui se lèvent aussitôt et repartent fusil à l'épaule.

– On les reforme à l'arrière, pour intégrer à leurs bataillons les renforts venus de Moudros, dit l'Alpin. Les pertes sont trop lourdes. On recomplète par tous ceux que les commissions de réforme ont déclarés « bons pour le service » dans les dépôts.

– On renvoie ceux-là au feu malgré leur fatigue, avec, en prime, les déchets du recrutement des centres d'Afrique du Nord ?

– Ils auront peut-être droit à une semaine à Ténédos,

comme les Sénégalais, s'ils sont jugés trop faibles et risquent de tomber malades.

* *
*

Le général Bailloud veut tout voir de ses propres yeux. Alerté le 18 juillet par les informations angoissantes circulant dans son entourage, il se rend à l'antenne de Luciani.

Le major découragé lui montre un malade en état de complète hébétude. C'est un légionnaire espagnol, petit de taille, corps sec et visage décharné, la médaille militaire épinglée à sa chemise. Allongé sur une civière, il présente tous les symptômes déjà observés par Layné et Raynal chez les Sénégalais, et qui en ont fait un rapport fidèle à Luciani.

– La dengue, explique le major à Bailloud. Elle commence par un accès de fièvre et des maux de tête violents. Des douleurs musculaires intolérables se manifestent très vite. Ce soldat ne peut plus combattre, ni se nourrir. Il va mourir s'il n'est pas évacué.

– Envoyez-le donc à Ténédos, dit Bailloud.

– Ils comptent déjà plus de mille *dingos*, répond Luciani. Excusez, mon général, c'est ainsi qu'on les nomme.

– Est-ce une maladie nouvelle ?

– Pas vraiment. On l'étudie en faculté comme une sorte de grippe virale, connue depuis une cinquantaine d'années. Nous l'avons tous oubliée. La voilà de retour en force. Elle n'est pas mortelle, mais elle rend les malades incapables du moindre effort. D'où probablement l'expression : « envoyer dinguer ».

– Que faites-vous de ces gens ? Vous les expédiez en France ?

– On ne rapatrie pas les *dingos*, on les isole, précise Luciani. Plus graves sont les effets de la dysenterie, du paludisme et de la jaunisse. Il faut rapatrier ceux qui en sont atteints, car ils contaminent les autres. Les plages en sont pleines. Il est vain de soigner ces malades sur les navires-hôpitaux. L'évacuation est la seule solution.

Bailloud, comme tous les anciens de la Coloniale, connaît les effets de la dysenterie amibienne. Il sait que le seul moyen de lutter contre cette redoutable épidémie est de repérer les malades afin d'incinérer leurs selles, ou du moins de les enfouir dans des tranchées profondes. Les kystes amibiens résistent à tout. À Sedd ul Bahr, il est impossible de s'en débarrasser. La contamination est inévitable.

– Pour les soins, ajoute le major, il faudrait de l'émétine. Peut-être en ont-ils encore, sur les navires. Il ne m'en reste pas un gramme.

Le général demeure perplexe. Identifier les malades dès le début de la maladie ? Il n'en est pas question, les médecins n'en ont pas les moyens. Pour la dengue, c'est plus facile. Il a déjà fait évacuer de son propre entourage, vers Ténédos, l'apprenti diplomate Charles-Roux et le futur orientaliste Denis. Les fruits et les légumes abondent dans l'île. Les malades pourront s'y remettre. La dysenterie est plus grave, car souvent mortelle.

La nuit tombe. Le bruit du canon turc fait sursauter Bailloud. Devant l'épave du *River Clyde*, les survivants d'un bataillon de Sénégalais encore capables de marcher se sont regroupés, attendant leur embarquement pour Ténédos où ils prendront une semaine de repos. Les guetteurs allemands auraient-ils surpris la lueur de quelque flamme de briquet en action ? Un bombardement dense et précis provoque, en un quart d'heure, une hécatombe chez les tirailleurs. Dans les trous d'obus gisent dix-sept morts et cinquante blessés.

Les zouaves d'Alger accourent, sans souci des éclats qui continuent à pleuvoir, pour sauver leurs camarades. Luciani prête main-forte au médecin du bataillon, le docteur Lapin. Les blessés crient de douleur, appellent à l'aide. Il est difficile de les secourir dans le désordre et l'obscurité.

Des chaînes de secours se constituent, où chacun s'emploie de son mieux. À l'antenne de Luciani, de nouveaux brancards s'alignent. En présence de son chef, le major Vassel, pourtant démuni de moyens, s'efforce de donner les premiers soins avec son personnel infirmier submergé. Il fait évacuer aussitôt les plus atteints par chaloupes, en direction des navires, faute de pouvoir les opérer sur place.

Bailloud réunit alors les officiers de plage :

– Veillez désormais à imposer le silence absolu dans les rangs, à interdire aux hommes d'allumer la moindre cigarette. Ceux d'en face ont bonne vue, et la plus petite flamme se voit de loin. Faites disposer des meules de foin le long du parcours, pour atténuer les effets des explosions, et surtout permettre aux hommes de se cacher.

L'un des lieutenants de service désigne, à dix pas en arrière, un innocent et sourd porteur de lanterne, qui cherche son général pour éclairer ses pas. C'est le cantonnier Lequin.

– Sacredieu ! crie Bailloud. Si vous n'éteignez pas

immédiatement cette lanterne, vous casserez des cailloux à Biribi, dans les joyeux !

* *
*

Le général français se demande si Paris réalise à quel point la situation du corps expéditionnaire est désespérée. Le 18 juillet 1915, il ignore encore tout des intentions de ses supérieurs de la rue Saint-Dominique. Faut-il suivre les Anglais aveuglément jusqu'en enfer, ruiner les deux divisions, bataillon par bataillon, en colmatant les brèches creusées par les Turcs sur les pentes de l'Achi Baba ?

Aucun chef politique responsable n'est jamais venu en Orient. Ni Viviani, ni Millerand n'y ont mis les pieds ; pas plus que Briand, ou le ministre de la Marine Augagneur. Pour Bailloud, briscard des ministères et ancien de l'Élysée, c'est un signe. Poincaré, le président de la République, considère l'Orient comme un simple terrain de manœuvres diplomatiques. Il ne prend pas cette guerre anglaise au sérieux et ne croit pas à la force de résistance turque, même avec le soutien de l'Allemagne. Son seul intérêt, en cas de victoire britannique, sera la présence du drapeau français dans Constantinople reconquise, avant le partage de l'Empire ottoman par les Alliés.

Bailloud a appris que le général d'Amade, revenu si pessimiste des Dardanelles après sa disgrâce, a rendu visite au Président et s'est finalement dit convaincu qu'en un mois on pouvait venir à bout des Turcs. Où diable Bailloud a-t-il glané cette tout autre information, encore plus invraisemblable : par quel canal mystérieux des officines de renseignement a-t-il appris que le Président recevait fréquemment, en catimini, le romancier Pierre Loti, réputé ami des Turcs, rengagé comme officier de marine et utilisé pour des contacts secrets avec les Ottomans hostiles à la guerre, les ministres Talaat et Djavid ?

Loti aurait assuré, si l'information est exacte, que Enver le dictateur était *brûlé,* et que les généraux turcs supportaient de moins en moins la tutelle des Allemands.

Le bruit court, par le bouche-à-oreille du vieux palais, que l'on ne repousse pas l'idée, à l'Élysée, d'une négociation secrète en Suisse. « Il reste entendu, aurait même précisé Poincaré, que les hostilités continueraient en cas d'ouverture diplomatique. »

Cela va de soi : les *dardas* doivent tenir leurs positions, quelles que soient les approches de la diplomatie secrète. Bailloud n'en est pas étonné. Rompu aux hypocrisies du pouvoir, il doute seulement du sérieux d'une telle approche, n'ayant aucune confiance dans le célèbre auteur de *Pêcheur d'Islande*, si bien introduit à l'Élysée.

Bien sûr, cette négociation n'aboutit pas : les derniers renseignements, communiqués très officiellement par la voie ordinaire du 2e bureau de l'armée au général Bailloud, établissent que le parti allemand des dictateurs turcs reprend toute sa vigueur à Constantinople. Enver Pacha, le ministre de la Guerre, dominerait parfaitement la situation. Il maintiendrait, malgré la mauvaise humeur des généraux, de bonnes relations avec Berlin, et n'hésiterait pas à briser dans le sang toute opposition des peuples allogènes, ou des financiers pro-occidentaux comme Djavid ou Talaat.

Le *petit père* hoche pourtant la tête en tirant sur sa pipe éteinte, signe de grande perplexité. Les rapports qu'il parcourt sont le fait d'attachés militaires du Caire ou d'Athènes, trop férus d'espionnage. Il reste que les Alliés ont pu croire un instant au relâchement de la résistance ottomane. Sont-ils vraiment décidés à aller jusqu'au bout ? Les Anglais sont poussés par Kitchener, mais les Français ?

Il sera naturellement le dernier à être informé, comme d'habitude. Il sait que le gouvernement a fini par le considérer, à la demande de Gouraud lui-même, comme un intérimaire utile aux Dardanelles. On lui cherche déjà un remplaçant : on aurait songé à Gallieni, mais Bailloud est tranquille, il devine que personne n'acceptera un poste aussi obscur, aussi peu gratifiant.

Le fin renard de cabinets ministériels soupçonne-t-il, par le truchement de quelque émissaire discret, un début de flottement à Paris ? Que sait-il des intrigues nouées contre Joffre et le Grand État-Major, après l'échec sanglant de l'offensive d'Artois ? A-t-il appris que Viviani, exténué, était à deux doigts de rendre son tablier ? Que Millerand avait perdu beaucoup de son autorité ? Le moment est venu de se manifester, s'il veut tirer son épingle du jeu.

Il vient justement d'apprendre que les canons géants du cuirassé *Suffren,* posté en face de Koum Kaleh, n'ont pas suffi à faire taire les douze grosses pièces allemandes qui détruisent les caisses de munitions sur la plage de Sedd ul Bahr et rendent la vie impossible aux infirmiers, aux navigants, aux soldats de passage. Elles sont indestructibles, tapies sous des abris voûtés et montées sur rails de chemin de fer.

Bailloud décide alors de prendre l'initiative d'écrire

directement à Alexandre Millerand, le 4 juillet, pour « attirer l'attention du gouvernement de la République » sur la situation pitoyable du corps expéditionnaire. Il envoie copie de son rapport – au cas où Millerand l'oublierait sous son coude – à Boissonnas, attaché du Quai d'Orsay, pour transmission au ministre Théophile Delcassé.

Vu l'inactivité de la flotte, due à la présence de sous-marins allemands dans les Dardanelles, la sécurité n'est plus assurée sur la plage. Les hommes qui bravent volontiers la mort aux tranchées sont déprimés par les coups qui les pilonnent par l'arrière, dans leurs camps où ils se croient à l'abri, dans les ambulances où ils estiment qu'on leur doit la sécurité. Le moral de l'ensemble de la troupe est éprouvé.

Laissé seul devant ses responsabilités, le *petit père* Bailloud demande au ministre la permission de débarquer de nouveau en Asie dans la région de Koum Kaleh, d'abord conquise puis imprudemment abandonnée, afin de réduire au silence les batteries allemandes qui font tant de ravages. Ainsi pourrait être assurée, dans de meilleures conditions, la guerre de tranchées que l'intraitable Ian Hamilton entend obstinément poursuivre au nord.

Vingt mille hommes seront suffisants pour réussir l'opération, si la protection de la marine est assurée, garantit Bailloud. Ceux qu'il a précisément sous son commandement peuvent convenir. Il demande donc à Millerand d'intervenir auprès du gouvernement anglais, et celui-ci auprès de sir Ian Hamilton, pour que liberté lui soit donnée de protéger les siens. Si le général en chef britannique persiste dans son refus, les

Français pourraient reprendre leur liberté, et mener seuls l'opération.

Le colonel Valentin a beau lui assurer que son courrier a été acheminé dans des conditions satisfaisantes de sécurité, le général ne reçoit aucune réponse.

– C'est normal, lui indique l'officier de renseignement. Votre demande pose un problème diplomatique.

– Comment agir autrement ? Si j'en parle à Hamilton, il me répond que mes propositions n'entrent pas dans ses plans, et que les renforts attendus lui donneront sous peu la victoire : deux divisions en plus des trois promises.

Au nom du secret militaire, Hamilton ne précise pas au général français à quel emploi il les destine. Il parle seulement d'une opération de grande envergure.

Bailloud télégraphie de nouveau à Millerand, lui adresse encore une longue lettre le 8 juillet. Il a vu Hamilton. L'Anglais lui a demandé un délai de trois semaines avant de lancer son offensive. Le général français supplie son ministre d'insister pour qu'une action simultanée soit menée sur la rive d'Asie.

Il n'obtient pas de réponse.

* *
*

Dans le bureau de Millerand, rue Saint-Dominique, les experts ne dissimulent pas leur perplexité. Les nouvelles que Graziani reçoit d'Orient sont inquiétantes. La petite plage de Sedd ul Bahr est de plus en plus attaquée. Les régiments des deux divisions françaises recomplétées ne sont nullement requis pour préparer un débarquement.

Les deux compagnies du génie sont employées à creuser des sapes, agrandir les boyaux, installer des positions d'infanterie et des abris pour mitrailleuses. Sur place, tout se passe comme si le petit corps d'armée de Bailloud devait encore servir d'appoint aux plans ambitieux de Ian Hamilton, et les projets anglais restent secrets.

– Je reçois une note de notre attaché militaire à Athènes, annonce le colonel Buat au cabinet de Millerand. Son collègue, le major Samson, lui a seulement dit qu'une opération sérieuse exigerait au moins deux cent mille hommes, que Kitchener ne lâchera pas. Pourtant, il faut attaquer avant trois mois. En octobre, l'état de la mer rendra impossible tout débarquement sur les plages.

« Si l'on débarque au nord, à Bulair, poursuit Buat, Braquet, qui connaît bien l'état de l'armée turque, m'écrit d'Athènes que celle-ci est capable de faire monter en ligne plus de deux cent mille hommes en quinze jours. Opération blanche !

Millerand s'agite à son bureau, demande à lire lui-même les dépêches pour se faire une opinion. Joffre vient de lui répéter qu'il n'avait ni troupes ni artillerie disponibles. Comment faire cavalier seul dans cette entreprise hasardeuse, sans moyens convenables ?

Le colonel Hamelin, chef de la section d'Afrique, est autorisé par Graziani à éclairer le ministre par l'analyse détaillée de la situation du corps expéditionnaire.

– Actuellement, précise-t-il, cent vingt mille hommes, dont trente mille Français, sont entassés sur un front de six kilomètres. Nous avons déjà dû remplacer vingt mille hommes malades, tués ou blessés, sans compter plus de quatre cents officiers. Le front est fixé, mais ses arrières sont constamment menacés par les pièces allemandes de la rive d'Asie.

– Nous savons cela, s'impatiente Millerand. Que prévoyez-vous dans les trois mois qui viennent ?

– Si rien ne change, nous devrons de nouveau envoyer sur place trente mille hommes et six cents officiers pour remplacer les pertes, sans aucun profit.

– La cause est implaidable. Faut-il rembarquer ? C'est impossible. Nous ne pouvons abandonner nos alliés, ni admettre un échec devant les Turcs. Nous voilà revenus au point de départ, les pertes en plus. Quelle solution imaginez-vous pour débloquer la situation ? demande Millerand, se tournant vers le général Graziani.

– Celle que prévoit le rapport d'Hamelin : deux divisions d'infanterie supplémentaires envoyées de France pour faire tomber les batteries d'Asie, et marcher sur Tchanak, le nœud des Détroits. Regrouper nos forces en deux corps autonomes protégés par la marine.

– Impossible, gronde le ministre. Joffre ne lâchera jamais deux unités, et son artillerie est en miettes. Les tubes des canons explosent, la fabrication des obus patine.

– Et nous venons de perdre, ces derniers jours, vingt mille projectiles et trois mille hommes dans les attaques projetées en accord avec Hamilton sur quelques points du front, précise Graziani. En pure perte.

– C'est bien, conclut Millerand embarrassé, renvoyant ses collaborateurs à leurs bureaux. Je vais aviser.

Graziani entraîne Hamelin dans son officine, au premier étage de l'hôtel de Brienne.

– Il est impuissant, dit-il. Gouraud lui-même, depuis

son lit d'hôpital, l'a supplié d'intervenir en personne auprès de lord Kitchener. Mais il ne le fera pas ! Il se bornera à transmettre le rapport de Bailloud à Delcassé, lequel essaiera d'obtenir des Anglais la permission de neutraliser les batteries d'Asie en débarquant, par exemple, dans la baie de Bésika, proche de Ténédos.

– Foutaises ! répond Hamelin. Le colonel Buat a interrogé le général Gouraud sur les effectifs nécessaires pour prendre pied en Asie. Gouraud a répondu : trois ou quatre divisions, et la protection des deux marines. Pas question d'expédier là-bas nos tirailleurs algériens des dépôts d'Afrique du Nord, « aussi longtemps que le succès ne sera pas assuré », a spécifié le général.

Le 24 juillet, Bailloud avertit Paris qu'il vient de recevoir les ordres de Hamilton. Il doit attaquer l'Achi Baba et le Kérévès Déré avec toutes ses forces disponibles. Hamilton veut porter aux Turcs « un coup écrasant ».

Ulcéré, Graziani demande par télégramme à Bailloud la quantité d'hommes dont il a besoin. Plus modeste que Gouraud, le général exige seulement deux divisions et de l'artillerie – cinq s'il doit poursuivre sur les Détroits. Il ne cache pas qu'il est plutôt favorable à un débarquement restreint, uniquement destiné à faire taire les batteries ennemies.

Le drame se noue dans ces échanges de lettres et de télégrammes. Il se termine par un bref message de Kitchener à Millerand : l'Anglais promet au ministre français des navires fortement blindés, les *monitors,* capables de briser, assure-t-il le plus sereinement du monde, les pièces allemandes. Quant au débarquement en Asie, il n'en est pas question : « Vous comprendrez, j'en suis sûr, lui écrit-il, combien il est difficile d'imposer à un général en chef une opération en désaccord avec le plan qu'il a préparé avec le plus grand soin. »

Joffre, consulté à titre d'expert, confirme de son côté, sans se compromettre le moins du monde, dans une lettre personnelle adressée au ministre Millerand :

– Mieux vaut un plan médiocre, exécuté avec ensemble, que le plan le mieux conçu, s'il y a des divergences de vues entre les exécutants.

Pour parler clair, Bailloud est donc condamné à se soumettre en tout aux élucubrations stratégiques du général Ian Hamilton, en qui le seul Kitchener, vieilli et têtu, garde sa confiance.

– Fermez le ban ! Les treize mille *dardas* seront priés, le canon allemand plus que jamais dans le dos, de repartir à l'assaut de l'Achi Baba.

* *
*

L'heure de la rencontre décisive approche. C'est le moment de relever le moral de la troupe, singulièrement éprouvé, en évacuant les soldats les plus épuisés sur Ténédos, rendez-vous fleuri des blessés, des malades et des soldats en rupture de tranchée. Le *petit père* soigne les siens. Il les veut propres et dispos pour le dernier baroud, dont il sait parfaitement qu'il ne peut réussir.

Les quatre copains sont réunis : André Broennec, sur *La Ravageuse,* délaisse son poste de radio pour hisser ses amis un à un sur le pont. Émile Duguet, le margis promu sous-lieutenant, embarque le premier. Il s'est laissé pousser une barbe de légionnaire et porte un sac tyrolien pris à un officier d'artillerie allemand sur le plateau du Kérévès Déré. Il compte faire son marché, rapporter des oranges, des ananas et des grenades pour combattre la soif et prévenir l'avitaminose.

Le général a bien voulu se passer de lui, et le colonel Valentin n'a pas de nouvelle mission à lui confier. Il l'a poussé à tout hasard à embarquer, au cas où les Français recevraient *in extremis* l'autorisation de risquer une pointe sur la rive d'Asie. Il serait alors expédié seul dans les dunes, déguisé en bédouin, aux renseignements.

Paul Raynal a la surprise de voir s'avancer sur la plage le zouave Vigouroux, entièrement remis de sa blessure et largué par le major Sabouret pour se refaire une santé dans l'île. Il est accueilli par des cris de joie. Le retour du miraculé du ravin maudit semble de bon augure. La lettre qu'il tend à Paul ne manque pas de combler celui-ci, qui n'ose l'ouvrir devant les camarades. Elle est, bien sûr, de Carla – cette écriture large et penchée, l'Alpin ne s'y trompe pas, ne peut être que d'une femme. Paul s'isole un moment dans la cabine radio pour lire les mots de passion de sa belle Italienne, et la promesse qu'à la première occasion elle aussi prendra, à la nage s'il le faut, le cap de Ténédos.

Le matelot Broennec lève l'ancre lui-même, ce qui n'est pas dans son emploi, si fort est son désir de fuir à tire-d'aile, tel un aigle des Carpates, la petite plage dont le sable maculé de taches sombres accuse la disparition de tant de *dardas*. Pierre Labat ne s'offusque pas de cet abandon de poste, comme si la guerre, soudain, n'avait plus d'importance.

Après tout, les soldats de France ont reçu leurs premières permissions. Bailloud a décidé d'organiser des tours dans l'île pour les siens, ne pouvant les expédier plus loin. Et les marins, à la tâche depuis six mois sans discontinuer, sans mettre pied à terre, ont besoin de repos. Les lettres du pays sont rares, et les colis plus encore, dont le contenu, avarié avant d'avoir été livré, est jeté à la mer. Les sous-marins commencent à couler les transports, et les sacs des vaguemestres se perdent dans les sables. Pour tous, Ténédos est un paradis.

Les îles d'Imbros et de Samothrace se profilent vite à l'horizon. Des tentes blanches attendent les soldats, à l'abri des pins. Les enfants leur sourient dans les orangeraies, dont les fruits mûrs sont récoltés par des femmes aux bras nus et dorés, en robes blanches et aux chevelures ornées de fleurs. À l'entrée du bourg, ces inscriptions au badigeon : « Gloire aux Francès et aux Anglès. »

Edmond Vigouroux s'installe au Kafeion, baptisé « café Joffre ». Il commande un raki, des olives et des cigarettes grecques. Les copains s'enfoncent dans de vrais fauteuils, comme des pachas. Paul reconnaît Mamadou Kombaré, le Sénégalais rescapé du ravin. Heureux de retrouver ses sauveteurs, il sourit à la servante rousse, qui lui sert du vin résiné.

– Je te croyais *dingo*, lui dit Paul avec affection.

– Moi, je ne suis pas *dingo*. Fatigué seulement, comme Kako de Casamance, ou mon frère, le Guinéen Sékou. Fatigué de la guerre, mon vieux. Quand ils nous ont distribué la solde, à la Coloniale, nous étions fiers de partir dans nos beaux uniformes. Le père Manuel me félicitait, mamma était fière de moi. On est tous allés à l'église prier pour la paix. Maintenant, les frères sont morts. Nous devons repartir au pays, c'est assez !

Nous ne sommes pas *dingos*, non, nous y voyons très clair. Les *dingos* sont plus loin, sur la terrasse ombragée d'oliviers de la colline. Au lit, traités comme des vrais malades, et aux petits soins. Les filles leur servent à manger.

Paul imagine Carcopino et Denis, les officiers du chiffre, dans cet équipage. L'un d'eux, un as du décodage, capable de traduire les messages dans les quatorze langues utilisées dans cette partie du monde. Un autre, le capitaine Lucien, pilier du 2e bureau et lui aussi évacué pour dinguerie ; seul à connaître les manipulations du télégraphe Hughes, instrument de transmission génial.

Paul s'en fait expliquer le principe. Le capitaine Maublanc lui-même, si curieux de technique, n'y entendrait rien. Lucien dessine un schéma : l'appareil Hughes transcrit les paroles qu'on prononce devant lui sur une bande reliée à un fil. À l'autre bout du fil, aussi loin que possible, le courant électrique imprime fidèlement sur une autre bande.

– Un téléphone enregistreur et téléscripteur, se gargarise Lucien.

Il sait que le colonel Valentin attend avec impatience son retour au château. Le messager mécanique reste muet en l'absence du capitaine Lucien. Personne ne sait répondre à son grésillement discret qui apporte à l'état-major de Bailloud les consignes du général Hamilton.

Un hydravion aux couleurs britanniques survole l'île, s'oriente vers la baie de Bésika, sur la côte turque.

– Il vient s'assurer que nous ne débarquons pas en cachette, ironise Émile Duguet. Le général Hamilton est méfiant.

* *
*

Méfiant au point de n'avertir Bailloud du départ de son offensive qu'au dernier moment. Duguet l'Alpin est rappelé le premier, en toute hâte, à l'état-major. Valentin est présent. Il tient en main une dépêche reçue de Paris, signée du colonel de la Panouse, attaché militaire à Londres, et adressée le 6 août au 2e bureau : toute la garnison d'Égypte a été dirigée sur Moudros. Des Anzac, des Anglais, des Indiens, sans oublier les gentilshommes de la 2e division montée, la *Yeomanry*, qui a laissé ses chevaux près du Nil. Hamilton dispose de ses douze divisions, sans compter les *marines*.

– C'est la guerre, gronde Bailloud. Il la veut, il l'aura. Kitchener lui a tout donné. Prenez un message pour Paris, lance-t-il à son secrétaire, Pierre Gallot : demandez deux nouvelles sections de mitrailleuses, deux mille bombes Dumézil, cinq millions de cartouches, vingt téléphones de campagne et quatre-vingts infirmiers en renfort. Sans oublier un bon distillateur d'eau et un vapeur-citerne.

– Il est temps de passer les commandes, grommelle Émile Duguet. L'attaque est bien prévue pour demain ?

– Il a reçu le 3 août, il y a trois jours seulement, les ordres de Hamilton, précise Valentin à voix basse. Il ne voulait pas y croire. Il estimait que les renforts britanniques ne pourraient arriver avant le début de septembre. Hamilton compte sur nous pour assurer l'aile droite. Il fera débarquer ses renforts « dans la zone nord », a-t-il écrit, sans préciser.

Bailloud rumine son humiliation. L'Anglais le

remercie d'avoir laissé lui dérober un groupe de 75 et six obusiers lourds, sans parler de les lui restituer, alors qu'il manque cruellement de bouches à feu. Il lui demande d'attaquer une fois encore l'Achi Baba par des « démonstrations énergiques et efficaces ». Que vont faire les Anglais ? À la veille du 7 août 1915, le général en chef français n'en sait rien.

– Un avion vous prend dans un quart d'heure, sur la plage sud, dit le colonel Valentin à Émile Duguet. Il vous déposera au nord de la position des Anzac. Le débarquement aura probablement lieu dans cette zone. Arrangez-vous pour établir une liaison permanente avec le vieux château. Trouvez le lieutenant David Pinter et ne le lâchez plus. Il est toujours l'envoyé personnel de Ian Hamilton dans les endroits dangereux.

– Dois-je partir seul ?

– Non, bien sûr. Prenez qui vous voudrez.

Duguet choisit aussitôt Paul Raynal. Ils doivent s'envoler dès le tomber du jour. Au matin du 7 août, il sera trop tard. Les canons battront toutes les plages. De Goys, spécialiste des vols sans visibilité, met le cap plein sud, contourne la pointe du cap Hellès et survole la mer Égée, remontant contre le vent vers le nord. La nuit est noire, tous les feux de la côte sont éteints.

– Ces damnés Australiens ne fument plus, regrette de Goys. Pas un cigare à l'horizon.

Il se dirige à la boussole – il connaît heureusement la côte comme le vieil Égée en personne –, fait un passage au ras des vagues pour se repérer et atterrit en souplesse, les roues à moitié immergées dans l'eau.

– Pouvez-vous nous attendre ? demande Duguet. Nous devons explorer cette plage. Je n'entends aucune machine de navire, pas la moindre trace de convois. Je ne suis pas sûr des lieux.

– Vous êtes en secteur néo-zélandais, affirme de Goys, à l'extrême nord des poches alliées. Laissez-vous cueillir sur la plage, ils vous renseigneront. Il est minuit précis. D'autres missions m'attendent. *Good luck !*

Ils rampent sur le sable, sans rencontrer âme qui vive.

– De Goys s'est trompé de plage, murmure Émile en approchant d'une ligne de rochers. Celle-ci n'est pas occupée. Les Anzac doivent être loin vers le sud.

– Peut-être a-t-il suivi les instructions secrètes de Valentin.

Une masse de muscles leur déboule dessus, du haut d'une dune. L'homme attaque Paul au poignard en lui fermant la bouche du poing. Il va le tuer.

Soudainement, il s'écroule, sans un cri, frappé dans le dos par Émile d'un coup de baïonnette. Paul, à tâtons, cherche à palper le visage de son agresseur qui porte une sorte de cagoule de laine.

– Un Turc, dit Émile à voix basse. Cache-toi dans ces buissons et ne bouge plus.

Pas un coup de feu. L'ennemi ne veut pas trahir sa présence. Paul tremble de peur. Sans doute sont-ils repérés, épiés, suivis. Un bruit de moteur de marine au large se rapproche, puis disparaît.

« Un navire allié, se dit Paul. Il vient de jeter l'ancre à moins d'un mille. »

Le temps passe, et rien n'arrive. Les Turcs doivent les traquer dans l'ombre. Un crissement dans le sable, à vingt pas. Émile tient son poignard en main, prêt à bondir.

Une forme indiscernable rampe devant eux, venant de la mer. Impossible de l'identifier. Mais une fusée lancée du navire darde une lumière crue sur la plage, pour en repérer les défenses. Émile a tout juste le temps de reconnaître l'homme tapi dans le sable. C'est Jim Morton, le journaliste américain.

– Je suis le premier à débarquer, murmure-t-il, je suis venu seul, en canot, du bateau. Les autres vont suivre. Des *marines.*

– Où sommes-nous ? demande Émile.

– Dans la baie de Suvla, sur la côte nord-ouest. Cette plage s'appelle Lala Baba, et ce n'est pas le paradis. Planquons-nous. Cent mille hommes sont sur mes talons.

* *
*

Ils s'arrachent les ongles à creuser follement le sable derrière une dentelle de rochers pointus, coupants comme une scie ébréchée. Les Turcs ont dû se retrancher dans leurs abris. On n'entend aucun bruit. La plage est déserte.

Comme un raton laveur, Jim Morton disparaît le premier, enseveli dans le sable. Une fois sa niche déblayée, s'y enfouir ne lui demande qu'un instant ; il se recouvre complètement, et respire sous la protection de son sac. Émile garde la tête franchement hors du sol, à l'abri du rocher, pour attendre le petit jour. On dirait un captif condamné à la décapitation au cimeterre par des janissaires ou des mamelouks à cheval. Il a dissimulé dans sa cache un étrange colis de bois muni d'orifices, dont Paul ignore l'utilité. Paul Raynal s'est lové au fond de son trou dans la position du fœtus, priant Dieu qu'on l'oublie.

Quatre heures du matin : les premiers rayons de l'aube éclairent d'abord la mer, et le spectacle impressionne : des centaines de navires de guerre, des croiseurs, destroyers, chalands, chalutiers, péniches, venus de nuit de Mytilène et d'Imbros, stationnent en face de la baie de Suvla. Des grappes d'hommes descendent en hâte les échelles, sautant dans les petites embarcations à l'épreuve des balles appelées *scarabées.*

Cinq heures du matin : il est temps de rentrer la tête sous le sac et de se boucher les oreilles. Les trois enterrés vivants se gardent de bouger. Ils avalent des paquets de sable et respirent sous le sac comme ils peuvent. Le vacarme est infernal. Les canons de la flotte balaient les collines, les mitrailleuses turques crépitent. Les obusiers trouent la plage d'entonnoirs. Les hurlements déments des hommes qui se jettent à l'eau avant de bondir à la baïonnette percent les tympans. Les projections de sable, à vingt mètres, soulèvent une poussière opaque et aveuglante.

Le régiment du Yorkshire donne l'assaut et n'est pas à la noce : il s'est emparé avant l'aube des sables mous et de la colline de Lala Baba. Les ensablés peuvent sortir. Ils n'ont autour d'eux que des fusiliers anglais. Les Turcs ont depuis longtemps disparu. On ne trouve guère sur place qu'un bataillon d'une unité de gendarmes, morts, blessés ou prisonniers. Les bleus venus directement d'Angleterre qui grimpent les pentes herbeuses, en arrière de la plage, portent trente-cinq kilos de matériel sur le dos.

– Ceux de la 11e division de renfort, dit Jim. J'en ai

interrogé plusieurs, sur le bateau. Ils viennent du recrutement de Londres et n'ont jamais combattu.

– Où est leur général ?

– À bord du *Minneapolis*, sans doute.

Le transatlantique est en effet ancré dans la baie à un mille du rivage. On aperçoit à bord des officiers qui suivent les opérations à la jumelle et commandent, du pont, les tirs de l'artillerie.

– Exceptionnellement, ils ont terminé le breakfast, précise Jim en regardant sa montre. Il a dû être servi par les maîtres d'hôtel à cinq heures et demie. Je puis vous décrire le menu : melon glacé, poisson, œufs au lard.

– Comment s'appelle le sybarite qui commande l'expédition ? s'indigne l'Alpin.

– Sir Francis Stopford, je crois. Il ne débarquera pas tant que ses services ne lui auront pas creusé un PC à l'épreuve des canons. On le dit très soucieux de son confort.

Sur la colline de Lala Baba, vers midi, les soldats du Yorkshire s'allongent dans les herbes et s'y endorment, malgré le canon. En fin de journée, ils n'ont toujours pas donné l'assaut aux collines d'Anafarta qui bordent l'arrière du paysage, leur objectif de la journée.

Ils ont tout de même réussi à s'emparer de la première position, une hauteur d'aspect brunâtre baptisée « Chocolat », rongée de tranchées turques. Ils n'entendent pas poursuivre avant d'avoir reçu des vivres, de l'eau et des renforts.

Sur la plage, autour de Paul et d'Émile, on enterre déjà les morts. Paul propose sa gourde à un soldat épuisé dont les lèvres sont desséchées. Celui-ci décline l'offre, désignant le large. Derrière lui, d'autres soldats chargés de gourdes ont organisé une corvée pour abreuver les camarades enterrés dans les tranchées de la colline. La plupart n'ont plus le courage de se lever, totalement harassés, après douze heures de combats.

Certains finissent tout de même par se traîner vers un chaland-citerne accosté sur la grève, mais rien n'a été prévu pour remplir leurs gourdes. Les marins jettent à terre des tuyaux d'où l'eau ruisselle à gros bouillons. On y présente sa gourde, au prix d'un scandaleux gaspillage. Impatients, les *Yorkshire* percent même les tuyaux, font jaillir des dizaines de rigoles pour s'abreuver directement. Aucun ne répond aux questions de Jim Morton. Ils sont, du reste, incapables de décrire la situation d'ensemble.

– Grimpons sur la colline, suggère Émile. Nous y verrons plus clair.

Ils s'enfoncent dans le sable mou jusqu'aux chevilles. Au milieu des buissons herbeux qui recouvrent les hauteurs de Lala Baba, ils découvrent des cadavres de Turcs tués à la baïonnette ; dans le lacis des tranchées, des paquetages et des fusils abandonnés en grand nombre lors de la retraite précipitée des défenseurs. Dans un trou, Paul tombe avec surprise sur un officier britannique occupé à transcrire un message reçu par héliographe. Il reconnaît aussitôt le lieutenant David Pinter.

* *
*

– Voulez-vous profiter de mon appareil, lui dit galamment l'Anglais. Ne sommes-nous pas alliés ?

Après tout, votre Bailloud doit être aussi anxieux que Hamilton d'avoir des nouvelles du front.

Paul avoue ignorer le fonctionnement de l'engin qu'il voit pour la première fois.

– Est-ce une invention britannique ?

– Non, sourit David, cet héliographe date de la guerre de Crimée. Pas besoin de courant électrique. Vous devriez le connaître, c'est une invention du Français Lescurre. Ces miroirs occultés ou découverts donnent des signaux en morse. Je transmets aux navires ancrés dans la baie, qui joignent directement Hamilton. Voulez-vous essayer ?

Émile se contente de parcourir le message rédigé par David : « *Chocolat* prise, attaque en retard, l'*Anafarta* intact, fortement défendu. Pas de nouvelles des Anzac. »

En se repérant sur la belle carte enfin livrée par Paris à l'état-major et emportée dans sa sacoche, Paul Raynal tente de reconstituer le plan des Anglais : débarquement par surprise à Suvla, avancée des troupes sur les collines d'Anafarta et traversée de la presqu'île, avec l'aide des Anzac, de la chaîne de Sart Bair jusqu'aux *narrows* et à Maïdos, sur les Détroits.

Il trace la direction d'attaque au crayon rouge. Amusé, David la rectifie : il a oublié le débarquement au nord de la pointe de Suvla, dominée par le Ghazi Baba.

– C'est encore pire qu'au sud. Quelles chances avez-vous d'aboutir ?

– Je ne peux faire de pronostics. Nos bookmakers amateurs s'en chargent, sourit David. Je dirai que tout dépend de l'arrivée des renforts turcs. On prétend qu'un certain Mustafa Kemal est en marche avec une armée forte, pour jeter lui-même les *British* à la mer. Ce Kemal est un enragé.

Paul fait signe à Émile de le suivre sur la plage. L'Alpin reprend mot à mot les termes du message de l'Anglais, les inscrit en langage codé sur une mince feuille de papier à cigarette qu'il roule soigneusement avant de la cacher dans la bague d'un pigeon voyageur. L'oiseau prend l'air aussitôt, choisit sa direction, et disparaît très vite.

– J'en ai apporté quatre. Tu ne t'en étais même pas rendu compte, explique-t-il à Paul, ébahi.

Il soigne ses oiseaux, leur donne à boire, dispose quelques graines dans sa cage portative. C'est le plus sûr moyen de communication qu'il connaisse.

– Chaque soir, Bailloud m'a fait jurer d'en envoyer un. Il ne fait confiance qu'aux pigeons.

Le dimanche 8 août, à leur réveil, Émile et Paul se croient presque en vacances à la plage, où ils ont trouvé un abri sur la pente orientale de la colline de Lala Baba. À croire que les Anglais du Yorkshire respectent le jour du Seigneur. Pas un coup de fusil. Ils s'attardent dans les files de ravitaillement, ouvrant les caisses de vivres jetées en vrac depuis les scarabées.

On laisse ainsi le temps aux renforts turcs de se mettre en place, aux canons tirés par des bœufs de monter en ligne, à Kemal de promettre sans doute la mort à tout Anatolien qui reculera.

Émile obtient la permission d'interroger lui-même un prisonnier turc, un de ces gendarmes surpris sur la plage. L'homme, qui frémit au nom de Mustafa Kemal, ne doute pas qu'il gagnera la bataille, et que les *Anglès* seront rejetés à la mer. Ancien élève d'une de ces écoles françaises de Constantinople, il connaît la langue de l'Alpin et peut répondre sans difficulté à ses questions.

Émile veut d'abord savoir si les officiers allemands sont présents dans la zone.

– *Deutsche ?*

Le gendarme s'indigne. Mustafa Kemal n'a pas besoin d'Allemands pour commander. Il déteste les Allemands, et tous les étrangers. Dans l'armée turque, les officiers trouvent les Allemands insupportables. Ils ne se conduisent pas en alliés mais en colons. Leur morgue les rend odieux. Ils traitent les soldats turcs en esclaves, se réservent les moustiquaires pour dormir à l'heure de la sieste, tels des porcs. Ils mangent d'ailleurs du porc, boivent de la bière et du vin, agissent en véritables ennemis du Prophète. Ils méprisent les serviteurs d'Allah et ignorent la guerre sainte. Mustafa Kemal les a chassés de ses lignes. Ses canons sont servis par des officiers turcs.

– Il ignore, intervient David Pinter qui a suivi l'entretien, que Liman von Sanders a inspecté hier les défenses de la ligne des collines, et marqué lui-même les emplacements d'artillerie. Un déserteur grec, levé de force dans leur armée, nous en a informés. Il a décrit le général allemand avec précision. Il n'y a aucun doute. Mais il est vrai qu'il a dû se déguiser en major de la Croix-Rouge pour opérer son repérage des lieux, sans doute afin de ménager la susceptibilité inouïe de ce Mustafa Kemal, dont le seul nom inspire de la crainte à ce gendarme...

Au matin du 9 août, Jim Morton, son appareil photo en bandoulière et un fusil à la main, prend à la suite des fantassins de la 10e division la direction de la colline Scimitar, sur la ligne des Anafarta. Émile et Paul lui emboîtent le pas. Les Anglais semblent décidés à donner l'assaut.

Morton est déçu. On se bat d'un buisson à l'autre, comme en Afrique du Sud. Des tireurs isolés, redoutables, qui déciment les lignes d'assaillants.

– Planquez-vous ! dit-il. Les Turcs ont reçu des renforts, ils sont partout. Ils se dissimulent derrière les herbes et poignardent dans le dos, comme les Sikhs aux Indes.

Ils progressent jusqu'à la ligne jaune du glacis de Scimitar, dépourvue d'arbres et de buissons. Une colline chauve, redoutable, où les attaquants anglais sont saisis de plein fouet par les mitrailleuses enterrées. Les Turcs ont eu tout le temps d'y creuser des tranchées pour se mettre à l'abri des tirs des canons de la flotte.

Jim tire une série de clichés : deux Anglais portent un camarade blessé. Une rafale. L'un des brancardiers s'effondre. Son compagnon s'arrête, appelle à l'aide. Personne ne vient. Il charge alors le blessé sur son dos. Encore quelques pas. Un Turc caché derrière un buisson l'abat à bout portant.

– Tirons-nous, dit Morton, satisfait de ses épreuves. Ils sont partout.

– Pourquoi l'artillerie anglaise reste-t-elle silencieuse ? s'inquiète Paul.

– Les combats sont trop rapprochés. Ils tueraient les leurs.

Un obus de navire explose pourtant, suivi de beaucoup d'autres, dans la zone des buissons entourant la colline. Le feu se répand, avivé par le vent du nord. Les blessés rampent pour s'en sortir. Les Turcs aussi courent comme des lapins dans les buissons en flammes. Une horrible odeur de chair brûlée se répand sur le champ de bataille. Les assaillants fuient dans le désordre, sautant d'un trou à l'autre pour échapper à l'incendie qui trace une large bande de terre noirâtre et fumante, où nul ne songe à pénétrer.

Quand l'Alpin expédie, le 10 août, son quatrième pigeon vers l'état-major français, la bataille est déjà perdue ; le général Stopford, responsable du désastre, limogé ; le général Birdwood, chef populaire des Australiens, en deuil de la moitié de ses boys. Quant au général Hamilton, le visage décomposé, il prépare fébrilement ses derniers bataillons pour la dernière parade funèbre. Il a déjà perdu quarante-cinq mille hommes dans la fournaise.

– Je ne crois pas que l'offensive continue, décrète Jim Morton, regardant partir vers une mort assurée les gentilshommes démontés de la *Yeomanry*, les héritiers de ceux de Poitiers, Crécy, Azincourt et Waterloo. Ils brûlent les dernières cartouches de l'incapable Ian Hamilton.

* *
*

Au moment de débarquer en scarabée sur la plage de Sedd ul Bahr, Émile et Paul s'aperçoivent, au nombre de convois de blessés évacués vers les navires, que les Français sont solidaires du désastre.

Le premier rencontré au retour du sentier du ravin maudit est le capitaine Lecène, du 4e zouaves. Le chef de bataillon d'Edmond Vigouroux entraîne ses survivants vers le cap Hellès, pour les mettre à l'abri du canon d'Asie sur la plage anglaise. Le capitaine, exténué, a perdu tous ses officiers et la moitié de ses effectifs.

– Nous n'avons pas attaqué les premiers, explique Edmond. Ceux du 176e étaient avant nous.

Émile réfléchit : ce régiment métropolitain est arrivé avec la 2e division Bailloud. Recrutés à Béziers, à Pau, à Rouen, dans tous les dépôts où des hommes étaient disponibles, les bleus n'avaient jamais vu le feu et n'avaient reçu, au camp de Salon-de-Provence, qu'une instruction des plus sommaires. Bailloud, jugeant l'unité relativement fraîche, l'a lancée à l'assaut sans hésiter. Avait-il le choix ?

– Une catastrophe, raconte Lecène. Nous les avons vus détaler en emportant leurs blessés. Le régiment n'a plus de colonel, plus de lieutenant-colonel. Il est commandé par le chef de bataillon Costemalle.

– Que dit ce commandant ?

– Ses ennuis ont commencé à la sortie de la tranchée parallèle. Le parapet était détruit par le canon turc. Les hommes devaient enjamber des tas de pierraille et de terre, grimper sur des échelles déséquilibrées, déboucher sous un feu roulant d'infanterie. Ils tombaient au départ des parallèles, sans avoir eu le temps de se déployer.

– Pourquoi ne pas avoir interrompu l'assaut ?

– Les ordres étaient de poursuivre. Ceux qui arrivaient jusqu'aux lignes turques étaient pris de flanc par les tirs de mitrailleuses. Ces gens-là connaissent et appliquent toutes les règles de la guerre moderne. Ils ne sont pas usés, épuisés comme les Allemands dans les Flandres. Ils n'ont pas subi de défaites. Leurs cadres ont un moral de vainqueur. Ils sont décidés à l'emporter coûte que coûte contre les Alliés de l'Ouest, comme jadis les Japonais contre les Russes. Ils sortent gonflés à bloc des casernes de Constantinople où ils ont eu tout le temps de préparer leurs hommes aux méthodes les plus sophistiquées. Ils n'ont pas un an de massacres derrière eux, ni à lever les déchets de la conscription comme nous. Ils envoient leurs meilleurs éléments, bien décidés à en finir.

– Et notre artillerie ? s'inquiète l'Alpin.

– Surclassée avant l'assaut. Nos batteries sautaient l'une après l'autre. L'ennemi avait massé des pièces en grand nombre, invisibles. Comment les repérer avec seulement deux avions ? Nous sommes arrivés déjà meurtris et décimés devant des tranchées intactes.

– Pourquoi cette impuissance de nos 75 ? Deux groupes étaient en ligne. Et nous avions les 155 demandés par Gouraud.

– Les artilleurs nous ont raconté que le vent violent avait dévié les obus. Un conte à dormir debout !

– Il n'y avait plus d'infanterie disponible quand nous sommes montés, dit Vigouroux. Deux bataillons avaient été liquidés. Les camarades blessés hurlaient sous les balles de mitrailleuses. Nous avons fait retraite en rampant, de buisson en rocher. Ceux qui ont voulu courir pour se mettre à l'abri dans nos tranchées sont morts.

De longs convois de blessés viennent du nord, portés par de nouvelles voitures très légères, les *arabas,* saisies dans les îles. Tirées à mains d'hommes, elles passent partout et se déplacent vite. On aménage aussi le bât des mulets pour qu'ils puissent recevoir chacun un soldat allongé.

Ils sont des milliers à défiler vers la côte, où les brancards s'accumulent, en attente d'embarquement. Sans pitié, les canons d'Asie canardent la zone. Les trous d'obus enfouissent dans le sable les brancardiers et leurs blessés. On ne prend plus la peine de les dégager. Le plus urgent est d'embarquer ceux qui peuvent l'être, et les chaloupes se succèdent dans une noria sinistre. On aligne comme des sardines les hommes perdant leur sang qui ont toutes chances de mourir avant d'arriver sur le pont du navire-hôpital. L'antenne submergée du major Luciani ne peut rien pour eux. Ils sont en trop grand nombre.

– Il nous faudrait une armée considérable pour venir à bout de ces fanatiques, conclut Lecène. Au début de cette guerre incroyable, les Turcs se rendaient. Leurs généraux ont dû faire des exemples. Ils s'accrochent désormais jusqu'à la mort. Leurs imams les accompagnent. On entend sur leurs arrières claquer les salves des pelotons d'exécution. Ceux qui flanchent sont arrêtés par les gendarmes et fusillés sans jugement. Et les renforts leur arrivent sans discontinuer. En dépit de nos assauts, leurs lignes demeurent intactes. Nous n'avons pas une chance de l'emporter. On nous envoie au casse-pipe. À quoi pense donc le *petit père* Bailloud ?

* *
*

Le général s'est rendu au quartier de Hamilton pour demander des instructions et présenter ses observations. En secret, il écrit fréquemment à Paris pour évoquer la possibilité d'un débarquement des forces qui lui restent sur la rive d'Orient. Il dit encore son intention de sauver la plage de Sedd ul Bahr et de tenir le front du Kérévès Déré. En fait, il n'a qu'une idée : sauver ce qui reste de ses deux divisions en les mettant à l'abri de l'autre côté des Détroits, où les Turcs doivent être moins nombreux.

Le colonel Valentin et le lieutenant Émile Duguet l'accompagnent dans l'île d'Imbros. Deux highlanders présentent les armes à l'entrée d'un méchant abri battu par le vent, accablé de soleil. Là, le général britannique consulte fébrilement des cartes, reportant lui-même au crayon rouge les lignes de repli du corps expéditionnaire. Il salue Bailloud tel un somnambule, les yeux secs et rougis. Il n'a probablement pas dormi depuis quatre jours.

– Approchez, général, voyez les résultats d'un échec lugubre.

Le général Godley, qui revient du front des Anzac, commente les événements par solidarité, pour épargner cette humiliation à son chef :

– Nous avons gagné cinq cents acres de mauvais pâturages !

– Inutile de mentionner dans le communiqué, précise Hamilton à son aide de camp, que la 29e division de Londres a été mêlée à l'action. Il ne faut pas que les journalistes apprennent qu'elle a presque entièrement disparu.

– Je n'ai plus de zouaves, ni de tirailleurs, ni de légionnaires, se plaint Bailloud. Nos meilleures troupes sont anéanties. Gallipoli est devenu le tombeau de notre armée d'Afrique.

– Vous n'aviez que deux divisions, intervient Godley. Et nous deux cent mille hommes. Il est vrai que beaucoup d'entre eux ne valaient pas la corde pour les pendre. Des amateurs sans courage !

Bailloud fait signe à Duguet de donner le détail des pertes françaises, notées dans un rapport secret :

– 7 471 tués, 4 648 disparus...

– Probablement enfouis dans le sable, ou prisonniers dans les bagnes turcs, ce qui ne vaut pas mieux, précise Bailloud.

– 112 000 blessés, ou malades, évacués depuis le début des opérations, poursuit Duguet. Des régiments trois fois recomplétés, et trois fois massacrés. Au total, 120 000 hommes mis successivement hors de combat, puis renvoyés en ligne une fois guéris, faute de renforts.

– Je n'ose pas le dire à Paris. Si Joffre l'apprend, il retirera tous ceux qui nous restent. Il prépare une nouvelle offensive en Champagne pour septembre.

– Considérez, mon cher ami, articule Hamilton, une pointe d'émotion dans la voix, que l'opération est arrêtée. Je n'ai plus qu'un souci, tenir, m'accrocher au terrain, comme le souhaite Kitchener. Nous ne pouvons pas accepter d'être rejetés à la mer.

– Êtes-vous sûr de réussir ? s'inquiète Bailloud. Le colonel Valentin, des renseignements de l'armée, peut vous confirmer que les renforts turcs continuent d'affluer. Les nôtres ne pourront bientôt plus débarquer, en raison de l'état de la mer en automne. Déjà, le vent du nord se lève.

Il se rend compte qu'il parle à un homme accablé, dont il ne peut attendre aucune décision. Hamilton se cramponne à l'espoir de nouveaux renforts expédiés d'Égypte, non pour attaquer, mais pour se défendre. Faible espoir. On a déjà ratissé tous les dépôts de l'armée des Indes. On lui enverra, au mieux, des soldats sans aucune expérience du feu.

– J'ai dix-sept kilomètres à tenir, du cap Suvla au

Gaba Tépé. Mais sur quatre kilomètres seulement de profondeur, et les plages sont bombardées. Je n'ai plus que huit divisions sur treize, à moitié disponibles. Je vais restreindre le front.

– Abandonner Sedd ul Bahr ? dit Baillloud avec une pointe d'espoir.

– Certainement pas. Sauf au cas où vous partiriez en Asie. Nous serions alors incapables de tenir seuls et j'en avertirais lord Kitchener. Êtes-vous en mesure de me préciser les intentions de votre gouvernement ?

– Nullement, répond Bailloud. Je ne suis qu'un général de division.

Et il ajoute, à la stupéfaction de Duguet :

– Vous n'avez plus devant vous qu'un commandant intérimaire. Mon successeur est déjà nommé et j'ignore tout de ses intentions. Il s'appelle Sarrail.

Le départ dans la nuit

On attend Sarrail, c'est Brulard qui débarque à Sedd ul Bahr. Le petit père Bailloud a retiré des Dardanelles sa 2e division pour rejoindre Salonique, où se concentre une armée alliée venue en aide aux Serbes. Les *dardas* de la 1re division, restés en place devant l'Achi Baba, vont-ils passer la Noël de 1915 dans les miasmes du Kérévès Déré ?

Les zouaves et les Sénégalais attendent l'hiver, la mort dans l'âme. Ils se sentent plus que jamais abandonnés. L'imprécision du commandement ne les trompe pas, ils risquent de pourrir ou de geler sur place, faute d'une position nette du pouvoir politique dans cette affaire. À Paris comme à Londres, chacun mesure l'impérieuse nécessité de partir, mais pour décider aussitôt qu'il faut à tout prix rester. On refuse, de part et d'autre, l'idée d'un départ aux couleurs lugubres d'un échec. Pas d'aveu d'impuissance.

À l'évidence, le corps expéditionnaire commence pourtant à rembarquer, unité par unité. Mais une division française seulement, la 2e de Bailloud. L'autre, la première débarquée, est condamnée à garder pour une durée indéterminée les plages sanglantes, les rochers noirs, les fossés purulents. Sous le soleil pâle d'octobre, les sapeurs du génie restés en ligne ont revêtu les lourdes capotes. Emmitouflés de laine, cagoulés de kaki, ils n'hésitent même plus à allumer des braseros dans leurs abris pour se réchauffer, au risque de se faire repérer par les batteries lourdes allemandes de la rive d'Asie.

Le 15 septembre 1915, le général Brulard est seul au courant, avec son état-major, de la nouvelle décisive qui rend inutile et dangereuse la présence d'un front aux Dardanelles : les Bulgares, longtemps hésitants mais auxquels l'Autriche-Hongrie a promis monts et merveilles, ont finalement pris le parti d'entrer dans la guerre à ses côtés.

Au vieux château, Émile Duguet, toujours auprès du colonel Valentin chargé des renseignements, a vent de l'affaire et met Paul Raynal au courant, qui informe à son tour Vigouroux, resté, lui, sur l'échouage de Gallipoli, avec ses compagnons zouaves, les anciens de la 1re division. Le marin breton Broennec, pour sa part, apprend la nouvelle par message radio intercepté à bord de *La Ravageuse*. Tous se demandent en quoi l'entrée en guerre des Bulgares va changer leur situation.

– En rien, leur répond bien abruptement le colonel Valentin. Nous avons perdu la bataille diplomatique. À nous de sauver ce qui nous reste : ce rocher. À Sofia, les Bulgares ont érigé une statue équestre du tsar Alexandre II devant leur Parlement. Ils le considèrent comme leur libérateur, celui qui a obligé les Turcs à reconnaître leur indépendance. Les Russes sont donc leurs protecteurs, mais ils se sont donné des boches pour rois : après Alexandre de Battenberg, fondateur de la monarchie, Ferdinand de Saxe-Cobourg, le chouchou des Viennois... Alexandre a pris le titre russe de tsar, mais il a toujours été le protégé des Habsbourg. Il est empereur par la grâce du vieux François-Joseph, pas de Nicolas II. Devant son palais, même le pavé de la grande place est coloré de jaune, la couleur du drapeau autrichien.

– Et voilà pourquoi, balance Émile sans prendre de gants, nous avons deux ennemis au lieu d'un !

Cette observation fait réfléchir le colonel Valentin, toujours soucieux du moral de la troupe :

– Ne nous plaignons pas, dit-il. Faisons en sorte que l'unique division française, restée sur place dans la presqu'île de Gallipoli, ne perde pas courage.

Il cherche des arguments pour convaincre au moins l'Alpin, le plus ancien, le plus raisonnable, que la présence de la division Brulard aux Dardanelles n'est pas une épreuve inutile imposée à ceux qui ont le plus souffert.

– Notre sort est enviable, comparé à celui des Serbes. Nos courageux amis ont jusqu'ici tenu seuls en échec l'armée autrichienne.

– La seule armée d'Europe à n'avoir jamais gagné une guerre ! rétorque Émile.

– Ils vont être attaqués sur deux fronts par les Autrichiens et les Bulgares. Peut-être aussi par les Turcs si nous abandonnons nos positions de Gallipoli, qui ont pour intérêt, nul ne le conteste, de fixer les forces ottomanes. L'armée de Mustafa Kemal, dont la gloire éclipse à Constantinople celle d'Enver Pacha, se ferait un plaisir de foncer sur la Macédoine. Ils n'ont jamais renoncé à ouvrir aux muezzins les innombrables minarets abandonnés de Skopje.

– Nous ne sommes rien d'autre qu'un abcès de fixation, persiste Émile, la mine sombre. Il faudra mourir ici jusqu'au dernier zouave. Seuls les Sénégalais seront évacués, parce qu'ils tombent comme des mouches aux premières gelées.

« Il faut désormais tenir, comme on a tenu dans les Vosges, conclut-il, au souvenir du précédent hiver consumé sans raison dans les neiges du Vieil Armand. Sans autre raison que de fixer la ligne du front. »

Dans la presqu'île, les alliés britanniques tiennent aussi leur ligne. Ils se renforcent, bétonnent leurs abris, peaufinent leurs nids de mitrailleuses. Jamais Paul Raynal n'a eu de tâche plus rude. Le génie pose des lignes téléphoniques, dresse des réseaux de barbelés, fait sauter les rochers à la dynamite afin de parfaire les emplacements des rares pièces de montagne laissées sur place par le père Bailloud. De l'autre côté, les Turcs diminuent leurs attaques. Ils pensent sans doute à un autre front, les Alliés ne les menaçant plus aux Dardanelles.

– Il est impossible d'évaluer les effectifs ennemis restés sur place, annonce le colonel Valentin qui juge de son devoir de rassurer Émile, Paul, mais aussi la troupe. Ils se déplacent aisément dans le Bosphore, une dizaine de leurs bateaux omnibus peuvent charger chacun cinq cents hommes. Ils ont les moyens d'évacuer une brigade en une nuit, bien davantage s'ils font plusieurs voyages. Les tartanes, les remorqueurs, et même des voiliers remontent les Détroits sans être gênés. Depuis qu'ils ont réussi à couler un sous-marin anglais, personne ne les contrarie. À quoi bon ? Nos projets de débarquement en Asie n'ont plus de sens, depuis l'entrée en guerre des Bulgares. Nous n'avons plus les effectifs nécessaires pour inquiéter l'ennemi. Je soupçonne les Turcs d'évacuer progressivement la zone des armées, de laisser ce front pourrir.

– Même s'ils ne tiraient plus un seul coup de feu, le choléra aurait raison de nous, déclare Paul, sentencieux. La division n'aura pas d'évacuation militaire, mais sanitaire.

– Sur la rive d'Asie, les batteries se sont tues depuis ce matin, ajoute Émile. Je suis sûr que les Prussiens ont décampé, par peur de l'épidémie. Ils renoncent à leurs attaques en masse. Une division entière a été placée, paraît-il, en quarantaine, retirée du front. Les artilleurs boches se mettent à l'abri dans l'enceinte de Constantinople. Le vent du nord pousse les germes vers nous.

– Mieux vaut le choléra que la peste, décrète le colonel Valentin.

* *
*

Paul Raynal tombe malade. Il est trop épuisé pour travailler, il ne dort plus, parvient à peine à tenir debout. Le major Luciani l'envoie, pour examen, à bord du *Charles-Roux*. Il n'a pas relevé de symptômes de dysenterie, mais redoute pour lui la typhoïde dont plusieurs cas se sont manifestés vers l'avant.

Grelottant de fièvre, persuadé qu'il est condamné, Paul est recueilli à bord par Carla, qui ne le quitte pas des yeux. Le major Sabouret, l'auscultant au stéthoscope, a diagnostiqué une forte bronchite qui pourrait dégénérer en pleurésie.

– Rien n'est ordinaire, à Gallipoli, explique-t-il en aparté à l'infirmière. Ce qui relèverait en France d'un traitement banal devient vite mortel ici. Le pneumocoque semble sauter d'un malade à l'autre, comme la vérole ou plutôt la peste. Le virus n'attaque pas seulement le poumon, mais tous les viscères du corps, le foie, la rate, la plèvre, le péricarde et même les méninges. J'ai vu des Tonkinois mourir de méningite.

Il précise encore à Carla, occupée à installer le malade :

– Les professeurs Carnot et de Kerdrel, de l'Institut Pasteur, ont étudié les nouvelles formes de cette maladie. Ils ont observé des œdèmes aigus, des infarctus hémorragiques chez les Annamites et les Sénégalais, de même que de fréquentes pleurésies ou péricardites. Ils en ont conclu à la manifestation d'une véritable épidémie. J'ai groupé les malades suspects au fond du navire, pour éviter la contamination. Je devrais les mettre en quarantaine.

Voilà qui ne rassure pas Carla. Elle est prête à tout abandonner pour sauver Paul. À demi conscient, le malade perçoit l'angoisse sur son beau visage attentif. Il n'a pas la force de lui parler. Elle rafraîchit ses tempes de compresses fraîches, glisse entre ses lèvres, tant il paraît faible, un sucre imbibé d'eau de mélisse, et surtout le couvre très chaudement.

Plusieurs fois dans la nuit, elle vient s'assurer que les drogues absorbées en dose massive lui permettent d'éliminer les toxines, par de fortes sudations. Elle change sa chemise de laine à chaque visite, comme si sa réserve de linge propre était inépuisable.

Après vingt-quatre heures de ce traitement de choc, Paul se sent mieux, et peut observer son entourage. Sa travée est uniquement composée de malades. Les blessés sont soignés ailleurs, près des salles de chirurgie. Il n'essaie même pas de parler à son voisin de lit : ce Sénégalais comateux, grelottant, le visage gris de fatigue, délire en ouolof avant de sombrer dans un sommeil profond. Le major, appelé en urgence, demande à Carla de lui faire absorber des noix de kola.

– Il ne peut manger, il est trop faible.

– Pilez, dissolvez les noix dans de l'eau pure, et faites-le boire. Chez lui, il consomme deux de ces fruits par jour. S'il en est privé, le pouls tombe, la circulation du sang se ralentit, il peut mourir de faiblesse. Cet homme est au bord de la syncope. Il aurait pris une balle dans le thorax qu'il ne serait pas plus fragilisé. Il faut lui donner de toute urgence les moyens de chasser lui-même ses toxines sans s'épuiser.

Le major s'attache à la survie de ce géant d'un mètre quatre-vingt-dix. Il n'a pas plus de dix-neuf ans et il a gardé son visage d'enfant. Tant de ses camarades sont morts de fièvre ! Il s'acharne à sauver celui-là en délaissant, au besoin, les thérapeutiques traditionnelles.

Les massages à l'alcool ou à l'huile camphrée, les cataplasmes de moutarde et de lin emplissent le navire d'une odeur persistante de pharmacie. Les quintes de toux déchirantes des bronchiteux rappellent à Sabouret son séjour, avant la guerre, dans un sanatorium des Alpes.

Il est convaincu que la tuberculose guette aussi ses malades. Il faut les nourrir à tout prix. Tous souffrant de pénurie en vitamines, en protéines, il les fait gaver de jus d'oranges importées de Ténédos, de salades et de tomates, de poissons frais pêchés dans la baie et cuits à l'huile d'olive. Foin des conserves de singe ! La cuisine du bord exhale des relents de caboulots marseillais.

Grâce aux soins de Carla, Paul se remet de jour en jour. Double oreiller, et deux couvertures. Il n'échappe pas au major que l'infirmière bichonne son malade à l'excès. Elle pousse le zèle jusqu'à lui poser des ventouses, abuse des potions à l'intoxiquer, le dope à l'aspirine et même à la quinine, tant elle redoute la contagion des paludéens. Sa journée de travail achevée, elle retourne vite près du lit de Paul et passe la nuit à ses côtés, lovée sur un matelas jeté à terre, et le major ferme les yeux.

Elle n'est pas pressée de le voir entièrement remis, trop inquiète de son possible renvoi au front, d'où arrivent chaque jour encore plusieurs blessés. Le général Brulard veut donner le change, abuser les Turcs, faire croire à une occupation serrée des lignes. Le major Sabouret ampute des bras et des jambes, risque même des opérations du crâne, comme aux beaux jours de juillet. Carla n'a pas envie de lâcher son amour convalescent pour qu'une dernière salve turque l'en prive à tout jamais.

* *
*

Après quinze jours de soins, la santé de Paul étant à l'évidence presque rétablie, le major autorise l'absence de Carla pour une nuit. À charge pour elle de ramener le soldat à bord, pour ses derniers examens de sortie. Il est en effet question de rendre le convalescent à son unité, de le débarquer à Sedd ul Bahr, de le restituer à l'enfer.

Ils se retrouvent avec passion dans la maison du pêcheur. Deux semaines au côté de la douce Italienne ont convaincu Paul qu'il ne peut plus s'en séparer. Unis pour la vie, les jeunes gens se surprennent à penser, quand l'aube se lève au petit matin gris et froid, qu'un retour au front est exclu. Ils font ensemble des projets fous de fuite en canot vers les Sporades, des îles grecques assez proches, pour y cacher leur amour jusqu'à la fin de la guerre.

Ils ne cherchent pas de bonnes raisons pour déserter. Ils ne condamnent pas non plus l'absurdité de cette expédition, ni même l'inaction qui laisse les hommes livrés à leur sort sur ces horribles plages. Ils ne veulent pas fuir la guerre, mais rester soudés comme ces oiseaux de Chine « qui n'ont qu'une seule aile et qui volent par couple ». Qu'on les sépare, ils tomberont en mer, noyés, tels les *pihis* d'Apollinaire, ou bien se changeront en constellations, comme ces héros malheureux de l'Antiquité que le vieux Grec vénère encore.

Gagner la Grèce, un pays resté neutre, serait une issue possible. Le pêcheur l'a si souvent répété à Carla l'attentive : on se perd dans les rues du Pirée, on se cache dans les caves blanches des flancs de l'Acropole à Athènes. Ils y trouveront de faux papiers, sans doute aussi les moyens de vivre. On n'a jamais vu un Grec mourir de faim.

Carla décide qu'elle s'engagera dans quelque hôpital privé, Paul écrira la correspondance de quelque armateur en relation d'affaires avec les Marseillais. Pratique, active, Carla entrevoit déjà les filières d'émigration qui leur permettront de s'adapter, et de partir au loin s'il le faut. Elle retrouve l'état d'esprit des migrants italiens de sa propre famille, de ceux qui ont déserté la famine pour échouer en France. Pourquoi ne pas déserter aussi une guerre inutile ?

Elle s'en ouvre sans tarder à Homère, le pêcheur, qui tire de sa barque ses filets pour les faire sécher au soleil de la grève. Elle sait parfaitement qu'elle peut le mettre dans la confidence : il a hébergé et organisé le départ de la côte d'Asie de nombreux Grecs persécutés en Turquie, aussi férocement que les Arméniens sous le régime des pachas dictateurs. Elle le persuade que lui seul peut les aider. Ils pourront embarquer au Pirée, où son fils est marin sur un cargo brésilien.

Homère sourit :

– Et si la Grèce entre en guerre, si elle rejoint les Alliés ? objecte-t-il, dans son français approximatif.

Il sait que, dans les îles, la propagande du Crétois Venizélos, un démocrate à l'anglaise, hostile au roi Constantin proboche, pousse l'opinion publique dans le sens des Alliés de l'Ouest. Quelle destination alors ? Ils seront traqués, en Grèce comme ailleurs, dénoncés comme déserteurs ou espions. Où se réfugier ? Au Canada peut-être, rêve Carla qui n'a jamais eu le temps de parcourir les journaux.

Paul n'ignore pas, pour l'avoir lu sur son lit d'hôpital, que le dominion lève quatre divisions qui seront engagées dans l'armée britannique. Il sait aussi que les Américains, encore neutres, refusent obstinément l'entrée sur leur territoire des émigrants européens.

– Le Brésil, au pis aller ? Nous voilà bien loin de Moudros.

Le pêcheur enfonce son bonnet de laine au ras de ses sourcils. La bise du nord se lève, il faut rentrer à la cabane, ou partir rejoindre le bateau. Les projets des amoureux ne lui paraissent pas mûrs.

Il désigne la baie en effervescence. Les navires anglais encore présents hissent le grand pavois. Les Français tirent des salves d'honneur. Un croiseur battant pavillon à croix de Saint-Georges, rouge sur fond blanc, se hâte d'entrer dans la rade protégée par des filets anti-sous-marins et de jeter l'ancre, accompagné de torpilleurs aux canons pointés vers la rive d'Asie.

Les équipages alignés sur le pont lancent des hourras en levant leurs bonnets. Une chaloupe abondamment pavoisée accueille à sa coupée un hôte de marque, à la haute casquette de *field marshal.* Pour la première fois, l'armée d'Orient reçoit un personnage de ce rang, une des figures emblématiques du monde en guerre. Il est aussitôt conduit à Moudros. De grands événements se préparent.

Paul pense à ses copains grelottant dans les lignes : à l'Alpin ténébreux, amer, qui se demande chaque jour quand sonnera l'heure du grand départ ; au Breton de *La Ravageuse*, toujours à bord avec Pierre Labat, tournicotant autour du navire amiral pour tenter de repérer le grand chef étranger. Il songe à Edmond le zouave, au capitaine Maublanc, toujours aux tranchées.

Il regarde Carla avec désespoir. Il est trop tard pour la fugue amoureuse. Il doit repartir, rejoindre les siens. Elle détourne les yeux. Les coups de canons et les cymbales de la rade ont volatilisé son rêve.

Le *sirdar* Kitchener, grand maréchal de l'armée égyptienne et ministre de la Guerre britannique, vient d'accoster le quai de Moudros.

* *
*

Il débarque tel le commandeur de *Don Juan*, pour rendre à la Couronne ses droits, fier et fort du sang versé sous son proconsulat militaire, des Boers déportés, des mahdistes exterminés, puissant colosse régnant de Rhodes à Chypre, de Napata sur le Nil au nouveau phare d'Alexandrie, de La Valette des chevaliers de Malte aux Babels enterrées de Mésopotamie, d'Aden à Bassora, des passes afghanes de la Perse jusqu'aux royaumes des Indes.

Sur le front allié, l'Histoire s'arrête d'un coup, ce 10 novembre 1915. Le colonel Valentin et le sous-lieutenant Émile Duguet se sont postés en observation au-dessus de l'appontement, sans pouvoir se mêler au flot des officiers supérieurs britanniques et des amiraux en tenue. Ils n'ont pas été conviés à se joindre au cortège, pas plus que le général Brulard.

Lord Kitchener of Khartoum avance avec une souple lenteur, malgré son poids respectable, de cette démarche inimitable des officiers britanniques, maîtres de ballet portant à la parade leur épée droite comme un cierge. Le ministre-maréchal daigne visiter seulement ses commandants en chef, sir Charles Monro, remplaçant de Ian Hamilton en disgrâce, le général Maxwell, chargé de l'armée des Indes en Égypte, et le haut-commissaire au Caire, sir McMahon.

Les reporters de guerre n'ont pas accès au quartier général et l'inévitable Bartlett, plus que jamais présent, s'en plaint au photographe américain Jim Morton qui a réussi, pour le *New York Times,* de superbes clichés du *sirdar* : menton en avant, visage massif aux sourcils broussailleux, haute casquette à bord rouge, vareuse kaki constellée de décorations.

Emmitouflé dans un manteau de fourrure comme s'il allait en Laponie, l'Anglais se refuse à croire que le maréchal débarque afin de tout rembarquer, alors qu'il a plaidé mordicus, devant ses collègues à Londres, pour le maintien du corps expéditionnaire sur les plages.

Jim Morton, présent au massacre des troupes fraîchement débarquées du vieux pays à Suvla Bay, n'en est pas si sûr. Quand l'Angleterre laisse tuer ses gentilshommes de la *Yeomanry* jusqu'au dernier, les députés de la Chambre des communes ont en général un sursaut, même tardif, pour rendre un hommage solennel au courage malheureux. Lord Northcliffe, le puissant magnat de la presse, est lui aussi sorti de sa légendaire prudence en décidant de dévoiler au public, tenu jusque-là dans l'ignorance la plus complète, la réalité d'un échec cruel.

– J'en sais quelque chose, dit Bartlett à Morton. J'ai fait un voyage en Angleterre pour exiger que la vérité fût connue. J'ai écrit personnellement, de surcroît, au Premier Ministre Asquith – qui n'a du reste pas reçu ma lettre.

– Vous le dites vous-même, répond le photographe. L'opinion est alertée. Je ne peux croire qu'une décision conforme au bon sens ne puisse enfin être prise.

– Nous ne sommes pas ici en Amérique. Vous ne connaissez pas le climat politique de Londres. Chaque ministre, député ou lord connaît la situation. Ils savent qu'on a fait traverser à la *Yeomanry* le Lac Salé en plein jour, sous les obus des Turcs, au lieu d'abriter ces gentilshommes derrière une colline ; ils n'ignorent pas que toutes les erreurs possibles ont été commises par Ian Hamilton et cependant, ils hésitent encore à mettre fin au carnage. Ils se doutent que nos soldats vont mourir de maladies tout au long de l'hiver, dans les tranchées inondées, mais ils admettent de les laisser là-bas pourrir sur pied parce que nul responsable, aucun élu ne veut porter la responsabilité de l'échec.

– Pas même le Premier Ministre ?

– Mon cher ami, dit Bartlett, poursuivant son monologue et serrant le bras du reporter comme s'il le connaissait depuis vingt ans, vous avez raison de louer notre Parlement. On peut y trouver, en cherchant bien, quelques députés courageux. Il s'y est dit, le 1er novembre, ce qui ne peut s'entendre aujourd'hui dans aucune assemblée du monde. Dans un silence absolu, au cours de cette séance dramatique, lord Carson, ministre démissionnaire, a accablé le Premier Ministre Asquith des plus formidables reproches.

– Et rien n'en a résulté ?

– Si fait, vous voyez se dérouler sous vos yeux la suite de ce débat. Ne manquez pas de la photographier, elle n'a pas de prix. Les ministres sont d'honnêtes citoyens n'ayant jamais fait la guerre. Ils ont expédié lord Kitchener en grand uniforme aux Dardanelles, et se défaussent sur ce militaire des responsabilités du drame. S'il ordonne de rembarquer, c'est lui qui portera la casquette. S'il s'y oppose, il sera probablement renversé, dans l'hypothèse – évidemment absurde – où il se trouverait une majorité aux Communes pour se défaire de lord Kitchener of Khartoum.

Aucune information ne filtre plus des baraquements du quartier général, où les huiles sont bien gardées par des Écossais en kilt de cérémonie, baïonnette au canon. Le journaliste humilié, le *trombinoscope* des chefs de l'armée britannique dans l'œil, désigne à son collègue américain, avec mauvaise humeur et non sans malice, trois généraux pressés qui se présentent successivement devant les soldats du poste au garde-à-vous, comme s'ils étaient en retard.

– Voilà sir William Birdwood, le populaire commandant de l'Anzac, adoré de ses troupiers, surnommé le *Turcoctone*, et convaincu qu'il peut survivre deux ans – que dis-je, dix ans ! – adossé au rocher de Gallipoli, rendant les coups comme un kangourou ganté sur le ring de boxe. Derrière lui, sir Byng, le plus énergique des généraux anglais, qui s'est illustré en France autour d'Arras et est familier de la guerre de forteresse, et enfin sir Francis Davies, toujours d'accord avec le général Monro, à croire qu'ils sont du même club de golf. De cette noble assemblée de guerriers va sortir la décision la plus importante de cette guerre.

– F... le camp ou non, résume Jim Morton.

– Venez boire un raki, il est inutile d'attendre. Lord Kitchener posera pour les photographes et les généraux rejoindront leurs états-majors sans rien dire.

– C'est toujours ainsi, dit l'Américain. Je n'ai jamais vu un général anglais donner une conférence de presse.

– Je prends des pronostics, propose Bartlett en vieux turfiste : une voix contre l'évacuation, celle de l'Australien Birdwood, et trois voix pour. Le *sirdar* se gardera bien de prendre une décision. Même s'il penche personnellement pour l'évacuation, après son affligeante visite effectuée sur les fronts, il expliquera que les avis sont partagés. Il présentera son rapport au gouvernement, qui fera voter les députés. Quand il y a du pour et du contre, c'est aux politiques de trancher, n'est-ce pas, et non aux militaires ?

– En attendant, les soldats crèvent de froid dans les tranchées.

– Il va les visiter. Il leur dira combien l'Angleterre est fière de leur sacrifice, que tout le monde a fait des merveilles. Il ira même voir les Français, diplomatie oblige.

* *
*

Le colonel Valentin est convoqué au quartier général du vieux château, où Brulard et son chef d'état-major Girodon sont penchés sur une carte du Proche et du Moyen-Orient. Ils commentent ce qu'ils ont réussi à décrypter, par des voies indirectes, des messages et rapports des alliés britanniques traduits par le lieutenant Charles-Roux. Si Kitchener a convoqué à Moudros les plus hautes autorités d'Égypte, c'est à l'évidence pour leur démontrer que la défense du canal de Suez ne peut plus s'imaginer à la sortie du détroit des Dardanelles. Ceux-ci sont turcs et le resteront.

– Sa nouvelle idée, expose le subtil colonel Girodon, est de faire passer la pilule de l'évacuation de Gallipoli en jetant son dévolu sur le port d'Alexandrette, qui domine la côte syrienne, et Antioche, au nord de l'île de Chypre. Il suffirait de quatre divisions pour verrouiller sur ce point précis, et nulle part ailleurs, assure-t-il, la route du Caire.

Brulard, sec et roide comme un chef de poste perdu dans le Sahara lors d'une attaque de *salopards,* entend distraitement les explications de son adjoint. Ce général à l'ancienne mode est un cyrard résolu, obéissant aux ordres jusqu'au sacrifice. Il accable le ministère de demandes de matériel, pour fortifier ses positions avant l'hiver. Les idées sur la stratégie de défense du Caire et du canal de Suez imaginées par le maréchal britannique ne le concernent en rien.

Il a eu pourtant l'occasion de rencontrer l'imposant personnage, s'étant cru obligé de sortir du vieux château pour accueillir l'Anglais sur sa moitié de plage de Sedd ul Bahr. Une brève rencontre d'une demi-heure à peine.

– Il n'a passé qu'un moment sur notre débarcadère,

précise-t-il, et n'a pas voulu visiter les lignes. L'entretien a été très court. Néanmoins, j'ai pu le convaincre, en lui décrivant les lieux, que nous n'aurions pas les moyens de tenir si les Turcs, renforcés en artillerie et en munitions par les Allemands, attaquaient en force.

– Il serait en effet fâcheux de penser que nous aurions le moindrement la possibilité de résister, confirme Girodon en pointant de son crayon la grande carte de la région : les Centraux, Allemands et Autrichiens, sont désormais à Belgrade et à Sofia. Ils joignent directement Constantinople par chemin de fer en traversant la Serbie et la Bulgarie. Si le Grand État-Major de Falkenhayn décide de prendre Suez, il le peut désormais, ce que redoute au plus haut point lord Kitchener – un Anglais du Caire, et non de Londres.

Le général Brulard laisse parler le colonel sans le contredire, en pensant que son nouveau ministre, le général Gallieni, dont il relève toujours directement, n'a pas modifié les ordres reçus de son prédécesseur Alexandre Millerand. Son devoir est donc, jusqu'à nouvel ordre, de tenir ici coûte que coûte. Il n'en démord pas.

Girodon, à qui n'échappe aucune des dépêches diplomatiques collectées et décryptées par le jeune Charles-Roux, sait parfaitement que le nouveau ministre des Affaires étrangères et président du Conseil Aristide Briand [1] proteste contre toute approche britan-

1. Le 29 octobre 1915, sans avoir été mis en minorité, le président du Conseil Viviani, fatigué, a abandonné son poste à Aristide Briand, qui cumule les fonctions de chef de gouvernement et de ministre des Affaires étrangères. Très hostile à Joffre, il a nommé ministre de la Guerre le général Gallieni, vieux général de la Coloniale très populaire dans Paris, dont il était gouverneur militaire

nique de la Syrie, considérée comme future zone d'influence française après la paix. Il condamne donc d'avance le projet Kitchener de débarquement dans la baie d'Alexandrette, en Asie Mineure, au nord de Chypre, beaucoup trop proche de Damas.

Des télégrammes comminatoires arrivent du Quai d'Orsay et du ministère de la Guerre dans le palais où les Français, impuissants, sont réduits aux effectifs d'une division comportant nombre de soldats malades. On veut savoir, à Paris, ce que mijotent les Alliés en Orient, ce que prépare lord Kitchener.

Le colonel Girodon, le plus politique des militaires en place, est donc dépêché en Égypte pour y rencontrer le Minotaure du Caire, et lui faire préciser ses positions. À peine introduit dans le bureau du Résident où trône le maréchal, il attaque debout, marchant de long en large devant son interlocuteur assis dans un fauteuil victorien :

– Nous sommes hors d'état d'arrêter les Allemands en Serbie, en Bulgarie, en Turquie, martèle-t-il sur un ton sans réplique.

« Il tient à son verrou d'Alexandrette », se dit Girodon, pas dupe de ce préambule emphatique.

Kitchener poursuit, comme s'il dictait les termes d'un ultimatum : les Français peuvent lui faire confiance, il est autorisé à leur faire des propositions précises. Il se porte garant pour lord Asquith.

– Sous une forme écrite ? se risque le colonel.

Certainement. Le maréchal signera, au nom de son

---

en septembre 1914, et qui s'attribue volontiers en partie le mérite de la victoire de la Marne. Millerand et Augagneur ont été éliminés du cabinet.

gouvernement, une assurance écrite reconnaissant à la France cette région d'Alexandrette et la Syrie.

– Les troupes anglaises seront là en territoire français, précise-t-il avec une pointe d'agacement, comme elles sont en France même. Alexandrette ne sera pas plus anglaise que ne le sont Calais ou Arras.

Après tout, pense-t-il, les Français sont bien heureux de recevoir les soldats britanniques sur leur sol. Ils les fêtent, les *tommies*, ils les encensent. Pourquoi feraient-ils des manières en Orient, où l'avenir de la vieille Angleterre est en jeu ? C'est intolérable. La guerre, pour Kitchener, a pour centre nerveux Le Caire.

Quand le colonel rentre au vieux château, Charles-Roux lui tend une dépêche décryptée du Quai, émanant de Briand et datée du 18 novembre : on ne soupçonne nullement, à Paris, lord Kitchener d'arrière-pensées politiques, est-il précisé. C'est pour des raisons militaires que Gallieni et Joffre condamnent l'affaire d'Alexandrette. Au demeurant, lord Asquith et plusieurs de ses ministres sont venus à Paris pour en discuter. Un accord a été conclu, auquel Kitchener devra se conformer.

Au général Brulard, qui veut agir « comme si notre séjour devait se prolonger longuement », Graziani prescrit brutalement, le 20 novembre, « d'envisager avec la plus grande discrétion l'éventualité d'une évacuation de la presqu'île ».

Ainsi, tout est en place pour le grand départ. Mais les zouaves et les marsouins de Gallipoli devront attendre au moins un mois avant de prendre le large, et personne ne les informe de la décision d'évacuer.

* *
*

Bourrasques du sud et vents du nord, capotes glacées et boue neigeuse, le *darda*, ce poilu d'Orient, tient ses lignes avec un moral qui flanche. Il a vu partir les Sénégalais transis, remplacés par des Français d'Afrique du Nord, ceux de l'infanterie de marine glanés dans les dépôts. Les Sénégalais ont été embarqués au cap Hellès dans des bateaux britanniques pour Alexandrie, où le climat sec et sain les remettra sur pied.

André Broennec est tenu sur le qui-vive, lors de ces évacuations où les chaloupes de la marine française sont constamment requises. Pierre Labat est tombé, atteint de la dengue, et a été évacué sur Ténédos. André a dû assurer le commandement du chalutier, premier maître à titre provisoire. Un bleu venu de Brest, Joss Thomas, de Telgruc, s'occupe de la radio vaille que vaille.

Depuis longtemps, la grande flotte anglaise de guerre a disparu vers Malte. Des torpilleurs assurent la sécurité des transports dans la rade de Moudros, et les hydravions fouillent les fonds pour tenter de repérer les sous-marins, de plus en plus nombreux. Broennec ne s'en inquiète pas outre mesure : son chalutier est un trop petit gibier, pense-t-il, pour les requins des mers. Il ne vaut pas une torpille. Le Breton surveille pourtant l'éventualité de mines flottantes échappées des Détroits, lorsqu'il met le cap sur Sedd ul Bahr.

Il reste une poignée de Sénégalais à évacuer, un caporal et sept ou huit hommes, les dernières sentinelles de la tranchée du Quadrilatère, celle de l'avant. Timbo Adamoué, un Bambara de Bamako, entre Sénégal et Niger, aide Koro Bendilou à prendre place dans la chaloupe.

– Nous les Africains, nous partons les premiers, mais tout le monde suivra, mon lieutenant l'a dit.

Broennec s'aperçoit que Koro est blessé à la cuisse, et se propose de le déposer à l'infirmerie de l'île.

– Koro vient avec nous, dit le caporal Adamoué, décoré de la médaille militaire. Juste blessé par une pointe de barbelé. Pas grave. Le major a fait déjà le vaccin du tétanos.

Au cours de la traversée, Broennec apprend toute la vie de Timbo. Les Dardanelles ne sont pas son premier combat. Il a été recruté comme porteur de colonne par un officier de passage dans son village où il coupait le mil pour en faire de la bière, du *dolo,* avec son père. Avait-il treize ou quinze ans ? Il ne sait. Pas d'état civil dans ces villages de pisé. Le lieutenant lui a fait signer un engagement de quatre ans. La chéchia, la vareuse kaki, la solde et les « colonnes », contre les rebelles du Niger.

– Le bon temps, soupire Ali ben Diala, engagé en même temps que Timbo dans son village nigérien. Chez nous, dans le bled, pas de caserne. On couche au village, à la case, avec la femme et les enfants. Plus tard garnison, à Kayes, Saint-Louis, Dakar. Connais-tu Saint-Louis, matelot ?

Broennec, qui n'a jamais quitté la Méditerranée, rêve de navigations sur la côte d'Afrique.

– Saint-Louis, ville française, sourit Timbo. Des rues entières de cases blanches. À l'intérieur, des femmes aux machines à coudre. Une église grande comme Notre-Dame.

Timbo et Diala ont perdu tous leurs camarades sur l'Yser, lors de la première campagne. Reformés avec des bleus venus du pays, comme Koro Bendilou, ils sont heureux de quitter enfin ce cloaque des Dardanelles. Ils ont perdu leur lieutenant Raoul de Perdrière, tué dans le ravin du Kérévès Déré qui a englouti la moitié du bataillon dans un magma sanglant. En considérant la proue du grand navire, Timbo pense que la guerre est finie ici, qu'on va les reconduire chez eux pour recruter d'autres tirailleurs.

– Tu iras en Afrique, lui confirme Broennec en accostant la coupée d'un transport anglais, le *Victory*. Vous mettez le cap sur l'Égypte.

Broennec n'a pas le temps d'achever sa manœuvre d'accostage. Timbo s'est jeté à l'eau. Ali ben Diala retire ses croquenots et plonge à sa suite. Désertion ? Broennec est perplexe. Il n'a jamais entendu parler de déserteurs sur ce front. Où iraient-ils ? Se faire tuer dans les bagnes turcs ?

– Tu ne vois pas, patron ? lance Koro Bendilou. Un homme à la mer ! Ils vont le sauver.

Les nageurs ont déjà atteint les débris d'un ponton flottant entraîné par le courant des Détroits, ou gît un homme sans connaissance, à demi nu. Timbo, habitué au fort courant du fleuve Sénégal, n'a aucune peine à récupérer le naufragé, qu'il charge sur ses reins pour le ramener à la chaloupe. Les marins anglais du *Victory* s'impatientent à la coupée. Broennec doit manœuvrer, laisser la place à d'autres vapeurs.

Il ranime le naufragé par le bouche-à-bouche, pendant que les tirailleurs lui frictionnent les membres.

– Ce n'est pas un Turc, constate Timbo, c'est un Grec.

Il montre le nom gravé sur la plaque de matricule : Niko Fares.

* *
*

Les Sénégalais ont juste le temps de s'engouffrer sur la coupée. La sirène du *Victory* donne le signal du départ. Dès qu'il reprend son souffle, le Grec se met à parler d'abondance dans une langue que le Breton ne comprend pas. Le rescapé donne de tels signes d'agitation qu'André se croit obligé de le débarquer sur la plage de Sedd ul Bahr, pour le confier au service de renseignement de l'armée.

Ce naufragé n'est probablement pas un déserteur. Il doit être le survivant d'un de ces boutres de ravitaillement utilisés par les Turcs, qu'un canon anglais aura coulé.

Au lieutenant Carcopino, un Corse polyglotte capable de traduire aussi bien le grec moderne que la langue d'Homère, l'homme explique, avec force détails, qu'il a été incorporé au dépôt turc de Smyrne comme tous ceux de la communauté grecque.

– À votre âge ? s'étonne le traducteur, en observant le front ridé, le crâne presque chauve.

– J'ai cinquante ans, confesse Niko. Les Turcs ont pris les nôtres jusqu'à cinquante-cinq ans.

– Pour combattre ?

– Non, pour travailler. Nous sommes leurs esclaves, dit-il en crachant de mépris. Bons à toutes les tâches, sous les ordres des ingénieurs allemands qui construisent une quatrième ligne bétonnée à travers la presqu'île. D'autres cassent des cailloux pour les routes ou le ballast des voies ferrées. Le travail forcé s'est étendu à tout l'Empire ottoman, devenu un gigantesque bagne.

Le lieutenant réfléchit. Au mess, Charles-Roux lui a dit que les Turcs, réarmés par l'Allemagne, pourraient bien entreprendre une manœuvre d'importance. D'après les interrogatoires de prisonniers, ils lèvent partout de nouveaux effectifs.

– Des Syriens, des Libanais, confirme le Grec. Et naturellement des Kurdes, qui ont laissé mourir sans pitié tous les malheureux Arméniens sous leur garde.

Alerté, le colonel Valentin prend en main l'interrogatoire. Le Grec est intarissable. Sa mémoire est prodigieuse, autant que sa haine des Turcs. Ils ont pris dans leur armée ses trois fils. Sa femme est sans aucune ressource. Ils ont brisé dans le sang une révolte des habitants grecs de Smyrne.

– Les Kurdes, mercenaires des Turcs depuis des siècles, ont brûlé les villages, coupé les arbres fruitiers, exécuté en masse les opposants supposés. Pour eux, tout ce qui n'est pas turc est ennemi, ce qui ne les empêche pas de nous enrôler de force dans leur armée. Tous ceux qui peuvent porter un fusil sont embarqués, turcs ou non. Et ils ont reçu des Mauser en quantité. Les hommes sont envoyés au front au bout de deux mois, parfois moins, après une instruction sommaire. J'ai vu des compagnies formées de quatre-vingts soldats seulement.

Valentin veut en savoir plus. Il sait qu'en nombre les troupes turques présentes dans la presqu'île ne sont probablement pas supérieures à cent mille. Vers où sont dirigées ces nouvelles unités ? Le Grec, trop vieux pour combattre, a été versé dans les travaux forcés. Mais deux de ses fils sont partis de Smyrne pour Constantinople. A-t-il de leurs nouvelles ? Oui, par un compatriote qui a rejoint le boutre coulé dans les Détroits. Où est-il ? Peut-on le retrouver ? Noyé dans le naufrage. Mais il a eu le temps de tout lui dire.

Valentin fait servir au Grec un verre de vin et une galette de maïs. Enveloppé dans une couverture, l'homme est prêt à répondre à toutes les questions que traduit, sans une hésitation, Jérôme Carcopino.

– Ils sont nombreux à prendre la route de l'ouest. Mes fils, à la 48e division récemment formée, ont marché, paraît-il, sur Andrinople, en Europe. De là, ils auraient gagné la frontière bulgare. Mon ami parle de cinquante mille hommes au moins, dirigés sur la Macédoine au commandement d'Ali Pacha. Ces gens-là vont donner un coup de main aux Bulgares et prendre les terres des Serbes.

– Tu ne parles pas de ton troisième fils, dit Valentin. Est-il resté à Constantinople ?

– Il a été versé, malgré son jeune âge – dix-huit ans – dans les troupes d'assaut du 6e corps qui sont restées chez nous à Smyrne. Si les généraux turcs sont aussi féroces avec nous, c'est qu'ils nous accusent d'attendre avec impatience un débarquement anglais dans la région.

Le colonel est sceptique. Si l'armée turque occupe les villes d'Asie, c'est qu'elle craint des troubles en Syrie.

– Ton fils est-il resté à Smyrne ?

– Non, il est parti à pied, avec sa division, vers Bagdad. Il paraît que l'oncle d'Enver, Halil Pacha, commande les troupes rassemblées là-bas. Je ne peux vous en dire plus. Pourquoi ne débarquez-vous pas, vous, les Français, en Syrie ? Vous y seriez accueillis comme des libérateurs.

Ce Grec est décidément bavard, et ses informations ne sont pas faites pour tirer le colonel de sa perplexité. Les rapports reçus du 2e bureau montrent aussi l'effort exceptionnel de mobilisation des généraux jeunes-turcs, l'appui en armements reçu d'Allemagne, et les directions d'attaque possibles vers l'ouest, en Thrace et en Macédoine, mais tout aussi bien vers le sud, à partir de Bagdad et de Damas vers le golfe et l'Égypte.

Le Grec est renvoyé à Imbros pour se joindre au prochain contingent de prisonniers en partance vers les camps d'Alexandrie. Personne n'a plus de temps à perdre avec lui. Niko Fares est soulagé. Pour lui, la guerre est terminée, il respire. Mais comment aurait-il le cœur à s'en réjouir ? Son épouse et sa famille restent soumises aux exécrables traitements des Turcs à Smyrne, et ses trois fils sont en opérations.

* *
*

Les Français en ligne ne sont pas rassurés sur la suite des événements. En face, les Turcs semblent aussi nombreux et actifs. Le bataillon de zouaves d'Edmond Vigouroux est dans la tranchée d'avant plus souvent qu'à son tour. Le 15 novembre, les Turcs ont rappelé leur présence par une canonnade soignée, suivie d'une petite attaque qui a malheureusement causé la perte de deux officiers et de quatorze zouaves. Les hommes sont d'autant plus furieux que les bataillons de la division

Bailloud ne sont plus à leurs côtés pour les appuyer ; ils ont pris la mer, on ne sait pour quelle destination précise.

Ceux qui restent là, transis par le vent d'hiver, attendent du général Brulard une décision qui ne vient pas. Edmond a beau se renseigner auprès d'Émile, qui a toujours ses entrées au vieux château, rien ne filtre des intentions du commandement. Ils peuvent rester oubliés sur ces rochers noirs pendant tout l'hiver.

L'infanterie coloniale a remplacé les tirailleurs sénégalais. Tous les *aéros* sont en l'air, pour tâcher de repérer les mouvements des Turcs, mais le ciel est plombé et les vols hasardeux. Les ordres reçus par le capitaine Maublanc sont de lancer des travaux de sape, pour faire sauter la première ligne de tranchées turques. Le génie s'active sans se tuer à la tâche. À quoi bon ouvrir une brèche si l'attaque ne peut être soutenue par le canon ? Une tentative avortée a eu raison des velléités offensives du général Brulard.

Tenir bon, attendre les ordres, s'aménager des abris les plus confortables possible dans les rochers, Émile Duguet ne peut faire rêver les copains d'autres perspectives. Paul Raynal trouve le temps long. Le *Charles-Roux* est parti sous d'autres cieux sans laisser d'adresse, sa grande croix rouge tracée sur le pont. Il a perdu tout espoir d'évasion pour rejoindre Carla. Partir avec elle, dans un mouvement de passion irraisonné, pouvait se concevoir. Déserter les lignes, abandonner les camarades est impossible.

À cinquante mètres des tranchées turques, Paul s'occupe à réparer les lignes de téléphone, constamment détruites par les marmites allemandes lancées chaque matin. Cette mission de routine est sans danger.

Les tireurs aux aguets ne cherchent pas les cibles isolées, pour éviter les représailles. Les seules actions présentant un péril sont celles des mortiers.

Du moins les vents ont-ils balayé l'odeur de pourriture des anciens combats. Plus de « macchab hôtel », comme disent les zouaves. Les mouches aussi ont disparu avec l'été. Les *Tauben* sont toujours dans le ciel, inondant périodiquement les tranchées de tracts incitant les Français à se rendre : « Les Anglais s'en vont, stipulent-ils. Pourquoi restez-vous là ? » Les avions français engagent le combat aussi souvent qu'ils le peuvent, sans parvenir à toucher l'ennemi. On aperçoit les observateurs casqués de cuir tirant à la carabine, sans succès, sur les pilotes allemands. Ils n'ont pas encore de mitrailleuses à bord.

Les bruits qui courent sur le front anglais sont terrifiants. Émile les diffuse dans les popotes, pour signifier aux soldats qu'il faut respecter les prisonniers ennemis. Il a récemment risqué une virée sur la plage des Anzac. Le général Birdwood, en l'absence de sir Charles Monro, blessé à la cheville, a pris le commandement du corps expéditionnaire et ne tolère aucun fléchissement.

L'Alpin raconte que la haine des Australiens pour l'ennemi les pousse à des actes inconsidérés. Un colonel allemand a été fait prisonnier par une patrouille. Au sergent qui le conduisait à l'arrière, il a cru bon de déclarer, en désignant l'Achi Baba :

– Voyez-vous cette montagne ? Vous ne la prendrez jamais.

– Ah ! a répondu le sergent furieux en montrant le sol. Voyez-vous cette terre ? Vous ne la reverrez jamais !

Et il lui a brûlé la cervelle. Il est question de le faire passer en conseil de guerre. Les camarades se rebellent, deviennent menaçants. Birdwood lui-même décide d'étouffer l'affaire, et de muter le sergent.

Les marsouins venus des dépôts du midi de la France, des bleus pour la plupart, s'étonnent d'apprendre que l'on peut ici tuer un officier ennemi sur un mouvement d'humeur, sans encourir de sanction. Un instituteur toulonnais, Jean Galois, caporal ordinaire, s'en indigne. L'Alpin lui donne raison.

Mais il se garde de le suivre quand l'autre se lance dans des récriminations contre son chef, un capitaine de la Coloniale rappelé au service malgré son âge, qui accable le bataillon de consignes de fermeté. Cette culotte de peau prétend répondre coup pour coup aux tirs isolés des Turcs. Il prêche la haine de l'ennemi, la loi du talion. Il répète que les Turcs ne font pas de prisonniers, et qu'il n'y a pas lieu de les ménager.

– Il se croit chez les rebelles du Maroc, poursuit Galois. Il ne connaît pas les Turcs. Il se plaint de ses marsouins. Nous ne sommes pas, dit-il, assez agressifs. Où se croit-il ? Qu'il veuille se faire tuer pour rien est son affaire. C'est son métier et il touche pour cela plus de sept cents francs de solde par mois. Il en donne dix à son ordonnance. Moi, je reçois un franc cinquante pour tout potage, et ma femme risque de ne pas me revoir.

Émile s'efforce de calmer le caporal. Cette situation ne durera pas. On attend des ordres.

– Les ordres, dit un marsouin, c'est toujours de se fortifier, de creuser sans cesse. Nous ne sommes pas venus ici faire des châteaux forts pour les galonnés. J'en ai assez de ce truc-là ! Qu'on attaque une fois pour toutes !

– Du calme, intervient Vigouroux, arrivant avec quelques camarades au secours d'Émile, encerclé par les protestataires. Nous, les zouaves, on a perdu presque tous les nôtres. On ne se plaint pas du calme revenu sur le front, quand on a subi le carnage. Que les nouveaux venus veuillent bien se taire. Quand ils reviendront à leur tour de l'enfer, ici ou ailleurs, ils auront droit à la parole.

* *
*

Le moral devient si mauvais dans les cantonnements pluvieux et ventés de l'arrière que le général Brulard s'inquiète et demande à Valentin d'augmenter la fréquence des observations dans les lignes afin d'y déceler les mauvais esprits. Les malades se multiplient. L'inactivité angoisse ceux qui restent valides. Quant aux nouveaux venus de la Coloniale, ils sont loin de se calmer.

On avait tiré le canon en signe de victoire, le dimanche 26 septembre, croyant les Français vainqueurs en Champagne. « La trouée est faite ! » hurlaient les officiers. Vingt et une salves auxquelles les Anglais avaient répondu par un bouquet tricolore d'au moins cent cinquante fusées vertes, blanches et rouges. Le bruit des canons était presque étouffé, sur un si petit espace, par les voix innombrables des Anglais criant à pleine poitrine : « Vive la France ! »

Le moral, alors au zénith, est retombé au plus bas à la fin du mois d'octobre, quand les nouveaux venus des dépôts ont dit la vérité sur l'offensive ruineuse de Champagne. Et les soldats ont appris avec beaucoup de retard, par les journaux, que la Chambre des députés venait d'autoriser l'incorporation immédiate de la classe 1917. Les jeunes de dix-neuf ans seront donc levés au plus tard le 5 janvier 1916. Après les trois cent cinquante mille morts des offensives de l'année 1915, les gosses devront monter au casse-pipe à leur tour. On les prendra bientôt à dix-huit ans !

Ceux qui viennent de France ou d'Algérie n'en sont que plus étonnés d'être incorporés à une division totalement inactive, qui n'a jamais servi à rien sinon à tenir une portion de territoire inhospitalier, ce qui a rendu les soldats malades à en mourir. Une guerre atroce où les prisonniers sont fusillés, où l'ennemi tire sur les brancardiers.

Pour convaincre Jean Galois de l'horreur de cette guerre, Paul le conduit au « Macchab hôtel », la tranchée des macchabées. À trois cents mètres, en plein champ, près de deux cents cadavres croupissent dans la position où ils sont tombés, quasi momifiés, la tête coupée ou fendue.

– Pourquoi tous ces porte-monnaie vides, à côté des morts ?

– Le pillage. Il y a des gens pour risquer leur vie à dépouiller les cadavres.

Deux tranchées de soixante mètres de long sont comblées de dépouilles turques recouvertes de quelques pelletées de terre. On voit émerger des mains, des têtes.

– C'est une honte pour les Anglais, responsables de ce secteur, de ne pas enterrer ces gens qui, en somme, ont droit au respect puisqu'ils sont morts en défendant leur pays envahi, dit l'instituteur scandalisé.

Paul Raynal conduit le caporal marsouin au chantier

des sapes où s'affaire, sans zèle excessif, le capitaine Maublanc. Le Toulonnais s'étonne de la difficulté de la tâche. Creuser dans le rocher est un travail de longue haleine. Pourquoi ne pas employer la dynamite ?

– Pour ne pas effrayer l'ennemi, chuchote Maublanc sans lever le nez de ses instruments de réglage. Il dort, ne le réveillons pas. Il a plus de canons que nous. À quoi bon fignoler une sape avec une infanterie déficiente, et sans soutien d'artillerie ? Vous croyez encore aux percées, jeune homme ? Voyez le front de Champagne ! Ils y ont cru, de bonne foi, à l'état-major. Je ne suis pas sûr que le père Joffre n'y croie pas encore. Et cependant, il a tort, déclare Maublanc, avec la belle indépendance d'esprit d'un officier des armes *savantes* qui n'a nullement l'intention de faire carrière à la guerre et se moque des ambitions d'un Brulard ou d'un Aldebert.

« On ne perce pas un front. Après la forteresse, une autre forteresse, et ainsi de suite à l'infini. Nous sommes ici pour tenir. Nous tenons. Je place mes charges, non pour attaquer, mais pour faire sauter ceux d'en face s'ils s'aventuraient.

– Croyez-vous vraiment nécessaire de se retrancher devant l'Achi Baba comme dans les Vosges devant le Vieil Armand ? Que venons-nous faire ici ? interroge le caporal Galois.

Maublanc hausse les épaules. À quoi bon répondre à ce Toulonnais raisonneur ? La guerre est une absurdité qui installe face à face, de France en Russie, deux lignes adverses de tranchées plaçant vingt millions d'hommes à deux cents mètres les uns des autres, avec mission de s'entre-tuer.

Le caporal devrait se réjouir. Il est plutôt mieux là

qu'en Champagne ou dans les Flandres, même si la saison est mauvaise. Ici aussi les gens se découragent, quand les morts sont trop nombreux. On dit qu'une partie du 176e régiment venu de la métropole est passé à l'ennemi, abandonnant la tranchée.

Mais il y a des temps longs d'inaction. Rien de grave ne s'est passé dans les lignes depuis août. De quoi ose-t-il se plaindre, le Toulonnais ? Ils doivent le dire en France, que ceux des Dardanelles sont des planqués. On doit interroger le gouvernement, dans les commissions parlementaires, sur l'utilité de ce corps expéditionnaire. Un ministre, Millerand, a déjà été renvoyé. Il n'est pas sûr que Galliéni, le nouvel élu, tienne pour la durée de la guerre en Orient. Il faut s'attendre à des changements. Ce foutriquet de caporal n'a qu'à prendre patience, comme tout le monde. Le temps des massacres sonnera aussi pour lui. Ainsi pense le capitaine pontonnier Maublanc.

* *
*

Un transport anglais vient d'être coulé par un sous-marin boche : 1 400 noyés sur 2 000 passagers. On peut également mourir en mer si l'on est évacué.

Depuis que les opérations terrestres sont enlisées dans cet état comateux, les marins sont les plus exposés au danger. On signale de jour en jour des attaques de submersibles. Le *Carthage* a été envoyé par le fond en trois minutes juste devant la rade, alors qu'il s'apprêtait à charger des soldats pour les mener aux chaloupes. Par chance, nul n'avait encore embarqué, mais l'équipage a été englouti, et rares sont les survivants. Personne n'avait vu approcher le submersible. Impossible de repérer ces requins. Seuls les avions, volant au ras des vagues, peuvent les signaler aux torpilleurs.

Le chalutier de Broennec est exposé aux mines et aux torpilles, dans le parcours de Sedd ul Bahr à Imbros, Ténédos, vers l'île aux Lapins où l'on transfère aussi des malades, en attendant leur évacuation. Ses camarades bretons, anciens pêcheurs, tels Yvon Salaun de Camaret et Thomas de Telgruc, sont rompus aux longues campagnes langoustières à bord du chalutier. Mais ils n'ont pas revu le pays – et les payses – depuis plus de dix mois. Ils commencent à trouver le temps long et se demandent pourquoi les petites unités restent seules en mer, quand les gros cuirassés ont disparu. Ils ne sont nullement équipés pour lutter contre les sous-marins.

Broennec a vu la carcasse d'un de ces engins, éventré par une torpille et tiré de la mer sur ordre de l'Amirauté. Une boîte à sardines, treuillée à l'aide de deux simples filins ! La fabrication ne coûte pas cher au Kaiser. Il faut être boche pour tenir là-dedans.

– C'est pourtant une invention française, dit Salaun. Rappelle-toi, le *Gustave Zédé*. Au début, les Allemands n'y croyaient pas. Maintenant, ils les fabriquent par treize à la douzaine.

– On a retrouvé des cadavres dans l'épave, assure Broennec. Des hommes très jeunes. Quatre emplacements de torpilles.

– Un U9, affirme Thomas qui prétend s'y connaître. Le plus ancien modèle, le plus petit aussi. Rien à voir avec l'U21 de Hersing, long de quatre-vingts mètres, qui a envoyé par le fond trois cuirassés anglais devant les Détroits et, plus récemment, notre *Carthage*. Si tu l'aperçois sous l'eau et si tu veux gagner de l'argent, avertis aussitôt l'Amirauté anglaise : ils offrent une prime de cent mille livres sterling, pas un penny de moins, pour la capture du capitaine Hersing.

– Comment veux-tu reconnaître un sous-marin en mer ? objecte Yvon Salaun, c'est impossible.

– Pas autant que tu le crois. L'U21 peut plonger rapidement par vingt à trente mètres de fond, mais il est obligé de faire surface, ne serait-ce que pour respirer. Son périscope est long de deux mètres. En plongée superficielle, il fait une traînée de bulles. On peut aussi tenter de repérer ces engins par radio, mais ils ne communiquent qu'au plus près d'une base ou d'un navire ravitailleur.

Pour l'heure, Broennec met le cap sur la carcasse du *River Clyde* où Émile Duguet lui a donné rendez-vous. L'Alpin n'est pas venu seul, le colonel Valentin l'accompagne. Il entraîne aussitôt Broennec vers le coin-radio.

– Vous êtes chargé d'une mission spéciale, lui dit-il. Le lieutenant vous accompagne. On nous signale que l'U21 a de nouveau quitté Constantinople pour franchir les Détroits. Vous devez repérer les points de ravitaillement des sous-marins allemands pour que nous puissions les surprendre, c'est essentiel.

André ôte sa casquette, pour être sûr d'avoir bien entendu.

– Comment ce submersible est-il arrivé jusqu'à nous, venant d'Allemagne ? Vous avez sûrement quelques informations.

– Des certitudes. L'U21 est sorti le 25 avril 1915 de Wilhelmshaven, la grande base impériale de la mer Baltique. Renseignement du 2e bureau. Il a fait route par les Orcades, au nord de l'Écosse, pour ne pas être repéré dans le passage bourré de mines du pas de Calais. Au bout d'une semaine, il touchait la pointe nord-ouest de l'Espagne afin de se ravitailler. Un navire espagnol, le *Marzala*, lui a livré douze tonnes de pétrole en mer.

– De quoi achever sa course.

– À ceci près que l'essence espagnole ne convenait pas au moteur Diesel. Le commandant Hersing a dû prendre le risque de mettre le cap sur la base autrichienne assez éloignée de Cattaro, dans l'Adriatique, et il est tombé en panne sèche. Un torpilleur autrichien, nous le savons de source italienne, l'a pris en remorque le 13 mai. Il est reparti huit jours plus tard en contournant l'archipel grec pour arriver, le 24 mai, devant Gallipoli. Un mois de navigation à peine. Depuis lors, il nous échappe. Pourtant, il ne peut rester que vingt-huit heures d'affilée sous l'eau, pas plus, sous peine d'asphyxier son équipage. Il faut bien qu'il fasse surface, en dehors de sa base de Gallipoli. Il peut s'infiltrer dans les Détroits à trente mètres de profondeur, en dessous des lignes de barrages de mines. Il a des points de relâche sur la rive d'Asie. Il faut les découvrir. Deux torpilleurs vous suivront à distance.

* *
*

Mais la mission est décommandée. Joffre vient d'être nommé par Gallieni, le 3 décembre 1915, généralissime de toutes les armées françaises, et donc responsable aussi du front de l'Orient. Il veut évacuer les troupes de la presqu'île de Gallipoli le plus vite possible. Tout doit être terminé avant la fin de l'année, sans éveiller l'attention des Turcs. La flottille des chalutiers est entièrement mobilisée. Les premiers départs doivent être ordonnancés sur-le-champ. Il est interdit de donner la moindre indication aux hommes sur leur destination.

– Quelle bêtise, s'exclame Paul Raynal quand il apprend la nouvelle de la bouche d'Émile. Tout le monde sait que la division du général Bailloud est déjà partie pour la Grèce. Nous allons la rejoindre à Salonique, à l'évidence. C'est un secret de polichinelle.

– Ils ont commencé par charger les batteries, confesse l'Alpin. Pas facile de déménager les pièces lourdes sans attirer l'attention. On a réussi à les hisser sur des chalands, dans la nuit du 1er au 2 octobre. Nous n'avions pas d'autre solution. De jour, elles auraient été aussitôt prises pour cibles par les canons boches de la rive d'Asie.

« Les chalands n'ont pas pu partir la nuit même. La mer était mauvaise. Ils ont quitté Sedd ul Bahr à l'abri du *River Clyde* dans la nuit du samedi 2 octobre. Destination ? L'île aux Lapins, où la batterie a été embarquée en toute tranquillité à bord du transport *Algérie*. L'île d'Imbros est trop connue des Allemands. L'U21 y croise, paraît-il, très souvent. C'est le monstre du loch Ness. Personne ne le voit, tout le monde en a peur.

– Les départs auront tous lieu de nuit ?

– C'est prudent. Quand les deux chalands transportant l'artillerie lourde sont rentrés à Sedd ul Bahr, le dimanche 3 octobre à cinq heures du matin, les guetteurs de la rive d'Asie les ont aperçus au lever du jour. Des obus de 240 ont criblé les embarcations, et traversé l'une d'elles sans éclater, fort heureusement. Les services de l'artillerie ont pu embarquer le mardi 5 octobre à bord du cargo *Le Gaulois*, vers vingt-deux heures. Ils ont rejoint l'*Algérie* où trois mille hommes étaient massés, et voguent les galères jusqu'au golfe de Salonique.

– Pas de mauvaises rencontres ?

– Aucune, et pourtant le convoi n'était accompagné que d'un seul torpilleur. Ces messieurs de la Royale sont prudents. Les marins de l'*Algérie* ont raconté, au retour, qu'ils avaient aperçu le *Charlemagne* et le *Saint Louis* en rade à Salonique, avec une flottille de guerre. Il ne faut pas compter sur eux. Ils sont probablement protégés, comme à Moudros, par des filets d'acier antitorpilles.

Ainsi, le transport de la 2e division Bailloud, au début d'octobre, sert de modèle pour l'évacuation définitive de la division Brulard, réduite à une brigade depuis l'évacuation anticipée des Sénégalais malades.

Heureusement, les Turcs ont cessé d'attaquer. Ils se tiennent à l'abri de leurs défenses renforcées, et ne se manifestent que par des tirs d'artillerie sporadiques. Les victimes sont peu nombreuses mais difficiles à soigner, les navires-hôpitaux ayant quitté les parages. Seules les antennes sont encore en place, et les blessés doivent attendre, après les premiers soins, plusieurs jours avant d'être évacués, parfois sur des navires anglais.

Le moral des marsouins baisse de jour en jour. Même les zouaves sont atteints. Ils savent que les Anglais se préparent à retirer leurs troupes de Suvla et même d'Anzac. C'est le prélude à une évacuation complète, sans cesse repoussée. Pourquoi ces retards incompréhensibles, alors qu'il est de plus en plus difficile d'accoster sur les plages de la presqu'île, en raison de la houle ?

Les officiers de l'intendance dressent des plans, font rassembler le matériel, démonter certaines pièces lourdes pour les évacuer à l'abri de la falaise du cap Hellès.

– Allons ! dit l'Alpin à ses artilleurs restés en ligne avec leurs batteries de montagne. Notre tour viendra !

Il croit les rassurer. Le capitaine Maublanc, du génie, ne reçoit toujours pas l'ordre de faire sauter les installations défensives. Les poilus grelottent, la nuit, en prenant leur tour de garde au parapet. Paul Raynal organise l'évacuation des malades bronchiteux à dos de mulet. Où les conduire ? On ne peut plus les évacuer sur Ténédos.

Au matin du 26 novembre, Raynal rechigne à sortir de son abri afin de mettre en route sa caravane quotidienne de comateux. Le vent du nord siffle avec une force inhabituelle. Il neige sur le sentier, et les bourrasques clouent les hommes au sol.

– N'allez pas plus loin, lui conseille Maublanc, avançant sur le sol boueux à l'aide d'un bâton. Le vent souffle à cent kilomètres à l'heure.

Des navires ont été jetés à la côte, les digues ont sauté. De véritables torrents dévalent de la montagne, entraînant des mulets morts, des troncs d'arbres, des cadavres humains, des débris de toutes sortes.

Paul regagne son abri, un recoin de rocher où il patauge jusqu'aux genoux. Les mousquetons ont roulé dans la bourrasque, avec les pelles et les pioches. Les hommes se rapprochent les uns des autres, autour du capitaine, sans pouvoir se protéger dans les couvertures trempées. Les stalactites pendent au bord du toit de pierre.

La tempête dure quatre jours. Il n'est pas question d'aborder ni de quitter le rivage. Le major Luciani a éloigné ses malades le plus loin possible dans les trous creusés à l'abri de la falaise. Il estime déjà les pertes franco-britanniques pour le moins à deux cents noyés, cinq mille pieds gelés. À croire que tous ceux qui restent sont touchés par le froid, bons pour l'évacuation. Le général Brulard a fait installer des lits dans le vieux château, et allumer des braseros. L'état-major devient une infirmerie. Dans les tranchées, les fusils sont gelés. Pas un coup de feu, les Turcs aussi survivent comme ils peuvent.

* *
*

Brulard a finalement été informé par Graziani, grâce à un télégramme codé venu de la rue Saint-Dominique, que la décision d'évacuer la presqu'île de Gallipoli vient d'être prise, lors d'une conférence interalliée tenue à Chantilly les 6, 7 et 8 décembre. Il n'est donc pas seulement question du départ des Français, mais de l'ensemble du corps expéditionnaire interallié, soit 145 000 hommes, 15 000 chevaux et 40 canons. La masse des navires requis pour transporter une armée entière, même de nuit, peut-elle passer inaperçue ?

Dès le 7 décembre, les Britanniques ont pris la résolution de raccourcir leur front, et le général Monro a reçu de Londres l'ordre de commencer l'évacuation des deux secteurs du nord, acquis au prix des plus lourdes pertes, Anzac et Suvla.

– Ce sera un sauve-qui-peut, disent les officiers anglais. Les hommes vont s'entasser dans les chaloupes, surcharger les transports, et nous n'aurons pas les moyens de les sauver en cas d'attaque de sous-marins ou de bombardement massif.

L'amiral Wemyss, commandant la flotte anglaise, s'attend à des torpillages en série. Les sous-marins allemands rôdent en mer Égée, et même à la sortie des Détroits. Le commandement prévoit le pire. Il estime les pertes possibles à vingt-cinq mille hommes, la marine n'ayant pas suffisamment de destroyers pour protéger les transports contre les raids des sous-mariniers.

Les officiers du 2e bureau français ont averti Brulard que les corsaires allemands sont fêtés comme des héros dans la capitale ottomane. Au moment où les Anglais préparent leur évacuation, sur les quais de Constantinople, le commandant Hersing aligne sur le pont de son sous-marin U21 ses trente-deux hommes d'équipage. Il salue Enver Pacha, l'un des dictateurs turcs, venu le féliciter pour ses torpillages spectaculaires, réussis aussi bien dans la mer Égée qu'au débouché des Détroits.

En grand uniforme d'officier de la marine impériale, décoré de la croix de la valeur des mains du Kaiser lui-même, Hersing a un regard de regret pour le dôme de Sainte-Sophie. Il doit quitter prochainement Constantinople pour entrer de nouveau en chasse.

Les ordres sont de ne pas s'attarder. Enver Pacha vient de lui confirmer que les lignes alliées se dégarnissent sans cesse, et que les transports britanniques prennent la mer de nuit. Il convient donc de les attaquer plus loin, le jour levé, sur leur ligne de navigation vers la Grèce, puisque l'*asperge* du sous-marin (les Allemands appellent ainsi leur périscope) est aveugle de nuit, sauf par temps de pleine lune.

Le commandant Hersing, célébré dans toute l'Allemagne comme un héros, a fait le plein de carburant, chargé des conserves et des fruits frais, des réserves d'eau et d'huile, préparé minutieusement ses torpilles pour la grande chasse sous la lune. Ses marins n'ont plus droit aux cafés de la ville, ne dégustent plus un à un, à la mode des Turcs, les grains frais d'*uzum* sur lit de glace, dans les cabarets glauques où leur souriaient les danseuses du ventre pailletées d'or.

Chaque sous-marinier allemand a pris sa place exiguë dans son cigare de ferraille. Les consignes venues de l'amiral von Tirpitz, ministre de la Marine impériale, sont de couler les transports, et jusqu'aux moindres chalutiers, en veillant à échapper au grenadage ou au canardage des rares torpilleurs de la flotte alliée surveillant encore les voies d'accès à la rade de Moudros.

Les amiraux Wemyss et Bon sont pessimistes. Ni le Français ni l'Anglais ne sont sûrs de réussir une évacuation sans grabuge. Et pourtant, au PC du général Brulard, les rapports positifs affluent bientôt, recueillis auprès des Anglais par le colonel Valentin. Les Alliés ont réussi leur opération en mer Égée. Ils ont enlevé, en une seule nuit, à la barbe des Turcs, onze mille Australiens à Anzac.

À la surprise générale, ils ont décampé sans pertes.

– Ils ont embarqué d'abord méthodiquement les blessés, les malades, les riz-pain-sel et les tringlots, précise le colonel Valentin, éperdu d'admiration pour la maîtrise des Britanniques.

– Et les canons ? demande Brulard, pour qui l'évacuation de l'artillerie reste le problème essentiel.

– Démontés. Grutés par pièces détachées. Les animaux sont partis d'abord, puis les munitions, avant les tubes et les affûts.

– Les Turcs ont été abusés ?

– Le jour, les muletiers hindous remuaient la poussière pour faire croire à l'arrivée de renforts. Dès qu'un avion turc était signalé, les hommes couraient aux tranchées pour donner à penser qu'elles étaient occupées. Des coups de feu partaient tout seuls, actionnés par les ruptures de fils brûlés au moyen de bougies astucieusement disposées. La nuit, les chemins étaient tapissés de sacs de jute, pour amortir les piétinements. On allumait des lampes à acétylène sous les tentes vides des hôpitaux de campagne.

– Les lignes ont été tenues jusqu'au dernier moment ? interroge encore Brulard, qui réfléchit à l'organisation de sa propre évacuation.

Il sait qu'il n'en est pas entièrement maître. La flotte de transport ne peut être qu'anglaise.

– Seuls les guetteurs restaient en place, et bien sûr les sapeurs. Ceux-ci ont tiré leur feu d'artifice final en apothéose, pour détruire d'un coup les installations, quand le dernier homme a été embarqué. Ils ont ensuite couru aux chaloupes pour disparaître, sans se faire remarquer, dans le tonnerre du ciel.

* *
*

Les Français ne sont pas en reste. Ils sont seulement en retard. Chargés de tenir jusqu'au bout la plage de la baie de Morto, près du cap Hellès, ils commencent par évacuer les sanitaires et les installations des îles.

André Broennec est d'abord chargé de rejoindre la flottille de chalutiers qui évacue l'île de Ténédos, et de rapatrier sur Moudros le matériel de l'aviation, les magasins et les sept cent cinquante lits des différents hôpitaux. Les unités cyclistes de surveillance et les zouaves de la territoriale sont remplacés par des Britanniques prenant l'île en charge. Paul réprime une bouffée de tristesse lorsque André achève ses transferts, dernier arrivé d'un long convoi de chalutiers. Il ne reverra jamais son paradis parfumé.

Laissant en poupe Ténédos vidée de troupes, le matelot breton, promu quartier-maître, songe qu'une fois de plus *La Ravageuse* sera la bonne à tout faire des opérations. Les ordres du vieux château ne sont pas clairs. On enlève les soldats et le matériel par petits paquets, au hasard des décisions de détail prises en accord avec les Anglais.

Après les Sénégalais, que les Alliés ont accepté de prendre en charge pour les conduire en Égypte, restent les créoles des régiments d'infanterie coloniale recrutés aux Antilles, dont nul ne sait encore où ils doivent accoster.

Quant au transport du matériel, il est l'objet d'une négociation pied à pied entre les amiraux Wemyss et Bon, les généraux Monro et Brulard. Tel jour, Brulard demande des chalands pour évacuer des 155 ou des mortiers lourds. La décision est aussitôt rapportée : les Anglais exigent qu'une couverture de canons français les aide à rembarquer rapidement, en faisant taire les Turcs.

Les instructions de la rue Saint-Dominique ne

facilitent pas la tâche des Français. On a trop besoin de la marine anglaise pour ne pas faire quelques concessions sur le maintien des canons encore en place au cap Hellès, au-delà du raisonnable. Les Anglais sont formels : l'artillerie, française et anglaise, doit être évacuée en priorité. Il n'est pas question de laisser une seule pièce sur place, à moins de la détruire. Sur le principe, tout le monde est d'accord.

Pourtant il faut bien tenir l'ennemi en respect jusqu'au dernier moment. Les zouaves français lancent encore une attaque le 19 décembre. La batterie de pièces de montagne dont l'Alpin a repris le commandement, sur ordre du général Brulard, défie donc toujours les Turcs derrière le Quadrilatère. Elle est considérée, a dit le colonel Girodet, comme « nécessaire à la défense tactique ».

Émile mâchonne nerveusement le béret alpin qui ne l'a jamais quitté. Sera-t-il le dernier à quitter cet enfer ? Une consolation : Maublanc et sa compagnie du génie sont aussi requis pour rester sur place. On a besoin de Layné, de Raynal et des artificiers pour tout faire sauter au dernier moment, juste avant d'embarquer.

Ils seront de la dernière vague, protégés par le bataillon de zouaves où sert Edmond Vigouroux, avec les rescapés du premier recrutement, ceux qui ont donné l'assaut à la rive d'Asie. Les voilà donc réunis dans l'épreuve suprême. Il ne leur manque, pour être au complet, que d'être transportés par André Broennec à bord de *La Ravageuse*. Ils ont été souvent séparés, les voilà de nouveau promis à quitter ensemble les Dardanelles, sous la protection de la nuit et des dieux de l'Olympe qui ne dorment jamais.

Ils fêtent Noël ensemble, en se réchauffant autour

d'un brasero, dans les caves du vieux château. Un refuge à l'abri des obus que personne ne leur conteste. Le major Luciani et ses malades ont été évacués. Ne demeurent sur place que le bataillon de zouaves réduit à six cents hommes et quatre cents *mathurins* aux bonnets à pompon rouge.

La popote regorge de vivres. Des tonnes de conserves abandonnées, des bonbonnes d'alcool et de pinard. Broennec est promu chef de cuisine. Les chiens de plage n'ont pas réussi à débusquer le moindre lapereau. Point de gibier dans les falaises, hormis les rats.

André a décidé de faire des crêpes, puisant à pleines mains dans les sacs de farine. Il étale la pâte cuite au lard fumé un peu ranci sur le cul d'une marmite géante, garnit les galettes fines d'anchois et de sardines, et décore le tout de feuilles de laurier sauvage. Le vin de l'intendance, rafraîchi dans la neige, devient buvable, rend nostalgique, et les chansons du vieux pays sont reprises, du *Pont de Nantes* à *la Fille du Labourou.*

André, intarissable, entonne en breton une histoire de loup, de renard et de belette à laquelle les autres ne comprennent goutte. De sa voix grave et timbrée de Quercynois, Paul fait retentir la voûte antique des accents de *Se canto,* un chant de troubadour jadis composé par Gaston Phébus, comte de Foix. Il est repris par Vigouroux, zouave de Limoux. C'est une chanson d'amour courtois venue du fond des temps, connue de Toulouse à Carcassonne et de Rodez à Auch, de tout le pays d'oc. Et *canto* toute la nuit l'*oiseou* sous la fenêtre pour délivrer son message d'amour à la belle, envolée comme une aronde.

Chacun pense au pays. André écoute ceux de Crozon chanter autour de la crèche et reprendre en chœur les refrains sacrés. Paul pense à Isabelle, à Cyprien Cahuzac, le métayer de Monteils, à la voix pure de sa mère Maria de Septfonds, au chanoine Marcel qui doit toujours conduire le chœur de la cathédrale de Montauban, à Marie Bordarios la centenaire, qui prie déjà avec les anges, à Éloi son père, le chapelier qui chante faux. Peuvent-ils entendre sa chanson, sur les bords de la Leyre ?

Émile Duguet est le seul à ne pas chanter. Par exception, l'Alpin ne fume pas sa bruyère de Saint-Claude en Jura. Il respire le brin de mimosa niçois desséché et conservé comme un talisman, celui qui chasse les miasmes putrides de la guerre. Il espère très fort que les Néréides, ces déesses bienveillantes de la mer, le déposeront gisant sur la plage de galets, au débouché du Paillon, au pied de l'acropole de l'Athéna Nikê.

* *
*

Le 1er janvier 1916, ils sont encore là. Mais ils savent que leur tour est venu. Le 7 janvier, les Anglais restés en ligne au-dessus du cap Hellès subissent un bombardement turc si fracassant qu'il semble compromettre les dernières opérations d'évacuation. Les fantassins attaquent au cri de *Allah akbar !* Plus d'artillerie pour leur répondre. Les pièces ont été démontées, les nids de mitrailleuses évacués.

Heureusement, la flotte des *monitors* et des destroyers n'a plus à ménager les tranchées alliées désertées. Elle déclenche un feu féroce, une pluie d'obus dirigée droit sur les assaillants qui se dissimulent dans des trous et refusent d'en sortir, n'obéissant pas aux ordres hurlés par les officiers. Ils ne se sont pas avancés assez près pour franchir à la baïonnette les lignes alliées et renoncent à leur attaque, sans pouvoir réaliser que les tranchées sont vides.

Le 8 janvier, à minuit, le capitaine Maublanc prend ses dernières dispositions. Il place ses charges comme un testament, prépare l'ultime feu d'artifice en disposant des pains de dynamite dans le moindre blockhaus abandonné.

Sur la plage, les canons de montagne de l'Alpin tirent une dernière bordée de 65 pendant que les zouaves embarquent dans les chaloupes, à l'abri du *River Clyde*. Ils sont remorqués par les chalutiers vers les transports de Moudros, courbant la tête de frayeur au passage périodique des obus lourds de l'*Orient-Express,* la grosse pièce réveillée sur la côte d'Asie. Vigouroux se retrouve à bord de l'*Algérie,* sauvé.

Broennec manœuvre pour le dernier voyage. Les marins de la Royale survenus en renfort aident à tirer les pièces démontées sur les radeaux. Puis ils se jettent à la mer pour regagner les chaloupes. *La Ravageuse* et son train de péniches attendent calmement, à l'abri derrière la carcasse du cargo échoué, rouillé, percé de milliers d'éclats. Il rend un dernier service en protégeant l'embarquement.

Une heure du matin. Les sapeurs vérifient les cordons qui doivent faire sauter tous les nids de résistance des tranchées, déclencher les foyers incendiaires qui consumeront les broussailles des ravins, retardant ainsi l'avance des canons et des mitrailleuses ennemis vers la plage.

Maublanc ne laisse rien au hasard. Attentif au moindre détail, il en oublie sa cantine. Paul Raynal part à toutes jambes, glisse sur le sentier enneigé, le lourd bagage récupéré sur les épaules. Un chien de plage surgit entre ses jambes, compagnon des mauvais jours. L'animal plonge à l'eau à sa suite pour rejoindre ceux qui embarquent. Personne n'a le cœur de le rejeter.

La mer est houleuse, noire comme la nuit. Un mince croissant de lune est heureusement voilé par la brume. Un cordon enflamme une charge, par accident ou négligence, cinq minutes avant l'heure H. Le magasin de poudre saute, illuminant le ciel jusqu'à l'Achi Baba de centaines de fusées rouges. L'alerte est aussitôt donnée sur la rive d'Asie, et les batteries de la montagne tonnent à leur tour.

Maublanc donne le signal de l'embrasement général. Paul fait sauter les mines incendiaires, qui propagent le feu dans les broussailles pourtant blanches de givre. La chaleur infernale du brasier gagne toute l'ancienne ligne de tranchées et remonte jusqu'au ravin des morts. Les Français, pour leur départ, ont réellement mis en scène l'enfer. Il devient impossible aux Turcs de s'y risquer.

Paul aide Maublanc à franchir les derniers mètres qui les séparent du *River Clyde*, de nouveau martelé d'éclats. Le vent du sud s'est levé. Chaque obus soulève des gerbes de sable que les bourrasques dispersent en tempête, aveuglant les retardataires. La houle en folie fait danser les chaloupes comme des fétus, et grimper les chalutiers sur les vagues en montagnes russes. Ils prennent bravement la mer, ne laissant sur l'appontement en ruine que *La Ravageuse,* où Broennec agite une lanterne sourde pour montrer qu'il est toujours là.

Paul Raynal avise un capitaine qu'il charge sur son dos. Il entre avec lui dans la mer, jette le corps de l'officier sur le pont agité du rafiot. Le Breton s'en saisit pendant que d'autres mains, celles de Joss Thomas et d'Yvon Salaun, allongent le blessé sur un lit de filets. Paul attrape au vol le cordage que lui lance un marin, alors que le vapeur s'éloigne déjà. Quatre bras solides le hissent à bord. *La Ravageuse* fonce de tous ses chevaux-vapeur en direction de Moudros, sans se fier à la boussole folle. Comme les chevaux de retour, elle trace en aveugle son sillon dans la mer.

Le vent du sud de force sept pousse les vagues et secoue le chalutier, qui peine à les prendre de front, d'autant que les obus d'Asie tombent aussi, tirés au hasard sur la flottille d'évacuation.

– Impossible de remonter au vent, juge Broennec.

Il prend lui-même la barre pour infléchir la direction vers l'est et zigzaguer ensuite, comme poursuivi par un sous-marin. Le chalutier grince, mais soutient le choc en virant de bord à plusieurs reprises, ballottant d'une paroi à l'autre ses passagers réfugiés dans la cale.

Une pluie d'obus tirée de la batterie de Koum Kaleh cingle *La Ravageuse* au moment où Broennec met le cap vers l'ouest pour rejoindre Imbros. Le vapeur chavire, sans doute touché par un gros noir. Il coule, laissant peu de temps à l'équipage et à ses passagers pour sauter à la mer. Heureusement, les Bretons ont attaché force bouées et gilets de sauvetage aux sapeurs recueillis sur la plage.

Paul Raynal surnage, entend vaguement autour de lui des cris de sauveteurs hurlant dans les porte-voix. Dans le tohu-bohu du vent mêlé au déchaînement du courant issu des Détroits, il est impossible d'organiser un sauvetage. Pourtant, Paul saisit distinctement des bruits de voix et de moteurs qui se rapprochent. Des débris de chaloupe disloquée flottent au gré des remous tourbillonnants de la mer, toujours balayée par le vent violent. Paul réussit à se cramponner à une carcasse. Il dérive ainsi jusqu'au petit jour et aperçoit enfin, à demi conscient et les membres gourds, le fanal d'une chaloupe.

Enveloppé dans une couverture, réconforté par des rasades d'alcool, il ouvre les yeux pour tenter d'identifier ses sauveteurs. Il reconnaît la tête de Maublanc, les visages décomposés de Salaun et de Thomas. D'autres naufragés sont étendus près de lui, sur des paillasses humides. En rampant, il s'en rapproche et les voit inertes, statufiés par le froid vif du matin. Aucun de ces hommes n'est André Broennec.

Il se redresse, happé par le patron de la chaloupe, un Irlandais exténué à qui il réussit à faire comprendre que son copain le Breton est encore à sortir du bouillon. L'Irlandais, qui se cramponne à la barre, fait le signe de croix, comme pour s'excuser de n'avoir pu sauver tout le monde. Paul tente encore, par gestes, de l'inciter à faire de nouvelles recherches. Un coup de vent le jette à terre et l'estourbit.

Quand il se réveille, à bord de l'*Algérie,* le transport où l'ont chargé les Irlandais, c'est pour apprendre, de la bouche d'Émile Duguet et d'Edmond Vigouroux, que le quartier-maître André Broennec, de Crozon, Finistère, est porté disparu en mer, à trois milles marins au large des Dardanelles.

LE CORPS EXPÉDITIONNAIRE FRANÇAIS D'ORIENT AUX DARDANELLES

Le commandement :

– **24 février 1915 :** général d'Amade.
– **15 mai 1915 :** général Gouraud.
– **1er juillet 1915 :** général Bailloud (par intérim).
– **4 octobre 1915 :** général Brulard.

Les troupes :

– **22 février 1915 :** Première division d'infanterie du CEO.
Un régiment de cavalerie.
Six batteries de 75, deux batteries de 65.
– Le corps est constitué le **22 février**, prend le nom de CEO le **29 février** et se concentre à Marseille, Toulon et Bizerte.
– Du **4** au **15 mars 1915**, il est transporté dans l'île de Lemnos.
– Du **15** au **25 mars 1915**, il séjourne à Lemnos, dans la rade de Moudros.
– Du **25 mars** au **22 avril 1915**, il est transporté à Alexandrie en Égypte, dans un camp militaire.
– **29 avril 1915 :** le corps est porté à deux divisions d'infanterie qui portent les numéros 1 et 2.

– Le **25 avril,** il comprend 15 batteries de 75, deux batteries de 65, une batterie de 155 L et une batterie de 120 L. Plus une escadrille.
– Du **22** au **25 avril 1915**, les troupes sont concentrées à Lemnos et autour de l'île, vers l'entrée des Dardanelles.
– Le **4 octobre 1915,** le Corps expéditionnaire d'Orient (CEO) devient le Corps expéditionnaire des Dardanelles (CED), réduit à la première division. La deuxième est évacuée sur Salonique.

Opérations :
– **18 mars 1915 :** opération navale franco-britannique pour tenter le forcement des Détroits.
– **25-26 avril :** combats de la division française sur la rive d'Asie à Kum Kalé.
– Du **25** au **28 avril**, débarquements franco-britanniques dans la presqu'île de Gallipoli, région du cap Hellès. Bataille de Sedd ul Bahr.
– À partir du **6 mai,** participation du CEO à la bataille de Krithia.
– Les **6, 7** et **8 mai,** premier combat du Kérévès-Déré.
– Le **4 juin**, deuxième combat sur les mêmes lieux.
– Le **21 juin**, troisième combat,
– Le **30 juin**, quatrième combat,
– Les **12** et **13 juillet**, cinquième combat et préparatifs d'offensive.
– À partir du **6 août** et jusqu'au **22 août**, participation du CEO à la bataille de Suvla-Gaba-Tépé.
– Le **7 août**, sixième combat du Kérévès-Déré.
– À partir du **1er janvier 1916** et jusqu'au **9 janvier** :

évacuation de la presqu'île de Gallipoli par les troupes françaises.

Les unités :

– Première division du CEO, ex 17e division d'infanterie coloniale.

Du **22 février** au **5 octobre 1915**.

Première division d'infanterie du CED du **5 octobre** au **6 janvier 1916**.

Redevenue à partir du **6 janvier** dix-septième division d'infanterie coloniale.

Commandement :

– Général Masnou, nommé le **16 mars 1915**.
– Général Brulard le **6 août 1915**.

Composition :
Infanterie :

– Brigade métropolitaine :
– 175e régiment d'infanterie recruté dans des dépôts de Grenoble, Riom et Saintes.
– Régiment de marche d'Afrique : deux bataillons de zouaves du recrutement d'Alger, un bataillon de la légion étrangère.
– Brigade coloniale :
– Quatrième régiment mixte d'infanterie coloniale à trois bataillons dont un de zouaves et deux de tirailleurs sénégalais. Dépôt à Toulon.
– Sixième régiment mixte d'infanterie coloniale de même composition. Dépôt à Lyon.

Cavalerie :

– Un régiment de marche de chasseurs d'Afrique.

Artillerie :
– Un groupe de 75 du 1er RAC.
– Un groupe de 75 du 8e RAC.
– Un groupe de 65 du 2e RAM.

– Deux compagnies du génie.
– Un détachement de sapeurs télégraphistes et deux postes de radio-télégraphes.

Sanitaire :
– Un GED.
– Deux ambulances mobiles de campagne.
– Un hôpital de campagne.
– Un hôpital d'évacuation.

DEUXIÈME DIVISION D'INFANTERIE : GÉNÉRAL BAILLOUD

Ex-156e division d'infanterie du 17 mars 1915 au 29 avril 1915, devenue deuxième division d'infanterie du CEO le 29 avril.

Infanterie :

- Première brigade, dite métropolitain.
- 176e RI recruté dans les dépôts de Béziers, Rouen et Pau.
- 2e régiment de marche d'Afrique.
- Brigade coloniale :
- 7e régiment mixte colonial (tirailleurs et zouaves). Du recrutement métropolitain de Bordeaux, venu des dépôts d'Afrique du Nord.
- 8e régiment mixte colonial de Toulon.

Cavalerie :

- Un escadron du 6e chasseurs d'Afrique, recrutement de Mascara et Marseille.

Artillerie :

- Un groupe de 75 du 25e RAC.
- Un groupe de 75 du 17e RAC.
- Un groupe de 75 du 47e RAC.
- Deux compagnies du génie du 1er régiment.

– Éléments du train et de l'intendance.

Santé :

– GBD.
– Deux ambulances.
– Un hôpital de campagne.

Une boulangerie de campagne.

LES UNITÉS COMBATTANTES

Le Corps expéditionnaire en Orient est commandé par un général de corps d'armée (le premier est d'Amade) dépendant directement du service opérationnel Afrique du ministre de la Guerre Millerand, puis Galliéni. Il est indépendant du Grand Quartier général commandé par Joffre, responsable des armées du Nord et du Nord-Est.

Le Corps comprend une puis deux divisions d'infanterie avec des services et un accompagnement de cavalerie et d'artillerie.

La division, commandée par un général, comprend deux brigades également commandées par des généraux.

La brigade se compose de deux régiments aux ordres de colonels.

Le régiment comprend trois bataillons de mille hommes, commandés par des commandants ou capitaines.

Le bataillon comprend quatre compagnies de deux cent cinquante hommes commandées par des capitaines ou des lieutenants.

La compagnie comprend quatre sections d'infanterie aux ordres de sous-lieutenants ou d'adjudants-chefs.

La section se compose de quatre escouades de seize hommes, aux ordres de caporaux.

Deux escouades forment une demi-section commandée par un sergent-chef.

La cavalerie est divisée en régiments de 785 hommes commandés par des colonels. Le régiment compte cinq escadrons dont un de dépôt. L'escadron, aux ordres d'un commandant ou d'un capitaine comprend 5 officiers, 147 sous-officiers, brigadiers et cavaliers. Les brigadiers sont l'équivalent des caporaux dans l'infanterie.

L'artillerie s'articule en batteries de quatre pièces chacune commandées par des capitaines, réunies en groupes aux ordres de commandants ou de lieutenants-colonels.

Les groupes se composent d'un nombre variable de batteries, elles-mêmes de calibres différents. L'artillerie travaille en liaison avec les téléphonistes, les escadrilles de l'aviation d'observation et les aérostiers.

Le génie est chargé de l'établissement des moyens de communication, des ponts, des routes et voies ferrées, mais il est aussi responsable des travaux de défense et des moyens de sape et contre-sape. Il est aussi chargé des lignes télégraphiques et des unités du téléphone. Il est secondé par le service du Train des Équipages chargé d'organiser les transports.

Table

Du même auteur :

OUVRAGES D'HISTOIRE

L'Affaire Dreyfus, PUF, 1959.

Raymond Poincaré, Fayard, 1961 (Prix Broquette-Gonin de l'Académie française).

La Paix de Versailles et l'opinion publique française. Thèse d'État publiée dans la Nouvelle collection scientifique dirigée par Fernand Braudel, Flammarion, 1973.

Les Souvenirs de Raymond Poincaré, publication critique du XIe tome avec Jacques Bariéty, Plon, 1973.

Histoire de la radio et de la télévision, Plon, 1974.

Histoire de la France, Fayard, 1976.

Les Guerres de Religion, Fayard, 1980.

La Grande Guerre, Fayard, 1983 (Premier Grand Prix Gobert de l'Académie française).

La Seconde Guerre mondiale, Fayard, 1986.

La Grande Révolution, Plon, 1988.

La Troisième République, Fayard, 1989.

Les Gendarmes, Olivier Orban, 1990.

Histoire du monde contemporain, Fayard, 1991, 1999.

La Campagne de France de Napoléon, éditions de Bartillat, 1991 (Prix du Mémorial).

Le Second Empire, Plon, 1992.

La Guerre d'Algérie, Fayard, 1993.

Les Polytechniciens, Plon, 1994.

Les Quatre-Vingts, Fayard, 1995.

Les Compagnons de la Libération, Denoël, 1995.

Mourir à Verdun, Tallandier, 1995.

Vincent de Paul, Fayard, 1996.

Le Chemin des Dames, Perrin, 1997.

La Victoire de 1918, Tallandier, 1998.

La Main courante, Albin Michel, 1999.

Ce siècle avait mille ans, Albin Michel, 1999 (Prix d'histoire de la Société des gens de lettres).

Les Poilus, Plon, 2000.
Les Oubliés de la Somme, Tallandier, 2001.
Le Gâchis des généraux, Plon, 2001.
Les Amoureux du Brévent, Albin Michel, 2001.

ROMANS, ESSAIS ET CHRONIQUES

Lettre ouverte aux bradeurs de l'Histoire, Albin Michel, 1975.
Histoires de France, Chroniques de France Inter, Fayard, 1981 (Prix Sola Calbiati de l'Hôtel de Ville de Paris).
Les Hommes de la Grande Guerre, Chroniques de France Inter, Fayard, 1987.
La Lionne de Belfort, Belfond, 1987.
Le Fou de Malicorne, Belfond (Prix Guillaumin, conseil général de l'Allier), 1990.
Le Magasin de chapeaux, Albin Michel, 1992.
Le Jeune Homme au foulard rouge, Albin Michel, 1994.
Vive la République, quand même !, Fayard, 1999.
Les Aristos, Albin Michel, 1999.
L'Agriculture française, Belfond, 2000.
Les Rois de l'Élysée, Fayard, 2001.
Les Enfants de la Patrie, suite romanesque, Fayard, 2002.
1. Les Pantalons rouges
2. La Tranchée
3. Le Serment de Verdun
4. Sur le Chemin des Dames

La Poudrière d'Orient, suite romanesque, Fayard, 2004.
1. L'Enfer des Dardanelles
2. Le Vent mauvais de Salonique
3. Le Guêpier macédonien
4. Le Beau Danube bleu

La liberté guidait leurs pas, suite romanesque, Fayard, 2005.
1. Les Bleuets de Picardie
2. La Marne au cœur
3. Les Mariés de Reims
4. Le Clairon de la Meuse

Pierre Miquel dans Le Livre de Poche

LA POUDRIÈRE D'ORIENT

1. *L'Enfer des Dardanelles* n° 30485

Marseille, février 1915. Sur la Canebière, Paul Raynal, le petit gars de Septfonds en Quercy, ignore tout de son avenir. Comment pourrait-il deviner qu'il est en route pour l'enfer des Dardanelles, embringué dans la sanglante expédition navale décidée par Churchill contre les Turcs ? À bord du *Biên Hoa*, trois compagnons de souffrance partageront son sort : Edmond Vigouroux, de Limoux, zouave ; Émile Duguet, Niçois et artilleur ; André Broennec, de Morgat, radio du cuirassé *Bouvet*. Quatre gamins de la France rurale et républicaine, qui vont découvrir la beauté des déserts et la fureur des combats, le rêve oriental et la soif, l'amour, la malaria et la peur. Au Caire, les officiers français tentent en vain d'obtenir des informations et se laissent envoûter par les délices de la vie nocturne. Le dancing du Shepherd's Hotel voit défiler Rockefeller, les marchands d'armes de tout poil, les négociants de coton venus vendre leur récolte aux Allemands, la cantatrice et espionne Lucia Signorelli, Richard Bartlett, l'arrogant reporter du *Sunday Times*... Paul Raynal et ses copains vivront cette guerre d'Orient, barbarie moderne où ces enfants qu'on dit soldats n'ont plus qu'à tomber dans la bataille, sans savoir pour quoi ni sous quel drapeau.

2. *Le Vent mauvais de Salonique* nº 30486

31 décembre 1915. L'expédition franco-britannique des Dardanelles s'est achevée dans le sang. Du pont de l'*Algérie*, les rescapés de l'enfer découvrent Salonique. Sitôt débarqués, ils sont emprisonnés dans un camp insalubre cerné de barbelés et d'espions. Constantin, le roi des Grecs, affiche son amitié pour les Allemands. Dans l'ombre, le baron prussien Schenk manipule l'opinion. Le général Sarrail a beau se battre sur tous les fronts, il reste pris en tenailles entre Grecs et Bulgares, tandis que les Anglais observent et attendent... Paul Raynal survit au nom d'un seul espoir : retrouver Carla, l'infirmière rencontrée sur le port de Marseille. Émile Duguet infiltre les services de renseignements ennemis. Chargé de nettoyer la région des terroristes à la solde des Bulgares, Edmond Vigouroux parcourt les montagnes, accompagné d'Alexandra, la jeune institutrice grecque dont il est épris. Insolations, typhus, moustiques ravagent les troupes plus rapidement que les combats eux-mêmes. Des ruelles de Salonique aux lambris des salons de Sofia, les soldats sillonnent une poudrière de nationalismes. Ainsi va l'Histoire dans ces Balkans loin d'être unifiés. Ainsi va l'amour dans cet Orient tragique où chaque jour est le jour le plus long...

3. *Le Guêpier macédonien* nº 30487

À Salonique, début 1917, la consigne est claire : il faut tenir, barrer à l'Allemagne l'accès aux routes maritimes en Méditerranée. C'est là que Paul Raynal se bat dans les pires conditions, tout en songeant à celle qu'il aime, Carla. Celle-ci, cependant, échappe de peu au torpillage d'un bateau où des centaines de Poilus se noieront avant même d'avoir pu combattre. À Monastir, au mont Athos, puis en Macédoine, nous retrouvons et perdons tour à tour Vigouroux, le zouave de Limoux, Duguet, l'artilleur niçois, Rosario et Ben Soussan, les Nord-Africains... Bien d'autres encore, dont les destinées entrecroisées nous emmènent sur tous les chemins de la guerre, peinte à fresque, avec une puissance à couper le souffle, par un historien qui se révèle un romancier de première force.

4. *Le Beau Danube bleu* n° 30488

Janvier 1918. Trois ans déjà que deux cent mille Poilus s'enlisent en Orient, souffrent et meurent sans savoir pourquoi dans le chaos guerrier et diplomatique. Les Russes pactisent avec l'ennemi depuis la révolution d'Octobre, les Grecs trahissent leurs alliés, les Américains ne songent qu'à la manne pétrolière, les Anglais qu'à étendre leur domination sur le Proche-Orient... Romancier puissant et vrai d'une Histoire tragique qu'il connaît comme personne, Pierre Miquel brasse les destinées et les personnages : Lucia, la belle espionne, dont les intrigues obscures nous mènent d'Istanbul à Beyrouth, de Nice à Tel-Aviv ; Vigouroux, Raynal, Ben Soussan, Poilus de France ou d'Afrique du Nord, que nous retrouvons menant sous les ordres de Franchet d'Esperay une attaque décisive contre la Bulgarie... Pour eux, l'exil et les épreuves ne s'arrêteront pas au 11 novembre 1918. Car dans la liquidation de la guerre, bien des manœuvres diplomatiques et militaires auront encore lieu, aboutissant à des solutions politiques bâclées, précaires, dont nous subissons encore aujourd'hui les séquelles, des Balkans au Moyen-Orient. Et les héros sacrifiés seront trahis *post mortem* par l'égoïsme des nations et l'aveuglement des politiques... C'est une Histoire trop souvent oubliée qui revit dans cette prodigieuse saga, jalonnée de pages flamboyantes et de figures inoubliables.

Composition réalisée par IGS-CP

Imprimé en France sur Presse Offset par

BRODARD & TAUPIN

GROUPE CPI

La Flèche (Sarthe).

N° d'imprimeur : 33378 – Dépôt légal Éditeur : 67153-01/2006

Édition 01

LIBRAIRIE GÉNÉRALE FRANÇAISE – 31, rue de Fleurus – 75278 Paris cedex 06.

ISBN : 2 - 253 - 11325 - 5

31/1325/5